浙江省哲学社会科学规划课题"基于概念合成的叙事诗认知模式建构"(项目编号:19NDJC107YB)的研究成果
国家社会科学基金一般项目"诗歌叙事语篇高级概念整合研究"(项目编号:21BYY213)的中期成果

李昌标 著

诗歌叙事语篇高级概念整合研究

Advanced Conceptual Blending of Poetic Narrative Texts

南京大学出版社

前　言

2017 年,拙著《王维与希尼诗歌认知比较研究》,作为我主持的浙江省社会科学规划课题"希尼和王维诗歌比较研究:认知文体学视角"(11JCWY10YB)的研究成果,有幸在南京大学出版社出版,那时我是北京大学外国语学院外国语言学及应用语言学专业的一名在读博士研究生。7 年后的 2024 年,我拿起自己的博士学位论文《诗歌叙事语篇高级概念整合研究》,反复琢磨、完稿成书,她将作为我主持的国家社会科学基金一般项目"诗歌叙事语篇高级概念整合研究"(21BYY213)的中期成果和浙江省哲学社会科学规划课题"基于概念合成的叙事诗认知模式建构"(19NDJC107YB)的研究成果,继续在南京大学出版社出版。值此拙著《诗歌叙事语篇高级概念整合研究》出版之际,感慨良多。

感激为怀

感谢恩师申丹教授对我博士学位论文写作过程中高屋建瓴的悉心指导!感谢在我博士学位论文答辩过程中给予宝贵指导的老师们,他们是:北京大学外国语学院的姜望琪、高一虹、钱军、高彦梅、胡旭辉、苏祺、郑萱、刘璐等教授,以及北京外国语大学王文斌教授、清华大学封宗信教授!感谢宁波大学外国语学院屠国元院长、党委书记翁华星、辛红娟教授等同事对本书出版的关心和支持!

一脉相承

《诗歌叙事语篇高级概念整合研究》(2024)是对《王维与希尼诗歌认知比较研究》(2017)的进一步发展和提升,在理论基础与研究对象上一脉相承,努力推陈出新。《王维与希尼诗歌认知比较研究》基于 Fauconnier & Turner(2002)集大成的认知语言学概念整合理论(Conceptual Blending),以唐代诗人王维和诺贝尔文学奖得主、爱尔兰诗人谢默斯·希尼的诗歌为语料进行多层次的认知比较研究,从中构建诗歌的双域和多域网络概念整合模式,并从认知文体、认知叙事、认知语用、认知翻译的视角来解读诗意。《诗歌叙事语篇高级概念整合研究》(2024)基于 Turner(2014;2017)对概念整合理论的最新发展——高级整合理论(Advanced Blending),并对之加以发展,以唐代诗人王维、杜甫和爱尔兰诗人希尼、美国诗人弗罗斯特等的诗歌为语料,在诗歌叙事语篇整体上构建"主体间推导互动高级整合模式",即"读者引领的与作者主体、文本形象多方主体间的推导互动高级整合模式",在双域网络以及一个心理网、两个或多个心理网的多域高级网络层面,从主体、时间、空间、因果、视角等认知维度,进行诗歌叙事语篇整体上的高级概念整合研究。

主要内容

概念整合一直是认知语言学界的一个热门话题。长期以来,在进行概念整合研究时,学界主要聚焦词语和句子层面。近年来,有的学者开始将注意力拓展到语篇层面的高级概念整合,但迄今为止,无论是在认知语言学还是在认知文体学领域,国内外都尚未见对诗歌语篇展开的系统性的高级概念整合研究,也没有充分关注概念整合过程中读者主体与文本形象和作者主体之间的交流互动。本书首次对诗歌叙事语篇(指含有少量叙事、多量叙事或者纯叙事等不同叙事尺度的诗歌语篇)整体层面上的高级概念整合展开系统研究,并聚焦两个主要问题:如何构建新的概念整合模式,从一个新的角度说明诗

歌叙事语篇整体层面上高级概念整合的特点,从而发展 Tuner
(2014)的高级概念语篇整合理论? 诗歌叙事语篇的不同认知维度与
高级概念整合有何关联? 如何从不同认知维度切入,对各种诗歌语
篇进行整合解读? 有鉴于此,本研究重点提炼四位中西著名诗人王
维、杜甫、希尼、弗罗斯特的诗歌叙事认知维度,提出基于不同心理输
入空间或心理网的"主体间推导互动高级整合模式",从新的角度揭
示读者认知主体在诗歌叙事语篇整体层面的高级概念整合过程。

　　在理论模式的发展方面,本书在第二、三章全面系统地综述梳理
概念整合和最新的语篇层面高级整合理论发展过程,并进行本研究
的理论构建,特别关注读者主体引领的与文本形象和作者主体之间
的主体间推导互动。作者主体,包括隐含作者(指作品创作时的写作
者)和历史作者(指处于创作过程之外的平时生活中的同一人);文本
形象,包含供读者推导的创作时的作者形象、叙述者的形象和人物形
象等;读者主体,是作者主体心目中预期的理想读者,也是积极主动
与作者主体、文本形象趋同思维的交流者。多方主体间的"推导互
动"是相互推进的:一是读者主体的"引领和推理"能动作用,读者积
极发起、推动交流互动,推理诗歌叙事语篇中作者主体和文本形象的
创作目的和心境视野;二是作者主体和文本形象的"引导和制约"反
作用,作者主体预设心目中的理想读者,读者主体尽可能地接近这一
理想状态,争取与作者主体和文本形象的主体性预期达成一致。尽
管表面上看,读者主体引领的主体间互动是不在场的、非面对面的、
读者单方面发起的认知互动,实则是读者主体和作者主体、文本形象
多个主体间的推导互动,是一种有别于在场或面对面交流的语篇推
导互动。

　　本书提出的"主体间推导互动高级整合模式"包括三个认知环
节。在"推导互动中的读者体验"环节,读者在主体间推导互动的基
础上,从主体、时间、空间、因果、视角等认知维度,以及学界以往未加

关注的一些新的认知维度及其次维度中优选一种维度切入,锚定构建心理输入空间的语言标识或空间构建语,来建立整体语篇层面的心理空间和心理网。在"推导互动中的映射协商"环节,读者在与作者主体、文本形象交流协商的基础上,完成映射一组合一完善的整合步骤;读者不仅利用"关键关系映射""常规呼应元素映射""非对称呼应元素映射"等方式跨空间映射连通、有选择地组合,而且力求进入作者的心境视野,深入推导互动,利用"激活提取""关联挖掘"等方式输入并压缩与作者经历相关的背景信息,填充诗歌语篇文本信息的跳跃"空白"。在"推导互动中的读者感悟升华"环节,读者在综合前面环节认知成果的基础上,进一步深入理解全诗并推导作者的创作目的,借助自己的认知判断和领悟力,进行"扩展"推理,得出"人之所及"的新显结构,即读者与文本形象、作者主体预设诗歌意境的趋同性意境升华(本书特别关注在解读意蕴丰富的诗歌时,多角度的意境升华)。

在理论模式的应用方面,本书在第四至六章从四位诗人的诗集中,先依据某一认知整合维度(包括次维度)以表格形式进行典型诗歌的语料整理,以便说明这一维度较为广泛的适用性;并重点以 26 首诗歌为实例,对诗歌叙事语篇的主体间推导互动中的整合过程所涉及的双域高级网络、一个心理网的多域高级网络、两个/多个心理网的高级网络,展开系统分析。就双域高级网络而言,本书分别从主体、时间、空间、因果关系、唐诗中"景-事-抒/议"要素等认知整合维度,揭示读者引领的主体间推导互动基础上的高级整合过程;就一个心理网的多域高级网络来说,从平行型(主体、情感波动维度)、循环型、总叙-平行分叙型维度揭示其高级整合过程;就两个/多个心理网的高级网络而言,本书依次聚焦于复合型(递进式;接龙型)、分合型("自我"视角转换、主体、空间维度)等高级网络,揭示读者如何进行诗歌叙事语篇的主体间推导互动中的高级整合。本研究也重点关注了读者面对一首含有叙事成分的诗歌，如何从主体、时间、空间、因果、视角等多种不同认知整合维度中优选一种维度，切入语篇层面的高级概念整合。

通过基于本书所建构的新模式的诗歌叙事语篇整体层面上的系统整合分析，本书试图展示：该模式重组的三个认知环节易操作、可复制、较实用，对不同种类诗歌叙事语篇的认知解读具有较强的解释力。本书通过强调主体间推导互动的重要性，从一个新的角度揭示诗歌叙事认知特色与语篇层面高级概念整合的关联，以期对以往的概念整合和高级整合研究形成有益的补充，同时也为其他体裁语篇整体上的高级概念整合提供借鉴和参考。

后续所期

本书力求较为全面、系统地介绍 Fauconnier 和 Turner 的概念整合理论和 Turner 的高级整合理论，梳理理论发展脉络和认知机理，建构更为清晰、可操作的诗歌叙事语篇高级整合新模式，并提供较为丰富的诗歌整合例析，以期提高我们认知阐释和鉴赏诗歌作品的能力。在本研究过程中，我们还发现诗歌叙事语篇中存在组诗结构、预设—回应层级、主述推进、隐喻叙事推进等认知维度特色，将在后续研究中进行探讨。由于本人知识水平有限，本书难免有不尽人意之处，敬请学界同仁批评指正！我将在接下来的研究中，继续完善提升。

李昌标

2024 年 6 月

于宁波大学外国语学院

目　录

第一章 绪 论

本章首先对诗歌叙事语篇的相关概念范畴进行界定,包括界说"叙事"这一概念,把握"诗歌语篇叙事尺度"的标准范畴,阐明选择少量叙事、多量叙事、纯叙事的诗歌作为研究对象的原因;接着归类诗歌叙事语篇的认知维度特征,梳理诗歌叙事的国内外研究现状,在此基础上指出诗歌叙事概念整合研究中需要解决的问题,并介绍本书的研究目的、方法和基本结构。

1.1 诗歌叙事语篇的概念范畴

1.1.1 叙事的界说

Fludernik(2006:1)指出,"叙事(narrative)无处不在;我们在日常生活中都是叙述者"。Abbott(2002:2)也认为,"没有什么地方,也没有一个民族,没有叙事;叙事是跨国界的(international)、跨历史的(transhistorical)、跨文化的(transcultural),叙事如同生活一样存在"。Herman(2007:3)甚至认为,叙事是表现时间、过程和变化的基本人类策略(basic human strategy),这种策略的重要性绝不亚于从具体现象抽象出普遍规律的科学阐释方式,就像"(其他条件相同的情况下)温度达到零度水结冰"和叙事策略"在 2004 年 12 月的一个下午,天空阴灰,他在冰面上滑倒了"一样。"叙述,是人类组织个人生存经验和社会文化经验的普遍方式"(赵毅衡,2013:13),叙述是人类认识世界的一种基本方式(李孝弟,2016:138 - 145)。

在叙事范围和程度上,Genette(1982:127)①从宏观方面把叙事简述为"对一个事件或一系列事件的表述";Abbott(2002:12)接受这种宽泛概念,认为可以纵观复杂事务的全貌,包括事件、表述方式以及观众。事件与表述的区别就是故事(事件序列)与叙述话语(故事表达方式)之间的不同。而 Prince(2003:58)给出了更具体的定义,即"由一个、两个或数个(或多或少显性的)叙述者(narrator)向一个、两个或数个(或多或少显性的)受述者(narratee)传达一个或更多真实或虚构事件(作为产品和过程、对象和行动、结构或结构化)的表述"(普林斯,2011:136)。胡壮麟、刘世生(2004:219)从叙事真实程度方面进行界定,凡是叙述者认为有趣的或重要的事件,既可以是真实的,也可以是虚构的,真实的叙事包括新闻报道、忏悔和历史记录;虚构的叙事有喜剧小品、史诗、民谣和叙述小说。

在叙事层次上,有二分法和三分法之说。Genette(1980:25 - 29)区分了叙事的三个层面,把"所指"或所述内容称作故事(histoire),"能指"、陈述、话语或叙述文本称作叙述话语(discours 或 récit),生产性叙述行为以及该行为所处的或真或假的总情景称作叙述行为(narration)。Rimmon-Kenan(2002:3)在其《叙事虚构作品:当代诗学》中又把这三个方面分别解读为故事(story)、文本(text)和叙述

---

① narrative 被界定为"the representation of an event or a series of events"(Genette, 1982:127)。

(narration)。故事指所叙述的事件,从文本中抽象出来,按事件顺序连同事件参与者一起重构;文本指承载着讲述行为的口头或书面话语,或我们所阅读的内容;叙述指产出的行为或过程,包括真实的和虚构的叙述。Chatman(1978:9)根据俄罗斯形式主义和法国结构主义学家 Roland Barthes、Tzvetan Todorov、Gérard Genette 的观点,把叙事界定为话语(discourse,即表达形式)和故事(story,即所述内容)两个方面的结合体,并考虑了小说、电影、戏剧等多种媒介的叙事。申丹、王亚丽(2011:2)也把叙事分为"叙+事",就是叙述事情,即通过语言或其他媒介来再现发生在特定时间和空间里的事件。因此,叙事常被定义为"故事+叙述者"(story plus narrator)(Fludernik,2006:4)。

在叙事与抒情的关系上,二者各有偏重、界限清晰。叙事,《说文解字》解为"叙,次第也;事,职也",叙事就是依序行事之意,"叙""序"相通,叙事即"序事"(杨义,1997:10);而"序"又与"绪"同音假借,叙事也就是给事件安排顺序,理清头绪(程相占,2002:5);"叙"与"事"相结合,无外有按照顺序叙述事情之意。抒,"挹也",抒情即表达思想、抒发情感。叙事与抒情的根本界限在于叙述的客观性和主观性:所述内容属于作者主观感受、想法或情绪,是抒情;所述内容是作者身心之外的客观事物、事件或事态,是叙事(董乃斌,2017:81)。与此同时,二者相互融通、互动互渗,"在抒情中往往通过叙事加深抒情,在叙事中常常用抒情来推进叙事"(罗沙,2006:9),"情与事无可隔离,叙事与抒情并不表现为两个相互隔绝的领域"(谭君强,2013:119-124),在叙事与抒情中间"存在一段混沌模糊地带,在那里是一种我中有你、你中有我的关系"(董乃斌,2017:6),可见叙事与抒情是一对相辅相成的概念。

在叙事的范式上,有"感事""述事"之别。一般来说,"感事"范式,有时会展现一定故事,但多是描述与作品相关的事象、事境、事由、事脉、事态等,注重截取事件的某个片段、场景以叙述抒情,中国古代诗歌叙写历史或诗人亲历事件,属于"感事"范式,"诗史"是其典型特征。"述事"范式,讲述一个有因有果、首尾相合的故事,强调人物个性、矛盾冲突、结构情节的描写,突显时间性与再现性。西方早期诗歌属于"述事"范式,"史诗"是其典型特征,往往结构宏大,多叙写具有重大意义的历史事件或者神话传说,以英雄人物为中心,人物性格鲜明,情节完整,风格崇高,富于戏剧性(周兴泰,2018:58-59)。

特别值得关注的是,有些学者从认知维度对叙事进行了探讨。Polkinghorne(1988:11)认为,叙事是一种图示,人们通过该图示赋予他们的时间经验和个人行动以意义;Abbott(2002:3)指出,叙事的天赋是普遍存在的,叙事是一种"深层结构"(deep structure),一种基因般植入我们思维的人类能力,如同我们与生俱来的语法能力一样。特别是 David Herman 在其主编的《剑桥叙事指南》(The Cambridge Companion to Narrative)中收录了 Ryan(2007:25-27)的论文,并放在绪论后的第一篇,隆重推出了她的观点,即"叙事是一种认知文体,一种思维方式(mode of thinking);叙事是一种把文本看成一个整体的心理意象(mental image),是一种认知构建(cognitive construct)"。这种观点明确了诗歌叙事语篇的认知属性和认知维度布局,这对本书的认知研究构思有重要启示:在属性上,叙事是认知的;在认知维度布局上,诗歌叙事语篇是一种由不同心理意象互为关联、相互作用的认知建构体。所以说,叙事是我们基本的认知工具和思维方式,是人类经验的基本组织原则,是我们表征和重构现实世界的重要手段(张新军,2011:5)。也正如 Henry James 所说,叙事为我们所生活的世界打开了一扇窗户,透过这扇窗户我们可以洞察他人的心灵视界。

综上所述,"叙事"在界定上呈现多维度、多样化、不统一的趋势,这正是学术讨论争鸣的新常态。从认知的角度来看,本书认为,叙事是一种写人述事的认知思维方式（Brunner，1986），是一种与抒情互动并行的认知构建，是由不同叙述主体以口头或文字的形式，依据一定时空、因果、视角等认知次序，讲述真实或虚构故事内容的互动过程机制。这种界定有多层含义：

第一，叙事成为人们基本的、必然的认知思维方式。无论是钻木取火的远古时代的神话、先民对生活故事的叙述，或是西方文明中对史诗和《圣经》、中华文明中对《诗经》和诗史的精心编撰，还是历史故事，以及舞台表演、影视再现、网络表达等，都是人们对世界的认知表达。

第二，叙事的主体可以是多元的，通常包括作者主体、叙述者主体、人物主体等，他们在文本故事呈现中起着相应的角色协作或互动作用，并通过读者主体的认知解读获得突显。其中叙述者、人物主体处于文本之中，作者虽然位于文本之外，但其主体性可以由其做出的文本选择来体现，读者阅读文本的过程就是不断推导建构作者形象和作者主体性的过程。值得注意的是，读者仅能接触文本，读者与文本的"交流主要是体验性的主体间关系"，与作者的对话交流则"主要是理解性的主体间关系"，读者与文本以及作者之间"所形成的对话交流关系是主体间的对话与交流关系，呈现出主体间性"（尹富林，2007：41－44）。本书采用"文本形象"来指代文本的主体性。文本形象和作者主体中都含有作者主体性，但其主体作用不同，读者主体与文本形象中的作者形象形成了体验关系，与"创作时"和"平时"的作者主体的协商理解则是在进入作者心境视野、角色转换等深入推导互动中实现的（详见第三章）。作者主体（创作时的作者和生活中的作者）位于文本之外，而作者做出的语言选择所隐含的作者形象则位于文本之内。

第三，叙事与抒情犹如一对孪生兄弟，各有个性而又彼此紧密相联，诗篇中或抒情占据主导，或叙事占据主导，也有时深度融合，因而其抒情或叙事性质比较模糊,诗歌体现了这种抒情和叙事的异同互动性。

第四,叙述的形式可以是口头的,可以是笔头的,也可以是文本中含有口头表达的。本书聚焦于诗歌叙事的文本形式,比如唐诗中的五言、七言等诗歌,英语中的素体诗、十四行诗、戏剧诗等诗歌,其中有些诗歌是以对话形式来叙述故事的。无论哪种形式,都是作者/叙述者按照一定的关联来组织展开的,比如有些以时间或空间关系来推进,有些按因果关系来演绎,有些用内外视角来交替,读者则需要根据文本提示对之加以认知重构。阅读叙事作品既是认知思维方式,也是读者主体、文本形象、作者主体等主体间相互协作或互动的结果,即本书重点建构的"读者引领的主体间推导互动基础上的三认知环节高级概念整合模式"①,简称"主体间推导互动高级整合"。

1.1.2　诗歌语篇叙事尺度的把握

界定了"叙事"概念之后,我们还需建立"诗歌叙事语篇尺度"标准,以便为本研究选择合适有效的诗歌叙事语篇语料提供依据。而建立"尺度"标准,离不开叙事、抒情语篇作为参照比对,因此下文先就中西叙事诗、抒情诗发展中体现出的特质进行梳理说明,从中把握诗歌叙事语篇尺度的划分。

1.1.2.1　中西叙事诗、抒情诗的特质

诗歌,即"诗言志,歌永言"(《尚书·虞书·舜典》)、"在心为志,发言为诗,情动于中而形于言"(《毛诗序》)。诗歌分行布局、经常富有奏律,"以其深邃的意境,集中精炼地反映社会生活、抒发浓郁情感"(周红兴,1988:29)。按照是否押韵,诗歌可分为有韵诗和无韵

---

① "高级整合"(Advanced Blending)由 Turner(2014)提出,是对 Fauconnier & Turner(2002)的概念整合理论(Conceptual Blending)的进一步发展,详见 2.4。

诗;按其奏律,有格律诗和自由诗之分;按叙事性或故事情节的完整性来分,有叙事诗和抒情诗。叙事诗又可分为史诗、故事诗、诗剧、英雄颂歌等;抒情诗则有情歌、颂歌、哀歌、挽歌、爱情诗、讽刺诗等类别(唐正柱,2001:204)。不管哪一类诗歌,往往都含有叙事或抒情的成分,或者是叙事与抒情在一定尺度比值上分配融合(见本节下文)。叙事诗、抒情诗这两大类别的诗歌,集中体现了叙事与抒情的尺度关系。

叙事诗描写事件、人物、场面、生活片段,有比较完整的故事和情节,在讲述事件、反映社会生活的过程中蕴含诗人的情感,结构上有所跳跃、韵律上有韵文或韵散相间的特点(周红兴,1988:31;李鸿雁,2010:40;朱子南,1988:27;舒艳,2010:8)。叙事诗有广义和狭义之分,广义叙事诗又可分为写景和记事两类。写景类包括一个相对独立的生活场景、一组描述生活情趣的镜头、一幅透视人物形象的自然景物画面,记事类含有一段较为完整的情节、一则首尾有序的故事、一个诗人所塑造的人物形象或自我形象,而狭义叙事诗专指记事类诗歌(路南孚,1987:1)。朱熹说:“《生民》诗是叙事诗,只得恁地。盖是叙,那首尾要尽。”(黎靖德,1986:2129)。通俗地讲,叙事诗要故事首尾完整,无论是叙述虚构故事,还是历史或当代事件(包括西方的长篇史诗),有比较完整的故事情节和人物形象,即使叙事中有抒情“插笔”,即诗人自己站出来,直接向读者表达自己对事件的立场态度,但仍然是以诗的叙事原则来统驭抒情,诗人是借写人叙事来抒发情感,而非像抒情诗那样直抒情志胸臆,也非小说那样描写细致入微、全面具体。叙事诗具有诗的特长:洗练含蓄、形象典型、情节跳跃,是“诗的叙事”,是“叙事性与抒情性的结合,透过事件的再现指向生存本质性的感悟”(罗沙,2006:8),往往以少胜多,余味无穷。

在中国古代,“史”主导着叙事,“史书以其在中国文化中的崇高地位,成为中国叙事艺术的主源”(邱昌员,2006:47-50)。叙事诗相对滞后,只占据边缘化的地位,这也因为"古代中国是一个抒情诗的王国,抒情诗成为中国文学的主要样式"(邱昌员,2006:47-50)。在先秦时期,出现了叙事诗的萌芽和初步发展,甚至出现了篇幅短小、情节曲折的诗歌,《诗经·大雅》中的《生民》《大明》《皇矣》《绵》《公刘》等就是典型代表,《诗经·小雅》里的《采薇》《大东》等也有较完整的叙事。不过,相对于《大雅》,"《小雅》的抒情意味增多了"(吴庆峰,1990:3)。在汉代,叙事诗得到了迅猛的发展。特别是汉代的乐府民歌多起自寻常巷陌,班固《汉书·艺文志》就说汉乐府"感于哀乐,缘事而发",继承并发扬了《诗经》"饥者歌其食,劳者歌其事"的现实主义诗歌传统,比如《陌上桑》《东门行》《孤儿行》《病妇行》《孔雀东南飞》用精炼的口语来叙述故事,刻画人物,成为早期较完美的叙事诗。随着乐府诗的流传和影响,汉末文人叙事诗得到空前发展,其袭用民歌形式并经过文人加工,表现手法日臻成熟,如《古诗为焦仲卿妻作》《上山采蘼芜》《十五从军征》。这些诗歌故事剪裁典型,情节有发展,人物形象更加鲜明。可以说,"汉代乐府诗给人文叙事诗提供了典范的借鉴"(路南孚,1987:5),形成了中国叙事诗长河中的第一个高潮。同时,汉代乐府诗对后来的"建安文学"、唐代"新乐府"运动,乃至清代叙事诗都产生了深远的影响。建安诗人代表是曹氏父子,一生鞍马为文的曹操继承和发展汉乐府诗,开创了拟乐府诗作,其《苦寒行》《蒿里行》等反映了社会战祸与民生疾苦。"粲溢今古,卓尔不群"的曹植,其叙事诗如《白马篇》《七哀诗》以笔力雄健和用词华美见长,"不仅包含真实反映民生疾苦的内容,而且具有时图进取、献身致用的壮志风骨"(李鸿雁,2017:24);他与曹操、曹丕合称"三曹",以他们为代表的叙事诗风,形成了鼎足千古的"建安风骨"。这个时期的优秀叙事诗还有王粲的《七哀诗三首》、陈琳的《饮马长城窟行》、蔡琰的《悲愤诗》等,都以拟乐府诗的形式叙述当时的社会现实,开启后代延绵五百余年的拟乐府诗风。后来又出现了古代史上最长的一部长篇叙事诗《孔雀东南飞》,其与北朝的长篇叙事民歌《木兰辞》合称"乐府双璧"。到了中唐,由于受到安史之乱的摧残和统治阶层的昏庸无能影响,唐朝国力江河日下、风雨飘摇,记载民间疾苦、社会创伤的部分叙事诗应运而生,逐渐走到了台前。杜甫的《三吏》《三别》《兵车行》《自京赴奉先县咏怀五百字》《茅屋为秋风所破歌》等叙事诗是中唐叙事诗的先声,"善陈时事,律切精深,至千言不少衰,世号'诗史'"(欧阳修等,1975:5738),将视野由抒情诗转向叙事诗,其中大多不再是沿袭乐府旧体的乐府诗。而"诗到元合体变新",出现了元结、李绅、元稹、白居易等一批诗人,白居易的"新乐府"运动兴起,叙事诗达到空前的水平。白居易的《秦中吟》十首、《新乐府》五十首一事一篇,情节相对简单,但他的长篇叙事诗《长恨歌》《琵琶行》,以及元稹的《连昌宫词》把新乐府运动推向了巅峰。新乐府运动中孕育而生的大量叙事诗形成了叙事诗长河中的第二个高潮。"叙事诗"一词最早出现在南宋(李亚锋,2010:119-124),如胡仔所撰《苕溪渔隐丛话》前集卷三十二引《隐居诗话》云:"白居易亦善作长韵叙事诗"(1962:221)。宋朝常受到西夏、辽、金、元等政权的惊扰,国力衰弱,朝廷内外矛盾尖锐,叙事诗也受其影响进入了衰落阶段,但还是出现了主张"言理""以议论为诗",并反映人民悲苦和宣扬爱国的叙事诗佳作,譬如欧阳修的《食糟民》、王安石的《河北民》、柳永的《鬻海歌》等。到了清代,叙事诗作家又掀起了叙事诗长河中的第三次高潮。清初吴伟业的《圆圆曲》《楚两生行》就是叙事诗中的佳品,《圆圆曲》以批判吴三桂"冲冠一怒为红颜"为主题,叙述翔实,对陈圆圆、吴三桂等故事人物刻画入微;《楚两生行》运用现实主义的手法,叙述了两位艺人苏崑生和柳敬亭,以及宁南侯左良玉的身世起伏与事业盛衰,笔触饱蘸感情,情节场景真实生动,富有时代感,再现了风云变幻的明清易代历史和社会生活。1840年鸦片战争后,面对半殖民地半封建的社会现实,叙事诗的题材转向反帝反封建反侵略,如黄遵宪的《冯将军歌》、张维屏的《三元里》、缪钟渭的《纪大东沟战事吊邓总兵世昌》等,都充满了高亢的战斗激情。这些近代意义上的叙事诗,是对中国古典叙事诗的发展与弘扬。进入20世纪后,在西方"史诗"理论的影响下和民族救亡图存的大环境里,梁启超、章太炎、王国维、胡适等中国文人开始注意到西方迥异于我们的"长篇之诗",同时对我国的叙事名篇进行分析考证,讨论"史诗"概念对中国文学的适应性。艾青的《吹号者》和《火把》、冯至的《蚕马》和《帷幔》、李季的《王贵与李香香》、罗沙的《海峡情思》和《东方女性》等是价值很高的叙事名篇。20世纪90年代出现了"叙事性"诗歌,并产生了孙文波、西川、王家新、张曙光、臧棣、欧阳江河、陈冬冬等一批代表性诗人,其诗摆脱了事件的单一性和完整性,不以讲故事、写人物为创作旨归,而是展示诗人瞬间的观察和体悟,强调诗人自身的写作态度和写作观念,在本质上仍是一种诗性叙事或"亚叙事",不是真正的叙事诗(罗振亚,2003:92;李心释,2016:106)。

在西方,史诗(Epic),又叫英雄史诗,主题崇高庄重,风格典雅,集中描写以自身行动决定整个部落、民族或人类命运的英雄或近似神明的人物(程相占,2002:12)。或者说,史诗是一种通过创造情节来表现生活的宏大艺术,因而富有传奇性和神话性(胡秀春,2013:5)。自古以来,优秀作品彪炳史册,如古希腊荷马的叙事史诗《伊利亚特》《奥德赛》,英国盎格鲁-撒克逊时期的英雄史诗《贝奥武甫》、英国弥尔顿的史诗《失乐园》,意大利但丁的长篇史诗《神曲》,德国歌德的诗剧《浮士德》、英国诗人雪莱的诗剧《解放了的普罗米修斯》,古罗马奥古斯都时期维吉尔的"罗马的荷马史诗""文人史诗"《埃涅阿斯纪》,以及俄国普希金的《欧根·奥涅金》、英国拜伦的《唐璜》等长篇诗体小说,它们以古代传说或神话故事为叙事主线,抒写重大历史事件,结构宏大,充满想象。西方当代叙事诗,在部分诗人笔下得到发扬光大,比如谢默斯·希尼以及美国诗人伊丽莎白·毕肖普、罗伯特·洛厄尔、罗伯特·弗罗斯特、戴维·乔亚等。与西方相比,中国古代很少有"神话-史诗"传统,而是偏重对现实主义创作精神和主题的追求,对现实问题的历史批判,表现为题材真实性、主题政治性和功利化的风格;中国叙事诗往往结构精巧,以小观大;中国叙事诗通常是"叙事帮衬抒情,而非西方的叙事隐现抒情"(李亚峰,2015:3)。可见,叙事始终是整个叙事诗篇中的主导成分。

抒情诗是"通过直接抒发作者在现实生活中激起的思想感情来反映社会生活的诗歌"(周红兴,1988:32),其本质是言志缘情,诗人往往直抒胸怀来"展其志""骋其情"。正如孔颖达《毛诗正义》所说:"在己为情,情动为志,情志一也。"《诗·大序》有言:"诗者,吟咏情性也""诗者,志之所之也。在心为志,发言为诗。情动于中而形于言"。白居易《与元九书》亦说:"感人心者,莫先乎情""诗者,根情,苗言,华声,实义"。诗人常常以触景生情的方式抒发情感,比如王维的写景诗《鹿柴》,描写鹿柴傍晚时分的幽静景色,但隐含禅意、发人深思。诗人或以托物言志的手法来寄托思想,王维的《相思》借咏红豆而寄相思离别之情。诗人抒发的思想感情,是在特定时期、特定情景下的情感流露,容易产生引人共鸣的意境和形象,因而不抽象空泛,像李白的《静夜思》就点明了"床前""明月"的情景和思乡的人物形象,思乡的意境在情景交融中得到完美升华。同时,抒情诗除了感情的抒发外,还有对事物、故事的描写,只是抒情统摄整个故事情节,比如罗伯特·弗罗斯特的《割草》("Mowing")描述了"我"用长柄镰刀割草"与大地交流(whispering)"的情景,但整首诗呈现以事抒情的语调格局,表达劳动者对大地芳草的深情及对朴实劳动的崇尚。当然,与叙事诗的故事情节相比,抒情诗即便有故事,也不够完整,抒情通过含蓄的故事获得情感的加深与升华。

1.1.2.2 诗歌叙事语篇尺度的划分

鉴于中西叙事诗、抒情诗的特质和交融现象,学者们尝试从抒情和叙事的分量、主导程度来认知诗歌,因而对叙事尺度的合理把握具有重要意义。在比重分量上,董乃斌(2017:1-4)针对陈世骧先生在20世纪60年代从中西文化比较角度提出的"中国的抒情传统"命题①,提出抒情、叙事两大传统贯穿中国文学史的观点,抒情与叙事就好比两种基本色调,位于色谱的两端,中间地带是模糊混沌的"色彩",即历来占据主流地位和被运用最多的诗词曲赋和文章类作品。胡根林(2004:2)根据叙事-抒情的比值多少来判断一首诗是叙事诗还是抒情诗,当抒情、议论比值趋于零时,该诗是纯叙事诗,当比值趋于最大值时,叙事诗转化为抒情诗,可见叙事和抒情诗都是可变的量。罗沙(2006:8-9)指出优秀叙事诗具有的"四有"命题,即"有人、有事、有景、有情",并按照叙事和抒情所占的分量,将叙事诗分为侧重客观叙事的报告叙事诗和侧重主观抒情的抒情叙事诗,二者都是借助叙事情节来传达情感,以抒情成分来统率事件,孕育了叙事诗的客观性、主观性两种品质。在主导程度上,周剑之(2011:8)、周兴泰(2018:62)从叙事、抒情的主导地位来看,认为对事件的叙述在诗歌中居于主导地位时,诗歌就具有比较鲜明的叙事性,反之则具有抒情性。基于对诗歌本质问题的讨论,在大幅度地削减诗歌中的抒情成分之后,叙事依旧是以"第二性"的姿态存在于诗的世界中,即孙文波所提倡的"亚叙事",诗的本质仍是抒情(杨亮,2020:39)。李心释(2016:111)则认为,好的叙事方式应该是"深度叙事",来自对生活的感受与深刻思考,"在于从生活事件中提取的质问生活的洞察力",这

---

① 周兴泰(2018:53-64)认为,"抒情传统说"并不是陈世骧等人的发明,而是对古代文论家关于中国文学性质阐述的理论的明确与标举,因为这在中国古代文论中已多有论述,如"诗言志,歌永言,声依永,律和声"(《尚书·虞书·舜典》);"诗者,志之所之也,在心为志,发言为诗"(《毛诗序》);"诗缘情而靡"(陆机《文赋》);"夫诗虽以情志为本,而以成声为节"(挚虞《文章流别论》)等。"抒情传统说"是陈世骧等人在与西方文学叙事传统对照的语境下提出的,在主观上有意或无意忽略了中国文学的叙事传统,但这并不意味着客观上中国文学不存在叙事传统。

种洞察力指向的是人类共同而普遍的隐秘体验,深度叙事在与这种洞察力相匹配的事件、场景、细节中做出准确选择,从而达到叙事的高度。另外,有的从抒情诗中看叙事,认为"抒情诗中的空间叙事是普遍存在的,构成抒情诗歌叙事的基本形态"(谭君强,2014:102 - 107);有的从叙事诗中看抒情,认为"作为叙事诗,与抒情结合才为上品,这恰是中国古典叙事诗最大的特点"(路南孚,1987:12);有的根据所叙之"事"的不同形态,把叙事诗分为四种结构模式,即单轨直线型(以相对完整的故事情节取胜)、双轨并联型(一边叙事一边抒情)、螺旋递进型(以逼真反映现实生活的事见长)、圆圈循环型(叙述带有批判意味的政治性事件或讲述含有哲理的动物故事,以理取胜)(胡秀春,2013:26)。

本书认为,若以诗歌中叙事成分多与少的尺度量值为参照变量,我们可从整体语篇上把诗歌分为零叙事的诗(poems without narratives)、少量叙事的诗(poems with fewer narratives)、多量叙事的诗(poems with more narratives)、纯叙事的诗(poems with total narratives or full of narratives)(见图 1.1)。

图 1.1　诗歌叙事语篇尺度

零叙事的诗指叙事尺度上叙事比值趋于零、抒情或议论比值最大化的诗歌,位于叙事尺度轴的最左端,也称纯抒情诗。"纯抒情的作品仿佛是一幅画,但主要之处则不在画,而在于那幅画在我们心中所激起的情感。"(别林斯基,引自唐正柱,2001:204)苏格兰诗人罗伯特·彭斯的《一朵红红的玫瑰》("A Red, Red Rose")就是一幅抒情画,画中的恋人犹如一朵红红的玫瑰、一首美妙的乐曲,诗中有十多处直接以 luve 歌颂恋人的美丽妩媚,抒发诗人对爱情的炽热向往和坚定决心,爱到"海枯石烂",爱到永远。王维的《鸟鸣涧》也是一幅春山夜静的水墨抒情画,并未直接写事,但透过花落山空、月出鸟鸣的动静相生之境,"人闲"的背后依然能映衬出诗人的心灵空寂、精神超然、佛义虚幻之感。

少量叙事的诗,是相较于尺度轴上的多量叙事的诗来说的。"少"在于一首诗里的叙事成分少于 50%,介于零叙事的诗(纯抒情诗)和多量叙事的诗之间,全诗的叙事情节不完整或者只有典型叙事片段的裁剪,诗歌总体性质通常是抒情性的,抒情中"内在地包含着叙事"(谭君强,2014:102),我们也可称之为少量叙事的抒情诗。王维的《山居秋暝》全诗四联八小句,只有颈联叙事"浣女归家、谈声笑语、莲叶分披、渔舟返航",首颔联写景"空山新雨、晚秋明月、清泉石流",尾联抒情"随意春芳歇,王孙自可留",全诗以景、事铺叙抒发了诗人对秋日山野的高洁情怀和归隐意念,叙事尺度指向 25% 的量度,聚焦了一个叙事镜头,因而总体上该诗是抒情诗。而《使至塞上》同样四联八小句,首尾联叙事:王维奉命慰问边疆将士,遇萧关侦候骑士,得知都护仍在燕然前线,诗人流露出对都护的赞叹。颔颈联写景抒情,诗人北征自比蓬草孤雁,生飘零之感;见边陲大漠奇观,写雄宏之魄。叙事占有一半篇幅,故事首尾衔接、相对完整,表面上是虚写战争,实则反衬诗人对守边将士更加强烈的慰问敬仰之情,因而整体上该诗是抒情统驭叙事。

多量叙事的诗,"多"在于一首诗里的叙事成分多于 50%,位于少量叙事的诗和纯叙事诗之间,故事情节比较完整,有铺垫场景、典型人物、连贯事件以及较完整的叙事进程。若叙事目的是烘托表达诗人强烈、明显的思想情感,尽管叙事成分多于 50%,其诗歌性质往往是抒情性的,属于多量叙事的抒情诗;若诗人的感情表达比较含蓄、隐晦,叙事语气浓郁、节奏朴实,叙事内容多于50%,诗歌也可能是叙事性的,属于多量叙事的诗。因此,诗歌的叙事性和抒情性特质,通常与具体的诗歌认知布局紧密相关。罗伯特·弗罗斯特的诗歌《风与窗台上的花》("Wind and Window Flower")采用拟人手法,想象了冬日微风"他"和窗口娇花"她"的相思幽情,有较强的叙事成分:他慕恋窗台、轻摇窗扉、透视玻璃,她彻夜未眠;他欲带她飞奔,她斜倚一边、不知何答,可黎明到来,他已"吹"至百里之遥。但这首诗也有寓言式的哲理,爱情并非都有圆满结局,但要抓住时机珍爱所爱的人,待清醒过来,恋人已行远。"'风'和'花'在自然属性和人类道德属性上的一致,兼具在这首诗里,或者说该诗具有二重性"(王宏印,2014:18),但总体上这是一首多量叙事的抒情诗。希尼的成名诗作《挖掘》("Digging"),用6个诗节叙述了爷、爸、我三代人劳动的方式,爷用铲挖泥炭、爸用铲撬马铃薯、我用笔"耕耘"的叙事比较完整,2个诗节夹杂议论,感慨"挖掘"方式的不同和社会的变迁,整首诗可视为多量叙事的叙事诗。需要强调的是,无论是少量叙事的诗还是多量叙事的诗,都是叙事与抒情有机结合的结果,处于尺度轴上的中间交织地带,具有诗歌这一文学体裁特有的艺术魅力和研究价值。

纯叙事的诗,指从头至尾叙述相当完整的故事情节的诗歌。诗歌的意境和哲理思考往往寓于叙事之中;叙事中往往藏有不尽之意,经过读者的认知解读使诗意得到升华。杜甫的《石壕吏》是一首杰出的现实主义叙事诗,全篇句句叙事,诗人既看"有吏夜捉人"的情景,又听"老妇前致词",最后"独与老翁别",事件剪裁精炼,无抒情片语,但诗人对封建统治者残暴行为的憎恨、对劳动人民苦难遭遇的深切同情跃然叙事之间,"此皆有神往神来,不知而自至之妙"(《诗镜总论》)。希尼的《点头》("The Nod")分为两个诗节,上节讲述了周六晚上父亲和我在劳丹肉铺买肉、父亲数着一个个硬币付钱的场景,下节讲述本地民防警备队荷枪实弹在一旁巡逻、时而向我父亲点头时而又忽略他、不知如何对付他的事件,整个情节平铺直叙,不着一丝议论抒情,但时下北爱尔兰的政治紧张气氛暴露于叙事之中,诗人生活在"夹缝之中"(in-between)的矛盾心理和艰难抉择跃然纸上。

由此,本书认为:诗歌按照叙事成分的尺度量值来考察,零叙事的诗、少量叙事的诗、多量叙事的诗、纯叙事的诗,实际上是叙事尺度上的三个概念范畴,即纯抒情诗、抒情-叙事互动交融的抒情诗/叙事诗、纯叙事诗①。这三个概念范畴成为本书选择诗歌叙事语篇、归类叙事诗歌语料的依据。本书重点考察后面两种:一是抒情-叙事互动交融的诗歌语篇,分别表现为抒情或议论占主导的含有叙事成分的诗歌语篇、叙事占主导的含有抒情或议论成分的诗歌语篇;二是情节首尾相连、平铺直叙、不着抒议的纯叙事诗。同时,这些诗歌隐含着一定的叙事认知网络运作机制,表征为具有一定规律的诗歌叙事语篇认知维度(见1.1.3.2诗歌语篇叙事认知维度),这也是本书选析相关诗歌的另一个认知关联依据,因此本书进而从认知语言学的概念整合理论(Conceptual Blending or Integration),尤其是高级概念整合(Advanced Blending)角度揭示这些认知运作,以便我们认知解读诗歌文体的主题意义。

1.1.3 诗歌叙事语篇的语料选择与叙事认知维度

1.1.3.1 诗歌语料选择

本书选择中西四位著名诗人笔下的诗歌作品为研究语料。这四位诗人是我国唐代的"诗佛"王维(701—761)、"诗圣"杜甫(712—

---

① 有学者认为,"根本不存在纯粹的叙事诗与抒情诗"(李孝弟,2016:143),"现代汉语诗歌兼祖中外,叙事亦抒情,抒情亦叙事,无纯粹的叙事,亦无纯粹的抒情"(姜飞,2006:5)。但从我们收集的语料来看,纯抒情诗(零叙事的诗)、纯叙事诗(全叙事诗)是存在的,像希尼的不少纯叙事诗已成为他的创作特色,弗罗斯特的纯抒情诗别有诗味,当然抒情与叙事融为一体的诗歌更是诗歌主流,因此叙事尺度上的三个诗歌概念范畴也是存在的。

770)，爱尔兰诗人、诺贝尔文学奖得主谢默斯·希尼（Seamus Heaney，1939—2013）①和美国民族诗人（national poet）罗伯特·弗罗斯特②（Robert Frost，1874—1963）。之所以选择这四位诗人的诗歌作品进行认知研究，主要有以下几方面的考量。

第一，认知解读的需要。20世纪90年代以来，西方语言学、文体学、叙事学等领域出现了"认知转向"，其中认知文体学成为跨语言学、文学研究和认知科学的文体学派。认知文体学有新、旧两方面：旧的方面是关注语言选择与效果之间的关系以及篇章与读者对篇章的解读，新的方面是聚焦语言选择与人的认知结构和过程之间的关系（Semino & Culpeper，2002：Ⅺ），这正是概念整合理论与文学及文体学新的结合点之一。概念整合③是Fauconnier & Turner（2002）在其集大成著作《我们的思维方式：概念整合及人类心智隐藏的复杂性》中形成的，已成为近些年国内认知语言学界的重要话题，其核心假设是"意义是在具有创造性和想象力的心理过程中动态地建构起来的"，"对于语言交际者建构话语意义以及在这一过程中所进行的认知活动有着很强的解释力"（金胜昔、林正军，2016：116 - 121），因此这一理论特别适用于解释富有创造性的机制和过程，可用于文学分析、艺术分析等（张辉、杨波，2008：7 - 14），"具有较好的文体分析运用前景"（申丹，2008：6）。应该说，利用认知语言学的理论对各种类型的文学作品进行解读和分析，在一定程度上为认知语言

① 希尼出生于北爱尔兰贝尔法斯特附近的德里郡（County Derry）一个叫莫斯浜（Mossbawn）的农场里，并在北爱尔兰接受了从小学到大学的英国教育，1972年举家迁往爱尔兰共和国威克洛郡（Wicklow）的格兰摩尔（Glanmore），完成了从英国统治下的北爱尔兰公民到爱尔兰公民的转换。正如李成坚在她的2006年专著题目中所称，"爱尔兰-英国诗人谢默斯·希尼"，希尼具有双重的英语国家诗人身份。
② 在弗罗斯特75、85岁生日时，美国参议院两次通过决议向他祝寿；他被授予"美国民族诗人"的称号。（转引自《弗罗斯特诗选》，顾子欣译，南京：江苏凤凰文艺出版社2018年版，第243页。）
③ 概念整合的理论综述详见本书第二章。

学的诸多理论提供了很好的实践平台,同时也为文学批评另辟蹊径(束定芳,2014:1)。但在诗歌叙事语篇的认知解读中,概念整合如何发挥作用,概念整合与诗歌叙事如何关联运作,特别是从整体诗篇来考量的关联运作,学界鲜有论述。本书希望就此展开探究,不局限于传统上从词、句层面来进行概念整合,而是从诗歌叙事的整体篇章上来综合考察①其高级概念整合。本书以四位诗人的诗歌叙事语篇认知网络为重点研究对象,进一步厘清概念整合理论在诗歌叙事解读中的相关运作过程,从新的角度揭示读者如何理解具有不同程度和不同种类的叙事成分的诗歌。

第二,对不同叙事风格的综合关注。四位诗人的诗歌体现了东西方文化的精髓,代表了不同的叙事风格。王维与李白、杜甫齐名。在其留存的 470 多首诗歌中,抒情诗和叙事诗皆有,"达到了诸诗体并臻工妙的境界"(杨义、郭晓鸿,2005:3),被学界讨论最多的还是他那饱含浓郁抒情韵味的山水田园诗,比如"明月松间照,清泉石上流"(《山居秋暝》),"白水明田外,碧峰出山后"(《新晴野望》),"诗中有画,画中有诗"是这位"五言宗匠"的诗歌标签。其诗歌叙事卓见功底,颇有建树,比如《桃源行》《老将行》,然而学术界对其诗歌叙事认知网络的研究远比不上对其山水田园诗、佛教禅意诗的研究。他的诗歌往往叙事中带有抒情,即具有抒情叙事诗的特色,同时也有记事

---

① Fauconnier 和 Turner 在概念整合理论的几本重要专著中,主要在词汇、句子层面进行了概念整合研究,也有简短的话语构型分析(discourse configurations),具体包括:Fauconnier(1985)的《心理空间:自然语言中的意义构建》(*Mental Space: Aspects of Meaning Construction in Natural Language*)和 1997 年的《思维和语言中的映射》(*Mappings in Thought and Language*);Fauconnier 和 Turner 2002 年出版的《我们的思维方式:概念整合及人类心智隐藏的复杂性》(*The Way We Think: Conceptual Blending and the Mind's Hidden Complexities*)。Turner 在 2014 年的《想法之源:整合、创造力和人类思维火花》(*The Origin of Ideas: Blending, Creativity and the Human Spark*)中,从语篇整体上对诗歌进行了初步探讨,为概念整合指出了新的方向。本书对诗歌叙事语篇的高级概念整合研究符合这一新的发展方向。

叙事诗,这些正是本书予以关注、挖掘的焦点之一。

杜甫,字子美,又称杜少陵、杜拾遗、杜工部,我国历史上伟大的现实主义诗人,其诗被称为"诗史",流传至今的有1171首。正如晚唐孟棨《本事诗·高逸第三》所言:"杜逢禄山之难,流离陇蜀,毕陈于诗,推见至隐,殆无遗事,故当时号称'诗史'。"南宋初胡宗愈《成都草堂诗碑序》亦说:"先生以诗鸣于唐,凡出处去就、动息劳佚、悲欢忧乐、忠愤感激、好贤恶恶,一见于诗,读之可以知其世,学士大夫谓之'诗史'。"杜诗被称为"诗史",在于其诗词史的价值,禄山之战乱、百姓之苦难、社会之画面,杜甫皆"备叙其事""言事有征",并融入自己独特的理解视角和洞察心情,所以杜甫的诗歌叙事具有纪实叙事诗的特点。但杜诗绝非纯客观的叙事,用诗体去写历史,而是在深刻反映现实的同时,通过独特的风格表达作者的心情(陈才智,2005:13)。杜甫的杰作《北征》就是追叙自己一路从凤翔往东北回鄜州家中的所见所闻,记载人民生活状况,很像谏草奏议,希冀唤起唐肃宗的注意。

在西方世界,爱尔兰诗人希尼的诗歌主要以自由诗行的诗风为主,"纯粹叙事 + 点睛升华"是希尼诗歌的鲜明特色。正如1995年诺贝尔文学奖颁奖词中所称,"希尼的诗作既有优美的抒情,又有伦理思考的深度,能从日常生活中提炼出神奇的想象,并使历史复活"。在他的16本诗集中,童年的执着回忆、日常生活的点滴瞬间、话题的"原路返回"都融入了隽永的诗行。他青年时期创作的成名诗作《挖掘》,就是对童年时期祖辈父辈们在北爱尔兰德里郡土地上农耕挖掘往事的回忆,并上升到"用笔去挖掘"的诗意高度。

弗罗斯特,美国乡村诗人,出版九部诗集,两部诗剧,四次获普利策奖和其他荣誉,是20世纪最受喜爱的美国诗人之一,被称为"美国文学中的桂冠诗人"。其诗歌叙事贴近生活、拥抱自然,具有新英格兰的地方特色,多采用独白诗和对白诗形式,语言通俗上口、雅俗共赏,并采用熟知的拟扬五步格等传统韵律和形式,从对新英格兰牧场生活的平常事情叙述中折射出高远的情趣和哲理。他的《补墙》（"Mending Wall"）、《未选之路》（"The Road Not Taken"）、《雪夜林边小驻》（"Stopping by Woods on a Snowy Evening"）等就是很好的例证，叙事中带有抒情，正如他所说，"诗以兴趣开始，以智慧结束"。

总体而言，这四位诗人的诗歌既包含全叙事诗歌（纯叙事的诗），又有抒情或叙事分别占主导地位、互动交融的抒情性或叙事性诗歌，较好地代表了本书所关注的诗歌范畴。因篇幅所限，本书只聚焦于有限的几位诗人的作品，选择以杜甫、王维诗歌为代表的中国古典诗歌（现当代中国诗歌受西方影响较大），以及以美国的弗罗斯特和爱尔兰的希尼①诗歌为代表的现当代西方诗歌，作为叙事认知网络的具体分析对象。

第三，概念整合网络的综合运用。概念整合理论在心理空间理论（Mental Space Theory）、概念整合理论、高级整合理论的发展过程中，形成了基本整合网络、连锁整合网络（Cascading Blending）的不同类型（详见本书的第三章双域高级网络整合和多域高级网络整合）。基本整合网络包括简单型、镜像型、单域型、双域型整合等四种网络，连锁整合网络包括接龙型（concatenating）、分合型（converging）②整合网络，这些网络类型可综合运用于诗歌叙事认知网络的整合之中，就诗歌叙事的人物主体、时间、空间、因果、视角转换、景-事-抒/议等

---

① 李成坚在其 2006 年出版的专著《爱尔兰-英国诗人谢默斯·希尼及其文化平衡策略》中，鉴定了希尼的双重国籍身份，他既是英国统治下的北爱尔兰公民，从小接受正规的英式教育，年轻时还在贝尔法斯特女王大学教授英语课程，是一位具有英国视野的诗人；后来随着北爱时局的变化，于 1972 年举家迁入爱尔兰共和国，又是一位具有爱尔兰视野的诗人。在诗歌创作的生涯中，他曾担任英国牛津大学、美国哈佛大学等知名大学的诗歌客座教授，在世界多地发表演讲，是一位享誉世界诗坛的诗人。所以，希尼是一个立足本土、又具有国际视野的大诗人，他的诗歌在英语世界具有较大的代表性，自然也就成为本书重点选析的对象。

② 笔者从 Turner（2014）对高级整合网络的描述、图例以及诗歌整合分析中，提炼出"接龙""分合"两个术语表达，对应英文也为笔者所加。这些符合 Turner 的原有构想和意图。详见 2.4.2 的高级网络整合。

结构分析做新的全面探索,从而构建诗歌叙事语篇认知网络的整合解读体系。

1.1.3.2 诗歌语篇叙事认知维度

上一节区分了少量叙事、多量叙事和纯叙事的诗歌叙事尺度,其实不管哪一种尺度的诗歌叙事,都有其普遍的语篇叙事认知维度。语篇,作为篇章语言学的一个术语,最初由 Harris(1952)在《语篇分析》(*Discourse Analysis*)中提出,用来描写篇章中因同类词的分布而体现的篇章结构。后来,不同的语言学学科,包括语义学、语用学、社会语言学、心理语言学、哲学、语法学、计算机语言学等,就篇章(text,或语篇、文本)、话语(discourse,或语篇)的不同学科侧重点进行研究,形成了以下不同的学术观点:篇章研究和话语分析有相当部分的重叠,二者没有大的区别;二者有本质的区别,即篇章属于表层结构的概念,话语属于深层结构的概念;篇章是一个抽象概念,话语是这个抽象概念的实现;篇章是一种独白,通常是书面的,而话语是对话,常常是口说的(Crystal,2008:481)。还有,篇章、话语被融进了三个不同平面上的交易功能(transaction),即人际交易功能(或话语、语篇,discourse)、概念交易功能(或信息传递,message-transmission)、篇章交易功能(或篇章,text)(Leech,1983:59;Halliday,1994,2014);语篇被视为"整个交易,是向听者传递一个具体言外之意的企图"(戴炜华,2007:251)。由此可见,"语篇""篇章""话语""文本"的运用,出现了所指的模糊性、未定性。

本书采用"语篇"这一术语,其考量在于:(1)诗歌叙事"语篇"涵盖篇章(text)和话语(discourse)的内容,既包括有形的、逻辑严密的诗行诗节或诗联,又含有人物主体的独白、对话和叙述者的叙述活动,是结构形式与意义内容的有机载体。(2)本书题目为"诗歌叙事语篇高级概念整合研究",之所以没有在"语篇"后加上"的"字,就在于这里的"语篇"需要发挥双重作用。"诗歌叙事语篇"(poetic narrative texts)是一个整体概念,涵指具有篇章语言形式和叙事成分的完整诗篇,有不同诗篇叙事认知维度,有事件发生发展过程、人物话语行为、叙述者叙述技巧运用等;"语篇高级概念整合"又是一个意群,不只从传统的、局部的词和句层面来进行概念整合分析,更是从语篇整体上(global insight)来认知考察,对诗歌叙事的主题意义进行高级概念整合研究。(3)"语篇"体现叙事与认知的关联,融合诗行诗节或诗联形式和故事情节内容的语篇背后,存在一定的认知网络规律,篇章、话语、认知相互关联,统一于诗歌叙事语篇之中。

关于诗歌语篇叙事认知维度,Turner(2014)提出了从主体、时间、空间、因果、视角五个维度来讨论高级概念整合这一新的整合思想,但只对主体维度进行了初步例证,本书提出从以下维度来考察所选四位诗人作品中的概念整合:结合四位诗人少量叙事的诗、多量叙事的诗、纯叙事的诗语料特点,细化主体、时间、空间、因果关系、"自我"视角转换这五种基础认知维度,并提出"景-事-抒/议"要素、情感波动、事情-反应等新的语篇认知维度,来考察双域、多域高级概念整合。从任何一种维度或角度切入的分析都有其长处和重点,也难免有其片面性和局限性。本书根据所选诗歌的特点,从某个维度切入的分析会突出认知过程的某一或某些方面,同时难免会淡化或忽略其他方面。但通过上述不同维度的互补,可以在一定程度上达到多维度探析叙事认知网络概念整合特点的目的,同时发展认知语言学中最新"高级整合理论"(Advanced Blending Theory, Turner 2014)的高级概念语篇整合模式。本书尚未涉及的叙事结构或观察角度,有待以后的研究来加以探索和补充。下面首先简述本书聚焦的叙事认知维度(见表 1.1),然后在第四、五、六章中做具体深入的讨论和语料概念整合分析①。

表 1.1　诗歌叙事语篇的叙事认知维度

叙事认知维度		次维度
基础维度	主体	单一主体、成对主体、多个/多样主体、对话主体
	时间	线性/比较时间、清晰/模糊时间
	空间	地理空间(模糊地理空间、具体地理名称、居住空间、包含空间)、图像空间、历史空间
	因果关系	原因-结果(有/无明显因果语言标识、有/无结果)
	叙述视角	叙述自我与体验自我视角转换
其他维度	"景-事-抒/议"要素	单纯叙事、双要素联合(事-抒/议或景-事联合)、多要素联合(景-事-抒/议联合)
	情感波动	线性变化
	事情-反应	行动、精神反应

一、主体维度。这类诗的故事情节是以主体(人物或拟人化的物体及动物)的活动为中心展开的,并呈现一定的认知维度规律性。按主体数量和表现方式,可分为单一主体、成对主体、多个/多样主体、对话主体四种类型。

1. **单一主体型**,顾名思义,就是指诗歌中只叙述一个主体(通常为人物)的行为和活动,叙事可呈顺序、倒叙发展。比如希尼的《个人的赫利孔山》("Personal Helicon")一诗,就以单一人物"我"为中心、按照时间顺序讲述了小时候"我"看水井和如今"我"再去看水井的经历,两种经历呈线性发展。

2. **成对主体型**,指故事情节围绕两个主体对称展开,并列前行。

---

① 关于诗歌语料整理,笔者在第三至六章中(主要集中在第四至六章),先就某一认知整合维度(包括次维度),从四位诗人的诗集中精选适用该维度的典型诗歌,并以表格形式呈现,以便说明这一维度较为广泛的适用性;再以具体诗歌叙事语篇为例,进行细致深入的高级整合分析,揭示读者在主体间推导互动基础上的高级整合过程。

这两个主体一般是两位虚构的人物,比如希尼的《追随者》("Follower")刻画了田间犁地的父亲和跟随父亲的童年儿子的形象;也可表现为一个人物加上拟人化了的物体或动物,弗罗斯特的《雪夜林边停歇》就叙述了驻足于林子和结冰的湖水间的"我"与小马之间的故事。

3. **多个/多样主体型**,是指诗歌中有三个或三种以上的人物,故事叙述在这些人物之间展开。王维的《陇头吟》把长安少年、陇上行人、关西老将三种不同类型的人物揉捏在一起,形成三条主线,使少年成楼看星、行人月夜吹笛、老将驻马流泪的边塞场景构成鲜明的对照,产生了人物和事件多样性的混响效果。

4. **对话主体型**,指叙事诗中出现对话或问答的叙事布局。一首诗可以从头到尾都属于这种布局,叙述者仅仅展示或引用人物之间的对话。比如希尼的《巴恩河谷牧歌》("Bann Valley Eclogue"),整首诗就是由诗人和维吉尔之间的对话所构成。叙述者也可以在诗歌中间插入人物的诉说或话语,这在杜甫的叙事诗中尤为突出,《石壕吏》就呈现这样的叙事结构。另一种是叙述者和人物的问答型。这包括两种情况:一是叙述和问答相结合,如杜甫的《潼关吏》先叙述士卒在潼关道筑城,再是"我"与潼关吏之间的对话;二是叙述者表述问话和答语内容,这在唐诗中比较普遍,王维的《送别》中"问君何所之,君言不得意"就是如此。同样,弗罗斯特的叙事诗常以叙述口吻模拟人与物之间的对话,物体、动物、上帝作为谈话对象具备了人的特性:《我窗前的树》("Tree at My Window")是人与树的心理对话,《蓝鸟留言——给儿童》("The Last Word of a Bluebird:Told to a Child")是"我"与蓝鸟的对话,《不完全在场》("Not All There")是"我"与上帝之间的对话。最后是答语模糊型,即有的叙事诗中先有提问,但故意省去回答留给读者来推测领悟,其实答语皆在其中,余味韵长。王维在《杂诗三首(二)》中,用如叙家常的话语首先设问"君自故乡来,应知故乡事",故乡有很多人和事物值得诗人牵挂询问,但独问窗前寒梅"著花未",诗歌至此戛然作罢,诗人表面上不作答,实则答案就在读者的领悟之中,不答胜似回答,这种含蓄模糊性问答余味无穷、妙趣横生。

二、时间维度。这类诗是以时间线索来布局推进的,主要表现为比较型、线性型两种叙事方式。时间维度的比较型叙事,指按照过去和现在或当下两个时间段来叙述所发生的事件,比如弗罗斯特的《五十岁自言》("What Fifty Said")的第一诗节以"When I was young"开头、第二诗节以"Now I am old"开头,分别比较叙述了人在年轻、年老两个时间段的学习情境。时间维度的线性型叙事,则指按照多个时间的先后顺序来叙述所发生的事件,比如王维的《和贾至舍人早朝大明宫之作》就按照早朝前、早朝中、早朝后的时间顺序,叙述了唐大明宫早朝时的庄严气氛和皇帝的龙颜威仪以及贾至的受重用。

三、空间维度。这类诗是按照地理空间、图像空间、历史空间等空间方式来叙事推进的,具有一定的空间布局感。结合四位诗人的诗歌结构呈现频度,下面主要讨论地理、图像空间。

1. **地理空间维度的诗歌叙事**,有的点明具体的地名或方位,比如王维的《寄河上段十六》只有四联28个字,黄河渡口"孟津"出现在颔联,东都"洛阳"出现在尾联,突显了地名之间的空间关联;有的诗歌本身没有明显的地名标识,或者只有模糊的地理空间标识,但读者从字里行间可认知到地理空间的叙事力量,如谭君强(2018:114)在分析杜甫的《春望》时指出,从"恨别""烽火连三月,家书抵万金"意识到"家"这一地理空间"安身立命之所"的存在,从"国破山河在"得知"国"这一与万家紧密相连的地理空间,诗人的叙事情感从"家"延伸到"国";有的诗歌聚焦同一地名,但却赋予不同的时代特点,实质上是两个地理空间的存在,比如王维的《孟城坳》既写了他搬迁入住的是"古木余衰柳"的新家孟城口,也暗示了昔日宋氏别墅的古木参天、杨柳依依的盛景,同一个"孟城坳"实际上是两个不同的地理空间,故事就在这不同地理空间之间延续发展。

2. **图像空间维度的诗歌叙事**,是由读者阅读诗歌文本语言时在大脑中形成的想象空间所推进,"一首诗的语言就是其思想的构形(constitutive)"(陈太胜,2016:3),这种思想或想象构形可以通过诗歌语言所展现的想象或意象空间来再现(谭君强,2018:120)。这类图像空间结构的诗歌,有的只聚焦单一图像空间来叙述,比如弗罗斯特的《夜晚的彩虹》("Iris by Night")呈现了一束光变成弓形、再成为彩虹的过程,两个人被温柔地环抱其中,友谊永存;有的呈现多个图像空间,比如王维的《山居秋暝》就展示了空山晚秋、明月清泉、浣女渔舟、春芳王孙等一系列图像空间,诗意在空间邻近互动关系中得到升华。

四、因果关系维度。这类诗从文本内容看,呈现明显的前因后果逻辑关系。有的诗叙事原因相对集中,比如弗罗斯特的《后退一步》("One Step Backward Taken"),重点突出了"我"面对突如其来的山洪泥石流机智地"向后退一步"这一关键原因,结果化险为夷,"一个撕裂的世界从我面前经过,风停雨住,太阳出来把我烤干"(弗罗斯特,2014:551)。有的诗叙事原因不局限于一个,比如王维的《从军行》,叙述了唐军将士在出征、赴敌、鏖战时的英雄胆略和爱国情怀,敌军的乱阵争渡等原因,待到凯旋时,"尽系名王颈,归来报天子"。有的诗叙事因果关联在于前后行为的内在连贯性,比如弗罗斯特的《满抱》("The Armful"),"我"试图一个接一个地把包裹抱在怀里,但每抱起一个就滑落另一个;"我"又试图抱起全部包裹、绝不让一个落下,但包裹散落一地,人也瘫软在地,正因为这一次次的失败,"我"不得不下决心扔掉怀中的包裹,重新把所有包裹整理、摞成更稳实的一堆。还有的诗歌呈现先果后因关系,比如弗罗斯特的《关于一只睡觉中唱歌的鸟》("On a Bird Singing in Its Sleep"),先陈述鸟在皓月当空下只能半睡半醒、唱一半曲调的结果,再说明鸟需要在夜晚承受风险的两个原因。

五、叙述视角维度。叙述视角指叙述时观察故事的角度,叙事诗中的叙述视角常被人们忽视。Genette(1980:189 - 195)和Rimmon-Kenan(2002:75 - 77)等对叙述视角进行了分类。申丹(2009:100 - 101)和申丹、王丽亚(2011:94 - 97)对视角类型的区分进行了修正和细化。本书在此基础上,重点讨论体验自我与叙述自我视角的认知转换。

体验自我与叙述自我视角的转换,是指叙述自我外视角(narrating self,即叙述者"我"目前追忆往事的眼光)和体验自我内视角(experiencing self,即被追忆的"我"过去正在经历事件时的眼光)(Rimmon-Kenan,2002:75 - 77;申丹,2007:238)之间的相互转换,即"自我"视角转换,可以是体验自我转向叙述自我,也可由叙述自我转向体验自我。希尼的《给爱维恩的风筝》("A Kite for Aibhín")前3节以叙述自我口吻叙述我们来到田野发射"长尾彗星"般的风筝,接着第4节开始进入"我"的体验眼光,感受放飞风筝、风筝在空中搏击的生动情景,尾节第7节又回到了叙述自我的眼光,叙事得到升华,余韵缭绕(详见6.2.1)。

六、"景-事-抒/议"要素维度。这类诗可由单纯的"事"构成,也可把"事"与"抒/议""景"两两结合或者三者都结合起来,主要表现为三种次维度:单要素叙事、双要素联合(事-抒/议或景-事结合)、多要素联合(景-事-抒/议结合)。

1. **单纯叙事**,属于全叙事,有顺序、倒叙、片段叙事等形式,是一种典型的诗歌叙事认知结构,可按照故事发生的"历时"先后顺序,从头至尾地完整叙述故事情节,呈单一推进过程,也可先呈现结果、再还原过程,还可由一件件往事片段串连而成。叙事可能以时间空间、地理空间、事件过程等发展序列来推进。杜甫的《羌村三首》(其三)

就是典型例证,顺着时间序列叙述家乡风俗人情。弗罗斯特的《相遇而过》("Meeting and Parting")则顺着相遇、分离的行为次序展开叙述(详见 6.2.3)。

值得注意的是,在叙述过程中,叙事进程有时节外生枝地与诗人先前作品中的故事情节相互映衬关联(李昌标,2015:26 - 31)。这种现象在单纯叙事、双要素联合(事-抒/议或景-事结合)、多要素联合(景-事-抒/议结合)中,都有可能存在。希尼在《格兰摩尔的黑鸟》("The Blackbird of Glanmore")一诗中,叙述自己回到空置已久的格兰摩尔老宅,看到一只黑鸟在房前草地、常春藤中跳跃,想起邻居说过那只鸟在屋脊上站了好几个星期,想起多年前弟弟遭遇车祸而亡时的情景,这时诗人的思绪从当前的《格兰摩尔的黑鸟》回到了以前的诗作《期中请假》("Mid-term Break")之中(详见 5.3)。

2. **双要素联合(事-抒/议或景-事联合)**,指叙事与抒情/议论之间,或者景物描写与叙事之间的转换推进。"事-抒/议"结合指叙事中含有抒情或议论,叙事与抒情/议论彼此结合,或夹叙夹议,或先叙后议,诗歌尾节往往点睛升华。读者特别要留心的是,有的尾节用语与其他文献或作品中的典故逸事相互关联,这种情况在有抒情/议论的叙事诗中较为常见,即双要素联合(事-抒/议或景-事结合)、多要素联合(景-事-抒/议结合)两类中都存在这种典故逸事的互文关联。"景-事"结合指把描写景物和叙事相结合,既可先景后叙,也可景叙结合前行。王维的《山中送别》和《过香积寺》就属于典型的"事-抒"联合型,这两首诗都在用典上与其他文献,如《楚辞》、佛经形成互文指涉。弗罗斯特的《后退一步》则属于"景-事"联合型,诗歌开头描写了砂石滑落、泥浆轰鸣、巨石崩塌,纷纷滚下山沟,山脚被撕成碎片的场景;接着叙述"我"面对这旷世危机的应对过程:"我"向后退了一步,避免被乱流无情冲走的悲剧发生,尔后风停雨住,露出的太阳把"我""烤"干。

3. **多要素联合(景-事-抒/议联合)**,指景物、叙事、抒情/议论之间的转换。在叙述中可以有插叙、倒叙、铺叙,在场景中可以有多角度描述,在感想中可以有抒发情感或发表议论,景、事、抒/议交互运作。王维的《山居秋暝》(详见 5.2.2.3 节)、杜甫的《茅屋为秋风所破歌》(详见 4.3 节)都呈现出"景-事-抒"的格局;希尼的《后序》("Postscript")和弗罗斯特的《不愿》("Reluctance")则呈现出"事-景-议"的格局。

七、情感波动维度。从这类诗在"景""事"或"抒/议"要素的叙事布局中,读者总能感受到一股情感在诗行/诗节/诗联中流动,呈现线性变化或起伏波动,作者的创作意图往往在情感起伏冲突中得到升华。比如王维的《归嵩山作》在"景""事""抒"的叙事格局中,流露了从"悠闲"到"惆怅"最后到"平和"的情感变化,像一根突显的红线贯穿整个诗联(详见 5.1.2)。

八、事情-反应维度。这类诗先描写某一事情或场景的发生过程,再叙述故事主要人物的身体行为、精神气质等方面的反应,以及其他涉及事情过程的参与者的反应情况,前后构成一定的逻辑关联。像弗罗斯特的《无锁的门》("The Lockless Door")开篇描写山洪暴发的事情现场,接着叙述人物"我"的行动、精神反应(详见 6.1.1.1),构成了一种特殊的叙事认知维度。

诗歌叙事主要呈现上述认知维度,这些叙事维度类型将成为本书的聚焦对象和认知手段。当然,从四位诗人的诗歌叙事语料中,我们还发现一些独特的叙事认知维度:一是主述推进叙事,包括主述放射、主述派生等,这些在弗罗斯特、希尼的一些诗歌中体现得较明显;二是信息流的"预设-回应"叙事,是一种特殊的主述层级性认知结构;三是组诗叙事,包括线性组合型、总叙分述型、松散组合型;四是隐喻叙事推进,呈现尾重型、贯穿型、跳跃型的隐喻叙事特征。这些在四位诗人的诗歌中都有体现。组诗、主述推进、"预设-回应"、隐喻叙事推进等叙事认知维度,将在第七章初步涉及,并将在今后的研究中进一步讨论。

1.2 诗歌叙事的认知研究

1.2.1 广义上的诗歌认知研究

目前学术界专门明确针对诗歌叙事网络的认知研究非常少,对诗歌的已有研究大多是广义上的笼统研究。诚然,学界对不少诗歌广义上的认知研究也可视为与诗歌叙事的认知研究有一定关联度的成果,因为其中有些诗歌本身也是叙事诗,有些是含有叙事成分的抒情诗,只不过没有从诗歌叙事的认知结构和机理来分析,但对本书进一步思考诗歌叙事的认知研究仍有一定的启发。此外,这些从广义上研究的诗歌,也含有王维、杜甫、希尼、弗罗斯特的诗歌。有鉴于此,下文先归类广义上的诗歌认知研究,接着重点综述诗歌的概念整合在国内外的研究情况,最后讨论诗歌叙事的概念整合研究问题。

从已有的诗歌认知研究来看,将认知语言学相关理论运用于诗歌分析的途径大致有以下几种:

1. 从认知语言学的图形-背景理论(figure-ground)出发来研究。Stockwell(2003:13 - 25)利用图形-背景理论探讨了超现实主义诗歌(surrealist poem),目的在于考察文体前景化(stylistic foregrounding)对读者注意力的影响。他认为,读者阅读是图形和背景不断形成的过程,是不断产生令人震撼的意象(images)和回声(resonances)的过程,文学的语篇特征、含义和联想意义正是建立在这一动态过程之上的(刘立华、刘世生,2006:73 - 77)。梁丽和陈蕊(2008:31 - 37)、李良彦(2012a:135 - 137)从方位词在拓扑空间方位、投射空间方位以及时间关系、动词、形容词、意象叠加等方面所体现的图形-背景关系入手,探讨唐诗中图形-背景关系的体现方式及其对意境形成产生的作用。范会兵(2006)描绘了王维诗歌中的月亮意象、鸟意象、空山意象和云意象的认知功能,并分析多种意象如何在统一诗歌文本中发生互动,从而构建王维诗歌"以画入诗"的图形-背景分离模式。

2. 从象似性(iconicity)角度来研究诗歌。Hiraga(1994:5-21)认为象似性存在于自然语言中,同时也存在于诗歌语言层面,象似性是诗歌语言的规则,其中意象和拟象象似性(diagrammatic iconicity)是诗歌语言的主要特点(Jakobson,1980:59-68;Hiraga,1990:1-23;Hiraga,1993a:115-126;Hiraga,1993b:95-105)。Webster(2015:279-301)根据 Edward Sapir 对"诗歌是语言相对性的一个例证"的观察,在翻译纳瓦霍人(Navajos)的诗歌时,认为诗歌的声音能通过音位象似性唤起读者的丰富想象力,或者说借助语言相对性来思考的重要轨迹在于通过音位象似性产生的声音暗示及其指向想象的方式。换言之,声音暗示和音位象似性能通过语言相互作用、产生共鸣。Kraxenberger & Menninghaus(2016:1-9)分析了 48 首德语诗歌的音位分级频率(frequency of phoneme classes),并把它们与情感分类等级(ratings for emotional classification)相关联,发现在诗歌中声音和情感意义具有象似性。Ellestrom(2016:437-472)以 Sylvia Plath 的《我是直立的》("I Am Vertical")和 Eugen Gomringer 的《风》("Wind")这两首诗为例,讨论了运用"诗歌视觉象似性"这一分析视角的优势,认为是象似性而非可视性(visuality)构成了视觉诗(visual poetry)的相关特征;可视性是感官特性,而象似性是符号特性,并由象似性生成意义。刘国辉、汪兴富(2010:24-27)认为象似性不是指语言形式直接像镜子那样反映客观事物,而是强调诗歌语言形式反映人们对世界的体验和认知方式,视觉诗作为诗歌与绘画合一的特殊文学现象,其形状象似性是其显著特点之一,它有助于故事情节的展开,并增加对事物叙述的生动性、形象性,使读者仿佛身临其境、如见其形。Barry(2012:73-86)也强调了视觉诗外形的表征性、形象化、表现力,并把视觉诗分为三类:言语-视觉型(言语为主、视觉为辅)、视觉-言语型(视觉为主、言语为辅)、视觉-字迹型(visual/verbalist type,视觉为主,但没有词语只有阅读痕迹)。

3. 从意象图式视角来研究诗歌。李天紫(2011:30-33)以弗罗斯特的《割草》("Mowing")为例,在镰刀图式、梦想图式、真理图式、困难图式层面论证了割草与写作的意象关联,写作如同割草,这种思维充满了想象力。栾义敏(2012:69-71)根据常见的意象图式方式,就王维的《山居秋暝》《鹿柴》《鸟鸣涧》三首诗中的"空"进行了意象图式分析,并就《鸟鸣涧》和许渊冲的英译文在意象图示层面进行了对照分析,认为对唐诗及英译文进行意象图式的对比分析,可以为诗词的欣赏开拓一个新的视角。张媛飞(2013:79-82)就杜甫夔州诗中的《八阵图》《古柏行》《登高》等诗歌,在容器图式、中心-边缘图式、上下图式等层面进行了隐喻认知分析,发现意象图式是理解隐喻的关键,隐喻意义的构建和识解可以通过意象图式映射获得。

4. 从概念隐喻视角来研究诗歌。从认知的角度来研究诗歌,较早的有西方学者 Lewis,他为诗歌的分析开辟了道路,Leech、Lakoff 也在这一方面做出了成功的尝试(栾义敏,2012:69-71)。有趣的是,Gibbs(2002:101-112)为了研究主体对诗歌隐喻的欣赏效果,经过两个隐喻识别干扰任务的实证研究发现:一旦把诗歌语言形式成功辨认为隐喻,可促使读者进行丰富的跨域映射并立即获得丰富的隐喻含义;隐喻识别有助于提高对诗性隐喻的欣赏和情感反应。胡壮麟(2003:3-8)在 Lakoff 和 Turner 只是把诗性隐喻置于"基本隐喻"框架的基础上,补充讨论了诗性隐喻具有的非常规性的典型特征,包括原创性、在不可能性掩盖下的真实性、义域的不一致性、跨域性、美学性、趣味性与互动性、符号的完整性和扩展性。束定芳(2000b:12 - 16)分析了隐喻的诗歌功能,认为隐喻本身就是小型的诗歌,隐喻是诗人突出语言自身、语言为自己而存在的结果,也是诗歌语言陌生化和意象性的一个重要手段。魏梦婷(2011)就弗罗斯特诗歌中本体与喻体的表达关系进行了研究,提出了"自然-社会"的隐喻认知模式,并总结出弗罗斯特诗歌中隐喻的三个特征,即隐喻词汇顺序固定、谓语隐喻和贯穿整首诗的隐喻。

5. 从原型理论视角来分析诗歌。邹智勇、薛睿(2014:129 - 145)综述了从亚里士多德到维特根斯坦的传统意义上的经典范畴理论,以及 Rosch & Mervis (1975)、Rosch(1977;1978)提出的原型理论(Prototype Theory),从范畴化的基本层次、上下义层次方面,分析了中国经典诗词中的文体意境、题材意境、文化意境的典型性问题。值得一提的是,他们进而对认知语言学的图式、图形-背景、概念整合、隐喻等认知理论做了梳理,并运用于中国经典诗词(也包括王维、杜甫的诗歌)的分析解读之中,这是西方认知诗学理论本土化的一个尝试。

1.2.2　诗歌的概念整合研究现状

除了上述五种主要的诗歌认知分析途径之外,学术界还利用 Fauconnier & Turner(2002)的概念整合理论来进行诗歌的认知研究,其中包括对王维、杜甫、希尼、弗罗斯特诗歌的认知研究,这也正是本书的重点研究内容之一。

1.2.2.1　国外的诗歌概念整合研究

在国外,学者们采用概念整合理论的某些认知机制来分析诗歌,以求不同的诗意阐释和模式更新。Árpád(2007:1 - 11)利用概念隐喻"双域投射"和概念整合"多空间映射"认知机制的区别,把由概念隐喻解释的隐喻现象称为传统隐喻映射,而把由概念整合解释的隐喻现象叫作非传统隐喻映射(unconventional metaphoric pairings),继而在概念整合的心理空间架构内分析西尔维娅·普拉斯的诗歌《到达那里》("Getting There")中的非传统隐喻的产生和互联方式。研究发现:诗中的"火车"隐喻可映射为"旅行"概念的多种意义;一个输入空间成分的转喻延伸可成为下一个隐喻空间的组织框架;同类心理空间的整合可产生不同的新显结构。一句话,概念整合的许多认知机制有助于读者解读非传统隐喻,这种非传统隐喻映射是诗歌创造性的有力体现。

同样,Narawa(2000:112-124)运用概念整合的多空间映射特征,分析了弗罗斯特的诗歌《未选择的路》。从本意上来讲,life 与 journey 并无关联,life 也无 path、course 成分,但一旦从概念整合模式来考察,journey 和 life 就被视为两个心理输入空间,其对应成分 path、course 和 traveller、life 在两个输入空间进行跨空间映射,最终形成新显结构 paths of life 和 the course of the traveller's life。

Freeman(2005:25-44)利用概念整合的最优约束(optimality constraints)机制,即五个最优原则"整合、拓扑关系、网络、分解、充分推论"和五个最优制约"非分解、非断开、不干涉、非模糊性、反向投射"之间的相互关联,构建了一种复杂整合(complex blending)模式,来分析西尔维娅·普拉斯的诗歌《申请人》("The Applicant")中词和词组间的概念隐喻,指出阅读诗歌就是整合网络空间(running the blend),一个空间提供拓扑框架,另一个空间展示拓扑对应细节,共同投射压缩至合成空间形成表征诗意的新显结构,这表明概念整合在解读文学文本的过程中起着重要的作用。Freeman(2008:102-128)进一步以艾米莉·迪金森的诗歌《苍蝇》("Fly")为例论证了这种重要作用,指出读者根据自己的知识、经验、目的、动机来选择不同的拓扑关系和投射机制等映射策略,可产生不同甚至相反的诗歌读解。同时,她借助 Langer(1953:40)的文学理论思想,即"艺术创造出象征人类情感的形式"(Art is the creation of forms symbolic of human feeling),提出认知诗学视角的诗歌解读途径,即融合阐释(概念的)和经验(情感的)反应的系统映射(system mapping)。这也是一种认知机制,读者可感知诗歌中韵律、句法、重音等冲突技巧所传递的情感品质。

Ponomareva(2015:520-525)采用比较的方法进行概念整合研究,分析了朗费罗(H. W. Longfellow)的《暮色》("The Twilight")和拜伦(G. G. Byron)的《暮色》("Twilight")。虽然均为"暮色"这一概念,但由于作者具有不同的个体感知以及文化、审美、精神、语言参数上的差异,他们在诗歌里构建了不同的语言认知模型(linguocognitive models)。在朗费罗的《暮色》里,两个心理空间"暮色下暴风雨的海洋""渔夫小屋里的电光"的构建及其相关附属物(counterparts)的跨空间映射,表达出"光明"与"黑暗"的语义对照意象,显示了作者因人与自然为敌且无休止战斗而产生的悲观情结;在拜伦的《暮色》里,三个心理空间"大地""天空""人们"的和谐整合展示了人与自然在视觉、听觉、感觉上的和谐统一。

Keshavarz & Ghassemzadeh(2008:1781-1798)认为,隐喻的结构是多维的,具有不同的认知、情感、动机过程,特别是诗性隐喻还是启迪世界观的手段,它们的功能在于依据概念整合的新显结构可实现从一个框架向另一个框架的转换;在这个转换过程中,读者的角色不是观察者,而是积极活跃的参与者。Avery & Heath-Stubbs(1952)合译的《设拉子城之哈菲兹——三十首诗》(*Hafiz of Shiraz: Thirty Poems*)中的诗歌,很典型地诠释了框架转换和读者主动角色。

Bruhn(2012:619-662)针对雪莱(Percy Bysshe Shelley)的《致云雀》("To a Sky-lark"),以挑战和弥合的姿态讨论了认知科学与诗学的互惠交流。雪莱诗歌中的系统变异现象可以由概念隐喻理论来解释,也可得到概念整合理论的操作检验,并反过来促进对"思维潜在复杂性"(the mind's hidden complexities)的解释力。认知科学可逐渐理解雪莱的类比诗学(analogical poetics)的概念复杂、动态效果,同时在这个理解过程中发现概念整合、冲突、创造性的深层真谛。

Brandt & Brandt(2005)以美国诗人米莱(Edna St Vincent Millay)的短诗《第一颗无花果》("First Fig")中含有隐喻习语的诗行"My candle burns at both ends"为例,在 Fauconnier & Turner(2002)的概念整合理论基础上提出了针对诗歌意象的心理空间网络,即从认知语义学和符号学切入的认知框架模型,包括建构陈述空间(presentation space)、所指空间(reference space)、虚拟空间(virtual space)和意义空间(meaning space)以及把语用因素和符号特征纳入在内的动态关联空间(relevance space),从而揭示诗歌意象意义的动态生成过程。同时,利用该模型对莎士比亚的《十四行诗147》("Sonnet 147")进行研究,聚焦诗行"My love is a fever",在阐述、语义内容、篇章手法、解读等层面揭示文本理解的认知过程。

特别令人鼓舞的是,概念整合理论的主要提出者 Turner 在他与 Fauconnier 合作的关于概念整合的集大成著作《我们的思维方式:概念整合及人类心智隐藏的复杂性》出版 12 年后,即 2014 年,推出了新著《想法之源:整合、创造力和人类思想火花》。在书中第五章,他在传统的从词汇、句子层面进行概念整合分析的基础上,以诗歌、戏剧、儿童文学作品为例,从故事篇章层面整体考察(global insight)高级概念整合过程①。其中在分析宗教叙事诗《十字架之梦》("The Dream of the Rood")时,从整体上把该诗的故事中的物体"十字架"及其附属内容看成一个心理空间,把"人"看成另一个心理空间,包括基督、罪人、随从、上帝等,并在连锁心理网络(cascading mental web)的框架内,进行跨空间映射、合成,最后得出"人之所及"(at

---

① 何为"高级整合",参见第二章 2.4.1。

human scale)的新显结构,即十字架被赋予了人性,能像人一样说话、思维,创造了"神性与人性相结合的基督形象"(肖明翰,2011:8-16)。在解读戏剧叙事诗《亨利六世(第一部分)》("Henry the Sixth, Part One")时,Turner 从两个主体切入,把拟人化了的死神斗士(Death the Warrior)及其附属物看成一个心理空间,把年轻的塔尔博特(Talbot)及其附属物看成另一个心理空间,然后二者之间跨空间映射合成得出新显结构"死神斗士现在变成一个法国敌人,被杀死了"。同时,在第九章《递归想法》中,以《伊利亚特》《奥德赛》中的六音步扬抑抑格(dactylic hexameters)为例,利用高级概念整合的递归性剖析了诗歌中的循环现象。Turner 只选析了几首诗从篇章整体上进行高级概念整合分析,但已经为高级概念整合研究指出了新的发展方向,本书的"诗歌叙事语篇高级概念整合研究"符合这种新的发展潮流。

同样值得一提的是,受到 Fauconnier & Turner(2002)概念整合理论思想的启发,Booth(2017)在专著《莎士比亚和概念整合:认知、创造、批评》(*Shakespeare and Conceptual Blending: Cognition, Creativity, Criticism*)中,把认知和认知语言学的理论(主要是概念整合理论)运用到莎士比亚诗歌的整合解读中,揭示了"莎士比亚作为概念整合的创作者(creator)和作为对整合本质的调研者"①的天才能力,以及我们对其作品的鉴赏过程。在诗歌分析中,Booth 强调了三个步骤,即"构建心理输入空间",确定哪些元素在输入空间相互关联;这些元素向心理工作空间(workspace)"有选择地投射"并自由组合,不同元素加起来或"组合"并不像计算机运算那样精准完美;同时通过包括经历、知识和长时记忆的"想象完善"(imaginative completion),来强化不同元素的有选择投射,得出某种形状和结构

---

① 引自 Turner 在该专著中的"Preface",p. ix。

的富有想象性的整合。Booth 的新著《认知理论和文学阅读的恰当融合》①,对本书的诗歌叙事语篇认知文体研究具有启发意义。但与本书主要不同点在于:其分析是基于 Fauconnier & Turner(2002)传统的概念整合机制,而本书是基于并发展 Turner(2014;2017)最新的高级概念整合机制进行分析;其三步骤与本书提出的"主体间推导互动基础上的高级整合"三环节不同,本书还特别强调背景知识的输入机制作用;其对象为莎士比亚诗歌,而本书是对中西四位诗人的诗歌高级整合。

另外,值得注意的是 Dancygier(2005:99 - 127)的学术观点,虽然她利用概念整合理论来解读的是游记、故事类的文本,但这些研究聚焦认知与叙事的紧密关系,尤其是叙述视点分配(allocation of narrative viewpoints)、视点压缩(viewpoint compression)机制、叙述支点(narrative anchor)机制、叙事空间建构(narrative space)等概念的提出与运用分析,揭示了叙事片段中的语义构建过程。她的这些研究得到了 Turner 的赞赏,他特地在《想法之源:合成、创造力和人类思维火花》这本书中专门推荐,并建议读者参阅她的著述思想 Dancygier 2005:99 - 127;2007:133 - 152;2012a:219 - 231;2012b。这些认知与叙事的交叉研究,对本书接下来的跨学科研究具有重要参考价值。

1.2.2.2 国内的诗歌概念整合研究

在国内,学者们将概念整合的相关认知机制运用于诗歌的认知解读,包括对诗歌多维度的概念整合研究和对四位诗人诗歌的概念整合研究。

一、对诗歌多维度的概念整合研究

1. 诗歌意象整合方面。王正元(2009:141 - 154)就视觉诗

---

① 引自 Turner 在该专著中的"Preface",p. x.

(visual poetry)的图式整合、映像整合、拟象整合等意象性进行认知解读;袁周敏、金梅(2008:217-222)对诗歌意象的赋象、喻象、兴象等表现手法进行分析,对意象的平面链、立体链等组合方式进行整合;孙晓艳(2018:44-47)对诗歌中美人是花、爱情是花、美德是花、人生是花的"花"意象进行概念整合分析;焦明环(2010:25-26)对诗歌中水意象开展四种网络整合分析;苏健(2010)对诗歌中的月、水、酒、剑等意象进行概念整合研究;吴胜军(2009:103-106)认为诗歌是认知整合意象的结果。诗歌意象翻译上,肖燕(2011)提出了概念整合框架的两个"多空间"分支网络,即对原诗歌意象的解构网络和对原诗歌意象的重构网络,该网络突出了译者在诗歌意象传递中的重要主体性作用。陈丽霞(2011:109-112)认为,译者可尝试将意象组合作为翻译单位,通过语言形式的转换,尽量使原文中的意象得以在译文中再现,在译文中建构起类似于原文中的意象组合。张久全(2011:108-111)认为,译者必须兼顾形式整合、意象整合以及文化意象整合,解释各种意义生成的路径,并进而解释翻译中意象整合创造的可能性和合理性。

2. 诗歌网络类型整合方面。李良彦(2012:99-101)将"拓扑"融入 Fauconnier 和 Turner 的镜像型、单域型、双域型网络类型,在镜像型拓扑、单域型拓扑、双域型拓扑网络层面就诗性隐喻的认知过程进行了系统研究,并分析柳宗元的诗歌《江雪》中的诗性隐喻概念整合;邹智勇、薛睿(2014:40-70)采用李良彦的"拓扑"做法,但仍沿用镜像型、单域型、双域型网络的原有名称,在《中国经典诗词认知诗学研究》一书中就中国经典诗词进行概念整合研究。另外,于敏(2010:115-117)利用四种翻译网络模型,并以杜甫《春望》的英语译本为例,证实了概念整合理论对不同文化之间高文学性诗歌翻译的重要意义。李昌标(2015;2017;2024)也在这方面发表了成果。本书将展开更为全面和更具整体观的考察。

3. 诗歌隐喻整合方面。王晶芝、朱淑华(2013:36 - 41)探讨通感隐喻在雪莱诗歌中的表现形式、通感隐喻迁移的总体趋势以及通感隐喻的构建方式;刘繁(2012:42 - 45)通过分析唐代诗人李商隐的《锦瑟》来揭示基本隐喻是如何合成复合隐喻的;宋畅(2012:129 - 130)通过分析唐代诗人崔护的《题都城南庄》、白居易的《长恨歌》中的隐喻表达,揭示其概念整合过程;岳好平、汪虹(2010:109 - 112)利用概念整合的网络模式解析了与文学、幽默、政治、诗歌相关联的诗性隐喻。另外,金胜昔(2017)利用概念隐喻理论、概念整合理论,对唐诗经典诗篇中的转喻链现象以及"隐转喻""转隐喻"互动现象构建转喻翻译的认知分析模型。

4. 其他方面。汪少华(2002a:33 - 37)把诗歌中的视角空间看成一种心理空间,主要通过拟人、移就和隐喻等修辞手法来建构,视角空间有着独特的美学功能;徐杰、姚双云(2015:60 - 65)从意义生成的角度探究了诗歌语言在词汇、句子和语篇三个层面的构建机制,认为概念整合手段在诗歌语体中的使用频率最高,符合诗歌作品在表达复杂情感方面追求精炼化和陌生化的根本要求;阚安捷(2012)在 C. Pierce 的象似性理论基础上,援引概念整合理论对诗歌文本进行分析,认为在视觉和听觉层面,汉英诗歌均具有丰富的象似性。

二、对四位诗人诗歌的概念整合研究

1. 王维诗歌的概念整合研究。黄澄澄(2014)以概念整合的四种网络(单一框架网络、框架网络、单向网络和双向网络)为依据,解释王维诗文中"蒙太奇手法"的意义建构机制。易佩珊(2017)基于镜像型网络、单域型网络和双域型网络三种整合模式,解释王维诗歌主题思想现实化的整合过程。就多域网络整合而言,李昌标、王文斌(2012)和李昌标(2015;2017)最早对王维和希尼诗歌的多域网络进行了整合分析。

2. 杜甫诗歌的概念整合研究。薛淑芳(2007)利用概念整合理论来分析杜甫诗歌中的结构隐喻、方位隐喻和实体隐喻及其认知过程,然后以杜甫的咏马诗为代表对其诗作进行了概念整合分析,同时又把杜甫的诗作和李白、李贺的诗歌做了对比研究,从而发现杜甫诗歌隐喻的独特性。姚梦蓝(2013)从概念整合理论的角度对杜甫咏马诗中隐喻的英译进行研究,并以 Peter Newmark 提出的隐喻翻译方法为指导,总结出分析杜甫咏马诗中隐喻的直译、意译和换喻三种翻译策略。邓奇、王婷(2017:116 - 124)利用概念整合理论中的层创结构和优化原则,并借鉴审美心理学和传统诗歌美学的思想,以杜甫的五言排律《冬日洛城北谒玄元皇帝庙》为例,分析中国传统诗歌在结构与意象层级上的审美意蕴,以期揭示各层级形式表征之间的深层关联与审美机制。

3. 希尼诗歌的概念整合研究。杨聪聪(2015)从概念整合的多域网络切入,以希尼的六首诗为例,分析叙述视角整合及其对诗歌的阐释力,认为循环型整合适用于分析第一人称回顾性叙述文,复合型整合阐释了特定视角暂时替换其他视角的现象,平行型整合强调两种不同叙述视角的共存性。项成东(2017:81 - 89)从认知语言学与诗学的关系入手,对希尼的诗篇《传神言者》("Oracle")的概念整合分析,认为概念整合理论可以用作诗歌分析的理论框架,认知语言学能为诗学研究提供系统、连贯的途径。许江祎(2019)利用概念整合网络对希尼诗歌中的五种父亲形象进行了认知过程分析,认为背景知识对新创结构的形成十分重要,诗歌中新的意象和新的意义的产生是其他意象组合和整合的结果。

4. 弗罗斯特诗歌的概念合成研究。魏梦婷(2016:94 - 98)将概念整合理论用于弗罗斯特诗歌中的"生活"与"绝望"两大主题研究,提出"自然即生活"网络、"事件即情感"网络,以及"生活"和"情感"两大网络的结合构建等三种隐喻解读网络,探讨了弗罗斯特如何运用隐喻创造了一系列的意象和读者如何利用自身的认知能力解读诗歌中的隐喻。同时,作者总结出了弗罗斯特诗歌中隐喻的三个特征,即隐喻词汇顺序固定、谓语隐喻和贯穿整首诗的隐喻。皮亚(2015)根据弗罗斯特诗歌"言简意深""看似简单、实则复杂"的诗歌特点,利用概念整合网络模型及相关图表对弗罗斯特不同主题的诗歌进行深入分析,揭示弗罗斯特诗歌的动态认知机制。同样,汪虹(2016:128-130;2019:26-27)针对弗罗斯特诗歌并非表面那般简单、质朴,实则意蕴深邃、张力无限的真正特质,利用概念整合的镜像型、单域型和双域型网络,对弗罗斯特的六首诗进行了解读,诠释诗人诗歌的深邃思想主题以及诗作背后所隐含的主题建构过程和审美机制,以便更好地理解诗人"诗始于愉悦,终于智慧"的创作美学原理。李致远、王斌(2015:49-50)重点解读了弗罗斯特的《未走之路》,探讨概念整合理论框架下诗歌隐含意义的构建过程。周赛(2011)结合概念隐喻理论和概念整合理论对罗伯特·弗罗斯特四篇诗作《牧场》《摘苹果之后》《冰与火》《进来》中的隐喻进行分析,旨在挖掘弗罗斯特诗篇的深层含义。另外,同样值得我们注意的是,汪少华(2002a:33-37;2002c:46-49)运用概念整合理论讨论了诗歌中的视角空间及其文化想象和美学功能。在叙事语篇中,"内视角"可定义为"在叙述者的话语中嵌入主体(人物)的视点"(Sanders & Redeker,1996:291)。诗歌中的视角空间主要通过拟人、移就和隐喻等修辞手法来建构,分析其中视角空间的建构及其整合过程,可以帮助我们更好地把握诗歌语言中意义的构建与解读。

1.2.2.3 概念整合理论的修补发展

概念整合理论的研究发展对本书的多心理输入空间、多心理网连续整合研究有重要启示,其理论的发展主要包括以下几个方面。

一、"概念整合链"概念的提出

王寅(2020:749-760)从对概念整合理论本身的修补着手,在Fauconnier & Turner(2002)提出的"多重整合"(multiple blends)的

宏观构想基础上,结合王斌(2001:17－20)的"作者空间""译者空间"构建主张,认为翻译是一个长期的、连续不断的过程,需要多次概念整合运作,提出"概念整合链"的概念。同时,他指出两个输入空间要素存在对应和空缺现象,它们映射进入融合空间的权重也不同。他特别以伦敦地铁的一则广告"Less Bread. No Jam."为例,从"少吃面包,不吃果酱"联想整合出坐地铁"少花钱,不拥挤"的意义。

二、符号表征空间和语用关联空间的增设

Brandt & Brandt(2005:117－130)建构的心理空间网络模式与传统的概念整合四空间模式的不同之一在于,增设了符号表征空间和基于语境的临时语用关联空间,构成了适应假设场景的意象及其隐喻内涵的动态整合过程,图示剖析更为全面深入。赵秀凤(2013:1－8)利用 Brandt & Brandt(2005)建构的心理空间网络模式,以一则政治漫画语篇为例,把符号表征空间、语用关联空间、输入空间内部与跨空间之间的多层空间映射互动整合纳入一个完整体系,突出多模态隐喻的概念意义、情感效果、审美或评价效果的动态生成过程,即多模态隐喻构建的概念整合模型。赵秀凤(2017:35－43)还以几米的绘本《时光电影院》叙事为例,从叙述者所叙述的故事世界、叙事世界所引发的人物的情感世界切入,来构建心理输入空间,叙述者的身份参数与人物的时间、地点、认识感知参数整合为一个新的场景中心,读者跟随这一中心体悟人物的情感经历。

三、"视角压缩"机制的图解

Dancygier(2005:99－126)以 Jonathan Raban 的游记文本为例,以图示解析了整合策略选择与叙述视角分配之间的关系,认为叙述视角的概念依存于整合网络的结构,对视角现象的解读需要建立在视角压缩的机制之上。视角压缩指网络中的视角同步维持与转换整合机制,包括三种情况:主叙事空间的"作者-叙述者"视角(v－0)与合成空间的"观察者"视角(v－1)压缩整合同一(v－0＝v－1);主叙事空间的叙述者视角(v−0)分解为两个人物角色视角(v−1 和 v−2);主叙事空间的叙述者视角与被选择的解构空间视角在合成空间整合压缩同一(v−0＝v−2);主叙事空间的叙述者视角(v−0)被分解为两个对立角色的视角(v−1 和 v−2),主叙事空间的叙述者作为事件参与者(narrator-as-insider/participant)与其中一个参与者视角(v−1)在合成空间整合压缩同一(v−0＝v−1),另一个角色视角(v−2)在合成空间得到维持或保留。

四、有形支点和复合整合的建立

Hutchins(2005:1555 - 1577)基于 Fauconnier & Turner(2002)提出的有形支点(material anchor)概念,认为 Brandt(2002)的"有形支点是标识(signs)"的观点与 Fauconnier 和 Turner 的有形支点不一致,并提出了自己的看法:"标识"只是捕捉概念域最小方面的有形表达手段的一种最弱形式(王正元,2009:178),有形支点包括单词和比单词大的语言单位,比如语言表达形式、语法形式、符号的编译解码,以及客观世界存在物、事体、文化模型和可以想象的、体验的、心智的意象图式等,有形支点为概念整合及其概念关系提供了支点或着力点,对概念整合起到了空间锚定作用,或者说,"概念整合依存于有实体形式(physical form)的心理空间输入"(王正元,2009:180)。在有形支点的基础上,Hutchins 形象地利用射体(trajector)和路标(landmark)两个输入空间的映射关系,把射体、路标空间的相关元素投射至合成空间,经过压缩整合后形成的新的输入空间,与另一个输入空间继续整合,形成更为复杂的空间整合,即复合整合(compound blend)。

五、想象互动整合模式的建构

Pascual(2002;2006;2014)基于 Fauconnier & Turner(2002)的经典例子——教授与康德关于"理智的自我发展能力或先天具有能力"的辩论,针对自然交流话语,比如法庭辩论、电视采访,提出了多模态的想象互动整合模式（fictive interaction blend）（Fonseca et al，2020:183-216）。该模式旨在使用对话框架或直接互动模板来建构心理的、推理的、语言的过程，并可部分地作为下列项目的模式：(1) 思维；(2) 经历的概念化；(3) 话语组织；(4) 语言系统及其使用。想象互动既不是现实的（factive），也不是虚构的（fictional），而是介于"现实"与"虚构"之间，是一种概念上的真实性（conceptual reality）（Pascual，2014:11）；三者之间并不是彼此独立分隔的，而是通过多重整合链相互交织于对话之中，协作实现交谈辩论目的（Pascual，2008a，2008b；Xiang，2016）；多个对话主体的"现实""想象"或"虚构"心理空间，可进行多个输入空间的映射整合。

1.2.3 本书研究问题

从上述综述可以看到，国内外的诗歌概念整合研究很少从叙事成分或叙事语篇认知维度展开，而往往是借用认知语言学的相关理论，包括图形-背景、象似性、概念隐喻、意象图式、原型理论、概念整合等，不分诗歌类型进行研究。的确，Turner（2014）的著作《想法之源：整合、创造力和人类思维火花》、杨聪聪（2015）的硕士论文《叙述视角下谢默斯·希尼诗歌的概念整合分析》、邹志勇和薛睿（2014:60-69）的专著《中国经典诗词认知诗学研究》、金胜昔（2017）的博士论文《认知语言学视域下唐诗经典中的转喻翻译研究》以及李昌标（2015；2017）的论文和专著等，均针对诗歌叙事进行了前期的概念整合分析。但迄今为止，研究成果的数量很少，而且大多集中在几首或者少数耳熟能详的诗歌上，还没有实现诗歌叙事语料的多样性、系统化、典型性。

从诗歌中概念整合的机制运用分析来看，Turner 从诗歌的人物主体入手来构建心理空间，进行跨空间映射整合例析；杨聪聪从叙述视角切入构建心理空间，并重点分析了三首叙事诗的概念整合过程；

邹志勇、薛睿在镜像型、单域型、双域型层面讨论中国经典诗词主题思想的整合生成。这些研究成果对本研究具有重要参考价值,但其侧重某一整合机制。迄今为止,尚未见到针对诗歌叙事语篇的系统性概念整合研究,还没有明确形成系统研究诗歌叙事语篇认知网络的概念整合分析模式。此外,诗歌语篇的概念整合与词、句层面的概念整合不同,常常有赖于读者主体积极主动地与文本形象和作者主体交流互动(详见第三章),而现有研究没有充分关注概念整合过程中读者主体与文本形象和作者主体之间的对话交流,尤其是读者如何在进入作者心境视野、与作者角色交流协商的深入推导互动中,不断输入与作者生活经历相关的背景信息,最终达到对整个叙事语篇主题意境的深刻感悟。

本书面对国内外的研究现状,试图从读者主体与文本形象和作者主体的多方主体间推导互动切入,探讨"读者引领的主体间推导互动基础上的三环节高级概念整合过程",即**"主体间推导互动高级整合"**,以期对高级概念整合理论有所发展。本书重点回答下列三个关键认知环节所涉及的问题:

一是如何在"推导互动中的读者体验"环节,构建整体语篇层面的心理空间、心理网?

二是如何在"推导互动中的映射协商"环节,进行跨空间的映射连通以及组合、完善压缩?

三是如何在"推导互动中的读者感悟升华"环节,实现"人之所及"的意境整合升华?

第三章将在理论上回答以上三个问题,第四至第六章针对不同网络类型和不同认知维度展开研究,回答这些问题。

除上面三点,本书已在 1.1.2.2 节中探讨了诗歌叙事语篇尺度的划分问题,在 1.1.3.2 节中探讨了诗歌叙事语篇的认知维度问题。作为本书构建的高级概念整合模式的一部分,同时将继续探究两个问题：

一是不同认知维度及其次维度是否可以用于对不同诗歌语篇的概念整合，如果可以，是否可以对相关诗歌进行归类，以表格形式列出读者可以提取使用的、从不同叙事认知维度切入整合的诗歌语料？

二是本书选析的希尼、弗罗斯特等的 13 首诗歌，大多在国内是首次从概念整合角度分析，有的诗歌目前没有现存译文，有的诗歌已有译本但译文有理解差异或与原文有出入，因此笔者尝试自译所选诗歌，以便满足本书的高级概念整合分析需要。可以说，自译出准确、得体的汉译诗文，也是本书需要解决的一个重要问题。笔者作为翻译中的读者，将通过自译，深刻体会读者主体与作者主体和文本形象交流互动的认知过程，领悟诗人的创作艺术和字里行间所隐射的预设思想，以便获得在单纯的阅读接受思考中很难体会到的特殊感受。笔者也是阅读中的译者，先阅读、翻译完诗歌后，尽量找到已有的平行译本，仔细参考阅读、比较，始终以原文为基础、结合创作背景信息，字斟句酌地打磨、完善自译文。这里需要说明的是，关于希尼诗歌的翻译，笔者参阅了吴德安、王敖、黄灿然、雷武铃、杨铁军等的译文；关于弗罗斯特诗歌的翻译，笔者参阅了方平、曹明伦、江枫、杨铁军、王宏印、顾子欣、远洋等的译文。这些译文将为笔者的自译提供宝贵的平行译本参考，借此先对上述译家表示感谢和敬意。

1.3　研究目的、方法和基本结构

1.3.1　本书的研究目的

本书以四位中西著名诗人的作品为例，在整个语篇层面上，对含有叙事成分的诗歌的概念整合展开系统研究，建构"读者引领的主体间推导互动基础上的三环节高级整合模式",并从多个主要认知维度以及相关次维度切入,对不同网络类型的概念整合进行系统分析。本书强调主体间推导互动的重要性,旨在从一个新的角度揭示诗歌叙事特色与语篇层面高级概念整合的关联,以期对以往的研究形成有益的补充,同时也为其他体裁语篇整体上的高级概念整合提供借鉴。此外,本书从认知语言学与叙事学和文体学的结合着手,揭示诗歌叙事语篇的高级概念整合模式和认知解读过程,以期帮助拓展认知文体学和认知叙事学研究,促进认知与叙事、文体的跨学科研究。同时,还希望通过中西诗歌的比较促进英汉语诗歌文化的交流。

1.3.2 本书采用的研究方法

1. 语篇整合法。跨越传统的词、句层面的概念整合方法,在诗歌叙事语篇整体层面建立诗歌叙事的高级概念整合网络,特别着眼于诗歌叙事语篇认知维度与心理输入空间、心理网构建之间的最佳关联。

2. 语料归类法。将四位诗人的诗歌分别与不同叙事认知维度相关联,在双域高级网络、一个心理网的多域高级网络、两个/多个心理网的高级网络整合框架下依据主体、时间、空间、因果、视角这五种基础认知维度,以及"景-事-抒/议"要素、情感波动、事情-反应等其他维度及其相关次维度,对四位诗人的诗歌进行归类,找出适合从相关认知维度切入的典型性诗歌,并丰富从某一认知维度切入整合分析的代表性。

3. 学科聚焦法。聚焦认知与叙事、文体等相关学科的关联,以前瞻性、跨学科的思维方法应用并发展前沿理论模式。

4. 互动修订法。强化实际分析和理论建构之间的互动,前者提供实例支撑,后者指导实例分析,在两者的互动中,不断修订理论模式。

1.3.3 本书的基本结构

本书共有七章。

第一章为绪论。界定何为叙事,区分诗歌语篇中叙事的不同尺度和不同认知维度,并说明选择王维、杜甫、希尼、弗罗斯特这四位诗人的诗歌的原因,阐述本选题的研究背景。此外,本章综述广义上诗歌的认知研究途径,重点介绍诗歌的概念整合国内外研究现状,在此基础上提出本书旨在回答的核心问题。最后,介绍本书的研究目的、方法以及基本结构。

第二章是理论梳理。就概念整合理论的历时发展进行梳理,包括源头——替代论、比较论、互动论、概念隐喻,雏形——空间映射,形成——"概念整合"以及语篇整体上概念整合理论的最新发展等几个阶段。同时,就概念整合的理论本身及其与诗歌叙事的关联研究提出新的理论修正。

第三章是模式构建。建构"读者引领的主体间推导互动基础上的三环节高级概念整合模式",并依据这一模式分别就双域高级网络整合、一个心理网的多域高级网络整合和两个/多个心理网的高级网络整合展开理论探讨,从而奠定本书的理论基础。

第四章探讨主体间推导互动基础上的诗歌叙事语篇双域高级网络整合。基于并发展 Turner(2014;2017)在整体篇章上对认知维度的分类、Fauconnier & Turner(2002)提出的双域网络模式,从主体、时间、空间、因果、"景-事-抒/议"要素等认知维度,揭示主体间推导互动基础上的读者体验、映射协商、读者感悟升华三环节双域高级网络整合过程。

第五章探讨主体间推导互动基础上的诗歌叙事语篇一个心理网的多域高级网络整合。本章主要从平行型(主体维度、情感波动维度)、总叙-平行分叙型、循环型等多域高级网络类型来揭示主体间推导互动基础上的读者体验、映射协商、读者感悟升华三环节概念整合过程。

第六章探讨主体间推导互动基础上的诗歌叙事语篇两个/多个心理网的高级网络整合。研究涉及的网络类型包括由两个心理网构成的递进式复合整合网络(事情-反应、"景-事-抒/议"要素维度)和由多个心理网构成的接龙式复合整合网络(多主体、多时间、"景-事-抒/议"要素维度、"自我"视角转换),以及分合型("自我"视角转换、主体、空间维度)整合网络等高级网络类型。

第七章是结语。总结全书的主要研究内容和主要研究发现,阐明研究中存在的不足和有待进一步解决的问题,并展望今后研究的发展方向。

1.4　本章小结

本章主要界定了叙事、叙事语篇、叙事尺度等关键概念范畴,探讨了不同的语篇叙事认知维度及次维度,提出了本研究要解决的核心问题,综述了以往的相关研究,并规划了全书的框架结构,为接下来的各章就理论模式构建、模式应用探讨做好铺垫。

第二章　概念整合理论的发展过程

　　概念整合理论作为"一个发展中的、欣欣向荣的研究领域"(Oakley & Pascual，2017:447)，是认知语言学的重要组成部分，是关于"意义整合生成的一种认知理论"(邹志勇、薛睿，2014:42)；概念整合是人们进行思维活动，尤其是进行创造性思维活动时的一种认知过程，是对在概念隐喻理论的基础上形成的心理空间理论的延续和发展(王文斌，2004:6-12)，是我们赖以生存的思维方式。其形成主要历经四个重要阶段，即概念隐喻理论、心理空间理论(Mental Space Theory)、概念整合理论(Conceptual Blending or Integration)、高级整合理论(Advanced Blending)。本章从源头、雏形、形成、最新发展四个阶段来梳理概念整合理论的发展脉络，以及理论观点之间的关系，重点讨论形成阶段的"概念整合理论"和最新发展阶段的"高级整合理论"。

2.1　源头:概念隐喻

　　隐喻在我们的生活中无处不在，隐喻是语言的普遍现象，隐喻以其独特的魅力吸引着无数的学者。从亚里士多德开始,传统的替代论(Theory of Substitution)和比较论(Comparison Theory)、近代的互动论(Interaction Theory)推动了现代的概念隐喻理论的产生。

2.1.1 铺垫:替代论、比较论和互动论

替代论主要由亚里士多德和昆体良(M. F. Quintilian)发展完成。作为柏拉图的弟子和隐喻研究的滥觞者,亚里士多德不赞成柏拉图的隐喻"贬斥派"(depreciators)观点,该观点不提倡使用隐喻,认为隐喻使用者是"毫无哲学头脑,只是一味模仿的诗人"(Plato,1961:X;王文斌,2007b:17),隐喻是一种"花言巧语"的修辞格和哲学的天敌(罗峰,2015:5),隐喻是寄生次要的比喻性语言。亚里士多德在《诗学》(Poetics)和《修辞学》(Rhetoric)中讨论了隐喻的构成方式和修辞功能,认为"使用隐喻是一件独具匠心的事,也是有天赋的标志"(亚里士多德,2003:343),"最最了不起的事就是成为一名隐喻大师(a master of metaphor)"(束定芳,2000a:3)。他开拓性地界定了隐喻,即用一个表示某物的词借喻它物,这个词便成了隐喻词,其应用范围包括以属喻种(the species to the genus)、以种喻属、以种喻种和彼此类推(亚里士多德,1996:149),这一定义揭示了隐喻的实质就是"一种替代"。古罗马修辞学者昆体良(Quintilian,1953:Ⅷ,vi. 8-9)进而明确指出,隐喻是用一个词去替代另一个词的修辞现象,是一种更简洁的明喻;明喻旨在将某物与想要描述的事物进行比较,而隐喻则是将一个事物的名称换成另一个事物的名称。由此,隐喻研究的"替代论"形成。王文斌(2007b:18-19)进一步归纳了该理论的实质特点:隐喻可以按某个词的本义来说明事物,隐喻义即词义,而词义即是客观实体;隐喻的目的是修辞,其实可视为一种"附加的"、可有可无的"装饰"(ornament)(束定芳,2000b:3),也通常是对常规语言的一种偏离或违背(deviation or violation)(Radman,

1997:xiii);隐喻的解读往往只有一种,很少具有多义性;为命名所需,隐喻的句法结构常常是名词。可见,替代论在于揭示隐喻的表现方式,所强调的是源域与目标域两者之间的替代性,是词与词之间的替换。由于是一种替换,隐喻因此只是增加语言表达力的一种工具(束定芳、汤本庆,2000:1-6)。

亚里士多德的隐喻定义在揭示隐喻替代实质的同时,也强调替代的使用方式,即通过使用类比实现词与词之间的替换。该定义实际上衍生了两种理论:一种是上文所说的替代论,一种是比较论。比较论也作相似论(Similarity Theory)或类比论(Analogy Theory),是基于两个概念(即源域和目标域,或本体和喻体)的相似性或类比,其实质就是"相比"(proportion)(Cameron & Low,1999:71),也就是两个不同义域之间建立的一种联系。比较论认为,隐喻是某种相似性或类比的陈述,是某种压缩的或省略性的明喻(simile)(王文斌b,2007b:20);明喻也是一种隐喻,其间差别很少,不同的仅是它们的使用方式。这种根据类比或相似性的原则所做的隐性比较,实际上是比较论的隐喻观,只不过亚里士多德将隐喻局限于词汇的修辞层面。后来,Leech(1969:148)把传统的比较说归纳为三元模式(three-item pattern),即本体、喻体和喻底(ground)①;Ungerer & Schmid(2008:116)又进而解释为通俗术语被释语(explained element)、解释语(explaining element)和比较项(base of comparison)。

近代隐喻的研究认识到隐喻的认知价值(蓝纯,2003:12),实现了隐喻研究从修辞格研究到认知方式研究的过渡。互动论由英国哲学

---

　　① tenor(本体)、vehicle(喻体)和 ground(喻底)这三个概念,由 Richards 在其 1936 年出版的《修辞哲学》(*The Philosophy of Rhetoric*)一书中提出。他一方面强调了两种相互作用的思想"本体"与"喻体"之间的相似性,即喻底;另一方面又"发现本体与喻体经常是不相似和不对等的,因为本体和喻体经常分属不同的范畴,两者之间存在一种意义的张力。正是两者的张力和互动,而不是它们的相似性,解释了隐喻的功用"(张瑜,2012:1)。后来,Leech、Ungerer & Schmid 对本体与喻体之间的相似关联做了进一步的阐释。

家、文学评论家 I. A. Richards 提出,后经美国哲学家 M. Black 完善。
Richards 的《修辞哲学》(*The Philosophy of Rhetoric*,1936),动摇了
替代论和比较论在西方学界的主导地位,将隐喻从传统的修辞学中
解放出来,并提出"思想中对事物形成隐喻观念先于语言隐喻"(胡壮
麟,2004:38);同时提出"语言在本质上是隐喻的"观点,提及隐喻的
思维现象和工作机制,特别指出"隐喻在本质上是思维之间的借用和
交际,是语境之间的交易"(王文斌,2007b:25;罗峰,2015:38),并将
隐喻作为语义现象放到句子层面进行考察。接着,Black(1962:44;
1993:27)对本体和喻体相互作用之间的认知运作进行深入的讨论,
包括主词项(primary subject)、次词项(subsidiary subject)系统之间
的映射互动和词义交互,使互动论成为继替代论和比较论之后最具
影响的第三种隐喻理论(束定芳,2000a:3)。互动论突显了隐喻中源
域与目标域之间的互动性,并已经认识到隐喻的认知价值,这为后来
Lakoff & Johnson(1980;2003)、Fauconnier & Turner(2002)等倡
导的隐喻认知研究方法的崛起铺平了道路。但是,它忽视了认识主
客体在源域与目标域互动关系中的作用,这有损其解释力,也给后来
认知语言学的隐喻研究留下了广阔的发展空间。另外,Ricoeur
(1978:228 - 247)、Hausman(1983:181 - 195;1989)、Kittay(1987)、
Indurkhya(1992)、Gibbs(1992:572 - 599)等学者对隐喻互动理论的
发展做出了不同程度的贡献,为概念隐喻的研究提供了多样化的
视角。

2.1.2 概念隐喻理论

现代隐喻的研究从认知语言学的角度进行探究,一改把隐喻看
作语言修辞、纯语言现象的传统研究方法,在语言学界掀起了一场隐
喻的认知科学革命。Lakoff & Johnson(1980)在《我们赖以生存的
隐喻》(*Metaphors We Live by*)一书中首先提出、Lakoff(1993)在《当

代隐喻理论》("The Contemporary Theory of Metaphor")一文中详述的概念隐喻理论[①]是这场隐喻革命(metaphorical revolution)的重要标志。该理论在观点立场、术语概念、隐喻分类等方面提出了独到的主张。

在观点立场上,该理论认为:隐喻就是普通语言,每个普通人都在创造隐喻并使用隐喻,这是对传统隐喻观点的挑战。像"论辩是斗争"(Argument is struggle)、"思想是食物"(Ideas are food)这样多生成、成系统的隐喻结构就是 Lakoff & Johnson 所声言的概念隐喻,概念系统性的本质是隐喻的;隐喻是思维层面的问题,是人们认识客观世界的认知手段和思维方式,而非传统意义上的语言层面问题或者词汇修辞手段;隐喻不是语言的而是概念的,是从一个具体的概念域(源域)向抽象的概念域(目标域)的系统映射,映射的基础是人体的经验或体验(embodiment),而非传统本体-喻体间的词汇"替代"和"互动"。在术语概念上,Lakoff & Johnson(1980)、Lakoff(1993:215)突出了自己的一套术语,比如"概念域"(conceptual domain)、"源域"(source domain)、"目标域"(target domain)、"映射"(mapping)、"意象图式"(image schema)、"恒定原则"(invariance principle)等。Lakoff(1992)声称有三种映射对应关系,即本体对应、推理模式对应、推理模式间的开放性潜在对应(文旭、叶狂,2003:1-7)。在隐喻分类上,1980 年版《我们赖以生存的隐喻》中将隐喻分为常规隐喻(包括结构隐喻、方位隐喻、本体隐喻)、死隐喻与新隐喻(赵艳芳,2001:104-111)。但在该书 2003 版的后记中,两位作者对某些观点进行了调整:"隐喻分为方位、本体、结构三类,这是人为的分类。所有隐喻都是结构的,因为它们在结构与结构之间映射;所

　　[①]　另外,概念隐喻理论在 Lakoff(1990;1996)、Lakoff & Turner(1989)、Lakoff & Johnson(1999;2003)、Gibbs(2008)、Kövecses(2010)等代表著作中也有论述。

有隐喻都是本体的,因为它们创造目标域实体;许多隐喻是方位的,因为它们映射方位意象图式。"(Lakoff & Johnson,2003:245)

Lakoff & Johnson(1980,2003)提出了"隐喻是跨概念域(cross-domain)的系统投射"的核心观点,即概念域的选择应该符合人的经验反应,其概念映射不是任意的;隐喻是一种认知手段或机制,"隐喻的核心是推理(inference)"(Lakoff & Johnson,2003:245);隐喻从本质上讲是概念性的,不是语言层面上的;概念映射遵循"恒定原则",这实际上为隐喻映射增添了一种制约机制。Lakoff & Johnson 1980 年版的概念隐喻类型划分和 2003 年版对隐喻类别的更正说明,为隐喻研究的具体操作提供了清晰的思路和范式。但其理论也存在如下一些缺陷。

第一,方法论问题。Lakoff & Johnson(1980)建立的概念隐喻理论的语料较零散,还缺乏一定的系统性、真实性(李福印,2005:21-28)。后来他们意识到方法上的不足,逐步把实证语料的收集从起初的多义词归纳和推理归纳两种来源,扩展到其他领域,包括诗学和新奇隐喻(Lakoff & Turner,1989)、心理研究(Gibbs,1994;Boroditsky,2000:1-28)、体势语研究(McNeill,1992)、语义的历史变迁研究(Sweetser,1990)和语言习得(Johnson,1987),这些扩展后的新颖语料来自不同的方法论领域,不再局限于语言形式和推理,用来共同解构隐喻连接抽象思维和符号表达的运作方式。

第二,源域的选择问题。要选择与目标域相对应的源域,这关键在于人的经验基础是否选择得当,但概念隐喻理论只是给出了一个宏观的指导意见,拿类似 LIFE IS A JOURNEY 这样耳熟能详的常规隐喻来做例证,并未就如何确定经验基础做出规律性的探索。

第三,映射的标准问题。是否存在双向的动态映射? 有没有连接机制或者量化标准确保结构内容的合理映射? 如何引导合并两个概念域的相关结构对应合并(conflation)? 因此,该理论需要设置可操作的映射量化标准和合并机制，也正如刘正光（2001：25 - 29）所说：该理论"缺乏确定映射水平或特征的标准"。

第四，隐喻的恒定原则问题。恒定原则（Lakoff，1990：54；1993：245）是概念隐喻理论经验基础的关键所在，其宗旨在于保持源域的认知结构在映射过程中不走样不变形，但其对映射产生限制作用的意义到底有多大值得商榷。针对 Lakoff 等人坚持的"保留源域意象图式结构、映射的单向不对称"观点，Jackendoff 和 Aaron 认为，隐喻是源域概念应用并转换到目标域的结果（束定芳，2006：18）；这也为 Fauconnier 和 Turner 发展这种观点奠定了基础。他们进而认为隐喻并非只涉及源域到目标域的意象图式结构映射，而是取代源域和目标域的各心理空间结构要素相互映射整合的结果。

2.2　雏形：空间映射

概念隐喻理论在方法论、源域选择、映射标准、恒定原则等方面存在的问题和不足，成为 Fauconnier 提出空间映射理论的重要背景前提。针对概念隐喻的概念域的提法及其源域的选择，空间映射理论认为：域是相对静态的概念，没有反映人们在思考和交谈时心理思维的实时动态过程，且源域的选择受到不同个体的体验、文化差异以及目标域内部结构的制约，因此概念域的范围无法涵盖动态的思维内容；概念域之间的映射是单向的，没有反映心理思维的双向互动特点；概念域之间的映射只是部分结构内容之间的映射，不能适应心理思维内容的变化节奏。基于这些质疑和思考，心理空间概念的提出弥补了这些不足。空间映射理论是在《心理空间》（Fauconnier，1985）、《思维和语言的映射》（Fauconnier，1997）两本著作的相继出版中建立起来的，构成了概念整合理论（Fauconnier & Turner，2002）的前期基础。

2.2.1 空间映射理论要点

空间映射理论旨在说明意义是言语者在语符信号刺激下所进行的概念跨空间映射的结果,指出不可忽视百科知识、作者经历和各种推理方式在实时意义构建中所发挥的作用(朱永生、蒋勇,2003:26 - 33)。与概念隐喻理论相比,空间映射理论要点向前迈出了一大步,在心理空间、角色价值、可及性原则、语义语用现象等方面建立了自己的理论体系,也越来越接近概念整合理论的最终形成。

一、心理空间和空间建构语。针对真值条件语义学所描述的与现实世界偏离的可能世界的现象,Fauconnier 提出了一个新的概念——心理空间,并将其归入一种认知结构。现实世界中的事件状态构建或引发基础空间,即当前空间、现实空间或对话者彼此熟知的现实世界;空间建构语(space builders)用来建立另一个新的空间即建成空间或被建空间(built space),并连接、聚焦基础空间和新建空间。空间构建语就是语言单位或语法表达,包括介词短语、副词、连词、主谓引导语、否定词语等。

二、角色和价值。Fauconnier 区分了角色(role)与价值(value)的关系。角色指涉描述某一范畴的语言表达,价值是符合范畴表达的个体。一个角色对应一个价值,也可由多个价值来填充,或者说一个空间内的价值是由另一空间中相对应价值的角色来描述的。例如,在句子"In 1940, the lady with white hair was blond"中,就存在两个心理空间,一个是由名词词组"the lady with white hair (now)"构成的基础空间或当前空间,另一个是由空间构建语"In 1940"引发的"时间"建成空间"In 1940, the lady was blond"。建成空间里"1940 年"的个体价值——年轻时的"the blond girl"(图 2.1 中 x′),是由基础空间的当下价值——如今年老的角色"lady with white hair"(图 2.1 中 x)来描述的;或者反过来说,基础空间当下价值的角色"lady with white hair"是由建成空间里"1940 年"的个体价值——the blond girl 来填充的。她们(x 和 x′)构成了角色-价值的特定对应映射关系。当然,如果基础空间里的角色是非特定的(nonspecific),也可以通过想象来描述建成空间的个体价值。比如在句子"John wants to buy a sports car"中,基础空间没有与角色(sports car)对应的真实赛车呼应物或对应物(counterparts),这时 John 可以想象建成空间里的对应物——想买的赛车(图 2.2 中的 x′)。这样,就建构了跨空间的角色-价值非特定对应映射关系。这种角色-价值的特定与非特定对应映射关系探讨,对 Fauconnier 后期概念整合理论研究中形成的不同关键关系至关重要。

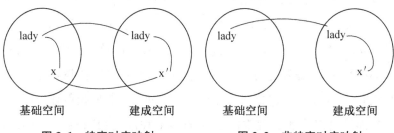

图 2.1 特定对应映射　　　　图 2.2 非特定对应映射

三、可及性原则。Fauconnier 认为,不同心理空间的呼应成分可以通过连接纽带互相连通映射。其中,成分或元素是心理空间实时构建的实体或者概念系统中事先存在的实体。成分通常以名词词组的语言形式来体现,包括指称、描述语(比如 a school intern)、代词。当不同空间里的两个或多个成分之间构成语用功能关系时,这些成分就成为呼应物。连接纽带用来连接不同空间里的成分并在呼应成分之间建立映射联系。例如,在句子"James Bond is a top British spy. In the war, he was an officer in the Royal Navy"中,认同或身份连接纽带把基础空间和建成空间(WAR 空间)的呼应成分连接起来,即在 James Bond——he、a top British spy——an officer 之间建立对应映射关系。换句话说,认同连接纽带提供了接近(access)各心理空间呼应物的可能,然而连接纽带是隐形的、非语言表达的,其映射运作需要人们的推理加工。因此,Fauconnier(1997:41)认为,成分认同或识别是语言、认知结构和概念连接的关键特性。一种指称、描述一个心理空间成分的表达语,能够被用来进入或识别另一心理空间的相对应成分呼应物,这就是可及性原则(Accessibility or Access Principle)。他进而把可及性原则形式化,并将之表述为:假设有两个成分 a 和 b,通过连接纽带 F 进行语用功能连接,标示为 b=F(a),那么我们可以通过指称、描述和指向 b 的呼应物 a 来找到与 a 对应的 b。如图 2.3 所示,a 为被指称和描述的成分,即触发概念(trigger);b 为需要认同或辨识的成分,即目标概念(target);F 为连接纽带或关联成分(connector),实际上是一种概念投射,帮助建立跨概念结构域的映射关系。与概念隐喻不同,可及性原则带来两种不同的结果:一是特定呼应物的语言表达指向心理空间实体的方向是双向的,也就是说连接纽带能在两个空间之间来回投射呼应成分;二是连接纽带连通心理空间之间的多重呼应物(Evans & Green,2006:377)。

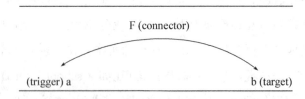

图 2.3　可及性原则的形式化(参见 Fauconnier & Turner, 1994:5 - 24)

　　四、空间映射类型。Fauconnier(1997:8 - 11)认为,人们进行思考和交谈,就是在构建心理空间之间的映射关系。空间映射主要有三类:投射映射、语用功能映射和图式映射。投射映射类似于相似联想,是根据事物、事件或状态的模糊相似性把一个心理空间的部分概念结构投射到另一个心理空间,即用一个心理空间的部分概念结构解释另一个心理空间的概念,隐喻就是一种典型的投射映射。Fauconnier 的语用功能映射来自 Nunberg(1978)的语用功能理论,Nunberg 认为,因为心理、文化、局部语用等方面存在差异,人们会建立并利用一些纽带和关联,在不同性质的客体之间用某一客体间接地指代另一客体。Fauconnier & Turner(1994)进而指出,这种语用功能映射对构建知识基础起重要作用,为连接另一空间的呼应物来认同某一空间成分提供了途径。在语言运用中,语用功能映射允许投射中的一个实体被另一个呼应物所认同。因此当我们听到"The Yellow Vests Movement has caused a million dollars in damages so far",我们会理解其言外之意:这位说话者在用"黄背心"来认同或代指巴黎街头的抗议示威人群。图式映射是指用抽象的图式、框架或模型来理解情景话语,是认知图式的自上而下的投射(朱永生、蒋勇,2003:26 - 33)。Langacker(1987;1991)的认知语法框架、Lakoff(1987)的理想认知模式、Fillmore(1982;1985)的认知框架、Goldberg(1995;2006)的构式语法,都是图式映射的典型形式。Fauconnier 认为,投射、语用功能和图式三种映射方式对理解语义、语用释义和认知构建极为重要,一旦我们开始解读这些释义和构建,就会不知不觉地产生大量的映射。

　　五、语义、语用现象的解释。Fauconnier 尤其关注实时话语中的跨空间映射,利用心理空间、空间建构语、角色-价值、可及性原则等心理映射理论的原则要点,分析了一系列语义和语用方面的复杂现象,比如指称的模糊性、反实句(counterfactual)、叙述时态和指示语、直接和间接话语、类比、隐喻、预设等语言现象。在心理空间的基础上,Fauconnier 在他的第二本专著《思维和语言的映射》(1997)里,正式提出了概念整合理论的基本思想,建立了"四空间模型"来研究现实生活、语言交流中广泛存在的概念整合现象。下面以《思维和语言的映射》为蓝本,并参考 Fauconnier & Turner(1994:1-39;1996: 113-129)、Turner & Fauconnier(1995:183-204)、Fauconnier & Sweetser(1996)、Coulson(1995:1-10)、苏晓军和张爱玲(2001)、汪少华(2002b:119-127)等学者的论述,对这一时期发展中的概念整合理论的核心思想进行初步梳理。

概念整合是人们进行思维和活动,特别是进行创造性思维和活动时的一种认知整合过程。该整合过程是在两个输入空间的基础上进行运作产生第三空间,即合成空间;合成空间从两个输入空间提取部分结构,形成新显结构。两个输入空间的合成需要满足下列条件:

输入空间Ⅰ、Ⅱ中对应呼应物的跨空间部分映射;类属空间对每一输入空间进行映射,它反映输入空间所共有的一些抽象结构与组织,并决定跨空间映射的核心内容。输入空间Ⅰ、Ⅱ部分地或有选择地投射到第四个空间,即合成空间。合成空间的新显结构并不直接来自输入空间,其产生的过程包括组合(composition)、完善(completion)、扩展(elaboration)这三种相互关联的认知过程,其中"组合"指把来自两个输入空间的投射组合起来,经组合后的投射形成各个输入空间以前均不存在的新关系;"完善"借助背景框架知识、认知和文化模式,使组合结构从输入空间投射到合成空间,这一组合结构可视为合成空间中一个更大的完整结构中的构成部分;"扩展"指合成空间中的结构可以扩展,即"对合成空间进行运演"(running the blend)。换言之,新显结构的形成是一个动态的、极其复杂的认知过程,我们可以根据合成空间的新显逻辑来对这一概念进行拓展,实现实时话语的动态意义建构。

Fauconnier 在讨论输入空间整合的上述条件时,提出了整合有效运作的六条优化原则,包括:a) 整合,即合成空间里必须构建一个经过缜密整合的、可以作为一个单位运作的场景;b) 网络,即将合成空间作为一个单位来运作,必须维持合成空间与输入空间之间适当的网络关系(或紧密联系),不需要额外的监管或演算运作;c)解包,即合成空间本身应该能使理解者有能力对合成空间进行解包处理,重建输入空间、跨空间映射、类属空间以及所有空间之间的连接网络;d)构造或拓扑(topology),即输入空间里的成分与从输入空间投射到合成空间里的成分最好能够匹配或关系一致;e)回射或向后投射(backward projection),即一旦合成空间经过运演并产生新显结构,要避免向输入空间回射,这样会破坏输入空间本来的整体性;f)转喻投射(metonymy projection),即当输入空间的一个成分被投射到合成空间,紧接着该输入空间的第二个成分也被投射到合成空间,这是因为后者与第一个成分之间存在转喻连接关系,因而缩短了它们在合成空间的转喻距离(metonymic distance)。这些优化原则在整合中是互相竞争的,对每个整合过程有着不同程度的制约作用,或者说每个整合在不同程度上要满足相关原则。

基于上述的整合条件和整合优化原则,Fauconnier(1997:186)得出结论:概念整合是一种在心理、生活等多方面产生创造性的认知运作,该认知运作组织结构严密并受到严格的制约。实际上,正是这样的组构和制约,人类机体才能如此灵慧地识别、操作、产生认知整合。

2.2.2 空间映射理论的意义

从1985年的《心理空间》到1997年的《思维和语言的映射》,Fauconnier的空间映射理论研究实际上经历两个过程,即心理空间完整理论的构建和概念整合初期理论的探索。这些研究是对前期概念隐喻理论的发展和完善,更为接下来概念整合理论的最终建立奠定了坚实基础,在概念术语、隐喻研究、对语义语用现象的解释等方面具有重要意义。

第一,从概念域到心理空间的概念质变。概念域是Lakoff & Johnson(1980;2003)的概念隐喻理论的核心术语,主张的是源域结构向目标域的单向映射,这是一种相对静态的相似性结构映射关系。然而,"隐喻不仅仅是两个概念域的激活,也不仅仅是对应关系,而且是两个域之间的一系列整合过程"(Croft & Cruse,2006:207)。Fauconnier(1985;1997)的心理空间理论向前迈出了一步,将Lakoff的概念域上升到心理空间这一层次。心理空间"是指人们思考或谈到某一所见所思的、现在的或将来的情境,是基于某一域之上建构的暂时性的、短时的表述结构(representation structure),有较强的实时性"(汪少华,2002:119 - 127)。不同于概念隐喻的跨域映射,心理空间理论视基础空间和建成空间为动态的跨空间映射,注重两个空间对应成分的连接和合并。这样一来,基础空间-建成空间之间的连接关系就比源域-目标域之间的映射复杂得多,也更加全面,相似性甚至相异性的相关成分得到连接合并。吸取了概念隐喻理论和心理空间理论的所长,Fauconnier(1997)进一步完善了心理空间的概念术语,把两个空间扩展到"四空间模型",即两个输入空间、类属空间和合成空间以及新显结构的产生,强化了跨空间的实时意义构建,初步建立了概念合成理论的核心思想体系。

第二,心理空间理论和概念整合初期理论中存在的问题,为后期研究提供了广阔的研究空间。(1)心理空间是人们在进行思考、交谈时为了达到局部理解与行动之目的而构建的小概念包,或者说指在话语的进行中由语言表达式建立起来的非语言结构。那么心理空间是根据什么标准或条件建立起来的,心理和语言表征有何关系,这成为今后概念整合理论不容回避的课题,也为本书接下来关于如何构建心理空间的思考提供了平台和契机。(2)类属空间。概念整合理论虽有提及,但一直是模糊的,似乎可有可无。类属空间中的背景知识怎样参与映射,怎样参与选择来自输入空间的信息,怎样参与合成空间的理解,都未做明晰的讨论,它更多的是一个摆设(刘正光,2002:8 - 12)。因此,类属空间对输入空间成分变量的调控作用需要进一步明确。(3) 跨空间映射。Fauconnier 在概念映射理论中提出了空间构建语,在概念整合理论中提到了类属空间的连接机制,这些不断建立的心理空间连接起来的映射,是他做出的重大贡献。(4) 合成空间。合成空间创造出与输入空间不一致的特有结构关系和动态意义,那么这种开放性整合思维与对类属空间的模糊认识是否有关联? 换言之,特有结构关系的整合有何规律可循、"特有"到何种程度为宜,整合后的概念有没有一定的确定性? 这是对人类认知和智力想象的巨大挑战,也因此意义重大。

第三,心理空间理论和概念整合初期理论对隐喻意义建构和阐释过程中的相似性与相异性问题提出了处理依据,同时概念整合初期理论对语义、语用现象强有力的解释,为更有效的应用研究指明了方向。关于隐喻,从 Fauconnier 讨论的经典例子"to dig one's own grave"中,我们就可能建构三个心理空间,即"坟墓、埋葬"空间、日渐年老体弱的"生命"空间、走向死亡的"运动"空间。指出多空间的存在是对两域、两空间构建的又一次发展,但三者之间是平行关系还是不平衡关系,三者内部成分如何有选择地向合成空间投射,最后的整合效果如何等等,成为该理论下一步要突破的瓶颈。

2.3 形成:概念整合

基于概念隐喻理论和空间映射理论的研究成果,尤其自 Fauconnier(1997) 对概念整合理论的初步探索以来,Fauconnier(1998)、Fauconnier & Turner(1998a)开启了建立概念整合理论的又一轮重要探索,主要体现在:(1) 心理空间、语言情态与概念整合的关联(Fauconnier,1998);(2) 概念整合的诸种原则以及概念整合网络类型的建立(Fauconnier & Turner,1998b);(3) 转喻与概念整合(Fauconnier & Turner ,1999);(4) 整合方法与概念化(Fauconnier

& Turner，2000)；(5) 压缩与整体性洞悉(Fauconnier & Turner，2000)；(6) 概念整合与类推(Fauconnier，2001)。2002 年，Fauconnier 与 Turner 合作出版专著《我们思维的方式：概念整合与心智的隐藏复杂性》。通过这些论著的系统研究，概念整合理论最终建立起来了。他们认为，概念整合是一种基本的心理认知机制，是人们思维和想象的基本过程，认知语言学的根本性任务之一，就是要弄清概念整合过程中的各种运作机制。建构性原则(Constitutive Principle)和管制性原则(Governing Principle)是构成概念整合机制的两个重要方面，是结构性的、动态性的原则。建构性原则就是部分呼应成分的跨空间映射、向合成空间进行部分的或选择性的投射，并在合成空间中产生新显结构，其意义大于各空间成分意义之和(Evans & Green，2006：403)。管制性原则制约概念整合的过程，具体表征为优化新显结构的多种策略，同时还体现于结构(topology)、范式完善(pattern completion)、整合(integration)、关键关系的最大化和强化(maximization and intensification)、网络中各种连接的维系(maintenance of connections)、合成空间的明晰化(perspicuity of the blend)、网络合成空间中结构的关联性等方面。不管是建构性原则还是管制性原则，其中心目标就是获取具有人类尺度(human-scale)的概念整合。

2.3.1 建构性原则

Fauconnier & Turner(2002：44)指出，建构一个整合网络①，涉

---

① 在 Fauconnier、Fauconnier 和 Turner 的不少论述中，常出现 integration、blending 混用的情况，比如 conceptual integration or blending、integration networks 等，学界的译文"整合"或"合成"也常交替使用。我们认为，若要区别 integration 和 blending，integration 可译为"整合"、blending 译为"合成"；若不加区别，则在"整合""合成"中任选一个。为便于统一认知标准，本书不区分 integration、blending，统一译为"整合"。

及多个运作流程,主要包括心理空间的建立、跨空间的匹配、有选择地向合成空间映射、确定共有结构、向输入空间回射、向输入空间或合成空间增设(recruit)新的结构、在合成空间进行运演等认知过程。某一过程可在任何时候运作,它们也可同时运演,整合网络试图在这些过程之间取得某种平衡。Fauconnier & Turner(2002:345)进而指出,概念整合具有自身的一套建构性原则,包括输入空间呼应物的匹配与连接、类属空间、有选择的投射、合成、新显结构意义的产生等机制,新显结构的产生又包括"组合""完善""扩展"三个过程(图2.4)。下面我们从 Fauconnier 和 Turner 的心理空间术语开始,重点梳理相关的机制过程。

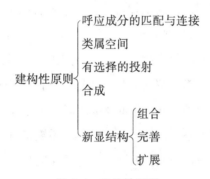

图 2.4　建构性原则

一、心理空间。Fauconnier & Turner(2002:102)认为,心理空间是人们在进行思考、交谈时为了达到局部理解与行动的目的而构建的小概念包,是包含成分或元素的部分集合体,并由框架①和认知模式构建。心理空间的运作基于工作记忆,但只是通过部分激活长时记忆中的结构来建立,因此处在工作记忆状态中的心理空间是相互连接的,随着思维和话语的延伸得到不断修正,并被用来模拟思维

———————

① 当心理空间的成分或元素及它们之间的关系组合成我们熟知的一个概念包时,我们说这个心理空间具有认知框架,这种组合就是框架。

和语言之间的动态映射。心理空间的构建主要源于概念域、直接经验或即时经验和动态的工作记忆。心理空间的特征主要表现为：成分或元素的细化程度、心理空间的架构程度（degree to which they are framed）、人们对空间的熟悉程度、心理空间的构造（topology，包括某些成分及其可以作为合成整体单位同时被激活的关键关系）。通常心理空间由概念框架所组构。

二、呼应成分的匹配与连接。在两个心理输入空间建立后，通过部分的跨空间映射，输入空间的呼应成分彼此连接匹配。关于空间映射，Fauconnier & Turner（2002）认为，它是构建充满想象活力的整合网络的重要组成部分，建立心理空间及其空间之间的映射联系是一种具有高度创造性的认知行为。由于整合网络中个体空间存在不同构造属性，空间映射同样存在不同的匹配可能性，空间映射可以在输入空间之间或内部发生。输入空间之间的映射，是指基于空间相似构造的从一个输入空间向另一个输入空间的相互映射。在这些相似构造的跨空间映射中，诸如身份认同（identity）、类比（analogy）等外部空间关键关系（vital relations）起着重要的连接作用。内部空间关键关系的映射，是指在单个空间内部呼应物关系的映射。单个空间可以是一个输入空间或合成空间，比如两个输入空间的逆类比关系（disanalogy）映射到合成空间，成为合成空间中的变化（change）内部关系。心理空间之间或内部的映射，都离不开概念整合的两个重要机制，那就是关键关系和压缩（compression）。本书将在 2.1.3.3 节中，重点讨论与这些关键关系及其压缩有关的方方面面。

三、类属空间和有选择的投射。两个心理输入空间的映射关系确立后，需要建立第三个心理空间即类属空间，向两个输入空间映射并提炼这两个输入空间的共有结构。这样可建构输入空间Ⅰ、类属空间、输入空间Ⅱ之间的三角形映射关系。接着，两个输入空间的部分呼应成分，有选择地向第四个心理空间即合成空间投射。有选择的投射,指来自输入空间的成分和关系并不是都投向合成空间,只有相关的部分成分和关系被投射压缩至合成空间。合成空间里同时接纳来自类属空间的类属结构(generic structure),并产生输入空间之前没有的新的组织关系,直到产生新显结构。

四、合成空间与新显结构。合成空间里的新显结构并非直接来自任何一个空间,而是产生于三种方式:"组合"从输入空间投射过来的呼应成分,在新增框架和情节基础上进一步"完善"、对合成空间进行运演,即"扩展"。具体而言,所谓"组合",指来自输入空间的呼应成分在合成空间进一步组合,形成输入空间不存在的关系。这些呼应成分可在合成空间里分开组合,也可被投射组合为合成空间里的同一成分,即融合。所谓"完善",是指合成过程中不断吸收增添许多背景知识意义,以及被潜意识带入合成空间里的一些结构意义。模式完善是其中最基本的意义补充形式,因为我们看到的只是一个熟悉框架的部分意义,其实该框架更多别的意义正在悄然有效地作用于合成过程。所谓"扩展",就是把整合当作一种模拟,并对整合进行在线的想象性运演。通过这种方式产生的部分整合效力可能表现为不同的、不确定的扩展意义。换言之,我们可以尽可能地想象扩展,产生符合合成空间的唯一结构。可见,整合的创造性思维得益于完善和扩展的开放性本质,即完善和扩展一方面遵循相关的建构性原则,另一方面这种遵循实际上又会产生无拘无束的思维效果。因此,通过组合、完善、扩展这三种方式,合成空间的新显结构得以生成,形成了输入空间并没有的结构关系,这些结构关系就是概念整合对身体和思维世界丰富意义的挖掘。然而,新显结构的产生有时并不意味着概念整合的终结,因为在概念整合网络中任何空间都有可能需要不断的修正。合成空间里的新显结构可以回射到输入空间,形成向后投射或回射,或者说,输入空间得到了来自合成空间的修正;整合网络的建立是为了揭示局部的意义构建,具有动态性和不确定性,但是在一定的言语或文化社团里,一些突出、有用的概念整合变得约定俗成,为人们所广泛接受。

五、网络类型。上文描述了一个基本的四空间概念整合网络,即两个心理输入空间、一个类属空间、输入空间呼应成分之间的匹配映射、输入空间和类属空间向合成空间的有选择的投射,合成空间的组合、完善、扩展及其新显结构的产生(如图2.5)。实际上,构建概念整合网络的各机制过程并非固定不变的,并非一定按照图2.5所示顺序先后发生——它们是一个动态的协作过程。Fauconnier和Turner用标准的静态图示来描述概念整合的机制过程,是从便于呈现人类的一个基本的认知网络框架来考虑的。既然图2.5只是概念合成的一个基本网络框架或最小模板(minimal template),那么就可能存在不同的网络类型,而且各种建构性原则在不同网络类型中体现不同的结构特性。Fauconnier和Turner前后对此进行了探索和几番修正。

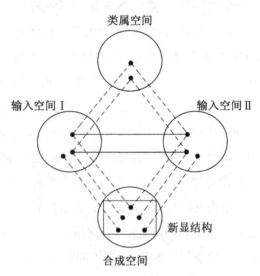

图2.5 四空间概念整合网络

Fauconnier(1997:85)初步提出网络类型的雏形,包括 *TF structures*、one-sided *TO*、symmetric or asymmetric two-sided *TO*、partially unfilled *TO*,这些结构体现了优化整合原则①的不同方式。一年之后,Fauconnier 在《概念整合网络》(1998:133 - 187)中正式阐述了概念整合的网络类型以及经过修订的一些优化原则。网络类型分为框架网络、单向网络、双向网络、非对称双向网络(asymmetrical two-sided networks)、非填充共有构造网络(unfilled shared topology networks)、双向非填充共有构造网络(two-sided unfilled shared topology networks)、单一框架网络(single framing networks)、转喻映射的单向共有构造网络(one-sided shared topology networks with metonymy projection)、对称转喻映射的双向共有构造网络(two-sided shared topology networks, symmetric with metonymy projection)、对称转喻映射和补充框架的双向共有构造网络(two-sided shared topology networks, symmetric with metonymy projection and additional frame recruitment)。显然,这个分类显得十分繁琐,后期研究中不少观点再次得到了修正。Fauconnier & Turner(2002:119)在集大成的《我们的思维方式:概念整合及人类心智隐藏的复杂性》一书中,基于 1998 年的网络类型分析,总结出了四种基本整合网络,即简单网络(simplex networks)、镜像网络(mirror networks)、单域网络(single-scope networks)、双域网络(double-scope networks)。这四种基本网络彼此关联但各有差异,为了便于区分,Evans & Green(2006:431)进一步将它们归纳总结,如表 2.1 所示:

---

① 整合优化原则包括整合(integration)、网络(web)、解包(unpacking)、构造(topology)、回射或向后投射(backward projection)、转喻投射(metonymy projection)。优化原则将在"2.3.2 管制性原则"中讨论。

表 2.1 概念网络

网络	输入空间	合成空间
简单网络	只有一个输入空间拥有组织框架	合成空间由该组织框架构建
镜像网络	两个输入空间拥有同一个组织框架	合成空间由输入空间的共有框架构建
单域网络	两个输入空间拥有不同的组织框架	合成空间由其中一个输入空间的组织框架构建
双域网络	两个输入空间拥有不同的组织框架	合成空间由两个输入空间组织框架的一些方面构建

简单网络,含有两个心理输入空间,一个空间拥有抽象的角色(roles)组织结构或框架(organizing frame)但无价值(values),另一个空间有用来填充该结构或框架的价值成分信息却无框架,输入空间之间的映射是由框架-价值(frame-to-value)关系连接起来的,前一个空间的框架与后一个空间的价值呼应成分是相容的、不冲突的、相对应的。合成空间以框架-价值这种最简单的方式,整合来自两个输入空间的框架和价值呼应物。比如"M. K. McCann is the mother of Seamus Heaney"一句中,前一个输入空间含有抽象的mother-ego 角色组织框架,后一个空间包括具体的 M. K. McCann 和 Seamus Heaney 两个价值成分,通过简单的框架-价值关系把两个输入空间的角色-价值成分连接起来,即在 mother-McCann、ego-Heaney 之间构成了跨输入空间的角色-价值外部空间关系(outer-space Role-Value connection),在第一个输入空间的 mother-ego 内部空间关系(inner-space)与角色-价值外部空间关系进行压缩,在合成空间产生了单一的新的内部空间角色(inner-space role),即 mother of Seamus Heaney,从而合成空间得到整合。一句话,简单网络在于它能压缩输入空间内的角色成分,并在合成空间建立单一的新的角色。

　　镜像网络,是指所有心理空间(包括输入空间、类属空间和合成空间)都共享同一个抽象组织框架的概念整合网络,只是心理空间的成分或元素不一样,其输入空间之间在同一组织框架内像镜子一样相互映衬,其类属空间的抽象结构信息要求较高,需要读者结合背景知识加以抽象综合,其合成空间在共享这个组织框架的同时,组织框架变得更具体。比如李白《巴女词》中的"巴水急如箭,巴船去若飞","巴水"和"巴船"两个意象,可分别构成输入空间Ⅰ"巴水流淌如箭"、输入空间Ⅱ"巴船行驶如飞",共享类属空间的"运动速度"这一抽象组织变量,通过跨空间"镜子般地"映射连通,船夫在水中越行越远,最后得出妻子在岸边不忍告别、丈夫远游丝丝悲伤的复杂心境这一新显结构。镜像网络还具有以下特点:(1)由于各空间共享同一组织框架,镜像网络可以合成多个心理空间。比如6人百米飞人大战,组织框架"起跑时间和赛程"是一样的,但每位选手冲过终点线所花的时间可能不一样,这样6位选手构成了6个心理空间,在共享镜像网络框架的过程中进一步合成,这可视为 Fauconnier 和 Turner 后来提出的多域网络的雏形。(2)由于各空间的组织框架相同,在框架层次各输入空间之间没有冲突,但在更为具体的层次上可能存在冲突。(3)镜像网络可以选择压缩多种关键关系,比如时间、空间、身份认同、角色、因果、变化、意图、表征等。

　　单域网络,是指两个输入空间提供不同的组织框架,而且只有一个输入空间的组织框架将被投射至合成空间,并继续在合成空间运行。其中一个提供组织框架的心理空间叫框架心理空间(framing input),另一个提供相关呼应成分的空间叫焦点空间(focus input),单域网络就是利用框架空间的已有压缩结构,来组构焦点空间里的分散结构(diffuse structure)。由于框架空间本身是一个概念整合,它拥有许多早已存在的内部空间关系(比如时间、空间等),当这些内部空间关系被投射到合成空间时,就为焦点空间的一系列分散元素提供了框架结构。合成空间根据框架空间的属性压缩来自焦点空间的分散元素,即实现对分散元素进行压缩的合成目标(Evans & Green,2006:428)。单域网络的典型类型是传统的源域-目标域隐喻,即"通过一件具体事物来获得对另一抽象事物的认识"(吴胜军,2009:103-106)。源域作为框架空间提供组织框架结构,目标域作为被理解的焦点空间拥有相关元素,框架结构和元素之间的认同关系表现为两种:框架结构和元素可以不同属于一个大的所述事件层面,比如框架空间的拳击手(boxer)与焦点空间的执行总裁(CEO)不属于同一类故事,二者的角色也不一致,因此不能直接靠关键关系来连接映射,但可用"拳击"的隐喻框架结构来组构商业场上的总裁们所表现出的分散元素,达到合成目标。框架结构和元素之间也可以同属一个大的所述事件层面,外部空间关键关系连接它们的组织框架及其框架以下的元素,两个输入空间之间的关联性至关重要。单域网络的合成具有两个特点:一是单域网络具有实实在在的概念冲突,根由在于两个输入空间不对称的组织框架,仿佛一个强势框架在帮助我们洞悉另一个框架;二是单域网络的压缩充分利用了框架空间里已发生的压缩,即该网络把焦点空间的分散结构投射进入框架空间已经被压缩的内部空间关系,这些关系也被投射至合成空间。

双域网络是四种网络中最重要、最具创造力的一种认知方式,在双域网络里,两个输入空间拥有不同的组织框架,每个组织框架的部分结构被提取到合成空间形成新的组织框架,并在合成空间产生不同于任何输入空间原有结构的新显结构。双域网络的组织框架之间是冲突性的,因此其新显结构是极富创造力的。双域网络的冲突性表现在两个方面:一方面组织框架之间以一种兼容的合力的方式,共同推动合成空间的运演,因而这是一种假冲突;另一方面双域网络两个心理输入空间的组织框架之间发生强烈的冲突,并在合成空间达到冲突高潮,又是一种真冲突。心理空间组织框架之间的冲突,不管是真冲突还是假冲突,都是双域网络概念整合的必不可少的认知过程,共同促进了整个网络的运作,这也为本书在第三章建构主体间推导互动的整合认知过程的"趋同"和多角度意境升华奠定了认知基础。双域网络的根本特质是:两个输入空间有不同的组织框架,合成空间由两个输入空间组织框架的一些方面构建。

除了上面四种基本网络类型,Fauconnier & Turner(2002)还提出了多域网络(multiple-scope networks)的观点。概念整合是一个极具动态的、在线的认知心理过程,因此可以存在多个心理输入空间,这些空间可以重复使用,即跨空间映射整合后的合成空间可以作为一个新的输入空间,参与下一个网络的整合过程。这样由三个或三个以上心理输入空间构成的概念整合网络就是多重整合(multiple blends),或者多域网络。多域网络的运作有以下两种方式。

一是多个平行的心理输入空间(如图 2.6 的 Input Ⅰ、Input Ⅱ、Input Ⅲ)处于同一层次,在一个复杂的概念整合网络内(within a single complex conceptual integration network),进行跨空间的映射(mapped / projected in parallel),同时向合成空间有选择地投射相关成分或元素,进而完成整合过程,这种映射整合方式我们称之为**平行型整合**。

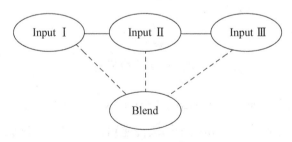

图 2.6 平行型整合

二是相关心理输入空间之间进行跨空间映射并向临时合成空间(intermediate blend)投射,临时合成空间又作为新的输入空间连续

(successively)参与整合(further blends)。几个合成空间连接在一起不断整合(blending of separate blends),就构成了大合成空间(megablend)或者超合成空间(hyperblended space),这些合成空间之间的相互连通整合就构成了一个大的概念整合网络,其内面包含好几个小的概念整合网络。从这些表述来看,我们可以得出这样一种印象,即在不止一个或多个网络之间的整合之后再整合,我们把这种映射整合方式称为**复合型整合**[①]。Fauconnier & Turner(2002:292)用简图(图 2.7)直观展示了这种复合型整合:Input Ⅰ、Input Ⅱ 映射整合后形成的合成空间 Blend₁ 作为新的输入空间 Input Ⅲ,与Input Ⅳ、Input Ⅴ再进行映射整合,形成合成空间 Blend₂。

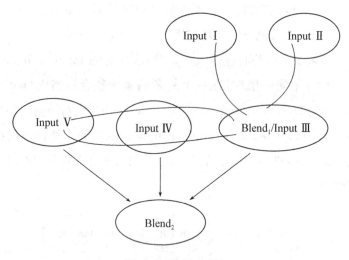

图 2.7　复合型整合

六、类属空间。多域网络里所有个体的合成空间及其大合成空间共享某些结构状态,从一个层级传递到另一个层级,这就是类属空

---

① 李昌标(2012;2015)论述了平行型整合(blend in parallel or parallel blending)、复合型整合(reblending or compound blending)两种方式。这里的 parallel blending、reblending or compound blending 为笔者所加。

间 G(图 2.8)。该多域网络有三个输入空间 Input 1、Input 2、Input 3,它们之间两两映射,共享各自的类属空间 G_{12}、G_{13}、G_{23},产生各自的合成空间 B_{12}、B_{13}、B_{23},同时,在总类属空间 G 的调控下,各合成空间再作为新的输入空间继续映射整合,形成大合成空间的概念整合。可见,网络中个体的总类属空间和次类属空间之间存在着层级之间的必然联系,它们之间相互渗透相互作用,共同推动整个网络的概念整合。

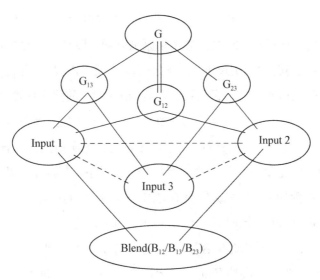

图 2.8 各类属空间

综上所述,概念整合的建构性原则包括心理输入空间的构建与映射、类属空间的调控、输入空间和类属空间结构成分有选择地向合成空间投射、合成空间进一步的组合、完善、扩展过程直至新显结构的产生,这些原则反映了基本的概念整合过程。概念整合是在一定网络框架内的动态的意义构建过程,其基本网络包括简单网络、镜像网络、单域网络和双域网络四种类型,多域网络包括平行型网络、复合型网络整合模式。

2.3.2 管制性原则

概念整合有了基本的建构性原则,就像房子搭起了牢固的框架一样,其基本结构和功能构筑了一个心智空间的网络系统。然而,光有框架还不够,这个系统还需一些管制性原则来调控各原则机制,对意义构建模式(mode of meaning construction)进行合理限制,或者说,在一定程度上对选择性的投射加以限制,因此 Fauconnier & Turner(2002:346)提出了一些有关压缩等方面的压缩管制性原则,即最优化原则(见表 2.2)。最优化原则有两个特性:一、合成网络的总目标在于获得"人类尺度"的概念整合,特定的整合网络凭借其特有的空间结构和整合目标,营造了一种相互竞争的网络环境,因而相关最优化原则在从心理空间向合成空间的投射中彼此竞争、优化,实现"人之所及";二、相关管制性原则之间的竞争实质上是一种合作,是一种对因竞争而起的紧张关系的缓解和优化,它们合力限制而不是强制投射哪些关系成分至合成空间,最终加速完成最佳整合(optimal blend)。同时,Fauconnier 和 Turner 还提出了概念整合的相关目标。下面从概念整合目标、压缩管制性原则、其他管制性原则三方面来讨论管制性原则(Fauconnier & Turner,2002:309-347)。

表 2.2 管制性原则(参考 Fauconnier & Turner,2002:347)

压缩管制性原则	其他管制性原则
借入压缩 单一关系的尺度压缩 单一关系的切点压缩 一种关键关系向另一种关系的压缩 尺度化 压缩创造 突出(成分的)压缩	构造(或拓扑)原则 模式完善原则 整合原则 加强关键关系原则 　关键关系的最大化原则 　关键关系的强化原则 网络原则 拆解原则 关联原则

一、概念整合目标。上面讨论了双域网络和多域网络模式,无论采用哪种模式,均经过对心理空间相关元素和关键关系的压缩过程,其概念整合总是指向该网络的总目标和相关次目标。一方面,概念整合的总目标是"实现人类尺度,即人之所及(the scope of human experience)"。概念整合的一个重要功能在于它能提供一种整体性洞悉(global insight),换句话说,整合是一种想象力的杰作,赋予我们从新的视角来洞察思想的能力。概念整合通过降低复杂度这种新的视角来实现"人之所及"的总目标。例如,弗罗斯特一生中写了很多首诗歌,对于普通读者来说,不大可能全部读这些诗歌,要了解其诗歌主要特点,读者只需阅读他不同时期的代表诗歌或成名诗,这实际上是把漫长的诗作跨度浓缩到熟知的少数诗歌内,是把复杂的创作提升过程加速压缩并简单化了,这就是一种整体性洞悉的体现和运用。另一方面,总目标之下还有一些子目标,包括压缩分散结构(compress what is diffuse)、强化关键关系(strengthen vital relations)、提出方案(come up with a story)、由多到一(go from many to one)。压缩分散结构是指复杂分散的网络能被"人之所及"的一个想象情节所建构,比如非洲草原上许多种类的动物都会成为草原之王狮子的美餐,我们可以把这些复杂分散的种类压缩集中到一只小角羚的身上,以一个想象原型来建构这个分散的网络。强化关键关系是指在压缩过程中,新的关键关系出现了,或者现存的关键关系得到强化,或者一些关键关系转换成另一些关键关系。提出方案是指在合成空间里,许多事件被压缩成一个简单的概述或总结。由多到一是指输入空间的许多元素被压缩成合成空间的一个或少数几个元素,这是网络压缩的一般现象。鉴于 Fauconnier 和 Turner 的分类,本书认为:实现"人之所及"并非只是由繁到简、由多到一、由分散到集中的压缩结果,因为压缩或者解压可能是一种开放性思维,输入空间的多种元素被压缩至合成空间后产生的新显结构,并非只是单一的想象结果，也包括多种不同的思维倾向。例如，王维的《相思》中，红豆本是生长在岭南地区的一种呈鲜红色的植物，但在有些人看来，"红豆"就是相思果，其概念整合新显意义有不同的解读，比如夫妻生死离别之后的凄凉相思、情人之间的相思、朋友之间的相思等；而在另一些人看来，"红豆"是一种镶嵌饰物，一种美的象征。因此，本书认为不同认知主体的**"由多到多"**（go from many to many）解读也是一个次目标，与总目标和相关次目标是相互联系、互相包含的，比如强化关键关系中的逆类比关系（disanalogy）压缩就会产生"由多到多"的整合结果。

二、压缩管制性原则。网络运行离不开压缩与解压机制（compression and decompression），压缩与解压指向各种网络的概念整合总目标和次目标。Fauconnier & Turner（2002：119）把压缩和解压比作硬币的两面，整合（integration）和压缩是一枚硬币的一面，分解（disintegration）和解压是硬币的另一面。一个概念整合网络犹如一枚硬币，既有压缩又有解压。网络整合中只有部分网络可以获得，其余的网络需要实时构建，因此在一些情况下，压缩可能是主要的意义构建方式，而在另一些情况下，解压成为主要的意义构建渠道。但无论哪个是主要方式，概念整合网络至少包括其中一部分压缩和解压。就压缩而言，概念整合是极为重要的压缩工具，它可运演各种各样的网络，并不断地创造、压缩合成空间。换言之，这些合成空间来自对心理空间之间外部空间关系的压缩以及心理空间内部空间关系的压缩。压缩管制性原则主要包括下列方式。

1. 单一关键关系的压缩[①]，分为尺度压缩（scaling down）和切点压缩（syncopation），前者指单一关系的长度、质量等属性的压缩，比如人一生的成长经历长度，就可以压缩成一部 45 分钟的快节奏纪录

① 关于关键关系的压缩，详见 2.3.3。

片，一篇洋洋洒洒的论文也可浓缩为300字左右的摘要；后者指单一关键关系的长度、质量等属性被压缩成几个重要的切点（syncopated points），比如人的一生可被压缩成童年、少年、青年、壮年、老年等几个重要切点时期。尺度压缩和切点压缩通常交织在一起，共同作用于合成空间。

2. 一种或多种关键关系向另一种关键关系的压缩，包括两种情况：一是一种或多种关键关系被压缩成另一种关系，比如类比，即关键关系被压缩成具有相似关系的唯一性（uniqueness）；二是用一种关键关系去压缩另一种关键关系，比如用空间关键关系去压缩时间关键关系，用浙江嘉兴南湖游船、遵义会议会址、延安宝塔、人民大会堂来压缩中国共产党的几次全国代表大会的时间，显示地点与时间的重要联系。

3. 创造性压缩（compression by creation），这是指合成空间里一种新的关系经过压缩后得以形成，这种关系在输入空间内部或输入空间之间事先并不存在。或者说，通过在合成空间构建一种新的关键关系，压缩效果得到了新的体现。比如希尼的不少叙事诗情节比较复杂，需要经过几轮连续性的多域网络整合，在最后一轮合成空间里还需要建构新的关键关系，其诗意才能得到充分解读，才能实现读者主体的多角度升华。

4. 内部空间关系的尺度压缩（inner-space scalability），是指个体的心理空间关键关系，比如时间、空间、变化、相似性、属性、部分-整体等容易被压缩，而在整个概念网络中，诸如表征、类比、逆类比、身份认同等外部空间关键关系是不易按照尺度压缩的。但为了获得"人之所及"的整合结果，必须把非尺度压缩的外部空间关键关系转换成尺度压缩的内部空间关键关系，这是获取概念合成结果的普遍机制。人们平时把一个人与他或她的名字联系起来，实际上是把人-名字之间的非尺度压缩"表征"外部空间关键关系，转换成了合成空间的尺度压缩"属性"内部空间关键关系,这样一来,这个具有个性特征的人就能被记忆识别了。

5. 突出成分的压缩,是指总体事件中离散的重点元素被压缩至合成空间,并通过诸如范畴、属性等关键关系,以及事件切分(syncopation)手段在合成空间里同时呈现。这种压缩的最大特点在于同时性,即总体事件的突出成分能够被压缩成合成空间里的同步突出成分。

6. 借入压缩(borrowed compression),是指其中一个输入空间紧密融合的情节成分(tightly integrated scenario),被投射和压缩至合成空间,就像合成空间向该输入空间借了一个组织一样。在该投射过程中,由于第二个输入空间不存在这种方案,因此第二个空间随同第一个空间向合成空间投射压缩。事实上,上文所讲的种种压缩,可按是否借入的标准归为两类:一类是合成空间向其中一个输入空间借入压缩方案,即借入压缩;另一类是压缩跨输入空间的外部空间关系进入合成空间进而得到进一步的压缩,这是非借入的压缩。

三、其他管制性原则。包括构造或拓扑原则(又称拓扑)、模式完善原则、整合原则、加强关键关系原则(关键关系的最大化原则和强化原则)、网络原则、拆解原则、关联原则等。以下将介绍部分原则。

1. 构造原则。压缩本质上是对组构关系(organizing relations)的压缩,空间内的组构关系称作内部空间构造(或拓扑)(inner-space topology),空间之间的组构关系称为外部空间构造或拓扑(outer-space topology),这些构造的基本部分由关键关系所确定。内部或外部空间关系向合成空间的投射压缩存在多种可能性。其中一种是默认可能性(default possibility),即相关关键关系在投射中没有发生变化;另一种是差异可能性,即相关关键关系在投射中发生了某些变化,比如被投射的关键关系在合成空间没有呼应物(或者尺度化了,被切分了,或者转变成别的关系了)、一个输入空间的关系被投射而另一个相对的(inverse)输入空间关系被压缩。这些变化方式在连接合成空间与输入空间的构造过程中,既对构造进行优化,又试图保持原有的关系构造,它们实际上是一些网络压缩整合的策略。这些策略都基于引导性的构造原则,即当其他因素相同的情况下,建立合成空间和输入空间,使输入空间有用的构造及其外部空间关系,经过内部空间关系在合成空间得到体现。当然,构造原则与压缩原则常常相互冲突,因为某些关键关系的压缩就意味着关系构造的变化,这正好与构造原则保留输入空间原有关系的偏好相矛盾。

2. 整合原则。简单地说,就是旨在获得一个合成的空间(integrated blend)。该合成空间具有以下特征:(1) 非隐含性:概念整合网络的实质就是输入空间的相关成分关系,甚至是来自相互冲突的输入空间的成分关系,向合成空间投射并形成单一的合成空间。在这个合成过程中,通过提取、斟酌、判断输入空间里的隐含关系,最终能够明晰地或者非隐含地表达合成空间里的整合意义。(2) 整体性:合成空间的运作是作为一个完整单位来进行的,其从输入空间投射压缩而来的内部组织关系成系统、易记忆,这使得认知者可以不需经常参考整个网络里的其他输入空间便能正常运演合成空间。(3) 背景性:合成空间的运演是为了获得"人之所及"的联想或推理,储存在大脑中的背景知识信息可能随同输入空间的投射一起进入合成空间,从而增加合成空间的联想或推理力度。(4) 非分裂性:输入空间之间可能存在相反或相互矛盾的成分构造,当这样的构造投射至合成空间,也有可能产生一个内部分裂的或非单一的空间(disintegrated space),换言之,内部构造关系不相交不聚焦,也就难以产生合成空间的新显结构。面对这种情况,整合原则的选择和调节手段可以帮助认知者选择和调节相关构造,从而合理避免合成空间的分裂现象。

3. 加强关键关系原则,包括关键关系的最大化原则(maximization)和强化原则(intensification)。最大化原则是指当其他条件相同的情况下，整合网络中的相关关键关系得到最大化，特别是要使合成空间里的关键关系最大化，并使这些关系在外部空间的关键关系中引起反应（reflection）（Fauconnier & Turner，2002：330）。这里有一条普遍的原则，我们可以使外部空间关键关系和合成空间关键关系之间的相互反应最大化，以此产生新的外部空间关键关系。最大化原则的重要与否取决于整合的目的。当整合旨在揭示输入空间之间的关系，最大化关键关系就显得特别重要，因为这种揭示过程依赖于新的外部空间关键关系的建立。与此相反，当整合的目的在于形成与输入空间差异较大的假定空间（hypothetical space）时，不必产生新的外部空间关键关系，那么最大化原则的作用就会降低。关键关系的强化原则是指当其他条件一致的情况下强化关键关系（Fauconnier & Turner，2002：331）。强化方式有两种：一种是关键关系的最大化及其在外部空间关键关系的反应，另一种是对空间已有关键关系的强化。

4. 拆解原则（Unpacking Principle），是指当其他情况一致时，合成空间独立启动整个网络的重构进程（Fauconnier & Turner，2002：332）。合成空间具有强大的功能，因为它携带整个网络的胚芽（germ）。如果一个胚芽已经激活整个网络，那么合成空间的运演就会对其余网络产生推理结果；而如果整个网络还未建立起来，或者如果网络中的相关部分在思维中未被激活，这时合成空间就会大显身手，激活这些网络。合成空间可以作为一个助忆工具，发挥整体性洞悉的强大功能。如果人们需要从大脑中提取并激活相关网络的背景知识，合成空间无疑是一个触发器，引导我们把一个个小的压缩组织拆解开来，回射成网络中的相关成分。合成空间也可以因为受到实物的刺激来建构，并通过不一致（incongruity）和分解（disintegration）来加速其拆解过程。例如，当我们看到一则广告：一个无精打采的吸烟牛仔画面，上面附有"注意：吸烟引起无力（或疲软）"字样，广告画面与字样的不一致立刻促使读者意识到,下垂的烟蒂实物表达的不只是单纯的牛仔吸烟意象,很可能被分解为两个意象输入空间,一个是牛仔吸烟的无力形象,另一个是性行为中的疲软意象。这种由不一致和分解促使的拆解过程体现了拆解原则,在我们的大脑中画面与字样的不一致帮助形成了一个合成空间,然后进一步分解这些不一致成因,回射还原为不同的两个输入空间。正如 Douglas Hofstadter 所言,拆解原则不仅是网络内部的一个结构,广义上来说,它是一种交际,因为合成空间所产生的拆解可能性取决于交际语境中哪些对象被激活了(Fauconnier & Turner,2002:333)。因此,从合成空间到输入空间的拆解是概念整合理论的一个十分重要的认知原则,它与从输入空间向合成空间的压缩及其合成空间内部的压缩息息相关,既要遵循网络内部压缩与拆解的组织结构,也不能忽略交际语境与读者自身的交际选择。

2.3.3　建构-管制的合作与竞争

建构性原则搭建了网络构架,包括简单、镜像、单域、双域、多域网络类型,以及网络内部的映射(mapping)或匹配(matching)、投射(projecting)、压缩、整合机制,就像房屋的框架结构一样支撑着整个网络建筑。管制性原则设置了条条网线,包括各种相对有形的关键关系以及连接关键关系的多种抽象原则,在一定程度上对网络内部的连通进行限制,仿佛人体的经路脉络一样,在网络骨架内连通相关成分元素。建构与管制是一对矛盾共同体,既合作又竞争,共同指向人类尺度的意义构建。例如,通过压缩,我们实现"人之所及","人之所及"的实现有助于提出方案,方案的提出有助于提升整体性洞悉,由多到一的压缩有助于实现合成空间的"人之所及",它们之间环环相扣,相互合作(Fauconnier & Turner,2002:336)。但是,压缩与构造相互竞争,因为构造试图保留原有的各种差异和相关元素,而压缩正好相反,尽力产生新的关系;同理,整合与拆解相竞争,因为完全或充分的整合(absolute integration)往往留下一个不带原有输入空间痕迹的合成空间,而拆解旨在还原各种空间元素。有鉴于此,下面先从关键关系层面入手,梳理外部-内部空间关系在压缩或解压过程中的合作与竞争模式,再在网络类型层面分析关键关系、空间构造等的合作和竞争方式。

一、关键关系层面。前面我们在2.1.2概念隐喻中谈到的概念投射,关涉空间之间的映射,即跨心理空间的呼应物通过空间纽带连接起来。而在概念整合里,这种跨空间呼应物之间的识别程式被称之为匹配,Fauconnier & Turner(2002)把连接两个呼应物成分或特性的不同空间连接语称为关键关系。所谓"关键",就在于这些关系在网络连通中的普遍性(ubiquity)、高频度(frequent recurring)和重要性。Fauconnier和Turner把这些关键关系归纳为时间、空间、因果、变化、身份认同、部分-整体、角色-价值、类比、逆类比、表征、特性、范畴等关系。Evans & Green(2006:420-426)进而总结了这些关键关系和压缩方式,见表2.3。

表2.3 关键关系与压缩方式

外部空间关键关系	内部空间关键关系(压缩)
时间	尺度时间、切点时间
空间	尺度空间、切点空间
表征	唯一性
变化	唯一性
角色-价值	唯一性
类比	身份认同、范畴
非类比	变化、唯一性
部分-整体	唯一性
因果(伴随时间和变化)	尺度时间、唯一性
因果	特性(属性)

　　表 2.3 左栏里的"时间"等外部空间关键关系连通各输入空间,通过跨空间映射或匹配、压缩进入合成空间,成为右栏中的内部空间关键关系,实现"人类尺度"。具体而言,"时间"关键关系连通输入空间等外部空间并通过压缩成为内部关键关系尺度时间(scaled time)和切点时间(syncopated time)。前者指由不同的实体时间同步压缩进入单一实体时间,这是距离上(distance)的减少;后者指单一实体时间链上的部分时间被激活再被压缩而成的时间节点,这是数量上(number)的减少(李昌标,2015:26 - 31)。例如,如今我们读杜甫的诗歌时,仿佛在和他同台交流,不同时代的两个个体时间输入空间被同步压缩成一个合成空间,时间距离上减少至同一尺度时间,读者与杜甫两个主体间的相关呼应元素的匹配、压缩成为可能,新显结构也就随之产生。如果阅读王维的生平故事书,读者可以把诗人 61 年的人生旅途时间链压缩成几个时间切点"重要时刻",通过这些切点时刻,窥视诗人的人生轨迹和重要成就。这里要注意的是,尺度时间和切点时间可分别压缩,也可同时压缩,压缩中充满了竞争和合作,这与被压缩的个体时间概念有关。

　　同理,"空间"关键关系将不同的输入空间之间的外部空间关键关系连通,并被压缩至同一空间范围,在尺度空间、切点空间两个内部空间关键关系上进一步整合。例如,两列火车行驶在不同的线路上,分别占有各自的空间位置,构成两个输入空间;如果跨输入空间的外部空间关键关系被同步压缩至合成空间,那么它们就可行驶在同一尺度空间的同一条线路上,我们可就诸如快慢、舒适的切点空间参数进行讨论,构建这两列火车行驶的整合意义。

　　"表征"关键关系把一种实体或事件与另一种表征它的实体或事件相关联,另一种可以是不同种类的实体或事件;连接两种实体或事件的外部空间关键关系,经过压缩在合成空间形成内部空间关键关系的"唯一性"(uniqueness),这样两种不同的实体或事件通过表征关系,被压缩成同一实体进行概念整合。例如,老师在授课时,用不同颜色的乒乓球代表地球、金星、木星等行星,然后压缩进入一个大的"太阳系",正是由于表征关系的连通、压缩,"唯一性"的关系及其意义释解顺利完成。

"变化"关键关系可以沿着时空节点,从外部空间变化关系到内部空间"变化"关系压缩,成为唯一性合成体。例如,一只丑小鸭经过不同时空阶段的成长变化,最终演变成一只美丽的"小天鹅",这反映了由丑小鸭的不同变体到"小天鹅"这个唯一性合成体的概念整合过程。虽然丑小鸭和现实中的小天鹅不是同一类动物,但经过读者对二者相关呼应特征的概念整合加工过程,实际上丑小鸭和"小天鹅"又是同一个个体,一个既有竞争又有合作过程的个体。

"角色-价值"关键关系指把角色和价值两个输入空间压缩成具有同一概念关系的唯一性实体,即把角色-价值外部空间关系压缩成合成空间的内部空间关系"唯一性"。例如,角色"王后"和相对应的价值"伊丽莎白二世",经过角色-价值外部空间关系的压缩,再经过"唯一性"内部空间关系的压缩,在合成空间形成唯一性实体——女王伊丽莎白二世,该实体的概念整合是角色与价值关键关系的完美合作。当然,在一些复杂的剧情中,不同的角色-价值网络整合常常是一个竞争和合作并存的压缩过程。

"类比"关键关系是一种外部空间关系,随着不同网络心理空间角色-价值的压缩建立起来。来自不同网络压缩的两个合成空间作为新的输入空间参与第三次网络合成,构成新的合成空间。在这个新的合成空间里,"类比"压缩成"身份"内部关系,同类或非同类的身份概念连通压缩到合成空间共享"同一性",构成类似体(analogues);同时"类比"还可压缩进入一定的"范畴"内部关系。例如,在"中国唐代诗人王维和美国诗人弗罗斯特是诗歌的使者"一句中,首先存在两个由角色-价值压缩的网络合成,一个来自"诗人-王维",另一个来自"诗人-弗罗斯特";然后各自的合成空间作为新的输入空间进一步压缩合成,建立起了王维-弗罗斯特在诗歌方面的类比关系,这种关系被压缩成"身份认同"内部关键关系,王维-弗罗斯特就被理解为传递中国和美国诗歌文化的类似体——使者。从另一角度来看,王维是一个诗歌使者,弗罗斯特也是诗歌的使者,二者归入了一个"使者"的范畴关系。因此,从"类比"关系的连通压缩到"身份认同"或"范畴"关系的意义构建,构成了网络整合的一种重要方式。

"逆类比"关键关系首先压缩成"变化"内部关系,然后合成空间内的个体差异进而压缩成唯一性,最终实现"人之所及"。例如,在"我的税单逐年增加"一句中,"逆类比"外部空间关系连通压缩每年不同的税单,进入合成空间成为"变化"内部关系;单一的"变化"关系在合成空间里继续变化、增长,并被压缩成"唯一性",从而获得税单逐年增加的整合意义。从"逆类比"到"变化"再到"唯一性",是一个竞争与合作相互交织的认知过程。

"部分-整体"关键关系指部分概念代替整体概念,然后压缩整合为唯一体(uniquence)。例如,当我们指着一张头发有些蓬乱的头像并说道:"这就是谢默斯·希尼",实际上我们是在潜意识地利用"部分-整体"关键关系匹配两个心理空间的呼应物,即在头像心理空间和一个完整的希尼本人的心理空间之间建立对应元素的匹配关系。通过身体的脸部表征来识别整个人物,二者的相关成分被压缩成合成空间里的"唯一性"关键关系,最后在我们的思维中形成唯一体,即一个完整的希尼形象。除了这种概念"替代"的关联之外,我们认为,结合四位诗人的诗歌叙事真实语篇语料,"部分"寓于"整体"之中,还存在概念"包含"关联,即通过"被包含部分"可以识别"包含整体",像王维的《竹里馆》就可利用"部分-整体"关键关系的概念"包含"关联来进行跨空间的"映射"连通(详见4.3)。

"因果"关键关系,可以向两个方向压缩:一方面,随着"时间"关键关系的尺度渐变而压缩成"变化"关键关系,从而上升至"唯一性"认知;另一方面,原因或结果输入空间内的相关实体也被赋予了某种"特性"关系。例如,"他用一周时间喝完了那壶酒"一句中,"原因"是他在喝那壶酒,随着一周内时间尺度的增加,"结果"显示为壶中酒的量在减少,当这种"变化"达到一周的时间尺度上限时,"唯一性"的结果是壶中空空如也,这是一种原因-变化-结果的关键关系连通压缩过程。再如,"一件温暖的大衣",我们把"穿大衣"这个原因和"大衣温暖"这个结果进行压缩,"因果"关键关系便可压缩成"特性"关键关系。事实上,大衣本身并不是"温暖"的,但是合成空间里的"特性"关键关系反映了大衣被穿的前因后果认知过程。

我们认为:由于诗歌叙事语篇的情节比较复杂、叙事手段多样,在心理输入空间的构建及其跨空间映射过程中,有些空间的呼应物是对称的,而有些则部分对称或不完全对称,除现有的上述"关键关系映射"连通方式之外,我们还可考虑其他"映射"连通方式,因此本书明确提出**常规呼应元素映射**和**非对称(asymmetry)呼应元素映射**两种连通方式,我们将在第三章3.1节"主体间推导互动三环节整合过程"中具体阐述。因此,"常规呼应元素映射""非对称呼应元素映射"与"关键关系映射"相互协作,共同构成诗歌叙事语篇的三种映射连通方式。

综上所述,不同关键关系作为一种映射连通方式,在网络中的彼此连通压缩有以下特点:一是关键关系的压缩具有方向性,一般是从外部空间关键关系向内部空间关键关系的压缩,但也有少数合成空间向输入空间回射的情况;二是关键关系的压缩具有层次性,包括外部空间-内部空间两层关键关系在内,内部空间关键关系还有平行的关键关系,比如"类比"的内部空间关系被压缩为"身份认同"和"范畴"两个分支;三是压缩具有选择性,我们有时选择某一条关键关系网线,有时又选择几条,这取决于文本内容和读者的个体认知差异。

关键关系的这些特点在网络框架空间中相互协作、各显神通,同常规呼应元素映射和非对称呼应元素映射两种连通方式一起,共同促进合成空间、新显结构的形成。

二、网络类型层面。在概念整合的简单、镜像、单域、双域四种基本网络中,存在着各种原则之间的合作与竞争,它们共同促进整个网络的连通整合。或者说,这些网络以各自不同的方式与相关管制性原则进行协商交流,形成了各自的网络整合特征。这里仅以最具活力和创造性的双域网络整合为例进行说明。

在双域网络里,压缩、构造(topology)、整合和网络,不像直接接受、自动合作等满足行为,并非自动得以满足(satisfied),而需要构建适合于整合的具体框架,特别是该框架会含有一个主要的新显结构。因此,该网络整合过程中会不断出现竞争,主要表现为管制性原则和这些原则得不到完全满足之间的竞争关系。Fauconnier & Turner(2002:340)强调,管制性原则得不到满足并不意味着整合结果的失败,相反,找出一个缓解(relax)管制性原则的适当办法,则有利于构建一个有效的双域网络整合。第一,构造原则与整合原则发生冲突,合成空间的整合获胜,这是因为合成空间的目标在于提供一个可以进行持续整合的合成概念空间。第二,通过有效权衡(weighting)适合于整合目标的管制性原则,会获得一个令人满意的整合;如果把握不稳或权衡不佳,合成空间里出现的多种违反(violation),包括对整合原则、构造原则、网络原则的单一违反或多项违反,就会挫败其整合目标,导致真正的整合失败。第三,合成空间的组织框架为创造性思维提供了契机,对满足管制性原则构成的压力激发了一些根本性的、创新性的发现。可以说,这种创造性之所以是可能的,是因为管制性原则之间的竞争以及整合力对这些原则的调控所致。最后,在双域网络中,拆解原则相对容易得到满足,这是因为合成空间里的关键元素不可能全部回射到某个输入空间的同一组织框架中去,合成空间的相关元素必须拆解到不同输入空间的不同组织框架中。因此,双域网络整合,实质上是相关建构-管制性原则满足与否之间的合作与竞争过程,读者个体对它们之间的认知平衡与合理把握至关重要。

2.4 最新发展:语篇层面的高级整合网络

概念整合理论在经历了 2002 年的集大成高峰后,Turner 于 2014 年推出了他的新著《想法之源:整合、创造力和人类思维火花》。这部著作将视野拓展到了语篇层面的概念整合,标志着概念整合理论的最新发展。该书以 ideas(想法、思维或概念)为焦点,声称"人类的思维火花源自人们把想法整合为新想法的高级能力,整合是想法之源"(Turner,2014:2)。全书从"点燃人类思维的火花"开始,沿着不同话题,即与主体"你"和"我"相关的想法、不相干的想法(forbidden ideas)、巧妙想法、开阔想法、严紧想法、递归想法、将来想法,就所提出的语篇整体上的高级整合(advanced blending)展开了新的研究,并提出不少新的观点和例证分析。Turner 在 Booth(2017)的专著《莎士比亚和概念整合:认知、创造与批评》前言中,再次强调语篇层面的高级整合概念以及主体、时间、空间、因果、视角等五个语篇认知维度。除概念整合的主要提出者 Turner(2014;2017)发展了 Fauconnier & Turner(2002)建立的传统概念整合理论,还有不少学者,比如 Brandt & Brandt(2005)、Pascual(2002;2006;2014)、Fonseca et al(2020)等,对该理论也做了探索性的修补扩展研究,并涉及语篇层面的多域网络整合,我们把这些统一归入语篇层面的高级概念整合网络。这里结合本书的研究,重点讨论语篇层面高级整合理论的相关概念、语篇层面高级整合网络模式、语篇层面其他整合网络模式三个方面。

2.4.1　语篇层面上的高级整合概念

"高级整合"是 Turner 在 2014 年的专著《想法之源：整合、创造力和人类思维火花》中提出来的，从该书副标题就可看出，该书关注的是人类作为高级生物的思维（与低级生物的思维形成对照）。Turner 认为"高级整合"优于以往的"双域整合"（double-scope blending）、"涡旋整合"（vortex blending）等术语，因为它能更好地说明人类日常思维的特点，而其他种类的生物则无法进行这种思维（Turner，2014：29）。虽然哺乳动物似乎也可以进行"各种初级形式的概念整合"（various rudimentary forms of blending）（Turner，2014：29），譬如具有在时空上整合多个单一事物的基本能力，但人类的认知整合运演才是伟大的才能，是无与伦比的"恒常的、复杂的、系统的思维活动"（Turner，2014：252），具有最强大的整合能力，因而属于高级整合。尽管"高级整合"是针对动物的"初级整合"提出的术语，目的在于区分作为高级生物的人类的思维方式与其他种类生物的不同，但毕竟这一术语是与 Turner 对语篇层面概念整合的关注同时出现的，而且在提出"高级整合"的同时，Turner 也对原来的概念整合理论进行了修订和拓展，因此本书按照 Turner 的做法，采用"高级整合"这一术语。

在采用"高级整合"这一术语的专著中，Turner 对概念整合的探讨有如下特点。

第一，概念置换用整合网或心理网（blending/mental web）替代框架网络（networks）。一个整合网/心理网由多个心理空间以及它们之间的概念连接关系构成，在高级整合网（advanced blending web）里，构建心理输入空间的各种提示语（prompts）或信号词（signals）取代 Fauconnier & Turner（2002）所说的空间构建语（space builders），心理输入空间的组织结构有选择地投射至合成空

间,在合成空间形成自己新的组织或意义(new stuff)。我们认为,
Turner 使用 prompts 这个词,形象地突出了语篇中的空间构建语的
触发机制作用,本书使用"空间构建语言标识",除了涵盖 Fauconnier
& Turner 列出的介词短语、副词、连词、主谓引导语、否定词语等语
言单位或语法表达,还包括多个认知维度的叙事语篇标识。而框架
网络多指 Fauconnier 和 Turner 在 2002 年以前提出的四种基本网
络,即简单、镜像、单域、双域网络等网络类型。

用连锁整合网络(或心理网)(cascading blending/mental webs)
代替多域网络(multiple-scope network)。一个心理网经过压缩整合
后的合成空间(blended space)再作为新的输入空间,参与下一个心
理网的整合过程,每一次整合后的合成空间犹如一个台阶石或踏脚
石(stepping-stone),作为新的心理网络整合的阶梯;每一次心理网的
整合,也好像瀑布一样,流向下一个网络整合瀑布,递归(recursive)形
成连锁型或连串型的超级整合(或心理)网络。而多域网络同样是指
整合空间作为新的心理输入空间,参与新的网络整合。Fauconnier &
Turner(2002)初步区分了平行型(in parallel)和复合型(reblending)①
两种网络整合方式。平行型整合是多个心理输入空间在一个心理网
内进行映射整合,复合型整合可在两个或多个心理网间进行映射整
合,但究竟如何复合整合,Fauconnier 和 Turner 并未给出翔实的语
篇整体上的例证说明,只是宏观上的初步设想。而连锁高级整合强
调不同心理网的连续性整合,并从诗篇主体维度的连锁整合分析中
加以证实,一般来说连锁高级整合往往用来认知整合情节复杂性的
篇章结构,像希尼、弗罗斯特的复杂叙事诗或戏剧诗就特别适合采用
连锁整合网络来认知整合解读。

用超级整合(hyper-blend)代替复杂整合(complex blend)或大

---

① 参见第五章 5.1 节、6.1 节。

整合(megablend)。超级整合指把一个整合空间当作其中一个心理空间的整合形式(It has a blend as one of its inputs)(Turner,2014:39),这与复杂整合或大整合的含义相似。

第二,层次增加。从整体性洞悉来考察语篇故事。Turner(2014)在探讨高级整合时,超越了以往从词、句层次来讨论概念整合,明确指出可从语篇层次上(textual)整体把握概念整合,包括:(1)整合不相容甚至相冲突的故事空间或阵列(mental arrays),比如一条蛇的故事和一个人的故事本来不相容,但通过语篇层面的高级整合可得出"一条邪恶的会讲话的蛇"(a talking snake with evil designs)这样的新显结构(Turner,2014:110);(2)整合太大而难以处理的心理网络(Turner,2014:128)。令人振奋的是,Turner(2014)在第五章就相关的故事、诗歌、戏剧、儿童文学作品集中进行了例析,这是概念整合理论拓展研究对象的一次质的飞跃,这对本书聚焦的篇幅较大且情节较复杂完整的诗歌分析具有重要启示。

从主体(agents)、视角(viewpoints)维度考虑心理网络的整合。除了传统上从时间、空间、因果(causation)等角度来进行概念整合,Turner在语篇层面探讨高级整合时,还就故事主体的身份构建(identity construction)、协同关注(joint attention)进行了讨论,提出了故事场面(the ground)的概念,即理解人们对话交流(包括言语事件、场景和参与者)的基本心理框架(basic mental frame),其"本身也是对大而杂的心理网络的一种压缩"(Turner,2014:100),以及由故事场景所触发的替代场面(surrogate ground)的概念,共同参与连锁整合;同时就主体间的视角和焦点定位(locating viewpoint and focus)进行了初步说明,并建议参阅 Dancygier(2005;2007)的相关阐释①。在语篇层面展开的主体、视角维度的高级整合分析,是对 Fauconnier & Turner(2002)中概念整合的新的发展,也为本书关注的诗歌叙事的结构研究提供了一定的思路。

第三,机制强调。强调关键关系。在语篇层面的高级整合过程中,诸如身份、类比、逆类比、相似性、因果关系(causality)、变化、时间、意图性(intentionality)、空间、角色-价值、部分-整体、表征等关键关系的映射连通作用,得到了进一步的强化。

强调压缩与解压。在语篇层面的高级整合过程中,打包与解包,或者压缩与解压是重要的整合机制,心理故事的相关成分或呼应物通过有选择地投射、压缩,在合成空间获得"人类尺度"的解读升华;合成空间的部分组织结构也可通过解压,分解回到相应的心理输入空间,再进行投射、压缩、整合,直到最合理的新显结构最终产生。

强调人类尺度和网络尺度(web scale)。语篇层面的高级整合赋予人们创建具有众多关键关系的巨大心理网络的能力,但这些零散(diffuse)的心理网络并不直接在人类尺度的把控之中,而是要通过整合(blending)才能把它们聚合起来并压缩成"人类尺度"的新想法(Turner,2014:25)。也就是说,服务于心理网络的"人类尺度"整合,给人们提供一种平台或支架(scaffold),即一种用以触及、操作、转换、发展和处理心理网络的一致性认知基础(Turner,2014:180)。

2.4.2　高级整合网络模式

关于普通整合模式(general patterns of blending),Turner 在以

---

① 通过阅读 Dancygier 的论述,我们发现其视角整合涉及的是常规的视角之间的概念整合,并非本书所讨论的外视角、内视角之间的转换整合或多域连锁超级整合。本书讨论的第一人称叙事自我和体验自我视角转换,是内外视角转换的方式之一。可以说,本书把叙述自我情节、体验自我情节视为心理输入空间,进而组成大的心理网,并置于高级整合网络内进行认知整合,是对 Turner 尝试进行视角整合提议的进一步发展和具体阐述。

往的简单、镜像、单域、双域网络模式基础上提出了超级整合、变化网络(change web)、循环网络(cycle web)、想象互动网络(fictive interaction web)①、高级整合网络等模式(Turner，2014：216)。这些网络模式，我们可以归纳为语篇层面的三种高级整合。

一、双域高级网络整合。即常规的四空间高级整合。这种整合包括两个心理输入空间故事(input mental stories)、一个类属空间和一个合成空间故事(blended story)，心理输入空间的相关心理框架(mental frames)及其呼应物在相关关键关系的映射连通下，有选择地投射、压缩，在合成空间形成新的"人之所及"。这是一款标准的整合模式(standard pattern)(参见 Turner，2014：128，Figure 3)，类似于双域网络，特别强调两个输入空间故事之间的冲突性(conflicting)、不相容(incompatible)特点。Turner 以一条蛇与一个人的故事为例，进行了整合论证(图 2.9)。

一条蛇的故事构建为输入空间 I "蛇"，一个人的故事构建为输入空间 II "人"，两个主体的故事相互冲突、不相容，但通过类属空间共享变量"行为想法"的调控，输入空间 I 里的元素"不会说话""狡猾欺骗"，与输入空间 II 里的呼应元素"会说话""思想表达"进行跨空间映射连通，两个主体及其故事品质彼此互动，在合成空间压缩整合为表身份特征的新显结构"一条满是邪恶念头的会说话的蛇"或"一条超自然的扭曲人类未来的会说话的蛇"(Turner，2014：108)，并衍生新的含义，诸如伊甸园里的邪恶骗局、罪孽、人类在地球上的来临以及赤裸羞耻等。可见，对具有互动主体及其意图(with interacting

---

① 如 Brandt(2016：150)所说，fictive interaction 最好理解为 imagined 和 non-genuine，fictivity 只是其中一种可能的模式，但为了保持术语一致性，还是采用了 fictive interaction(缩略为 FI)，而且 fictivity 是识解所有事件的表征策略(Fonseca et al，2020：9)；Fonseca et al(2020)也把 fictive interaction 看成 imagined interaction。Pascual(2014：11)认为，fictive 介于"现实的"(factive)与"虚构的"(fictitious)之间，是一种概念上的真实性(conceptual reality)。因此，本书将 fictive 译为"想象的"，而非"虚构的"。

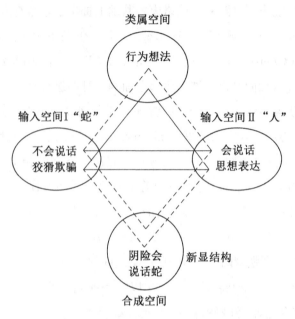

图 2.9　蛇与人的双域高级概念整合

agents and intentions)的不同故事的理解,不通过整合是难以得出新的意义想法的。

我们认为,双域高级网络可用来分析情节简单、空间故事成分相对对称的诗歌,比如王维、杜甫的一些篇幅短小的诗歌,希尼和弗罗斯特的有些诗歌同样可以借此网络进行认知解读。

二、两个并行心理网络的连锁概念整合。这种整合包括两个心理网,心理网 I、心理网 II 内部先分别压缩整合,形成的整合网络再合起来继续整合,是两个整合网络的连锁整合(blend of two blending webs)。Turner(2014:157)还特地画了一个标准图(见图2.10),来显示故事"夏洛特阿姨和美国国家艺术馆肖像画"("Aunt Charlotte and the NGA Portraits")的高级整合过程,我们可称之为分合型(converging)①连锁整合。该网络包括两个分开并行的心理网:心理网1(即分网1海豹女世界"Selkie World")、心理网2(即分网2图画世界"Picture World"),以及一个合成网(即合网3海豹女/图画世界)。

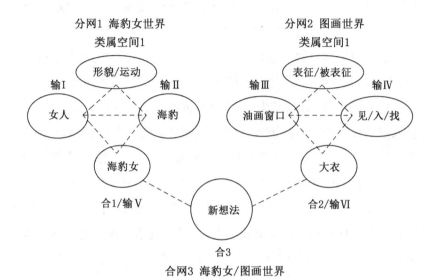

图 2.10　两个心理网的分合型整合

在分网1"海豹女世界"中,输入空间Ⅰ的女人、输入空间Ⅱ的动物海豹两个主体,在类属空间1共享变量"形貌/运动"的调控下,海豹的光滑皮毛、圆实笨拙体型及其在水里的灵活移动、在陆地的匍匐挪行等特征元素,女人的娇小多姿形貌及其在陆地上的灵活运动、在水下不善水性等特点元素,相互映射互动,并有选择地向合成空间1投射,压缩整合为融合女人和海豹特质的合成体"海豹女"奥尔加(Olga)。她身披魔力般的大衣,若进水里,能从女人转换为海豹,若

_____

① converging 是笔者在理解 Turner(2014)的论述和图示后所加,并根据故事填充了图中相关信息。

回岸上,能从海豹转换为女人,即能从一个种类(species)转换为另一个种类;一旦魔力外衣丢失,"海豹女"将失去这种转换功能,不能成为真正的合成唯一体,但还保留一些其他魔力。不凑巧的是,大衣被一名要求娶她为妻的吝啬男子偷走、藏在卡纳莱托(Canaletto)所作的"威尼斯油画"(a painting of Venice)里面,"海豹女"拒绝成亲,而男子又不幸受伤死亡,"海豹女"无从知晓魔力大衣在哪里,她只能在美国北卡罗来纳州的海边城镇奥克拉科克(Ocracoke)的沙滩落脚住下,靠给渔夫提供天气、打鱼等信息来谋生,同时试图找回大衣。

在分网 2"图画世界"中,输入空间Ⅲ的"油画窗口"是表征载体,输入空间Ⅳ里的"相见/进入/找回"是被表征的对象,在类属空间 2 的共享变量"表征/被表征"的调控下,跨输入空间的相关呼应物映射互动。"海豹女"利用自己的其他魔力与小女孩夏洛特(Charlotte)等五个孩子相见(meeting)并成为朋友,鼓动他们代替自己从油画"入口"进入(entering),五个孩子历经周折,就像一次次的心理空间整合一样,找回(retrieving)了大衣,即合成空间 2 里的新显结构,魔力大衣失而复得。

分网 1 合成空间 1 里失去了大衣的"海豹女"元素,作为新的输入空间Ⅴ,与分网 2 合成空间 2 里的大衣元素作为新的输入空间Ⅵ一起,构建为合成网 3"海豹女/图画世界","海豹女"与魔力大衣合一,真正的海豹女奥尔加的世界(Olga's World)最终形成。在整个叙事中,由已经成年的侄孙女玛格丽特(Marguerite)讲述已经高龄的夏洛特阿姨小时候与海豹女奥尔加之间的故事:当玛格丽特还是个孩子时,夏洛特阿姨带着她乘出租车去参观美国国家艺术馆,途中夏洛特讲述了她自己作为一个小女孩和其他四个小孩一起,遇见"海豹女"、进入油画、找回大衣的往事;当到达艺术馆后居然看到四个小孩的肖像存在于故事和现实之中。出租车上的玛格丽特是小孩,夏洛特讲述的也是自己孩提时的经历,Turner 在解读这两个孩子的主体空间叙事时,加入了实际生活中小孩读者(child reader)的隐含主体,来认知推理玛格丽特和夏洛特当时两个小孩角色之间的互动整合。通过分合型高级概念整合,可以得出,"虚构故事也能传递真实,并影响我们的生活,使我们产生新的想法,我们因这些新想法而改变自我"(Turner,2014:164)。

我们认为,分合型连锁整合可用来分析情节平行发展且相对复杂一些、易分成两个并行心理网的诗歌,比如可从成对人物主体结构、因果关系结构、双要素联合结构(事-抒/议或景-事联合)等认知维度切入的诗歌。我们还认为,分合型整合也可用来分析故事情节可分成多个并行心理网来认知整合的诗歌叙事语篇(详见 3.3.2.2节)。

三、多个心理网络的连锁概念整合。这种整合指三个或三个以上心理网络的连续整合或多重高级整合(multiple advanced blending)(Turner,2014:121),前一个整合网络作为新的输入空间继续与下一个心理空间或心理网络压缩整合,就像一连串的瀑布一样,直到瀑布流到谷底,或像一叠垫脚石,延伸到"接地气",最后新显结构水落石出,我们称之为接龙型(concatenating)①连锁整合(图 2.11)。

Turner 以不同例子对这种整合网络进行了说明。其中一个实例是《逃家小兔》("The Runaway Bunny")中的小兔逃跑、母兔追赶的语言捉迷藏故事。小兔先后变为鳟鱼、岩石、小花、鸟、小帆船、小男孩等逃跑,母兔接着变为渔夫、爬山人、园丁、树、风、妈妈等追赶,两个主体之间的每一次"逃跑-追赶"就是一次心理网的整合,即便最初的"会讲话的小兔"也是一个"小兔"和"人"之间网络的映射整合,这样经过多个心理网的整合,最后得出新显结构:小兔变成"小男孩"

---

① concatenating 是笔者根据 Turner(2014)的论述和图示理解后而加。

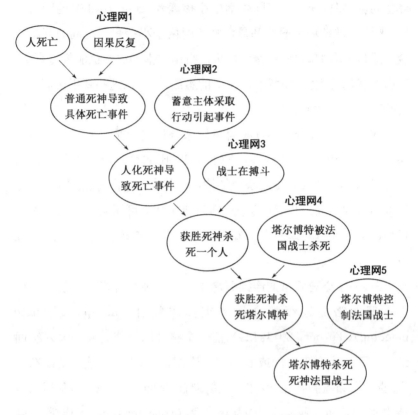

图 2.11　多个心理网的接龙型连锁整合

逃累了,依偎在妈妈母兔怀里说不再逃了,妈妈喂了小兔一根象征母爱的胡萝卜。无独有偶,在一首普罗旺斯的歌曲《哦,马嘉莉》("O, Magali")中,一位追求者向马嘉莉求爱,马嘉莉提出一个个挑战问题试图逃避男方的追求。女方若是小鱼,男方就是渔夫,构成一个心理网整合;以此类推,女方依次变成鸟、草、云、月等,男方变为猎人、水、风、雾等,一一破解女方的问题,又构成一个个新的整合网络;最后令人叫绝的是,若女方避难于修道院,男方愿进院成为她的忏悔者;若女方躺在裹尸布里,追求者愿化为泥土拥抱她,整个求爱过程在接龙型高级网络整合中得到了诠释。

　　为了直观说明接龙型连锁整合网络过程，Turner 专门以诗歌《亨利六世，第一部分》（"Henry the Sixth, Part One"）为例，就两个人物主体塔尔博特（John Talbot）和死神战士（Death the warrior）之间的生死搏斗，从因果、主体维度揭示了接龙型整合过程（见图 2.11）。第一轮心理网 1 整合中，一个输入空间含有"人死亡"结果元素，另一个输入空间含有"因果语义反复"呼应物，如 Turner（2014：134）所说"欲望引起欲望事件，饥饿产生饥饿事件，死亡也导致死亡事件"，因果元素彼此映射连通，有选择地投射至合成空间，压缩整合产生新显结构"普通死神（Death-in-General）导致具体死亡事件"。该新显结构作为新的输入空间，与另一个含有"蓄意主体采取行动引起事件"呼应元素的输入空间，组成第二轮心理网 2，经过跨空间映射连通、压缩整合，产生新显结构"人化死神（Personified Death）导致死亡事件"。心理网 2 的新显结构再作为新的输入空间，与另一输入空间的"战士在搏斗"呼应物相互映射连通、有选择投射整合，产生第三轮心理网 3 的新显结构"获胜死神（Triumphant Death）杀死一个人"。心理网 3 的新显结构继续构建为新的输入空间，参与第四轮心理网 4 的整合，与另一个输入空间的"塔尔博特被法国战士杀死"呼应元素映射连通，在合成空间产生新显结构"获胜死神杀死塔尔博特"。最后，心理网 4 的新显结构再作为新的输入空间，与另一个含有"塔尔博特控制法国战士"呼应元素的输入空间进行跨空间映射连通，并有选择地向合成空间投射组合，直到最终整合出新显结构"塔尔博特杀死死神法国战士"。

　　我们认为，接龙型连锁整合适合解读篇幅较长、情节较复杂完整的诗歌，像多样人物主体结构、"景-事-抒/议"要素、叙述自我与体验自我视角的连续转换、情感波动、事情-反应等叙事结构这样的诗歌，特别适用于接龙型连锁整合网络。至于该进行多少轮心理网的连锁整合才算合适，这与某一具体诗歌语篇的叙事内容和读者的认知领悟力有关。

就上文讨论的双域高级网络、分合型/接龙型高级网络整合模式,Turner 强调了从时间、空间、因果等认知维度切入的概念整合思路。此外,他提出了从主体、视角维度来构建心理空间或心理网的思想,并以诗歌为例论证了主体维度的连锁整合过程,还建议参阅Dancygier(2014)的常规视角整合来考察语篇连锁整合,这是高级概念整合的一大进步特色,也是本书构建心理空间或心理网的重要理论基础。

2.4.3 其他整合网络模式

在 Turner 把概念整合向语篇层面的高级概念整合推进的同时,不少学者也在积极研究概念整合的网络模式,其中 Pascual(2002;2008a;2014)的想象互动整合(fictive interaction blend)、Brandt &Brandt(2005)的认知诗学整合模型,都涉及了多域高级网络整合,这些对本书的研究具有一定的启示。

首先,想象互动整合主要是由 Pascual(2002)提出的,一些学者(比如 Brandt,2016;Xiang, 2016;Oakley,2017;Dancygier, 2017;Fonseca et al,2020)也对这一整合模式进行了研究。Turner(2014;2016)还把强调主体或参与者在心理输入空间不互动而在合成空间互动的网络界定为想象互动网络(fictive interaction web)。像Fauconnier & Turner(2002)的两个和尚上山-下山经典整合(the Buddhist Monk blend),就可算得上是想象互动网络,因为两个分开行走的和尚在合成空间相遇而互动。而一个女人和她年轻时候的自我进行对话,就是一个比较典型的想象互动网络。Pascual 的想象互动整合针对的是自然对话交际,比如电视节目采访、法庭辩论、多模态广告等。与文本语篇有所不同,想象互动整合更多地聚焦对话参与者之间的即时话语互动分析以及以不同参与者为中心的不同心理网的构建整合,同时还兼顾多模态交流技术策略的使用切换。想象互动整合还特别强调"现实的"(factive)、"想象的"(fictive)、"虚构的"(fictitious)①三种情景交流方式,具体表现为:有的参与者之间的交流是现实事件的交流互动或面对面对话;有的可能是想象、虚拟事件的交流互动,即"概念上的真实性"(Pascual,2014:9);有的可能是虚构故事的交流互动。这在已故的德国哲学家康德和现在的一位美国教授面对学生就理智本性的经典辩论例子中可见一斑:参与者康德主张理智是天生的论辩是他所处时代的现实场景,参与者美国教授认为理智能力是后天形成的问辩是现在的现实场景,显然康德也无法回答教授的观点,参与者学生作为沉默中的听众或旁观者"见证"这场辩论,参与者之间形成了三方"想象对话互动"(fictive trialogue),且每一方的交流场景分别构成一个心理输入空间,参与者及其场景元素在一个由三个输入空间组成的多域心理网络内互动整合。

　　基于这个经典对话互动整合,Fonseca 等(2020:1 - 52)以新闻脱口秀节目《每日秀》(*The Daily Show*)的电视采访为例,对主持人 Jon Stewart、总统竞选广告叙述者 Samuel Jackson、总统 Barack Obama、挑战者 Mitt Romney、调解人 Jim Lehrer、电视观众 viewers 等参与者之间的对话交流,按照参与者之间的互动关系,在"现在-过去真实整合""现在真实-虚构整合""现在真实-过去反事实整合""反事实过去-现在真实-虚构整合""过去-现在真实-童谣-广告整合"等五种类型的想象互动网络中,分别开展现实的、想象的、虚构的互动整合分析。在每一种网络类型互动中,每一个参与者的话语交流可构建为一个输入空间,也可两个或多个参与者的话语交流构建为一

---

　　① Fonseca et al(2020:8)还以句子"The highway runs along the coast line"来说明 factive 和 fictive 的区别,海边高速公路是现实存在,而描述高速公路沿着海岸线移动 (moving)是想象情景。

个输入空间,其中有的输入空间含有现实场景交流,有的可能含有想象场景交流,有的可能含有虚构场景交流,共同构成该类型的多域心理网络。其基本的网络模式如图 2.12 所示(见 Fonseca et al,2020:28,Figure 8)。就多个输入空间的参与者话语来说,输入空间Ⅱ里只含有 Obama 这一个参与者竞选第二任总统的话语交流场景,而其他三个输入空间均含有两个或多个参与者之间的互动话语场景;就情景交流方式而言,输入空间Ⅲ里调解人 Lehrer 与总统 Obama/挑战者 Romney、输入空间Ⅳ里主持人 Stewart 与观众的话语交流是现实互动的,合成空间里的广告叙述者 Jackson 与主持人 Stewart 之间及其与 Obama 的对话交流构成虚构互动场景,但对于观众来说,这些互动交流又是想象互动场景。可见,想象互动整合就是参与者主体间的现实、想象、虚构话语心理空间元素的映射互动整合,其人物主体间的互动整合网络路径对本书第三章提出的读者引领的读者主体-文本形象-作者主体间推导互动高级概念整合过程具有一定的启发作用。

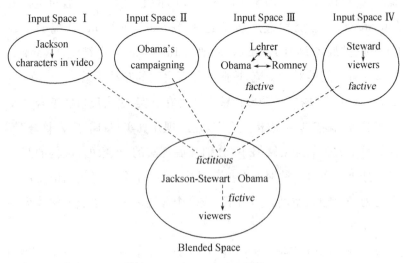

图 2.12　互动整合网络

其次,认知诗学整合模型是由 Brandt & Brandt(2005:117 - 130)提出的,并对美国诗人米莱的短诗《第一颗无花果》("First Fig")、莎士比亚的《十四行诗147》进行了整合分析。该模型提出了 "再加工原则"(Reprocessing Principle),即陈述输入空间和所指输 入空间的相关呼应物经过映射、在合成空间整合后产生的意义构建, 这并不完全符合文本作者所关注的诗歌语篇的主题意义,还需要通 过建构符号基础输入空间和临时语用关联输入空间,在语境中对语 言符号等信息进行再加工,并向合成空间投射压缩,最终整合解读出 文本的主题意义。下面以《第一颗无花果》为例,简要介绍认知诗学 整合模型(见图 2.13)。

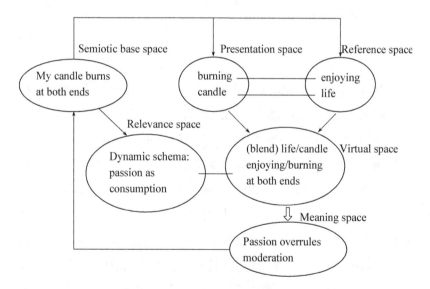

图 2.13 "First Fig"的认知诗学整合模型

First Fig

Edna St Vincent Millay

My candle burns at both ends;

It will not last the night;

But ah, my foes, and oh, my friends—

It gives a lovely light!

第一颗无花果

埃德娜·圣·文森特·米莱

我这支蜡烛两头在燃烧，

它终究撑不过今宵；

可是啊，我的敌人，还有哦，我的朋友——

它发出的烛光多么美妙！

（李昌标　译）

　　"burn one's candle at both ends"本是一个隐喻习语，内面含有一个源域概念"蜡烛在燃烧"（陈述输入空间），目标域概念"享受生活"（所指输入空间），其潜在概念是"生命是光亮/死亡是黑暗"。若蜡烛两头燃烧，很快蜡烛将烧尽，也预示生命将加速终结，当然生活中没有这样两头燃烧的蜡烛（关联输入空间）。也就是说，不适宜地燃烧浪费蜡烛是不可取的行为，从而上升到一种"劝诫"——"不要这样做"（意义空间），这是该习语的本义，但并不是诗歌所表达的主题意义。这时，读者需要结合语言结构叙述、语义内容（包括蜡烛意象和叙事）、诗歌形式、美学阐释等方面对习语本义进行再加工，可以看出诗中的第一人称用语"My candle"赋予了蜡烛生命，即"我"就是蜡烛，且转折连词but、感叹词ah、oh、修饰形容词lovely等更使无生命的蜡烛和烛光充满了人的情感，可见在关联空间需要融入一个动态图示"激情（passion）作为一种消费"，其"激情"语用含义与虚拟输入空间的"享受生活/蜡烛两头燃烧"元素相互映射并组合、压缩于意义空间,原有的"劝诫"意义得到消解,全诗的主题意义因为"再加工"得到升华:我的生命宁愿像蜡烛一样两头燃烧消费,虽然"延续时短但光芒四射"(赵秀凤,2013:4)。

Brandt & Brandt(2005)的认知诗学整合模型表明:诗歌文体含有丰富的主题意义,读者在对诗歌的反复研读中,对诗行文本后面的语用关联空间元素的认知加工是十分关键的,这样可细致全面地增强其解释力。这一点也为本书在诗歌叙事语篇高级整合过程中如何适当输入背景知识提供了思考。

2.5 本章小结

上文就概念整合理论的四个发展阶段,即概念隐喻、空间映射、(聚焦于词语、句子的)概念整合、(语篇层面的)高级概念整合进行了梳理,其中主要梳理了聚焦于词语、句子的概念整合及语篇层面的高级概念整合这两个阶段的理论观点。不难看出,Fauconnier 和 Turner 的概念整合理论并非一蹴而就,而是历经了一个渐进的修正完善过程,即从质疑概念隐喻理论,到提出空间映射理论,到概念整合理论的成熟,以及 Turner 和其他学者对该理论在语篇整体层面的进一步拓展(无论是称之为"高级概念整合"还是"概念整合")。

其一,每个阶段环环相扣、彼此关联,后一阶段是对前一阶段的发展。概念隐喻确立了源域向目标域的投射关系,其特点是单向的、静态的投射;空间映射把人的在线认知形象化地比拟成一个个心理空间小概念包,心理空间呼应物之间的映射是双向的、动态的;概念整合形成了两个输入空间、类属空间、合成空间的四空间标准模式,连同平行型、复合型多域网络的初步认知,建立了更为完善的映射、压缩、整合机制;语篇层面的(高级)概念整合则是在概念整合框架基础上的进一步发展,其主体、时间、空间、因果、视角五个维度的高级整合理念,以及接龙型、分合型连锁超级网络整合的提出,为认知解读复杂的叙事语篇结构提供了认知范式,同时想象互动整合、认知诗学整合模型等认知扩展研究丰富了多域网络整合的内涵。该理论从源头、形成、发展到最新发展的过程,是几代语言学家孜孜探索的结果,每个阶段的成果思想在认知语言学的学科发展中都占有重要地位,尤其是语篇层面的(高级)概念整合把这一认知重要性推向了新的高度。

其二,四个阶段体现了从词、句整合到语篇整合的过程。概念隐喻诠释了从体现具体事物的词句到表抽象概念的词句的投射关系;空间映射、概念整合主要揭示了词句层面的动态、在线映射整合过程;语篇层面的(高级)概念整合从语篇整体切入,考察多个认知维度的整合过程,包括分合、接龙连锁这些涉及两个或者两个以上心理网的整合过程。这样,语篇作为一个完整的"认知构建",读者既可"全面"把握其语篇认知网络,也可"分点"把握句、词含义脉络,面点有机结合,形成宏观上建构认知网络、微观上透视词句纹理的语篇整合观。这些为第三章构建本书的理论框架"诗歌叙事语篇的高级整合模式"奠定了前期理论基础。

其三,语篇层面的(高级)概念整合重点强调了主体-主体之间呼应元素的冲突性和不一致性以及整合连续性,但很少关注把读者主体纳入进来的多种主体角色之间的推导互动,对多种背景信息的输入机制也研究甚少。迄今为止仍缺乏就诗歌叙事语篇从不同认知维度切入的系统研究,这些为本书第三章构建的理论框架提供了研究空间。

第三章　诗歌叙事语篇主体间推导互动基础上的高级整合模式

上一章梳理了概念整合理论的发展过程,本章在此基础上,尤其是基于 Turner(2014;2017)关于语篇层面的高级概念整合的相关最新观点,同时考虑 Brandt & Brandt(2005)、Pascual(2014;2017)、Fonseca et al(2020)的相关多域网络整合模型,结合四位诗人的诗歌叙事语料,针对诗歌叙事语篇层面,提出诗歌叙事语篇层面上主体间推导互动基础上的高级网络整合模式,即含有由(初步)体验、协商、(升华)感悟组成的三个基本互动步骤,并将阐明在诗歌叙事语篇层面上的双域高级网络整合、一个心理网的多域高级网络整合,以及两个/多个心理网构成的高级网络整合。

3.1　读者引领的主体间推导互动基础上的整合过程

3.1.1　语篇层面的高级概念整合的可完善之处

在构建本书的理论框架之前,结合诗歌叙事语篇的认知维度特征,我们有必要说明,语篇层面的高级概念整合在以下方面还可进一步发展完善。

其一,研究读者在语篇层面的概念整合时,除了考虑读者主体与故事人物主体之间的互动,还可以换一个角度,考虑读者主体、文本形象(包括作者隐含在文本中的形象、叙述者形象和人物形象以及文本的主题意义等)与作者主体(除了从文本中推导的作者的创作立场和目的,还需要了解影响作者创作的相关经历)之间的推导互动。Turner(2014)在探讨故事读者/听者的高级概念整合时,主要从读者如何认知理解诗歌故事人物之间的互动关系这一角度切入。这并不奇怪,因为他举出的偷吃禁果的故事和相关童话故事都是流传中的,并不需要考虑作者的生活经历如何影响了文本创作。而在对诗歌语篇,尤其是经典诗歌语篇的概念整合中,与作者主体的交流互动则往往变得十分重要。本章尝试建立读者主体、文本形象和作者主体三种主体之间的推导互动整合关系,从这一角度切入,对诗歌叙事语篇高级概念整合进行探讨。

其二,Turner 从主体、时间、空间、因果、视角维度切入了诗歌叙事语篇的概念整合研究,但实际上,这些维度对于有的诗歌语篇的概念整合来说不具适用性,还需要从其他维度切入,本书在这方面进行了拓展。此外,就主体这一维度而言,Turner 聚焦于两个主要故事人物主体之间的互动映射,而在有的诗歌叙事语篇中,需要考虑三个或者三个以上故事人物(包括成对人物)之间的互动映射。正是因为存在不同的主体类型,因此还可对这些主体类型加以分类,分别展开语篇层面的主体间推导互动的高级整合研究(详见 4.1 和 6.1.2.1)。就时间、空间、因果、视角等维度而言,Turner 在从这些维度探讨输入空间及其心理网构建时,多是笼统地提及相关维度,很少给出系统的例证分析,也没有涉及每个维度下面可以细分的次维度,本书在这方面予以了充实和拓展。

其三,不少诗歌语篇具有信息跳跃、含有"空白"、表达含蓄的特点,语篇层面的高级概念整合在背景信息的输入机制方面还需加强。根据 Fauconnier & Turner(2002)的概念整合理论,对词、句子的概念整合分析,关联到文化、读者经历等背景知识的输入常放在合成空间里的"完善"机制阶段完成,而诗歌叙事语篇不同于要简单得多的词、句形式,诗行中含有更多的背景信息,需要在概念整合过程中不断补充输入,不能等到"完善"处集中输入。而且,从 Turner(2014)语篇层面的高级整合诗例来看,对含有丰富背景知识的诗篇而言,背景信息的输入机制显得模糊,不够清晰;从想象互动整合的即时对话整合例析来看,基本没有涉及背景知识的输入机制;而从认知诗学整合模型的诗析来看,仅强化了隐喻表达背后的语用关联认知背景输入。可见,就诗歌语篇层面的概念整合而言,背景信息的输入机制也要适当调整和明晰化,因此本书在主体间推导互动的整合模式中,也对如何改善背景信息的输入机制进行了探讨。

3.1.2　主体间互动关系

就本书尝试建立的语篇层面的主体间推导互动中的整合模式来说,我们需要厘清读者-文本形象-作者(诗人)之间的主体间互动关系,即从读者认知主体到作者认知主体的主体间能动关系,中间还有读者对文本形象的主体性的体验,三者构成一个认知连续体,即以读者认知主体为引领的,与文本形象、作者认知主体三方间的主体间推导互动基础上的高级整合^①过程。

"互动"有不同含义,可以指两个或多个物体相互影响的行为^②,指对话者主体使用语言交流的方式(Richards & Schmidt,2010:289),也可以指两个或多个人或事物彼此交流或互动的场合^③。郭湛(2001:32)认为,所谓"互动",就是两个或多个主体或物体相互作用、相互影响。所谓主体间,是指两个或两个以上主体的关系,而在多主体的关系中,他们所面对的既有主体之间的关系,也有主体与客体之间的关系。

本书强调在概念整合中的"主体间互动"是"以读者为引领"的推导互动。按照通常的理解,在阅读文本过程中,只有读者具有能动性,文本和作者只能是被解读,不能出来交流协商。然而,具有主体性的作者尽管处于文本之外,但在本书所说的读者的趋同性解读过程中,读者始终在推导作者的创作目的,先是初步推导(初步体验),然后争取进入作者的心境视野,与之交流协商,最后在争取更好地感悟整篇诗歌的意境时,又力求更好地把握作者的创作目的。也就是

---

① 笔者(李昌标,2012;2017)曾使用"自洽"一词,该词最初是在阅读王文斌教授的专著《隐喻的认知构建与解读》(2007)以及论文《受喻者的主体性及主体自洽》(2006)、《论隐喻构建的主体自洽》(2007a)等文献中接触到的,接着笔者开始尝试做"主体间性自洽"研究。笔者基于逻辑学的前后一致和连贯的"自洽性"(self-consistency),就隐喻的"一物多喻""一喻多解"问题提出了"自洽性"(self-negotiation)概念,即隐喻认知主体(施喻者和受喻者)自己对自己的判断或思考需要做到自我一致、自我协调、自我核定、自我认同、自我满足和自我允准,并在Fauconnier & Turner(2002)的传统经典双域网络内提出"连接""冲洗""合流"的整合运作机制。本书使用"互动"一词,综合李昌标、王文斌(2012)和李昌标(2017)关于"自洽"的相关表达思路,在诗歌叙事语篇整体上,基于并发展Turner(2014;2017)提出的高级概念整合网络以及Brandt & Brandt(2005)的想象互动整合中的主体互动路径,提出读者引领的主体间(读者主体、文本形象和作者主体)推导互动中的"读者体验""映射协商""读者感悟升华"高级概念整合三环节过程(具体见第三章理论构建部分、第四至六章诗例整合部分)。

② 见 https://en.wikipedia.org/wiki/Interaction (September 10, 2022)

③ 见 https://dictionary.cambridge.org/dictionary/english/interaction (September 14, 2022)

说,在读者的认知过程中,一直在积极主动地与作者主体进行认知交流。此外,文本形象(其中包含供读者推导的创作时的作者形象、叙述者的形象和人物形象等)也具有主体性,读者在趋同性的认知过程中,也争取与文本形象趋于一致。值得注意的是,若读者积极主动地与文本形象、作者主体进行趋同性的认知交流,后者会反过来作用于读者,因为读者的认知会受到其制约和引导——读者在认知过程中会争取逐渐趋于一致,而不是任凭自己主观发挥。本书是在这种意义上谈读者引领的读者主体、文本形象和作者主体之间的推导互动。

换言之,主体间的推导互动是相互的:一是读者主体的"引领和推理"能动作用,读者积极发起、推动交流互动,推理诗歌叙事语篇中作者主体和文本形象的创作目的和心境视野;二是作者主体和文本形象的"引导和制约"反作用,作者主体预设心目中的理想读者,读者主体尽可能地接近这一理想状态,争取与作者主体和文本形象的主体性预期达成一致。尽管表面上看,读者主体引领的主体间互动是不在场的、非面对面的、读者单方面发起的互动,实则是读者主体和作者主体、文本形象多个主体间的推导互动,是一种有别于在场或面对面交流的语篇推导互动。

3.1.3　主体间推导互动高级概念整合过程三环节

本书所说的"读者引领的主体间推导互动"高级概念整合过程有三个环节。

一、推导互动中的读者体验环节。读者初步阅读诗歌,读者主体与文本形象对话互动,(初步)体验语篇信息,我们称之为**推导互动中的读者体验环节**(简称为"读者体验",initial reading experience)。这里的文本形象包括文本中各种主体的形象,不仅有供读者推导的创作时的作者形象,也有叙述者的形象和人物主体的形象以及其他文字表达所体现的主体性。读者在阅读诗歌语篇时,跟文本进行主体间的交流,也通过文本与文本外的作者进行互动交流。尹富林(2007:41-44)在探讨翻译时指出,"译者(读者)与源语(文本)以及原作者之间所形成的对话交流关系是主体间的对话与交流关系,呈现出主体间性。读者与源语(文本)的交流主要是体验性的主体间关系,读者与原作者的对话和交流则主要是理解性的主体间关系"。本书在此基础上以**文本形象**(textual images)来指称文本内涵的主体性。文本形象和作者主体中都含有作者,但其主体作用不同,读者主体与文本形象中的作者形象形成了体验关系,与作者主体中的"创作时"和"平时"的作者的协商交流则是在角色转换中实现的(读者力求进入作者的心境视野)。文本形象中的作者形象位于文本之内,而作者主体则位于文本之外。

二、推导互动中的映射协商。作者可分为"隐含作者"(implied author)和"历史作者"(historical author)①。就编码而言,隐含作者是指作品创作时的写作者,其通过自己的写作选择创造了自己的形象;就解码而言,隐含作者又是文本隐含的供读者推导出的这一写作者的形象(Booth,1983;Shen,2011;申丹,2019,2020)。历史作者是指处于创作过程之外的平时生活中的同一人。隐含作者的创作经常受到历史作者的生活经历的影响。我们在后文中可以看到,在主体间推导互动的概念整合过程中,诗人的生活经历等背景信息对于理解诗歌叙事中不少具有跳跃性的信息"空白"来说至关重要。与小说创作不同,在诗歌创作中,作者经常会以自己的亲身经历为素材,诗篇中的叙述者"我"经常在很大程度上是诗人的自我指称,给读者的感觉就是诗歌叙事中讲述的是诗人的真实经历。这在四位诗人的诗歌中都有体现,特别是唐诗中表现得更为明显,王维和杜甫不少诗

---

① "历史作者"也称"真实作者"(real author),指创作过程之外,日常生活中的同一人。由于"真实作者"这一概念容易造成混乱,因此本书采用了叙事学界也常见的"历史作者"。

歌叙事写的就是诗人自己的生活点滴。比如杜甫的《石壕吏》叙述的就是他暮投石壕村所见到的吏夜捉人、老翁逾墙、老妇致词到河阳前线"备晨炊"、老夫妻泣别的史事；王维的《送元二使安西》，写的都是真人（诗人和朋友元二）、实地（从渭城、经过阳关、到达目的地安西）、举杯送别之事，《献始兴公》更是把创作时的诗人和平时的诗人融为一体，向时任中书令的张九龄举荐自己，当年他就被张九龄提拔为右拾遗也证明了其真实性；希尼的《期中请假》，讲述了弟弟遭遇车祸身亡、他请假奔丧回家悼念弟弟的真实情节。

关于叙述者"我"的真实或虚构性。诚然，在不少诗歌叙事中，叙述者"我"具有不同程度的虚构性。例如弗罗斯特的《未选之路》中的"我"，读者既可看到在岔道口选择走哪一条道路的真实诗人生活形象，更可领会到这个"虚构"我的深层含义，这种双重"诗人"角色的设置，往往是四次获得普利策大奖的诗人弗罗斯特的高明之处。

可见，在经过推导互动中的"读者体验"过程之后，读者会进一步与文本形象和作者主体进行交流和认知协商。读者主体进一步认知理解文本，并力求进入作者主体心境视野，了解角色，与之深入推导互动，在此基础上进行心理空间之间的映射连通，然后将映射涉及的关键关系向唯一性或者不同的关键关系进行组合压缩，并且输入相关背景信息，进行压缩完善。我们把这一过程称为**读者引领的推导互动中的映射协商环节**（简称为"映射协商"，intersubjective negotiation）。

三、推导互动中的读者感悟升华。在读者主体、文本形象和作者主体的推导互动过程中，读者主体进一步"感悟升华"诗歌的意境，即**推导互动中的读者感悟升华环节**（简称为"读者感悟"，poetic upgrading）。这体现了主体与主体之间在认知过程中进一步交流，争取更好地实现认同的和谐一致性关联。这种一致性关联除了对语言选择和情节结构上的认同，更深层的是对诗歌叙事语篇主题意境上的趋同挖掘，这体现了诗歌认知解读中主体间的积极互动关系。但主体间的推导互动关系并非总是趋同。因为不同读者的不同生活经历和社会身份，读者对诗歌叙事的解读有时会呈现出不同程度的差异性，甚至有可能是颠覆性的。在认知研究中，不少学者以不同读者对同一作品的不同解读为研究对象，着力解释读者的不同经历和身份、不同阐释框架如何导致不同的认知，但这超出了文本的研究范围。我们知道，因为诗歌意涵丰富，有时寓意深奥难解，也因为作品通常是在不同社会文化历史语境中创作的，因此无论读者如何努力与作者和文本达到主体间的"趋同"，也难免会有不同程度的偏差，笔者自己的解读也是如此。我们所能做的就是在与作者主体和文本形象的对话交流过程中，尽量做到趋同，同时也充分认识到自己的解读难以避免的局限性。

3.1.4　推导互动中的三认知环节高级整合模式

本书所关注的读者引领的主体间推导互动基础上的三认知环节高级整合模式（简称"推导互动中的三环节高级整合模式"），包括以下三个认知环节（图 3.1，双向箭头表示三个环节可以双向来回互动）：

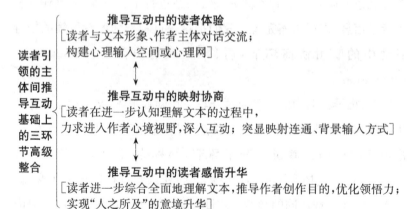

图 3.1　主体间推导互动基础上的高级整合模式

一、推导互动中的读者体验认知环节。这一环节中，读者主体在英诗逐行逐节/唐诗逐联的初步认知解读诗歌的基础上，在整个语篇层面与文本形象、作者主体对话交流，初步"体验"了解诗歌文本信息，确定诗歌叙事性质，感知故事人物身份和文本的基本结构，识别锚定语言标识（或空间构建语）来构建心理输入空间及其心理网。就有的诗歌语篇而言，读者在这一环节构建心理空间及心理网时，就需要根据对诗篇意义的初步体验，打破诗歌语篇的线性表达，找出适合该语篇结构特点的跨行跨节或跨联的认知维度来进行概念整合（详见 3.2、4.3C 和 6.1.2.3）。

1. 关于诗歌叙事性质的确定。读者从对诗歌叙事内容的体验中，可确定该诗是属于少量叙事、多量叙事还是纯叙事的诗歌（纯抒情诗不在本书考虑之列），感知作者在多大程度上通过叙事来抒发感情、发表议论，达到借事抒情传意的创作目的。

2. 关于故事人物身份的感知。从所选语料来看，大多数诗歌使用第一人称和第三人称来叙述。第一人称叙述中的"我"有可能是诗人的自称（即便如此，也往往会有某种程度的虚构）。在这种情况下，除了读者的认知背景知识储备，诗人的个人经历和所处的时代背景也往往会在主体间推导互动的整合过程中发挥重要作用。第三人称叙述中，尽管故事人物通常是其他人（具有不同程度的虚构性），叙述者则有可能在很大程度上与某个时空中的诗人相重合——诗中描写的有可能是诗人曾经目睹的事件。在这种情况下，诗人的经历和所处的时代背景也往往会在主体间推导互动的整合过程中发挥重要作用。这样，对故事人物身份的感知把握，为后面的"推导互动中的映射协商""推导互动中的读者感悟升华"环节奠定基础。

3. 关于构建心理输入空间及其心理网。读者需要识别锚定相关语言标识（或空间构建语）。一方面，就心理空间构建语来说，在

Fauconnier① 和 Stockwell② 总结的基础上,我们结合诗歌叙事语篇的认知维度特色,把心理空间构建语分为主体空间标识(如名字、人称代词、称呼词、评价性词语、及物性结构〔涉及人物主体的行为〕等)、时间空间标识(如时间名词、附加语等)、地理和物理空间标识(如地点副词、地名、动词、附加语等)、因果空间标识(体现因果关系的词语,尤其是表原因、结果的连词)、视角空间标识(如动词时态、语态、拼写、标点符号、时间副词等)、"事-景-抒/议"要素空间标识(分别用于叙事、写景、抒情或议论的语言选择),以及表示情感波动、情感-反应、总叙-平行分叙、循环等认知维度的空间标识语。

另一方面,就空间网络类型而言,读者主体在初步体验某一首诗的过程中,根据与作者主体和文本形象的对话交流情况,从整体上确定解读该诗的空间网络类型,即究竟是采用双域高级整合网络,还是采用一个心理网的多域高级整合网络,或是采用两个/多个心理网的高级(或超级)整合网络?若采用双域高级整合网络,是采用 Turner 提出的主体、时间、空间、因果等维度中的某一个维度③,还是需要采用新的认知维度来构建心理网(譬如本书新增的"事-景-抒/议"要素、情感波动、事情-反应等新的维度)?另外,是否可进一步细化各次维度(详见 3.2)?若采用一个心理网的多域高级整合网络,则可对 Fauconnier & Turner(2002)的平行型多域网络进行细化,并新增

---

① Fauconnier(1994:17)认为:语言单位或语法表达(grammatical expressions)构成空间构建语,主要包括介词短语(如 in 2021)、副词(如 actually)、连词(如 if …)、主谓引导语(如 I hope …)、否定词语(如 don't)。

② Stockwell(2002:97)认为:一个心理空间是由空间构建语来构建的,方位词(如 at、in)、副词(如 really、theoretically)和从句引导词(如 if、when)构建新的空间,或融入成为现有空间(existing space)的一部分。空间可由下列构成:名称、描述词、时态、语气、体(aspectual)、预设(presupposition),跨空间操作词(trans-spatial operator,比如连系动词 be、remain)连接不同空间的相关成分。

③ 这里需要说明的是,"视角"维度相对于其他四种维度在诗歌中的应用相对少得多,所以本书的双域高级网络重点涉及了主体、时间、空间、因果这四种,而多域高级网络涉及了全部五种认知维度。

总叙-平行分叙型、循环型多域高级网络。若采用两个/多个心理网的高级整合网络,则可将 Fauconnier & Turner(2002)的复合型多域网络区分为两种不同类型:一种仅有两个心理网,另一种则有多个心理网。"多个心理网"类型可以纳入分合型高级网络(详见 3.3)。

值得一提的是,在对一首含有叙事成分的诗歌进行语篇层面的高级概念整合时,虽然读者会在主体间互动的整合基础上的体验过程中,优选某一种认知维度切入,构建一种合适的双域高级网络、一个心理网的多域高级网络、两个/多个心理网的高级整合网络,但也不排除从其他认知维度构建心理网的可能性。到底哪一种构建方式成为优选,往往与读者主体的认知取向、该诗本身的认知维度典型程度紧密关联。

二、推导互动中的映射协商认知环节。在这一环节,读者主体进一步认知理解文本,并争取进入作者的心境视野,了解作者角色、深入推导互动。读者主体在认知解码诗意时要跨越时空,与文本的创作主体进行交流,有时甚至设身处地交换角色、了解角色,力图进入诗人创作时的写作状态、重显作者的心路历程,同时推导作者的创作选择如何受到其生活经历的影响。随着对文本形象和作者创作目的进一步了解,读者趋同性质的概念整合也会进一步受到其制约和引导——争取尽量排除自身主观因素的干扰,让自己的概念整合与尽力推导的文本形象和作者主体保持一致。就作者主体而言,读者主体既需要跨入作者创作时的心境视野,又要结合创作过程之外的"历史作者"的相关经历,以寻求意向的最佳"视域融合"(fusion of horizon)。

值得强调的是,读者主体在寻求与文本形象和作者主体最佳融合的映射协商环节中,可能需要不断输入作者创作时的背景知识。若概念整合的对象是词语和句子,背景知识的输入会少很多。Turner(2014:116-131)关注语篇整体的高级概念整合,从他对诗歌《十字架之梦》《亨利六世，第一部分》的部分诗节的连锁整合分析来看，输入了相关历史、记忆等额外信息，但从他对这两首诗使用的整合核心原则(Central Principle of Blending)阐述来看，在跨空间映射、有选择地向合成空间投射、再组合、完善和扩展产生新东西或新想法（即新显结构）的过程中，都没有明确提及背景输入。从本书讨论的复杂的诗歌叙事语篇来看，唐诗具有信息跳跃、含有"空白"、表达含蓄的特点，在推导互动三环节高级整合过程中，往往离不开对作者的生活经历、所处的社会历史语境等相关背景信息的持续输入，这符合叙事内容呈现和读者认知期待的关联需求。即便是对希尼和弗罗斯特的很多诗歌进行主体间推导互动基础上的高级整合，也需要相关的背景信息不断输入作为支撑，才能充分整合出诗歌主题意境。

就映射连通方式而言，需要选择最合适的映射连通方式，进入作者心境视野、深入互动。映射连通方式包括三种，即 Fauconnier & Turner(2002)和 Turner(2014；2017)都强调的关键关系映射，以及本书提出的常规呼应元素映射、非对称呼应元素映射。

1."关键关系映射"，这是本书会采用的一种重要映射连通方式，我们已在第二章做过详细介绍，结合主体间推导互动三环节整合过程，这里需要特别强调几点：(1)关键关系映射依据一些明确具体、普遍性的关键关系网线来映射连通，并将时间、空间、表征、变化、角色-价值、类比、逆类比、部分-整体、因果等关键关系，向尺度时间/切点时间、尺度空间/切点空间、唯一性、身份认同/范畴、变化/唯一性、尺度时间/唯一性、特性等关键关系组合压缩。(2)有些诗歌叙事用一条关键关系网络映射连通就可整合解读清楚，而有些则需要几条关系网线的协作映射才能达到充分有效的整合效果。像希尼的《点头》一诗，就需要利用时间、空间、表征三条关键关系网线，才能充分整合出一个超越文本本身、指向宗教纷争的新显结构，即"人之所及"的诗歌意境升华①。

2."常规呼应元素映射",这是最普通的一种映射方式,指输入空间之间的呼应元素呈现典型的一一对应或基本对应(比如相似性、对比性等)匹配关系,以及隐喻映射对应匹配关系,其特点在于:需要根据对应匹配的诗歌叙事内容提炼出类属空间的共享变量,并在该变量调控下确定跨空间的相关呼应物或对应元素,这些呼应元素经过跨空间映射连通,进而向不同的框架组织或组织关系组合压缩。不同诗歌具有不同的叙事内容,要按照对应匹配的标准提炼出不同的类属空间共享变量,以及不同输入空间的相关对应呼应元素。例如王维的《九月九日忆山东兄弟》就可根据叙事内容提炼出类属空间的"思念"共享变量,继而依据这一变量的调节,构建为"我""兄弟们"两个输入空间,其呼应物人物"我-兄弟们"、地点"在异乡-在家乡"、活动"我思念-兄弟们登高插茱萸"可利用"一一对应"关键关系,进行映射连通、组合压缩。

3."非对称呼应元素映射",是指各输入空间之间的呼应物或相关元素呈现部分对应状态,或者对应元素缺失,或者说宏观层面相对对应、微观层面不尽一致;有的诗歌叙事元素篇幅长短、着墨不均,体现出呼应元素存在着较大差距。其特点在于:需要根据非对称的诗歌叙事内容提炼出类属空间的共享变量,并在该变量调控下确定跨空间的相关呼应物或元素,这些呼应物经过跨空间映射连通,进而向不同的框架组织或组织关系组合压缩。诗人的这些独具匠心的"非对称"现象构思,往往能给读者提供更大的空间映射连通契机,特别是在复杂的诗歌叙事中通常起着独特的连通作用。例如具有"景-事-抒"结构的杜甫诗歌《茅屋为秋风所破歌》,其叙述茅屋情节占全诗篇幅的一多半(三节),而抒写大厦的内容只有最后一节,在跨空间的

---

① 见4.1.2节。

呼应物上不平衡或不对称,但仍然可以通过非对应元素映射连通方式来构建各空间和进行映射运作。像希尼的不少诗歌,前面诗行皆为叙事,到了最后部分才情感迸发,达到制高点,比如《期中请假》中的最后一行"一个四英尺的盒子,一年一英尺",《个人的赫利孔山》最后两行"所以我写诗/是为了凝视自己,是为了黑暗发出回声"①。

这里需要说明的是:关于组合压缩,在由"关键关系映射""常规呼应元素映射""非对称呼应元素映射"方式连通的跨空间的呼应元素映射中,往往还需要向不同的框架组织或组织关系组合压缩。在有的诗歌叙事跨空间呼应元素的映射连通中,这种组合压缩的新的框架组织或组织关系体现得比较清晰,但在有的诗歌叙事跨空间呼应元素的映射连通中,这种组合压缩的框架组织或组织关系不是很明晰,读者也可在推导互动中的映射协商环节模糊处理该组合过程。

如前所述,若要压缩"完善"主体间的映射协商过程,还经常需要输入背景信息。在此,就"背景输入"而言:一是读者直接"激活提取"有明确史料来源的背景信息,比如人名、地名、逸事、经历、互文/引用以及常识等信息;二是"关联挖掘",即读者需要努力联想认知才能做出合理判断、输入的背景信息,比如社会、文化、时代、隐晦互文/引用、评论等信息。如果说,在以往认知研究聚焦的对词语和句子概念整合中,生活常识(如对相关脚本的掌握)的输入至关重要的话,在诗歌叙事语篇的高级概念整合过程中,对诗人的相关生活经历和时代背景的认知输入往往是至关重要的。如果没有这方面的足够输入,高级整合过程很可能会有失偏颇,达不到"人之所及"的整合效果(见4.2节关于"不熟悉背景信息""输入背景信息"的高级整合过程比较分析)。这与有些旅游景点或历史文物有一定的相似性,乍一看一点也不起眼,但一旦输入其背后的文化历史背景信息,其价值就真正体

---

① 转自吴德安的译文,见希尼(2000:21)。

现出来了，同样，通过输入相关背景信息，诗歌主题意境也会得到最终升华。

从我们对四位诗人的诗歌语料的主体间推导互动三环节整合过程考察来看，背景输入主要集中在推导互动中的映射协商环节，与相关呼应元素的映射连通几乎同时进行，这是背景信息的核对、协商、确认过程。当然，在推导互动中的读者体验环节，读者也会初步感知到诗行所涉及的背景信息，从对大量诗歌叙事语篇的阅读体验感受来看，读者有时会不自觉地、潜意识地利用自己的相关背景知识储备，对诸如诗题、典故逸事、事件真实性的诗行内容做尝试性的、有时还是不太确定的揣摩预估，这是背景信息储备的初涉过程。在推导互动中的读者感悟升华环节，读者也会综合把握已经参与整合过程的相关背景信息，并有可能会在此基础上，进一步输入相关信息，从而深挖诗歌主题意义，这是背景信息的综合评估过程。一句话，读者主体对背景信息的激活提取、关联挖掘主要在推导互动中的映射协商环节完成，针对不同的诗歌文本，有时在推导互动中的读者体验环节也会初步感知背景信息、在推导互动中的读者感悟升华环节也会综合考察背景信息。

这里特别说明一点：在全书双域、一个心理网多域高级网络、两个/多个心理网高级网络的整合过程的图 3.1 中，为画图便捷起见，代表背景输入的方框箭头指向位于各心理网中心位置的竖向排列的推导互动中的映射协商环节处，表示背景输入的主要集中在推导互动中的映射协商环节，同时也表示可能出现在推导互动中的读者体验、推导互动中的读者感悟升华两环节。

三、推导互动中的读者感悟升华认知环节。具体来说，经过推导互动中的读者体验、推导互动中的映射协商的交流互动过程，读者主体综合由相关方式映射连通及组合、压缩完善所获得的认知，结合全诗文本信息和作者的创作目的，发挥自己的认知判断和领悟力进一步扩展,最终产生"人之所及"的新显结构,即实现对全诗主题意境的感悟升华。

我们特别指出:传统的词、句层面概念整合相对简单,一般产生单一的新显结构,但诗歌叙事语篇的蕴含意义较为丰富复杂,加上需要充分输入诗行背后的相关背景知识,产生的新显结构可以是一个或多个思维方向或角度,这是对 Fauconnier & Turner(2002)、Turner(2014;2017)"唯一性"整合观的现实发展。同时,不同读者主体对这种整合尺度优化,也可能会得出多角度的高级整合效果。不同读者的解读和诗歌叙事语篇文本形象所表达的预期可能有差异,读者也可能会进行合理化"扩展"思维,甚至超越诗歌作者原本的预设,并指向多样化的合理解读。当然,本书强调的是读者主体与文本形象和作者主体的对话交流,因此会以文本为依据,尽力去把握作者的创作目的和旨在表达的意义,但也很难避免自己的认知局限,可能会出现无意中的过度阐释。这里还需要指出两点:

第一,无论怎样进行主体间推导互动基础上的整合升华,尽管作者主体和文本形象本身是比较稳定的,读者的解读往往处于变化之中,因时过境迁,先前的解读并非一成不变,比如同一首诗歌文本在不同的历史背景下往往会有不同的解读,或者同一个读者在不同的环境中可能会采取不同的认知取向。因此,对诗歌的"动态"解读,是读者与诗歌文本形象变化中的认知合作压缩过程,这个过程经常是一个整合尺度不断进行优化的过程,新显结构是整合优化的集中体现。如果新显结构并没有达到最优化效果,可以通过解压机制,相关关键关系网线重新回射至各输入空间,再通过跨空间映射连通、有选择的组合、压缩完善过程,在"读者感悟升华空间"进行再一次扩展优化,直到最优新显结构的产生。

第二,读者引领的主体间推导互动中的读者体验、映射协商、读者感悟升华三个认知环节不是割裂开来的,其认知先后顺序也不是

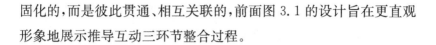

固化的,而是彼此贯通、相互关联的,前面图 3.1 的设计旨在更直观形象地展示推导互动三环节整合过程。

3.1.5 高级网络主体间推导互动整合三环节

读者对四位诗人诗歌叙事语篇的高级网络主体间推导互动三环节,可借助图 3.2 更直观明晰地显示出来,便于认知操作(图中高级网络整合的每一环节都是在读者主体与文本形象和作者主体对话交流的基础上进行的):

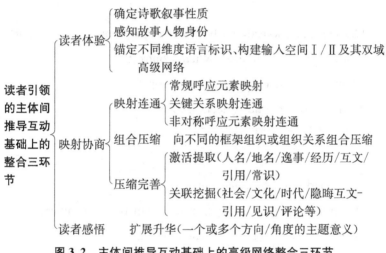

图 3.2　主体间推导互动基础上的高级网络整合三环节

3.1.6 《个人的赫利孔山》三个概念整合环节

为了更清楚地揭示读者引领的主体间推导互动基础上的高级整合过程,下面以希尼的《个人的赫利孔山》("Personal Helicon")为例,简要说明读者引领的推导互动中的读者(初步)体验、映射协商、读者感悟升华三个概念整合环节。

Personal Helicon

*for Michael Longley*①

Seamus Heaney

As a child, they could not keep me from wells   （诗节 1）
And old pumps with buckets and windlasses.
I loved the dark drop, the trapped sky, the smells
Of waterweed, fungus and dank moss.

One, in a brickyard, with a rotted board top.   （诗节 2）
I savoured the rich crash when a bucket
Plummeted down at the end of a rope.
So deep you saw no reflection in it.

A shallow one under a dry stone ditch   （诗节 3）
Fructified like any aquarium.
When you dragged out long roots from the soft mulch.
A white face hovered over the bottom.

Others had echoes, gave back your own call   （诗节 4）
With a clear new music in it. And one
Was scaresome, for there, out of ferns and tall
Foxgloves, a rat slapped across my reflection.

Now, to pry into roots, to finger slime,   （诗节 5）

---

① 麦克尔·朗利(Michael Longley)，爱尔兰诗人，希尼的诗友。

To stare，big-eyed Narcissus，into some spring
Is beneath all <u>adult</u> dignity．I rhyme
To see myself，to set the darkness echoing．

个人的赫利孔山
——给迈克尔·朗利
谢默斯·希尼

小时候，他们不能阻止我靠近水井
还有那些老式的带桶和绞盘的抽水机。
我爱黑暗中的垂落，井下受困的天空，
水草、菌类和湿苔藓散发的气味。

砖厂里的一口井，木板井盖朽烂了。
我品味浓烈的撞击声，当水桶
从绳子末端骤然跌落。
那么深，你看不到井里的倒影。

干枯石沟下的一口浅井，
像养鱼池那样丰产。
当你从柔软的覆盖物拖拽出长长的根时，
一张白色的脸在井底晃荡。

别的井有回声，传回你自己的呼唤声
伴着清新的乐音。还有一口井
怪可怕的，从那蕨草和高高的毛地黄里
窜出一只老鼠，掠过我的倒影。

如今,窥探根茎、用手指抓摸烂泥,

像纳西索斯睁大眼睛盯着泉水

都有失成人尊严。我写诗

为了看清我自己,为了让黑暗发出回声。

（李昌标　译[①]）

一、推导互动中的读者体验环节。读者主体在逐节逐行阅读该诗的基础上,在整个语篇层面与文本形象、作者主体对话交流,体验文本信息,通过识别突显语言标识来构建语篇层面的心理输入空间Ⅰ、Ⅱ。

首先确定诗歌叙事性质。该诗先回顾"我"小时候去观看不同水井的往事,接着结合"我"成年后的现实境况对观井做进一步的思考。诗中仅出现了"我"这一个主体,但聚焦于该主体在两个不同时期的变化,因此可以从"时间"这一认知维度进行概念整合。从叙事尺度的量来看,前四个诗节重点叙事,尾节主要是议论,但也夹杂叙事,全诗4/5的篇幅是在叙述事件,属于多量叙事的诗歌。从叙事尺度的质来看,裁剪叙述了不同类型的水井及其人物活动,也带有水井内外的景物描写,故事情节比较完整。全诗"事/景-议"结合,呈现浓厚的借事言志的格调。

接着感知故事人物身份。读者看到该诗以第一人称"我"来叙述,同时也感知到"我"也是故事人物;且作者是大诗人希尼,可能想到他的"使日常生活中的奇迹和活生生的往事得以升华"的诗歌风格(1995年诺贝尔颁奖词),故事情节不少应该是诗人生活的纪实写照。再从故事人物的一连串活动来看,可能有一定程度的虚构,但也有可能是诗人在一定程度上叙述他自己的经历。读者可大致推测故

---

① 本书作者在翻译该诗过程中,有的词语参考了吴德安、黄灿然的译文。

事人物有可能是诗人希尼,这样诗人的真实经历及其关联背景可在推导互动三环节整合的相关节点,被提取输入、发挥作用。图 3.3 中,代表"背景输入"的方框箭头指向位于各心理网中心位置的竖向排列的映射协商环节处,表示背景输入主要集中在映射协商环节,也表示在读者体验环节可能有初步输入、在读者感悟升华环节可能会进一步输入。

　　与此同时,读者从时间认知维度切入,锚定心理输入空间的一些突显语言标识或空间构建语,在语篇整体上来构建心理输入空间Ⅰ、Ⅱ。诗中的突显语言标识有:诗节 1 首行中的"As a child"和前四节中的第一人称人称代词 I、me,与诗节 5 中的 Now、adult dignity 和反身代词 myself,构成了明显的"小时候""成年"两个成长时期的前后对照关系。在前四个诗节的叙事中,有展现不同水井的标识词 deep、shallow、echoes、scaresome,有反复出现的表明小孩子看自己倒影的标识词 reflection,有表各种动作的词语 savoured、plummeted down、dragged out、hovered over 等,这些突显语言标识所表达的是"小时候的我"观井中的所看、所听、所想活动,前四个诗节形成一个相对完整的"事"要素诗节模块①,可构建为心理输入空间Ⅰ"小时候观井"。在诗节 5 的议论中,先有 SVC 简单句式描述成年后的"观井",其中主语中的 roots、slime、spring 等标识词与前四节相关用语 roots、mulch、bottom/reflection 等形成语义上的回应关联,补语成分中的词组"beneath all adult dignity"表示如今去观井有损成人的尊严;再有一个 SVO/SVOC 简单句式②的连用,其中 see、darkness、echoing 等词与前四节中的 saw、dark、echoes 等相互呼应。这些突显语言标识所表达的是"成年后的我"不一样的所看、所听、所想活

---

①　详见 3.2 节中关于"要素诗行""跨要素诗行"的概念界定。

②　在 SVO 中,I 是主语,rhyme to see 是谓语,myself 是宾语;在 SVOC 中,I 作主语,rhyme to set 作谓语,the darkness 作宾语,echoing 作宾语补足语。

动,在尾节中形成一个相对完整的"议"要素诗节模块,这可构建为心理输入空间Ⅱ"成年后思井"。因此,在读者体验环节从主体维度切入建构的两个输入空间Ⅰ、Ⅱ和共享类属空间的调控变量"我与井",连同映射协商环节的常规对应映射和读者感悟升华环节产生的新显结构,构成《个人的赫利孔山》的双域高级网络。

下面我们先用图3.3图示这首诗的双域高级网络的各整合环节,然后详细分析在"读者体验"(上文已详析)基础上的其他各整合步骤。

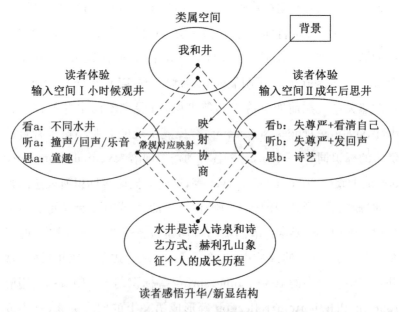

图3.3 《个人的赫利孔山》双域高级网络三环节整合

二、推导互动中的映射协商环节。在经过互动中的读者体验过程之后,读者进一步与文本形象和作者主体进行交流和认知协商,即读者主体进一步认知理解文本及其关联信息,力求进入作者主体心境视野、了解角色,与之深入推导互动。具体来说,读者主体优选"常规呼应元素映射"方式①,在类属空间共享变量的调解下,进行跨输入空间Ⅰ"小时候观井"、空间Ⅱ"成年后思井"之间"所看""所听""所想"相关呼应物的映射连通及组合,其间不断输入相关背景知识来完善主体间的映射协商过程。

输入空间Ⅰ、Ⅱ中的"所看"呼应物相互映射连通。输入空间Ⅰ中,小时候的"我"看到的是几种不同的水井,有砖厂里的木板井盖已经朽烂的深井,有干枯石沟下柔软覆盖物丰富的浅井,有发出回声的井,也有从蕨草和毛地黄里窜出一只老鼠的怪吓人的井。往井下看去,还有水桶在黑暗中垂落,水草、菌类和湿苔藓散发着气味,自己的倒影在井底时隐时现——有时看不见、时而有一张白脸晃荡、时而被老鼠掠过。输入空间Ⅱ中,成年后的"我"不能像儿时那样去"窥探根茎、用手指抓摸烂泥,像纳西索斯瞪大眼睛盯着泉水",因为在如今的"我"看来这有失体面;取而代之的是要"看清自己"。这些小时候的"看井"元素与成年后的"看自己"元素相互映射连通,进而组合压缩。此时,读者就文中的突显诗行"To stare, big-eyed Narcissus, into some spring",需要激活提取相关背景信息进一步完善协商过程。"纳西索斯"(Narcissus)是希腊神话中的美男子,睁大眼睛看着("To stare, big-eyed")水中自己的形影,过度自恋求欢而溺亡,后来化作水边的一朵水仙花(narcissus)。水仙花与纳西索斯是同根词,又衍生出"自恋"含义②;而成年的"我"希望"看清自己",显然不是像纳西索斯那样"自恋"。倒映着纳西索斯影子的泉水(spring),是来自诗题中的"Helicon"的希波克里尼泉(the Fount of Hippocrene),相传

---

① 本书作者把"常规呼应元素映射"方式作为优选,主要考虑到了"事"要素诗节模块和"议"要素诗节模块在"看""听""想"三个层面的元素对应关系,其对应映射连通涵盖了整个故事内容,更便于操作整合。当然,也可选择"逆类比"外部空间关键关系,来映射连通两个不同时期的"我"的相关空间呼应物,随着时间的推移,压缩成"变化"的关键关系。

② 见 https://bedtimepoem.com/archives/10342(September 5, 2018)

该山是希腊的一座圣山,神仙阿波罗(Apollo)和缪斯(the Muses)居住于此,该泉是灵感之源,也能激发诗歌创作的灵感(Pratt,1996:262;张剑,2021)。可见,把 Narcissus/narcissus、Helicon、Spring/spring 这些神话背景知识串联起来,读者进一步走进诗人的心境视野。

输入空间Ⅰ、Ⅱ中的“所听”呼应物相互映射连通。输入空间Ⅰ中,小时候的“我”听到的是:水桶从绳子末端骤然跌落到井底水面的撞击声,自己的呼唤声在井里传回的回声,还伴着清新的乐音(music)。读者就井里的“乐音”,需要激活提取单词 helicon 的另一层含义——吹奏乐器“低音大号”,music 与 helicon 之间自然存在语义关联。输入空间Ⅱ中,成年后的“我”同样觉得再像儿时那样去听井里各种声音已经有失体面,而是要“让黑暗发出回声”。两个输入空间里“我”所听到的不同声音相互映射连通。此时,读者就文中反复出现的 echoes、echoing,进而激活提取有关 Echo 的背景信息来完善协商过程:Echo(伊可)是一位美丽的山中少女,因为得不到美男子纳西索斯的爱,身体逐渐消瘦直到完全消失、化作回声(echo)在山谷中回荡。小时候听到的各种回声,如今又要让黑暗发出的回声,与伊可的回声交织在一起,形成了独特的和声,“黑暗中的回声就像井里的回声”,引起了读者与“我”之间的强烈共鸣。

输入空间Ⅰ、Ⅱ中的“所想”呼应物相互映射连通。输入空间Ⅰ中,小时候的“我”对黑暗井下“受困的天空中”的自己的倒影(reflection)、各种生物、不同声音充满好奇,在无意中试图发现未知的东西,其“反应”(reflection)是一种童真、好奇,充满了童趣的想象。读者把 reflection 的“倒影”和“反应/思考”双关背景含义通过关联挖掘组合在一起,进一步完善推导互动中的映射协商过程。输入空间Ⅱ中,成年后的“我”所看的不再是表面上的自我倒影,而是凝视自我、更深刻地了解自己,对写诗创作艺术进行深思、努力发出回声。

读者继而关联挖掘有关 dark、darkness 的背景信息：一方面，"黑暗"的井下蕴藏着生机，用"诗的声音（lyrical voice）可取代这些直接经历"（McGuinness，1994：11），所以写诗可以揭示这"黑暗"井中的生机；另一方面，写诗也能反映"黑暗"的现实：希尼本人的"根"（roots）在北爱尔兰德里郡的一个叫莫斯浜的信奉天主教的乡村家庭，天主教居民在当地是少数派，而支持英国政府的新教居民占多数，青少年时期的希尼见证了北爱新教和天主教之间的宗教地位差异，尤其是自己经历了新教学生和天主教学生混读的安娜我瑞什学校的宗教歧视，在幼小的心灵上埋下了疑惑的情结，等到 27 岁的希尼在出版含有该诗的第一部诗集《一个自然主义者之死》之时，已经感受到来自生活在宗教派别和英国-爱尔兰身份的"夹缝"（in-between）中的压力（Vendler，1998：vi；Russel，2016：24；李昌标，2017：7），诗中的"黑暗"有可能与希尼生活角色中的"黑暗"相关。输入空间Ⅰ、Ⅱ的"所想"呼应元素，经过映射连通及组合，与"黑暗"背景信息压缩，进一步完善互动中的映射协商过程。

三、推导互动中的读者感悟升华环节。经过读者引领的推导互动中的读者体验、映射协商过程，读者主体综合常规呼应元素映射连通及组合压缩以及通过输入背景信息进行的压缩完善，基于全诗文本信息进一步推导作者的创作目的，借助自己的认知判断和领悟力进而认知扩展，感悟升华全诗的主题意境，可以获得"水井既是希尼诗歌艺术的灵感之泉，又是表达诗歌艺术的方式"的新显结构。

首先，水井是"我"诗歌创作灵感之源。有形的水井述说着往事，蕴藏植物生命、发出回声乐音、引发人们思索，它就是希尼心中的"赫利孔山"。"我"小时候的所看、所听、所想的观井经历和乡村生活感受，成为"我"追求诗歌创作的素材和动力，为创造无限的诗歌灵感提供了源源不断的养分。正所谓最深的诗歌灵感来自孩子时代的记忆，来自身边的水井和童年的抽水机，写诗就像在打量着水井、对着水井说话,抽出一桶桶童年往事的记忆。

其次,水井又是表达诗歌艺术的方式①。不同类型的水井,预示着"我"有不同的诗歌创作道路选择。深井太深无法看见自己的倒影,"我"尚在自我发现;浅井很浅但充满生机,可看见一张白色脸在晃荡,也似乎暗示诗人的表达能力在增长;回声井尽管有老鼠掠过倒影而带来恐惧感,但回声乐音预示着诗歌艺术的持久多产②,因为自己建立了尊严,写诗可以让黑暗不断发出回声,让未知变得开明(set the unknown open)③。从深井到浅井再到回声井,是诗人从童真幼年走向成熟成年的人生旅程,也是诗人从开始自我认识到力图认清自己的创作道路。不管选择哪一种写诗方式,如今已不再是纳西索斯那样的浅薄狭隘的顾影自怜,而是要通过喊出诗艺的回声,来更好地看清自己。

可以说,"水井是诗人的诗泉"这一主题意境,是读者与文本形象、作者主体之间的"趋同"互动中的整合升华。在此基础上,读者还可从新的角度,追求更高远的诗歌意境。

诗题"Personal Helicon"中的 personal 一词有"自己的、亲自的、私人的、本人的"之意,意在表达的是诗人希尼"自我的赫利孔山",是他对诗歌艺术的自我追求。读者进一步激活提取该词的"个体的、个人的、某一个人的、人际的"之意④,完善主体间的交流协商过程,从而扩展其诗意:"自我的赫利孔山"高度象征了希尼的诗歌创作之路,

---

① 正如希尼的成名诗《挖掘》一样,"挖掘"既是诗人诗艺追求的结果,又是实现这一结果的方式(Russel,2010:186)。

② 尾行中使用了 echo 的现在分词形式,即 echoing,暗示这种诗艺追求将持续下去,与"黑暗"产生共鸣。

③ 见 https://smartenglishnotes.com/2020/08/26/personal-helicon-for-michael-longley-summary-poetic-devices-and-questions(August 26,2020)

④ personal 在 *Oxford Advanced Learner's Dictionary of Current English with Chinese Translation*(《牛津现代高级英汉双解词典》)中(张芳杰 等,1994:835),有"*adj.* private;individual;of a particular person 私人的;个人的;某一个人的"义项。

是每一个诗人的创作旅程；推己及人，"赫利孔山"同样也可能是每个人的成长旅程，每个人都有从童真到成熟的人生旅程，都有追求个人事业的道路选择。一句话，"个体的赫利孔山"可能是每个人都有的人生旅程[①]。

如上例所示，诗歌的概念整合有时很难把握，可以被认可也可能被质疑，但无论何种解读，都是读者主体基于文本本身和作者写作目的，并结合读者个体认知领悟力的意义挖掘，是一种积极互动的认知升华。跟"Personal Helicon"相关联的"个体的赫利孔山/诗泉"的这些释解，是对诗人"自我的赫利孔山/诗泉"主题意义的补充。这也是诗歌认知丰富性的一种体现，是作者主体-文本形象-读者主体的主体间推导互动中的高级整合过程的解释力所致。

3.2　主体间推导互动基础上的双域高级整合网络

本节基于 Fauconnier & Turner(2002)和 Turner(2014)的概念整合思想，结合四位诗人的诗歌叙事认知维度特征，建立在主体间推导互动基础上的双域高级整合网络（见图3.4）。该认知网络在读者引领的主体间的推导互动中的读者体验、推导互动中的映射协商、推导互动中的读者感悟升华三环节中，形成了其整合特点。

3.2.1　推导互动中的读者体验环节

在这一环节的读者主体与文本形象、作者主体对话交流过程中，读者需要落实三个感知对象：一是确定诗歌叙事性质，即确定作品是否属于少量、多量，或者纯叙事的诗歌，是否满足诗歌叙事语篇的选

---

① 见 https://askliterature.com/poetry/critical-analysis-of-personal-helicon-by-seamus-heaney/(December 5, 2021)。

择要求；二是感知故事人物身份，即故事人物是虚构的，还是在很大程度上与生活中的人物或与诗人相等同，感知真实人物或诗人的生活经历等背景信息是否需要输入互动中的整合过程；三是从语篇整体上敏锐地、有意识地锚定诗歌叙事的突显语言标识或空间构建语，把握诗歌叙事脉络，考察是否适合构建两个输入空间，如果适合，就提炼出类属空间的共享调控变量，以便进入在主体间推导互动基础上的两个心理空间交互映射的协商交流环节，最后通过读者在主体间推导互动基础上的"感悟升华"，完成双域高级网络的概念整合。

输入空间Ⅰ、Ⅱ的构建，根据少量叙事、多量叙事、纯叙事的诗歌叙事尺度，结合诗歌叙事的认知维度类型①，在篇章整体上来把握两个输入空间的最佳建构。具体来说，读者可以从 Turner(2014)提出的主体、时间、空间、因果②这四个基础性的叙事认知维度优选一个最佳维度切入(本书还区分了这些认知维度各自的次类)，来构建心理输入空间Ⅰ、Ⅱ。如果这些维度不是最佳，也可从本书提出的"景-事-抒/议"要素、情感波动、事情-反应以及其他维度中优选一个最佳结构维度来建构输入空间。针对四位诗人诗歌语篇叙事表现出的明显认知维度特征，我们提炼出了相关认知维度各自不同的次维度(见图3.4)：主体维度含有成对主体、成组主体、对话主体等次维度，时间维度含有线性/对比时间、清晰/模糊时间等次维度，空间维度含有模糊地理空间、具体地理名称、居住空间、包含空间等次维度③，因果

---

① 见1.1.3.2节。

② Turner 也提出视角(perspective)维度的设想，但没有进一步阐述。本书主张视角(focalization)维度的输入空间构建，一般涉及两种内外视角之间的多次转换，常常要建立多个输入空间，将在6.1.1.2.4和6.2.1中讨论；但从理论上来讲，也可能存在两种视角之间的一次性转换，由此可建立两个输入空间，按照双域高级网络来进行认知整合，在今后的研究中将精选典型诗歌语料进行分析。

③ 关于空间维度，我们发现还可以从图像空间、历史空间维度来考察诗歌叙事，比如王维的一些山水诗歌，呈现一幅幅的图像空间并行、叠加等特点，他的一些边塞诗歌呈现历史人物、历史时间的突显链接。对此，今后我们将进一步研讨。

维度分为有/无明显因果语言标识、有/无结果两种情况。不同的诗歌语料还存在其他的认知维度。如何在语篇整体上获得各认知整合维度的最佳选择效果,这主要取决于诗歌本身的叙事脉络格局,以及读者自身对诗歌语篇叙事的认知判断和领悟能力。

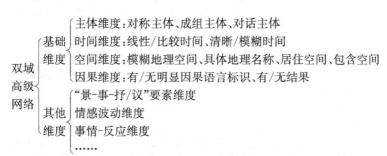

图3.4　诗篇整体上的双域高级网络建构维度

就图3.4中的"景-事-抒/议"要素维度,这里需要特别说明:通过考察四位诗人的诗歌叙事语料,我们发现诗篇中常见"景-事-抒/议"要素,从下面的3.1简表中的代表诗歌中可见一斑。

表3.1　含有"事-景-抒-议"要素的诗歌

王维	《齐州送祖三》《终南山》《清溪》《渭川田家》《山中送别》《书事》《山居即事》《燕支行》《登辨觉寺》《送刘司直赴安西》《休假还旧业便使》《送崔九兴宗游蜀》《送宇文太守赴宣城》《渡河到清河作》《使至塞上》《辋川闲居赠裴秀才迪》《哭孟浩然》《西施咏》《归嵩山作》《江亭》《洛阳女儿行》《羽林骑闺人》
杜甫	《茅屋为秋风所破歌》《彭衙行》《赠李白》《喜观即到复题短篇》《缚鸡行》《无家别》《兵车行》《旅夜书怀》《垂老别》《新婚别》《春宿左省》《别房太尉墓》《野老》《独坐》《九日寄岑参》《登牛头山亭子》《观兵》《引水》《江村》《赠花卿》《秋兴八首(其一)》《登高》《江汉》《蜀相》《春望》《捣衣》

希尼	《夜间开车》（"Night Drive"）、《私生子》（"By-child"）、《惩罚》（"Punishment"）、《播放的方法》（"The Play Way"）、《水獭》（"The Otter"）、《臭鼬》（"The Skunk"）、《收获结》（"The Harvest Bow"）、《老熨斗》（"Old Smoothing Iron"）、《给迈克尔和克里斯托弗的风筝》（"A Kite for Michael and Christopher"）、《雨声仙人掌》（"The Rain Stick"）、《圣人开文和乌鸫》（"St Kavin and the Blackbird"）、《电话》（"A Call"）、《相册》（"Album"）、《人之链》（"Human Chain"）、《捐款盒》（"A Mite-box"）、《饮水》（"A Drink of Water"）、《干草杈》（"The Pitchfork"）、《耙钉》（"The Harrow-pin"）、《在图姆桥边》（"At Toomebridge"）
弗罗斯特	《割草》（"Mowing"）、《取水》（"Going for Water"）、《柴垛》（"The Wood-pile"）、《未选择的路》（"The Road Not taken"）、《关在屋外》（"Locked Out"）、《保罗的老婆》（"Paul's Wife"）、《在一个废弃的墓地》（"In a Disused Graveyard"）、《逃脱者》（"The Runaway"）、《傍晚在一个糖枫园》（"Evening at a Sugar Orchard"）、《无锁的门》（"The Lockless Door"）、《短暂一瞥》（"The Passing Glimpse"）、《大量黄金》（"A Peck of Gold"）、《一只小鸟》（"A Minor Bird"）、《独自罢工》（"A Lone Striker"）、《月亮罗盘》（"Moon Compasses"）、《不远也不深》（"Neither Out Far Nor In Deep"）、《明显的斑点》（"A Considerable Speck"）、《后退一步》（"A Step Backward Taken"）、《黑暗中的门》（"The Door in the Dark"）

对于上述具有"景-事-抒/议"要素特点的诗歌进行概念整合时，依然需要选取最佳认知整合维度。在后面的分析章节可以看到，不少具有"景-事-抒/议"要素特点的诗歌并不适合从这一认知维度切入进行概念整合，而需要采取更加适合的其他某一维度，如主体、时间、空间、因果，以及本书增加的情感波动、事情-反应、总叙-平行分叙等维度。与此相对照，有的诗歌不适于从上述维度或者其他维度切入，因为最适合的认知维度就是"景-事-抒/议"。倘若从这一认知维度进行"推导互动中的读者体验"，需要说明以下几点：

在心理空间的构建过程中，往往会呈现"要素诗行（行/联/节）模块"或者"跨要素诗行（行/联/节）界限"的构建规律。

所谓"要素诗行（行/联/节）模块"的构建规律，是指读者基于

"景""事""抒/议"要素内容与它们所在的诗行/联/节篇幅之间的一致关系,即要素内容与诗行/诗联/诗节篇幅高度吻合匹配,来构建相应的"景""事""抒/议"要素各输入空间;一个输入空间和某一要素的内容、篇幅关联在一起,形成一个相对独立完整的心理空间模块。具体而言,根据"景""事""抒/议"要素内容所占篇幅情况,可以分别构建为"景"要素输入空间、"事"要素输入空间、"抒/议"要素输入空间。例如王维的《山中送别》,前两小句"山中相送罢,日暮掩柴扉"是叙事,叙述山中送友人的行为活动,正好构建为输入空间Ⅰ"行为-惜别",该空间及其"事"要素内容、篇幅形成一个"模块";后两小句"春草明年绿,王孙归不归?"属抒情,抒发诗人期待友人再归来的心理活动,也正好构建为输入空间Ⅱ"发问-期念",该空间及其"抒"要素内容、篇幅形成一个"模块"。在读者体验环节建构的两个输入空间与类属空间,经过映射协商环节两个心理空间在主体间推导互动基础上的交互映射、组合完善和感悟升华环节的扩展,得出新显结构,完成语篇层面双域高级网络的概念整合。不难看出,《山中送别》的"事""抒"要素内容与所在诗行是相吻合的,从"要素诗行"来构建该诗的两个输入空间是一种优选构建(见 4.5 节诗例析)。同样,遵循"要素诗行(行/节/联)"构建规律,也可构建多个心理输入空间。像王维的《山居秋暝》首颔联前 4 小句写景,正好建构为"景"要素的输入空间Ⅰ"山景画";颈联第 5、6 小句叙事,正好构建为"事"要素的输入空间Ⅱ"画中游";尾联第 7、8 小句抒情,正好构建为"抒"要素的输入空间Ⅲ"画中留"(详见 6.1.2.3 节例析)。

所谓"跨要素诗行(行/联/节)界限"的构建规律,是指读者不能按照"景""事""抒/议"要素内容所在的诗行/诗联/诗节篇幅来构建各输入空间,而需要跨越诗行/诗联/诗节内容界限,来构建各要素的心理输入空间;一个输入空间和某一跨要素的故事内容关联在一起,按照线性发展或相互交织两种方式进行关联。例如杜甫的《茅屋为秋风所破歌》分为四节来写景、叙事、抒情,读者不能完全按照"要素诗行/诗节"模块标准来构建各输入空间。前三诗节以写景叙事为主,宜采用"跨要素诗行/诗节界限"来构建输入空间Ⅰ"茅屋(现实空间)",第四诗节主要抒情,可采用"要素诗行/诗节"模块标准来构建输入空间Ⅱ"大厦(想象空间)"(详见4.3节例析)。

3.2.2　推导互动中的映射协商环节

该环节过程中,读者进入作者主体的心境视野,深入推导互动,协商核实故事信息。重点落实三个对象过程:一是优选最相关、最合适的映射方式来连通心理空间Ⅰ、Ⅱ的呼应物或呼应元素。映射连通包括常规呼应元素映射、关键关系映射连通(表2.3中的"关键关系"包括外部空间关键关系和内部空间关键关系;此处指从一种关键关系向另一种或两种关键关系压缩)、非对称呼应元素映射;"空间呼应物"包括通过这些关键关系匹配映射的来自输入空间Ⅰ、Ⅱ的呼应元素,这些呼应元素在类属空间变量的调控下能够反映文本主要内容信息,但要防止元素遗漏或误配。二是投射组合,即跨空间的呼应元素有选择地向合成空间投射,组合成不同的相关框架组织。三是压缩完善,即在映射连通的同时,读者输入相关背景知识(图3.5中用方框、箭头表示)、完善主体间推导互动中的交流协商过程,包括激活提取人名、地名、经历、逸事、典故以及较直接的互文/引用、常识等背景信息,关联挖掘社会、文化、时代以及较隐晦的互文/引用、见识、评论等背景信息,这两种方式的背景输入,是深入理解四位东西方代表诗人诗作的关键钥匙。

3.2.3　推导互动中的读者感悟升华环节

该环节是在读者体验、映射协商基础上的最后整合升华,即读者在综合前两个环节认知结果的基础上,通过进一步推导作者的创作

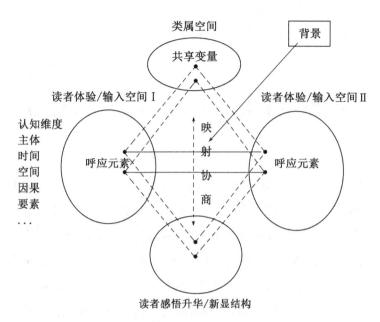

图 3.5　主体间推导互动基础上的双域高级整合网络

目的,深入感悟整个诗篇,扩展性地领悟诗篇的意境,得出"人之所及"的新显结构。

　　综上所述,读者引领的主体间推导互动中的读者体验、映射协商、读者感悟升华三个环节,是一个理论意义上的读者认知序列,是为了更清晰直观地揭示其整合过程,因此并非要死板遵循,有时在阅读诗歌叙事时,三个环节同时在读者大脑中运转,也有时读者感悟升华过程完成后,觉得诗意还可进一步挖掘整合,反过来重启读者体验、映射协商环节,直到诗歌在线(online)意义的"人之所及"或最优升华。双域高级网络的主体间推导互动中的整合过程,可以用图 3.5 进行直观呈现:图中两条横线代表输入空间 I、II 的跨空间映射,中间的箭头虚直线表示映射协商环节的映射连通及组合、完善,构成在读者感悟升华环节得出新显结构的基础——读者在感悟升华环节会综合考虑前两个环节的认知结果,左边的"多维度序列"表示读者可以从中优选最佳的认知维度来认知整合某一首诗,有时一首诗还可从一种以上的认知维度切入进行认知整合,省略号表示还可能有其他认知维度。

3.3 主体间推导互动基础上的多域高级网络整合

从两代学者建立的多域网络来看,Fauconnier & Turner(2002)建立的平行型、复合型多域网络,是以输入空间Ⅰ、Ⅱ为初始基本单位,与第三个输入空间之间的多重整合。若输入空间Ⅰ、Ⅱ与第三个输入空间构成平行或并列的地位关系,这些输入空间仅仅构成一个心理网,一般仅会涉及一轮次的"平行型"多域概念整合;若前两个输入空间与第三个输入空间构成不同的层级地位关系,比如第三个输入空间处于更高一级的递推关系,前两个输入空间所在心理网1经过整合后产生的新显结构与第三个输入空间构成第二个心理网,那就会有两轮次心理网的概念整合。Turner(2014;2017)建立的接龙型连锁高级网络,是以心理网1为初始基本单位的两个或多个心理网的连续整合,后一个心理网与前一个心理网形成递推关系;而他建立的分合型连锁高级网络,则是以心理网1、2为初始基本单位,它们整合后分别得出的新显结构1、2再组成心理网3之间的多轮整合。从两代学者的多域网络、连锁高级网络整合观点,我们不难看出:他们聚焦于多个心理输入空间的地位关系,以及由此产生的心理网内或心理网际整合问题。若多个输入空间处于同一地位关系或并行关系,可以在一个心理网内进行认知整合;若多个输入空间不处于同一地位关系或者构成递推关系,可以在两个或多个心理网之间进行认知整合。

因此,本书综合考量平行型/复合型多域网络、接龙型/分合型连锁高级网络的内在关联性,结合诗歌叙事语篇的语料特点,以心理网内、心理网际为标准,建立本研究的多域高级网络:(1) 在主体间推导互动基础上的一个心理网的多域高级网络整合,包括在Fauconnier & Turner(2002)以及 Pascual(2002;2008a;2014)、Brandt & Brandt(2005)等相关著述基础上重组的平行型多域网络,以及本书提出的总叙-平行分叙型、循环型多域高级网络。(2) 在主体间推导互动基础上的两个/多个心理网的高级网络整合,包括Fauconnier & Turner(2002)的复合型网络、Turner(2014;2017)的分合型高级网络。这些重组、新建的多域高级网络类型,是对Fauconnier & Turner(2002)、Turner(2014;2017)多域网络类型思想的借鉴和发展,下面对这两种多域网络类型分别进行阐述。

3.3.1　主体间推导互动基础上的一个心理网的多域高级网络整合

一个心理网的多域高级网络,是指一个心理网内含有多个心理输入空间,它们之间相互映射,主要包括平行型、总叙-平行分叙型、循环型多域高级网络。

3.3.1.1　平行型多域高级网络

根据Fauconnier & Turner(2002)的观点,多域网络可以在两个以上的心理输入空间以平行映射(parallel)形式运作并多次整合(见图3.6)。平行映射是指输入空间链信息同时参与映射、压缩形成合成空间,构成平行型整合。其特点在于:输入空间Ⅰ、Ⅱ与输入空间Ⅲ(用虚线圈表示,意为可新增一个或多个心理空间)处于同一个心理网内,享有平等或平行的地位状态,没有主次之分;各自的相关信息在跨空间映射中,可以两两相映射,也可三个或多个一起同时映射、来回映射,但仅有一次通过最终的"推导互动中的读者感悟升华"产生一个新显结构。

平行型多域高级网络的推导互动中的读者体验、推导互动中的

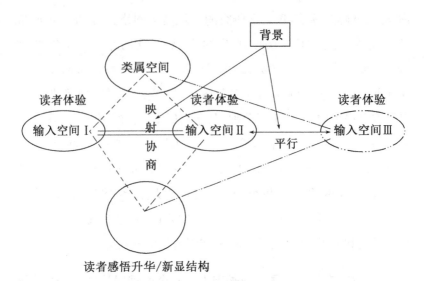

图 3.6 主体间推导互动基础上的平行型多域高级网络整合

映射协商、推导互动中的读者感悟升华三个环节,有其自身的整合特点。一般说来,主体、时间、空间、景-事-抒/议、情感波动、事情-反应等认知维度及其相关次维度,可考虑用于平行型整合。从四位诗人的诗歌语料中,我们以主体维度(详见 5.1.1 节)、情感波动维度(详见 5.1.2 节)为例,来揭示平行型多域高级网络的主体间推导互动的认知整合过程。

推导互动中的读者体验环节。读者主体与文本形象、作者主体对话交流,体验文本语言标识和故事情节,从平行型的具体认知维度,来构建多域高级网络(图 3.6)。在明确诗歌叙事性质、确定故事人物与诗人的关系后,读者从诗行中锚定突显语言标识,从诗歌语篇整体上优选最合适的认知维度,完成对各心理空间和整个多域网络的构建。

推导互动中的映射协商环节。读者与文本形象、作者对话交流,进入作者的心境视野并深入推导互动,协商文本内容及其关联信息。

首先,读者就各平行输入空间之间的相关呼应元素,在类属空间共享变量的调控下,采用关键关系映射、常规呼应元素映射、非对称呼应元素映射等方式同时进行映射连通,将映射涉及的不同的框架组织或组织关系进行组合压缩,并通过激活提取、关联挖掘方式,不断输入相关背景信息(用方框、箭头来表示输入背景),来完善主体间的协商过程。背景信息输入是读者引领的主体间推导互动中整合诗歌叙事的重要途径,在三个环节中,背景输入主要集中在映射协商环节,当然在读者体验环节也有背景信息的初步感知,在读者感悟升华环节可能还会有进一步的输入。

推导互动中的读者感悟升华环节。平行型整合一般是一轮次的三环节映射整合。读者在综合前两个环节认知结果的基础上,进一步领悟作品的主题意义,推导作者的创作目的,并借助自己的认知判断和领悟力,加以认知扩展,获得对全诗意境的感悟升华——新显结构。

3.3.1.2　总叙-平行分叙型多域高级网络

在上述平行型多域网络整合的基础上,我们发现有些诗歌叙事呈现"总叙＋平行分叙"的网络格局。在这种网络格局中,读者先感知体验到总的叙述内容,从宏观上把控话题的发展走势。其话题呈现往往始于诗歌开头诗行:唐诗一般是首联总叙,如王维的《终南别业》、杜甫的《江汉》等;英语诗歌一般是首行总叙或第一诗节总叙,希尼的《铁匠铺》、弗罗斯特的《夜晚的彩虹》就是首行总叙,而希尼的组诗《出空》则是利用第一诗节进行总叙,这些总叙内容信息可构建为输入空间Ⅰ"总叙"。而后是总话题的具体延伸和充实丰满,呈现平行或线性的分叙链特色,这些分叙内容信息可构建为由多个平行输入空间构成的输入空间链(比如图 3.7 中的输入空间Ⅱ-Ⅴ)。输入空间"总叙"和各"分叙"输入空间之间可进行复合互动映射连通,"分叙"输入空间链内可平行互动映射连通,复合、平行互动映射共享类属空间的调控变量,共同组成"总叙＋平行分叙"的多域高级网络,指向合成空间内"人之所及"的"唯一性"新显结构。同平行型多域高级网络一样,"总叙＋平行分叙型"高级网络也只有一个心理网,但各"分叙"心理空间链内部同时平行互动映射连通,可产生临时性新显结构,再回过头来与输入空间Ⅰ进一步复合映射,追求更为高远的整合意境,最终扩展感悟升华,产生一个新显结构。

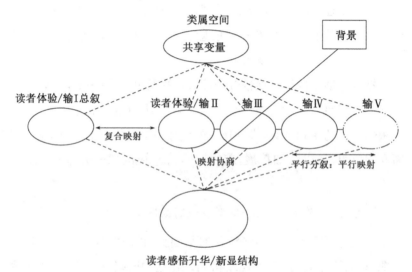

图3.7 "总叙-平行分叙"多域高级网络

该多域高级网络的推导互动中的读者体验、映射协商、读者感悟升华三个环节,有其自身的整合特点。

推导互动中的读者体验环节。读者主体与文本形象、作者主体对话交流,体验文本语言标识和故事情节。在明确诗歌叙事性质、确定故事人物与诗人的关系后,读者从诗行中锚定构建"总叙＋平行分叙型"网络的突显语言标识,构建输入空间Ⅰ"总叙"和"平行分叙"的各输入空间(输Ⅱ、Ⅲ、Ⅳ、Ⅴ),后四个输入空间处于平行映射状态,与输入空间Ⅰ构成复合映射关系;连同类属空间和读者感悟升华环节的新显结构,在全诗语篇整体上完成各心理空间和整个多域高级网络的构建。

推导互动中的映射协商环节。读者与文本形象、作者对话交流，进入作者的心境视野并深入推导互动，协商文本内容及其关联信息。首先，宏观上"主题"推导互动映射。经过读者体验环节，读者从宏观上把握输入空间Ⅰ"总叙"与各"分叙"输入空间的主题映射连通。接着，微观上"平行空间链"推导互动映射整合。经过主题上的宏观互动映射过程，读者进行跨"分叙"输入空间的微观上的平行映射整合。然后，"意境"复合映射整合。经过了宏观上的主题、微观上的推导互动映射连通整合后，读者再回过头来把临时新显结构中的呼应元素与输入空间Ⅰ中的呼应元素进行复合互动映射连通。

推导互动中的读者感悟升华环节。"总叙＋平行分叙型"高级网络是一轮次的三环节映射整合。读者在体验和协商环节认知的基础上，进一步感悟诗歌文本并进一步推导诗人的创作目的，进行认知扩展，实现对全诗意境的感悟升华，产生"人之所及"的最终新显结构。

3.3.1.3 循环型多域高级网络

李昌标(2015:26-31)曾提出循环型整合方式，即在两个或多个故事事件构成的心理输入空间的并行映射过程中，节外生枝地与文本之外的故事事件心理输入空间的相关呼应物相互投射映衬，构成一个叙事循环。其特点在于：当前心理输入空间中的叙事主题回归到诗人自己以前的作品，形成一个新的心理输入空间，并与当前的诗作构成一个叙事认知循环。本研究通过对希尼诗歌叙事的深入研究，发现希尼的诗歌比较典型地体现了这种叙事认知循环特色，特别是在他1995年获得诺贝尔文学奖之后的后期作品中，随着年事愈高、怀旧情结也愈浓，他的部分诗歌叙事常常"原路返回"，重回之前诗集中的叙事话题，比如《在地铁中》《格兰摩尔的黑鸟》《变化》《托兰人》《给爱维恩的风筝》等等，在自己的诗歌创作中形成特有的叙事循环风格。读者在推导互动高级整合这些诗歌时，把握叙事循环对理解全诗意境至关重要,因此之前诗歌的叙事事件通常可视为一个心理输入空间,与当前诗作或本诗的各叙事心理输入空间形成循环关系,共同组成循环型多域高级网络。该高级网络仅有一个心理网,虽然心理空间之间可能会不止一轮地互动映射,但仅有一次通过最终的读者感悟升华产生一个新显结构。

循环型多域高级网络的推导互动中的读者体验、推导互动中的交流协商、推导互动中的读者感悟三环节过程,有其自身的网络特点。

推导互动中的读者体验环节。读者主体与文本形象、作者主体对话交流,体验文本语言标识和故事情节。在明确诗歌叙事性质、确定故事人物与诗人的关系后,读者从诗行中锚定构建循环型网络的突显语言标识,构建本诗的各输入空间(比如图3.8中的输Ⅰ、Ⅱ、Ⅲ、

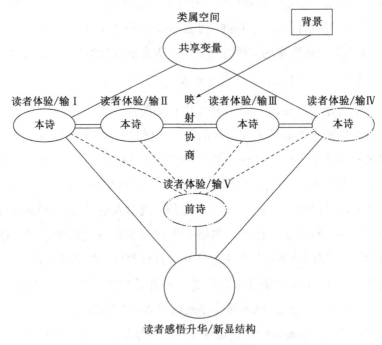

图3.8 循环型多域高级网络

Ⅳ,输Ⅳ用虚线表示可能还有新的输入空间)和原诗(之前的诗)的循环输入空间Ⅴ,连同类属空间和合成空间,在全诗语篇整体上完成各心理空间和整个循环型多域高级网络的构建。

推导互动中的映射协商环节。读者与文本形象、作者对话交流,进入作者的心境视野并深入推导互动,协商文本内容及其关联信息,即读者在本诗中的四个输入空间之间及其与前诗中的输入空间Ⅴ之间,在不同循环层面,就各自输入空间的呼应元素进行映射连通并向不同的框架组织或组织关系组合压缩,其间不断输入相关背景知识来完善主体间的协商过程。

推导互动中的读者感悟升华环节。综合上述四个输入空间-前诗中循环空间Ⅴ在映射协商环节的映射整合,读者在深入理解文本的基础上,进一步推导作者的创作目的,并借助自己的认知判断和领悟力,加以认知扩展,最终实现对全诗主题意境的感悟升华,即通过主体间推导互动的多域概念整合,可以获得有关循环意义的新显结构。

3.3.2　主体间推导互动基础上的两个/多个心理网的高级网络整合

这种高级网络含有两个或者多个心理网,它们之间进行复合连续整合或者分合连续整合,主要包括复合型高级网络、分合型高级网络。

3.3.2.1　两个心理网的复合型高级整合

同样根据 Fauconnier & Turner(2002)的观点,多域网络可以在两个以上的心理输入空间之间以复合映射(compound or reblending)形式运作并多次整合。应该指出,复合型网络与平行型网络的主要区别是复合型网络至少有两个心理网。本书区分只有两个心理网的复合型网络和含有两个以上心理网的接龙型复合网络。在复合型网络中,心理网 1 中的输入空间 I、II 首先进行映射、压缩合成,完成第一次概念整合,形成新显结构 1,再作为新的输入空间"新 1",与复合输入空间 III(图 3.9 中用虚线圈表示,意为可新增一个或多个心理空间)再次进行映射、压缩整合,完成心理网 2 的概念整合,并形成新显结构 2。以此类推,新显结构 2 可以再作为新的输入空间,与输入空间 IV 组合成心理网 3,直到产生新显结构 3,可以这样多轮次地复合。

关于"复合",本研究发现有两种情况:一是这种网络特别适合整合解读诗歌尾行/联/节或后段部分中有抒情议论的诗歌叙事结构。在心理网 1 中,Fauconnier & Turner(2002)、Turner(2014;2017)只关注两个输入空间,而在实际的诗歌语篇语料中,我们发现还存在三个以上(图 3.9 中用三个环环相扣的输入空间来表示)的平行输入空间,它们之间可以在一个心理网中平行映射。这一种与 Fauconnier & Turner(2002)的复合型整合机理相似,但他们没有意识到心理网 1 内的输入空间并不止两个。从笔者掌握的真实诗歌语篇语料来看,还存在多个并行的心理输入空间,譬如希尼的含有多量叙事成分的诗《伍德街》("The Wood Road")就可从时间认知维度切入,先锚定三个突显时间标识"nightwatching""in broad daylight""then that August day",其人物事件活动分别构建为三个平行的输入空间 I、II、III,在心理网 1 内完成平行映射整合;接着与该诗最后两个诗节的"议"要素内容继续心理网 2 的复合整合。

二是在心理网整合轮次上,不少适合建构复合型网络的诗歌仅有心理网 1、2 两轮次整合(详见 6.1.1.1"事情-反应维度的复合整合"),如图 3-9 所示:

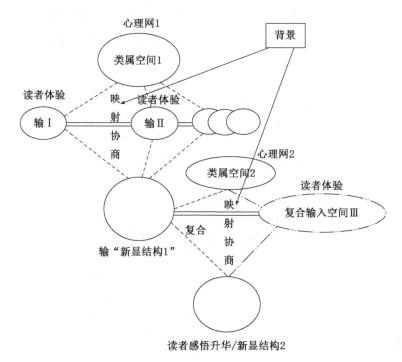

图 3.9　两个心理网的复合型高级网络

　　本书探讨的另一种复合型网络是接龙型的,含有三个或三个以上的心理网,进行多轮次的递推高级整合。因为是第一轮次心理网概念整合形成的新显结构与另一个心理空间构成心理网 2,继续进行下一轮次的概念整合,进一步得出新显结构 2,依此类推,因此多轮次心理网之间处于递进层级关系。换句话说,后一心理网与前一心理网之间形成连续递推关系。从对复杂诗歌叙事真实语篇语料的考察来看(尤其是希尼的长篇组诗、弗罗斯特的长篇诗剧),接龙型复合网络对这种诗篇的解释力非常强大,这就是为什么 Turner 在经过12 年的深入研究后会重磅提出接龙连锁高级网络,但 Turner 没有注意到首次整合的心理网 1 中可能有多个输入空间(如图 3.10 中用环环相扣的输入空间来表示)的现实情况。可贵的是,Turner

(2014:180)聪明地淡化了各心理网之间的层级关系,用像瀑布一样顺流的连续整合(a cascade or sequence of blends)加以概括。

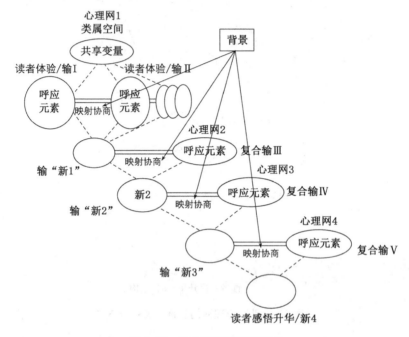

图 3.10 接龙型连锁高级网络

简单地说,两轮次心理网整合可视为复合型高级网络的简略版形式;"接龙型复合"强调多轮次心理网的连续递推整合,可视为复合型高级网络的增强版形式。

因此,本研究的"复合型"高级网络被赋予了新的概念范畴,它涵盖了 Fauconnier & Turner(2002)、Turner(2014;2017)的机制内涵,强调两个心理网之间"递进"、多心理网之间"连续递推"两种方式。它们都是整合后的再整合(blends of blends)(Turner,2014:145),同时我们细化了主体间推导互动高级整合的不同认知维度。

无论是单轮次的复合还是两个以上轮次的接龙型复合,在推导互动中的读者体验、映射协商、读者感悟三环节中都有其自身的整合特点。

首先,共同经历推导互动中的读者体验环节。读者主体与文本形象、作者主体对话交流,体验文本语言标识和故事情节,从复合型的具体认知维度来构建多域高级网络(图 3.9/3.10)。在明确诗歌叙事性质、确定故事人物与诗人的关系后,读者从诗行中锚定突显语言标识,从而优选合适的认知维度,来构建各心理空间和整个多域网络。在一个轮次复合的高级网络中,一个复合空间(图 3.9 复合输入空间Ⅲ)必定是与前面的各平行输入空间(输入空间Ⅰ、Ⅱ等)构成递进关系。因为其只有两轮次心理网的整合,因此认知维度切入比较灵活,要根据具体的叙事语境内容来选择(见 6.1.1 节)。接龙型复合高级网络涉及两个以上心理网的连续整合,其概念整合可从多主体(见 6.1.2.1 节)、多时间(见 6.1.2.2 节)、"景-事-抒/议"要素(见 6.1.2.3 节)等维度切入。

接着,两种复合型网络的整合共同经历心理网 1 推导互动中的映射协商、推导互动中的读者感悟升华环节。读者与文本形象、作者对话交流,进入作者的心境视野并深入推导互动,协商文本内容及其关联信息,即读者就各输入空间之间的相关呼应元素,采用常规呼应元素映射、关键关系映射、非对称呼应元素映射等方式进行映射连通及向不同的框架组织或组织关系组合压缩,其间不断输入相关背景知识来压缩完善主体间的协商过程。读者在基于文本本身的基础上,进一步推导作者的创作目的,并借助自己的认知判断和领悟力,经过第一次认知扩展,产生心理网 1 的新显结构 1。

递进式复合、接龙型连锁高级网络,继续共同经历心理网 2 推导互动中的映射协商、推导互动中的读者感悟环节。读者按照心理网 1 的映射协商、读者感悟整合方式进行心理网 2 的认知整合,产生心理网 2 的新显结构 2。这个新显结构 2,是递进式复合网络最终的新显结构,也是经过感悟升华所理解的全诗"人之所及"的主题意境,整个递进式的"读者体验＋心理网1映射协商-感悟＋[递进关系]心理网2映射协商-感悟"过程结束。

接龙型复合高级网络,还需经历心理网3推导互动中的映射协商、推导互动中的读者感悟环节。读者继续在主体间推导互动的基础上整合心理网3(也可能还有更多的心理网),并综合心理网1、2的整合过程,基于全诗文本信息和进一步推导的作者的创作目的,并借助自己的认知判断和领悟力,得出新显结构3,即"人之所及"的诗歌意境升华,整个接龙型的"读者体验＋心理网1映射协商-感悟＋[递进关系]心理网2自我协商-感悟＋[连续递推关系]心理网3映射协商-感悟"过程得以完成。

3.3.2.2 分合型连锁高级网络

根据 Turner(2014)的连锁整合网络构想,一个心理网在映射、压缩整合完成后,其产生的新显结构作为新的输入空间,与另一个心理网络经过映射、压缩完成后形成新显结构空间,再彼此进行下一轮的映射、压缩整合,直到最后一轮中实现"人之所及",这种超级网络我们称之为分合型连锁网络。其显著特点在于:整个分合型网络不仅是以心理网为初始基本单位来构建,两个初始心理网相互平行,而且第三个心理网是由前两个心理网概念整合出来的各自新显结构,继续组成第三个心理网,直到该网新显结构最终产生。本书建构的读者引领的主体间推导互动基础上的三环节整合模式,可用图 3.11来显示这种分合型连锁网络的概念整合:

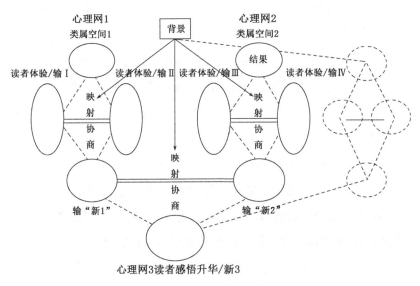

图 3.11　分合型连锁高级网络

　　具体来说,心理网 1 内跨空间映射整合后产生的新显结构 1,再作为新的输入空间"新 1",与心理网 2 内经过映射整合后产生的新显结构 2 而构建的输入空间"新 2",组成新的心理网 3,进一步跨空间映射整合,产生"人之所及"的新显结构 3,完成分合型连锁整合。

　　有时,我们发现有些篇幅较长、情节较复杂或者是相互平行的系列组诗,只包含心理网 1、2 的分别整合还不足以认知解读其诗意,需要多个心理网(图 3.11 中用添加的虚线心理网 3 表示)先分开整合,各自的新显结构再作为新的输入空间,组合起来进一步映射整合,直到完成全诗的诗意最终升华(A blend of two or several blending webs)(Turner,2014:156-159)。同接龙型连锁整合一样,在每一轮心理网整合的推导互动中的映射协商环节,相关背景信息的充分输入至关重要,有助于深层次地认知整合诗歌意境。

　　这里需要特别指出的是,分合型高级网络一般只有两个层级:一层是两个或多个分别整合的心理网(不同于仅仅含有一个心理网的平行型多域高级网络整合)[1]，另一层是由这些心理网各自整合后的新显结构作为新的输入空间合在一起形成的心理网。从对四位诗人的诗歌语料整合来看，这种高级网络非常实用，有强大的解释力。倘若无法用分合型高级网络来认知整合某些特别复杂的诗歌叙事语篇，读者可以选择复合型高级网络，进行一轮接一轮的递进整合或连续递推整合。

分合型连锁高级网络的读者引领的主体间推导互动中的读者体验、映射协商、读者感悟升华三环节，有其自身的整合特点。

推导互动中的读者体验环节。 读者主体与文本形象、作者主体对话交流，读者体验文本语言标识和故事情节，从不同的认知维度来构建分合型多域连锁网络。在明确诗歌叙事性质、确定故事人物与诗人的关系后，读者从诗行中锚定构建连锁网络的突显语言标识，从而优选合适的认知维度，即可从"自我"视角转换(见 6.2.1 节)、主体(见 6.2.2 节)、空间等认知维度来考察(见 6.2.3 节)，在全诗语篇整体上，完成各心理空间和整个多域网络的构建。

心理网 1 的推导互动中的映射协商、推导互动中的读者感悟升华环节。 在分合型连锁整合网络中，读者进入作者主体的心境视野并深入互动，"自我协商"文本内容及其关联信息，即读者就输入空间 I、II 之间的相关呼应元素，在类属空间共享变量的调节下，采用常规呼应元素映射、关键关系映射、非对称呼应元素映射等方式进行映射连通，以及向不同的框架组织或组织关系组合压缩，其间不断输入相关背景知识来完善主体间的协商过程，从而充实丰满整合效果。

---

① 平行型高级网络整合指同一心理网内的各平行输入空间之间的相互映射连通整合，而分合型高级网络的分别整合指的则是不同心理网分别进行整合，这些心理网内部的心理空间是平行关系，这些心理网之间也是平行关系，但只有在一个心理网内的心理空间才能直接映射连通，而心理网之间要通过各自整合后的新显结构作为新的输入空间，才能跨空间映射连通，换言之，分合型高级网络的各平行心理网之间无法直接映射连通。

最后,读者基于文本本身和作者创作目的,并借助自己的认知判断和领悟力,经过第一次认知扩展,便可获得心理网 1 的新显结构 1,实现对心理网 1 诗意的感悟升华。

心理网 2 的推导互动中的映射协商、推导互动中的读者感悟升华环节。在分合型连锁整合中,读者把输入空间 I、II 跨空间映射整合后产生的新显结构 1 作为新的输入空间"新 1",与输入空间 III 一起,参与第二轮心理网 2 主体间互动中的映射协商、读者感悟升华环节,得出心理网 2 的新显结构 2。

在分合型连锁整合中,读者通过类属空间共享变量的调节,映射连通输入空间 III、IV 之间的呼应元素,并有选择地向不同的框架组织或组织关系组合压缩,同时输入背景信息,完善主体间的协商过程,通过压缩推理,最终感悟升华,扩展成为心理网 2 的新显结构。

心理网 3 的推导互动中的映射协商、推导互动中的读者感悟升华环节。在分合型连锁整合中,读者把心理网 1、2 分别整合后产生的新显结构 1、2,作为新的输入空间"新 1""新 2",进入第 3 轮心理网 3 的映射协商、读者感悟升华环节,基于全诗文本信息和进一步推导作者的创作意图,并借助自己的认知判断和领悟力加以认知扩展,最终获得心理网 3 的新显结构 3,即全诗意境的感悟升华。

上面我们分别对一个心理网的多域高级网络整合(平行型、总叙-平行分叙型、循环型整合)、两个/多个心理网的高级网络整合(复合型、分合型整合)进行了论述,它们之间各有侧重、相对独立,但彼此又有关联,下面通过表 3.2 就各高级整合网络的认知维度、主要特点进行集中梳理,直观呈现各自的异同之处。

表 3.2　多域高级整合网络的认知维度、网络特点比较

高级网络		本书切入整合的认知维度	网络特点
一个心理网	平行型	主体维度情感波动维度	一个心理网内多个输入空间映射连通,产生一个新显结构
	总叙－平行分叙	总话题与分话题的结构关系	一个心理网内有一个"总叙"输入空间和多个平行"分叙"输入空间,历经"总叙-分叙"宏观互动映射、"分叙"多空间微观互动映射产生临时性新显结构、该新显结构再与"总叙"输入空间进行"意境"复合互动映射,产生最终新显结构
	循环型	本诗与前诗的叙事结构关联	一个心理网内的当前诗作与诗人前诗中的事件循环整合,产生一个新显结构
两个／多个心理网	两个心理网的复合型多个心理网的接龙复合型	可从主体、情感波动、总叙－平行分叙、循环复合等维度切入;可从多主体、多时间、"景-事-抒/议"要素等维度切入	只有两个心理网和两轮次整合,得到前后两个新显结构,两个心理网和两个新显结构之间是认知递进的关系;有两个以上的心理网和两轮次以上的整合,每一轮整合都得出一个新显结构,前后的心理网和新显结构之间呈现认知递推的关系,是多轮次的连续递推整合
	分合型	"自我"视角转换、主体、空间维度	以心理网为初始基本单位,两个或多个分别整合的心理网产生的各新显结构,再合成新的心理网进行整合,但只有"分+合"两个层级

这里就本书提出的一对新的概念做特别说明。

同步构建(synchronous construction):不同多域高级网络都处理情节结构较为复杂的诗歌叙事语篇,语篇整体上的心理输入空间、心理网构建,可采用同步构建方式,即读者的心理输入空间、心理网构建与诗歌文本进展保持一致,这种同步构建是诗歌语篇整体层面心理输入空间、心理网的常规构建(见第五章诗例析)。

异步构建(unsynchronous construction):有些诗歌语篇整体层

面上的心理空间、心理网的构建,需要读者通读全诗后,调整或打破叙事顺序,把握或高度凝练叙事认知维度,在此基础上进行心理空间、心理网的构建。这种异步构建也是本书从语篇整体切入来建构心理空间、心理网的一种方式,像 6.2.2 节中对弗罗斯特的《未选之路》的整合例析,就采用了异步构建方式。同样,双域高级网络也可采用"同步""异步"方式建构心理空间、心理网,来进行读者引领的主体间推导互动的三环节整合(见第四章)。

3.4　本章小结

本章对诗歌叙事语篇的高级概念整合模式进行了理论构建,在 Fauconnier & Turner(2002)提出的建构性原则和管制性原则相互作用的统领下,重点借鉴 Turner 的高级整合网络,提出了读者引领的主体间推导互动基础上的高级整合三环节以及双域高级网络、多域高级网络的整合基本思路。本书提出的这一模式强调主体间的推导互动,从这一角度进一步发展了语篇整体层面上的高级概念整合机制。就这一模式而言,我们可以关注以下几点:

网络可以优选。读者可以根据诗歌叙事内容,从双域高级网络、多域高级网络中,优选某一网络类型及其具体认知维度来进行主体间推导互动中的高级整合。值得一提的是,有的诗歌叙事可能不止适合用一种网络来整合,但总有一种是最优选择。一般说来,双域高级网络适合于叙事简单、呼应元素比较对应匹配的诗歌叙事语篇整合,多域高级网络则适合整合故事较复杂、呼应元素相对分散或不对应的诗歌叙事语篇。

维度可以细化。主体、时间、空间、因果、视角这五种基础认知维度,结合四位诗人的诗歌语料,可进一步分类细化。其他诸如"景-事-抒/议"要素、情感波动、事情-反应等的认知维度,随着对诗篇语料的扩充整理,可进一步提炼细化。

过程可以机动。三环节主体间推导互动中的读者体验、映射协商、读者感悟升华是理论上的整合序列,是相对固定的,可按序认知整合;三个环节之间也可有一定程度的重叠。有的诗歌叙事比较复杂,难以一次性达到整合深度,还可返回到之前的环节再进行认知整合,直到产生最终的新显结构。

意境可以升华。读者对诗歌意境的最终"感悟升华",可与作者创作目的趋同一致;有时不同个体读者的认知、不同时代的语境以及不同背景信息的输入,可能会产生多角度的意境感悟升华,超出作者和文本的预设;也可能会因为读者的认知局限性而产生阐释偏误。

总而言之,本章建立的诗歌叙事语篇的高级概念整合网络模式,在很多方面形成了新的思考(见第七章总结),为接下来第四、五、六章的诗歌叙事语篇整合分析奠定了理论基础。

第四章　诗歌叙事语篇主体间推导互动
基础上的双域高级网络整合

　　在第三章中，我们建立了诗歌叙事语篇的主体间推导互动基础上的高级整合三环节过程，确定了双域高级网络整合的认知维度。本章将就主体、时间、空间、因果、情感波动等五个认知维度的双域高级网络整合展开系统详细的探讨，通过从多个角度切入的实例分析，揭示在整个诗歌语篇的结构层次上，在读者主体与文本形象、作者主体之间的推导互动基础上展开的双域高级网络整合认知过程。

　　如前所述，对诗歌叙事语篇的高级概念整合分析，不仅可以从多个角度或维度切入，而且可以在不同层次上进行。我们可以逐个小句、逐个诗行/诗联、逐个诗节来追踪考察读者的概念整合过程，也可以在整个语篇层次上，考察读者如何理解整个语篇的结构，对整个语篇的主题意义进行概念整合。本书的考察对象是对诗歌语篇的认知，聚焦于语篇层面的高级概念整合。本章将在这一整体层次上考察在主体间推导互动基础上进行的双域高级网络概念整合。第五、六章将聚焦于读者如何在这一层次进行一个多域的心理网以及两个/多个心理网的高级网络整合。

4.1 主体维度的双域高级网络

在本书选析的四位诗人的诗歌叙事中,有些诗歌叙事是以对称主体(包括人物、拟人化的物体及动物)的活动为中心展开的,表现为成对主体、成组主体、对话主体等认知维度。读者主体可以从这三个认知维度,在语篇层次上来构建各认知维度双域高级网络的心理输入空间Ⅰ、Ⅱ,进行读者引领的主体间推导互动中的读者体验、映射协商、读者感悟升华三个环节高级整合。

4.1.1 成对主体型叙事的高级整合

成对主体型叙事,指诗歌叙事中故事情节围绕两个主体的活动对称展开,并列前行。这两个主体一般是两位虚构的人物或者基于诗人个人经历原型的人物刻画,比如希尼的《追随者》刻画了田间犁地的父亲和在田埂中跟随父亲的童年儿子的形象,王维的《献始兴公》叙述了王维献诗玄宗名臣张九龄,杜甫的《江亭》展示了两个不同的"我"——舒服仰卧江亭的"我"和对国家忧愁皱眉的"我"。成对主体也可表现为一个人物加上拟人化了的物体或动物,例如在弗罗斯特的《割草》中,第一人称"我"在田间割草,手中的镰刀和面朝的大地被赋予了生命,人物"我"与物体镰刀构成了和谐的成对主体;弗罗斯特的《雪夜林边停歇》叙述了驻足于林子和结冰的湖水间的"我"与动物小马之间的故事。成对主体还可表现为两个拟人化了的物体,比如弗罗斯特在《风与窗台上的花》中,把"风"拟人化为恋爱中的男士,把"花"拟人化为女友,两个成对物体主体被写活了。根据成对主体、成组主体、对话主体的认知维度标准,我们从四位诗人诗歌中选取具有典型的成对主体型特征的部分诗歌,列表如下(表4.1):

表 4.1　四位诗人诗歌中可从对称主体维度切入整合的典型诗歌

王维	《酬郭给事》《送綦毋潜落第还乡》《献始兴公》《陇头吟》《洛阳儿女行》《息夫人》《过太乙观贾生房》《杂诗三首》《青雀歌》《九月九日忆山东兄弟》《山中送别》《崔兴宗写真咏》《辋川闲居赠裴秀才迪》《沈十四拾遗新竹生读经处同诸公之作》《欹湖》《萍池》《齐州送祖三》《送赵都督赴代州得青字》
杜甫	《石壕吏》《百忧集行》《垂老别》《新婚别》《奉赠韦左丞丈二十二韵》《潼关吏》《新安吏》《佳人》《江亭》《房兵曹胡马》《兵车行》《月夜》《赠卫八处士》《江村》《悲陈陶》《江南逢李龟年》《酒时歌》《旅夜书怀》《捣衣》《病马》《客夜》《归燕》《遭田父泥饮美严中丞》《杜位宅守岁》《枯棕》
希尼	《追随者》（"Follower"）、《自我的赫利孔山》（"Personal Helicon"）、《半岛》（"The Peninsula"）、《水獭》（"The Otter"）、《在源头》（"At the Wellhead"）、《点头》（"The Nod"）、《字母》（"Alphabets"）、《安泰》（"Antaeus"）、《铁匠铺》（"The Forge"）、《女水神》（"Undine"）、《晚安》（"Good-night"）、《饮水》（"A Drink of Water"）、《臭鼬》（"The Skunk"）、《嫉妒之梦》（"A Dream of Jealousy"）、《丰收结》（"The Harvest Bow"）、《地铁中》（"The Underground"）、《老熨斗》（"Old Smoothing Iron"）、《来自德尔菲的石头》（"Stone from Delphi"）、《变化》（"Changes"）、《给迈克尔和托里斯托夫的风筝》（"A Kite for Michael and Christopher"）、《铁轨上的孩子》（"The Railway Children"）、《来自写作的前线》（"From the Frontier of Writing"）、《格罗图斯和科文蒂娜》（"Grotus and Conventina"）、《视野》（"Field of Vision"）、《干草杈》（"The Pitchfork"）、《圣人开文和乌鸫》（"St Kevin and the Blackbird"）、《电话》（"A Call"）、《散步》（"The Walk"）、《书架》（"The Bookcase"）
弗罗斯特	《风与窗台上的花》（"Wind and Window Flower"）、《采树脂的人》（"The Gum-gatherer"）、《野葡萄》（"Wild Grapes"）、《致 E. T.》（"To E. T."）、《雪夜林边停歇》（"Stopping by Woods on a Snowy Evening"）、《无垠的片刻》（"A Boundless Moment"）、《巨犬座》（"Canis Major"）、《五十岁感言》（"What Fifty Said"）、《泥泞时节的两个流浪汉》（"Two Tramps in Mud Time"）、《埃姆斯伯里的一条蓝色缎带》（"A Blue Ribbon at Amesbury"）、《创纪录的一大步》（"A Record Stride"）、《夜晚的彩虹》（"Iris by Night"）、《一道云影》（"A Cloud Shadow"）、《割草》（"Mowing"）、《各司其职》（"Departmental"）、《暴风雪的恐惧》（"Storm Fear"）、《魔神的嘲笑》（"The Demiurge's Laugh"）、《补墙》（"Mending Wall"）、《说话时间》（"A Time to Talk"）、《疑虑》（"Misgiving"）、《关于一棵横倒在路上的树》（"On a Tree Fallen Across the Road"）、《落叶踩踏者》（"A Leaf Treader"）、《有一些大致

（续表）

的区域》（"There Are Roughly Zones"）、《坏消息的携带者》（"The Bearer of Evil Tidings"）、《执意回家》（"Willful Homing"）、《明显的斑点》（"A Considerable Speck"）、《两盏导航灯》（"Two Leading Lights"）、《关于被偶像化》（"On Being Idolized"）、《关于一只睡觉时唱歌的鸟》（"On a Bird Singing in Its Sleep"）

下面对希尼的诗歌《追随者》进行双域高级网络整合分析，揭示读者主体从成对主体认知维度切入的主体间推导互动中的高级整合过程。

Follower

My father worked with a horse-plough,	我幼年时的
His shoulders globed like a full sail strung	父亲（诗节
Between the shafts and the furrow.	1-3）
The horses strained at his clicking tongue.	

An expert. He would set the wing

And fit the bright steel-pointed sock.

The sod rolled over without breaking.

At the headrig, with a single pluck

Of reins, the sweating team turned around

At the back into the land. His eye

Narrowed and angled at the ground,

Mapping the furrow exactly.

I stumbled in his bobnailed wake,

Fell sometimes on the polished sod;

Sometimes he rode me on his back

Dipping and rising to his plod.

I wanted to grow up and plough,

To close one eye, stiffen my arm.

All I ever did was follow

In his broad shadow round the farm.

I was a nuisance, tripping, falling,

Yapping always. But today

It is my father who keeps stumbling

Behind me, and will not go away.

幼年时的我
（诗节4－6）

我成年后的父
亲/成年后的
我（诗节6）

追随者

我的父亲赶着马拉犁耕地，

他双肩拱起，像一张鼓胀的帆

紧扯在犁柄和犁沟之间。

马儿随着他的吆喝声卖力拉犁。

他是个行家：安好挡泥板，

装上亮锃锃的钢尖犁铧头。

泥草在犁下不停向前翻滚，

到了垄头，他一拨缰绳，

冒汗的马便掉头回到地里。
他的一只眼眯成一条缝，瞄准地面，
精确测算着垄沟间距。

我跌跌撞撞地跟在他的靴印后，
时而被光滑翻新的草地绊倒，
时而他用后背驮着我，
随着他深一脚浅一脚的步伐一起一伏。

我想长大，想犁地，
闭着一只眼，绷紧双臂。
但我从来只是追随他，
在他宽大的身影里，在农场晃来绕去。

我是一个捣蛋鬼，总是绊足、跌倒，
哇哇乱叫。但如今
却是父亲不停地跟跟跄跄，
跟在我后面，不愿离去。

（李昌标　译）

推导互动中的读者体验环节。读者主体在逐行、逐节阅读该诗的基础上，在整个语篇层面与文本形象、作者主体对话交流，初步体验文本信息和揣摩作者创作目的，通过识别维度语言标识来构建语篇层面的心理输入空间Ⅰ、Ⅱ。首先确定诗歌叙事性质，该诗讲述了父亲和儿子在田间耕地劳作的故事，平铺直叙，故事较完整，属于两个人物主体互动的纯叙事诗。接着感知故事人物身份，这对父子人物的劳作活动，可能源于真实生活事实，也可能是作者虚构的叙事。

若读者了解希尼出生于一个世代务农的家庭,可大致推断文本中出现的是诗人希尼本人年幼时和他父亲的行为与心境,仿佛诗人在叙述他自己和父亲的真实生活经历,或者说文本内人物几乎可和文本外的希尼父子等同起来,这样他们的真实经历背景可在读者对全诗意境的认知整合中,不断地被提取输入、发挥作用。同时,该诗叙事又有虚构的成分在内,"我"不一定是希尼本人,可泛化为一位普通的第一人称叙述者"我",在回顾自己与"父亲"劳作的往事,在对这些虚构成分往事的认知整合中,读者也可输入其他相关联的背景知识(见图 4.1 方框和箭头)。因此,在读者的大脑中形成了真实活动与虚构情节并存、相关背景知识交织作用的初步体验认知。图 4.1 中,为画图便捷起见,代表背景输入的方框箭头指向位于各心理网中心位置竖向排列的推导互动中的映射协商环节处,表示背景输入主要集中在映射协商环节,也表示在读者体验环节可能会有初步感知、在读者感悟升华环节可能会有综合输入。本章其他主体间推导互动的整合过程图示不再做重复说明。

与此同时,读者锚定心理输入空间的一些突显语言标识或空间构建语,从成对人物主体认知维度切入,在语篇整体上来构建心理输入空间 Ⅰ、Ⅱ(图 4.1)。诗节 1—3 中,表示物质过程(material process)的一连串诗行成为叙述父亲"赶着马拉犁耕地"行为的语言标识,主要呈现"动作者(actor)＋动态过程"结构形式,"动作者"由"My father""He"等来充当,"动态过程"采用过去时态的动词来体现,包括"worked""would set and fit""narrowed and angled"等,还有诗节 4 中的"he rode me",这些语言标识共同描述了"我幼年时的父亲"这一主体的劳作活动。诗节 4 - 6 中,"I"作为主位标识语起领每节诗行,与不同述位标识语"stumbled""wanted to grow up and

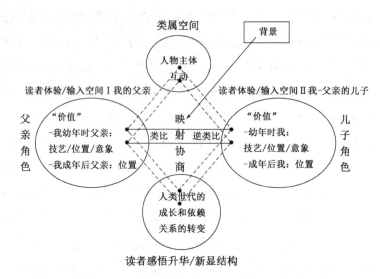

图 4.1　主体间推导互动基础上的《追随者》双域高级网络整合

plough""was a nuisance"①等,以放射型主位推进模式,回顾"幼年时的我"在田间跌跌撞撞地跟在父亲后面的活动。诗行 6 中,转折连词/时间副词"But now"、地点状语"behind me",分裂句"It is my father who keeps stumbling"以及其"stumbling"与诗节 4 首行中"I stumbled"前后照应,一起标识"成年后的我"走在父亲前面的动作和"我成年后的父亲"跟跟跄跄地跟在我后面的动作。读者主体从父、子人物主体认知维度考量,将"我幼年时/我成年后的父亲"的劳作活动,构建为心理输入空间Ⅰ"我的父亲","幼年时/成年后的我"的活动构建为心理输入空间Ⅱ"我-父亲的儿子"这两个输入空间;与此同时,含有"人物主体互动"共享组织变量的类属空间在读者主体的读

<hr />

①　前两个诗行"I stumbled""I wanted to grow up and plough"采用了物质过程句式。后一个诗行"I was a nuisance"呈关系过程句式,"I"是载体(carrier),"a nuisance"是表其身份属性(attribute)的成分,其后紧接"tripping, falling and yapping always",三个动词现在分词形式的使用和副词"always"的后置,诙谐宣示了年幼时"捣蛋鬼"的身份角色。三个诗行共享同一主位"I",成为诗行事件的出发点,拥有不同述位,叙述事件发展的不同着重点;同一出发点/不同着重点,呈现放射型主位推进模式,讲述"年幼时的我"的角色活动情节。

者体验中建立起来,经过映射协商环节的映射、组合、完善,最终在读者感悟升华环节获得新显结构。我们可以用图4.1来图示主体间互动中的《追随者》三环节双域高级网络整合过程。

推导互动中的映射协商环节。在经过推导互动中的读者体验过程之后,读者进一步与文本形象和作者主体进行交流和认知协商,即读者主体进一步认知理解文本及其关联信息,力求进入作者主体心境视野、了解角色,与之深入推导互动。具体来说,读者主体优选“类比”“逆类比”关键关系进行跨空间映射连通,将映射涉及的关键关系向不同的关键关系进行组合压缩,其间不断输入相关背景信息、进入“历史作者”角色状态,完善主体间的协商过程。

读者主体在选择“类比”关键关系的过程中,首先依据类属空间的“人物主体互动”调控变量,映射连通输入空间Ⅰ“我的父亲”里“我幼年时的父亲”、输入空间Ⅱ“我-父亲的儿子”里“幼年时的我”及其相似性呼应物。就“我幼年时的父亲”这一主体而言,在输入空间Ⅰ里,读者需要“激活提取”现实生活中希尼父亲的背景信息:父亲名叫帕特里克·希尼(Patrick Heaney),在北爱尔兰莫斯浜经营一个40英亩的农场,耕地种植,是一位自耕农民(yeomen farmer)(Parker,1993:1)。在输入空间Ⅱ里,就“幼年时的儿子”这一主体而言,读者同样要激活提取,了解真实生活中的希尼经历背景:希尼出生在莫斯浜,在当地的安娜莪瑞什小学完成学业后,12岁就离开家乡寄宿求学于德里市(Derry City)的圣哥伦布学院(St. Columb's College)(Buttel,1975:9)。有可能“幼年时的儿子”就是当年跟着父亲下地的希尼。当然,也有可能两个主体都是虚构的。就人物主体的相似性呼应物来说,技艺、位置、意象三方面的相关活动呼应物进一步映射连通。技艺方面,输入空间Ⅰ里父亲“吆喝马卖力犁地”“安好挡泥板”“一拨缰绳”“精确测算着垄沟间距”等;输入空间Ⅱ里儿子赞叹父亲是个“行家”。位置方面,输入空间Ⅰ里父亲在前耕地,使“泥草在犁下不停向前翻滚""时而用后背驮着儿子";输入空间Ⅱ里,儿子"跌跌撞撞地跟在他的靴印后""时而被光滑翻新的草地绊倒""想长大,想犁地"。意象方面,输入空间Ⅰ里父亲"双肩拱起""身体宽大";输入空间Ⅱ里儿子把父亲拱起的双肩想象成"一张鼓胀的帆"、把父亲宽大的身体想象成"宽大身影"的意象。

接着,两个输入空间的主体及其呼应物,通过"类比"关键关系彼此映射连通。"父亲"与其行动组合压缩为"农民父亲帕特里克·希尼"或"我的农民父亲","儿子"与其行动组合压缩为"追随者希尼"或"追随者'我'";并与涉及技艺、位置、意象的"相似性"框架组织一起组合,压缩成为"身份"关键关系。

此时,读者主体还需输入相关背景知识,完善与作者主体的信息协商核对过程。要了解"宽大身体-宽大身影"的类比映射,需要"关联挖掘"有关"sweating team"的背景信息:它不仅仅指"team of two horses",即"两匹冒汗的马"(黄灿然译文)、"汗流浃背的马"(吴德安译文),而且还指"team of father and horses",从北爱尔兰农村的耕作实践来看,耕地人用缰绳调控马匹拉犁的方向进程,到犁沟尽头会有一小块地暂时未被翻耕,马和人需要一起转身回到之前的犁沟处继续耕地,因此"sweating team"也可被看成"冒汗的马与人"组合。人驾驭着马,马配合人,还有儿子在后面跟随,共同构成了耕地团队。"身体-身影"表征父亲-儿子之间牢不可分的纽带关系,也表征儿子独立身份的缺乏、身体上的弱小和心理上对父亲的依赖。

读者主体还会选择"逆类比"关键关系,首先根据类属空间的"主体互动"调控变量,映射连通输入空间Ⅰ"我的父亲"里"我成年后父亲"、输入空间Ⅱ"我-父亲的儿子"里"成年后我"的行动及其差异性呼应物。就如今的位置来说,在输入空间Ⅰ里,"我的父亲"这一主体变成了年迈的农民父亲帕特里克·希尼或者虚构的年迈农民父亲,其差异性呼应物表现为"跟在儿子后面(behind me)、不停跟跄

(stumbling)、不愿离去"。输入空间Ⅱ里,就"我-父亲的儿子"这一主体而言,读者需要激活提取诗人的成长背景信息:1966年诗人27岁时,出版第一本诗集《一个自然主义者之死》(*Death of a Naturalist*),《追随者》是其中第八篇,此时,现实生活中的"儿子"变成了在诗坛崭露头角的诗人希尼或者虚构的超越者希尼,其差异性呼应物表现为不再"跌跌撞撞"(stumbled)地跟在父亲后面,而是走在前面。

接着,两个输入空间的主体及其呼应物,通过"逆类比"关键关系彼此映射连通,并有选择地组合压缩。如今的"我的父亲"与其行动组合压缩为"年迈的农民父亲帕特里克·希尼"或"'我'的年迈农民父亲","我"与其行动压缩组合为"诗人希尼"或"虚构的超越者'我'";并与涉及位置的"差异性"框架组织一起组合,压缩成为"变化"关键关系。"stumbled-stumbling"的前后位置对比照应,表明父子从"我"的幼年到"我"成年时期的主体变化。

此时,读者主体可进一步加强对"捣蛋鬼"(a nuisance)的输入认识,完善与作者主体的信息协商核对过程:固然年幼的"我"试图模仿父亲"闭着一只眼,绷紧双臂"来犁地,但走在起伏不平的垄间地头,绊倒、大叫、晃来绕去,又显示为一种淘气的跟随方式,这也为如今走在父亲前面的行动转变埋下了伏笔。

推导互动中的读者感悟升华环节。经过读者体验、映射协商的互动过程,读者主体在争取更好地感悟整篇诗歌的意境时,又力求更好地推导、把握作者的创作目的。具体而言,读者综合由类比和逆类比关系映射连通、投射组合、压缩完善而成的"身份""变化"关系组织,同时读者也会考虑具有普遍意义的诗歌的题目"追随者"以及"角色"与"价值"的填充关系:如果把"父亲"和"儿子"视为两种家庭角色(见图4.1竖方框),那么诗中"我幼年时的父亲"和"我成年后的父亲","幼年时的我"和"成年后的我"就分别是填充这两种角色的具有独特性的"价值"(见图4.1)。这一具有普遍性的"角色"和独特性的

"价值"之分,在读者的概念整合中起到连接个体意义(这个父亲和这个儿子)和普遍意义(通常的"父亲"和"儿子")的作用。在这一基础上,自己的认知判断和领悟力进一步扩展,最终实现对全诗主题意境的感悟升华,即通过主体间互动的高级概念整合,可以获得一个具有象征意义、指向整个人类的新显结构,涉及人类世世代代的轮回:处于幼年的儿子依赖、依恋父亲也依靠父亲,父亲强壮,儿子弱小,儿子追随父亲;多年后,年迈的父亲以体弱和很强的依赖感回归童年,而幼儿已经像当年的父亲那样强壮和独立。现在父亲像幼儿一样依恋和依靠儿子,老是跟着儿子转,甚至"昨天的主角变成了明天的累赘"(Parker,1993:64)。

通过可以具有普遍意义的"追随者"这一标题和通常意义上的家庭"角色"(父亲、儿子)和"价值"(诗中这个父亲和这个儿子)的填充关系,读者感悟这里描述的不仅仅是希尼和他父亲或者一对虚构的父子,而是代表了人类父辈和子辈之间,随着时间的推移,成长和依赖关系的转变。此外,儿子敬仰父亲与"亮锃锃的钢尖犁铧头"下层层"波浪"奋战的实力、魄力、毅力,欣赏父辈超凡的农耕技术。在儿子眼里,父亲不仅仅是一个父辈形象,更是一个他想长大效仿的人物化身,代表着质朴的劳动文化传统。这种传统在前辈后辈之间的引领和追随中,或得以传承,或获得革新。换言之,诗歌在更广的意义上,喻示着人类世世代代的成长和依赖关系的转变,在人类历史的长河中,具有普遍意义。

4.1.2 成组主体型叙事的高级整合

成组主体型,指诗歌叙事以两组人物主体的活动为中心展开,每组内可有两个或两个以上的成员,且两组在情节发展中基本对称。读者在整个语篇层面进行双域高级网络的概念整合时,往往会在建构第一个心理输入空间时,输入其中一组人物主体的活动信息;而在

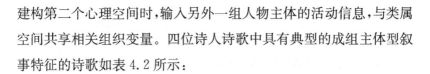

建构第二个心理空间时,输入另外一组人物主体的活动信息,与类属空间共享相关组织变量。四位诗人诗歌中具有典型的成组主体型叙事特征的诗歌如表 4.2 所示:

表 4.2　可从成组主体型维度切入整合的典型诗歌

王维	《夷门歌》《使至塞上》《冬日与裴迪过新昌里访吕逸人不遇》
杜甫	《羌村三首(其三)》《石壕吏》《江村》《示侄佐》《江村》《客至》
希尼	《点头》("The Nod")、《非法分子》("The Outlaw")、《警察来访》("A Constable Calls")、《耙钉》("The Harrow-pin")、《期中请假》("Mid-term Break")
弗罗斯特	《补墙》("Mending Wall")、《暴风雪的恐惧》("Storm Fear")、《脱逃者》("The Runaway")、《两个看两个》("Two Look at Two")、《留不下》("Not to Keep")、《出生地》("The Birthplace")

下面以希尼的诗集《区线与环线》(*District and Circle*)中的诗歌《点头》为例,从成组主体认知维度切入,揭示读者引领的主体间推导互动基础上的双域高级网络的整合过程。

The Nod

Saturday evenings we would stand in line

In Loudan's butcher shop. Red beef, white string,

Brown paper ripped straight off for parceling

Along the counter edge. Rib roast and shin

Plonked down, wrapped up, and bow-tied neat and clean

But seeping blood. Like dead weight in a sling,

Heavier far than I had been expecting

While my father shelled out for it, coin by coin.

Saturday evenings too the local B-Men,

Unbuttoned but on duty, thronged the town,

Neighbours with guns, parading up and down,

Some nodding at my father almost past him

As if deliberately they'd aimed and missed him

Or couldn't seem to place him, not just then.

点 头

星期六晚上我们会排队

在劳丹肉店前。红牛肉，白绳子，

用于包装的褐色牛皮纸裁得笔直

沿柜台边摆放。烤肋骨和胫骨

重重扔下，包起来，整洁地捆扎好，

但渗着血。如吊带负重一样死沉，

要比我想象的重得多

我父亲掏钱结账，一个硬币又一个硬币。

星期六晚上也是当地民防警备队，

非正式执勤之时，挤满了城镇，

邻居们带着枪，列队走来走去，

有些人快要经过时向我父亲点点头

似乎有意冲着他又不在意他

或者不知如何分辨他，不只是那一刻。

（李昌标 译）

推导互动中的读者体验环节。读者主体在逐行、逐节阅读该诗的基础上，在整个语篇层面与文本形象、作者主体对话交流，初步体验文本信息和揣摩作者创作目的，构建语篇层面的心理输入空间Ⅰ、Ⅱ。从叙事尺度的量和质来看，该诗叙述了星期六晚上我们（父亲和我）排队买肉、邻居（民防警备队员）持枪巡逻的事件，全诗平铺直叙，情节完整，属于多样人物主体结构的纯叙事诗。从故事人物身份来看，全诗聚焦的是一对父子，他们在城镇的肉店买牛肉的所见所历，可能在一定程度上源于诗人的生活经历，也可能在一定程度上是其虚构叙事。诗人希尼年少时跟父亲生活在农场，而不是在城镇，而诗中的邻居和父子都显然是城镇居民，但希尼毕竟经常跟随父亲去市场买东西（见下文），因此诗中描写的父子的行为与心境有可能是这首诗创作的一种素材，也可在读者对全诗意境的认知整合中，被提取输入、发挥作用。与前一首诗相比，这首诗有更强的虚构成分，因此在读者的体验过程中，读者也会超出诗人父子，输入生活中与购买牛肉、邻里关系相关的背景知识。

与此同时，读者主体辨识可用于建构心理输入空间的一些突显语言标识或空间构建语，从成组人物主体认知维度切入，在语篇整体上来构建心理输入空间Ⅰ、Ⅱ（图4.2）。诗节1中，时间状语"Saturday evenings"、表"动作者"的人称代词"we""I"和名词词组"my father"，与诗节2中的时间状语"Saturday evenings too"、表"动作者"的人称代词"they"和名词词组"the local B-Men""neighbours"前后形成对照，诗节1中的"父亲和我"、诗节2中的"邻居和父亲"分别构成成组主体，成为锚定心理输入空间的突显语言标识。"父亲和我"这组主体的动作，由表物质过程的"动作者＋动词"的诗行"we would stand""my father shelled out"来叙述，并辅以修饰物体的后置动词过去分词"ripped off""plonked down""wrapped up""bow-tied"来表达。"邻居和我父亲"这组主体的动作活动，由表物质过程的"动作者＋动词＋目标"的诗行"the local B-Men thronged the town" "they'd aimed and missed him"来叙述,并辅以现在分词"parading" "nodding"来表达伴随动作。读者会相应建构由"父亲和我"的行为构成的心理输入空间Ⅰ和由"邻居和父亲"的行为构成的心理输入空间Ⅱ。与此同时,含有"时空/组合活动/表征"共享组织变量的类属空间在读者主体的读者体验中建立起来,同读者感悟升华环节的新显结构一起构建成《点头》的双域高级整合网络。

推导互动中的映射协商环节。在经过互动中的读者体验过程之后,读者进一步与文本形象和作者主体进行交流和认知协商,即读者主体进一步认知理解文本及其关联信息,力求进入作者心境视野,与之深入推导互动。在此基础上,读者优选"时间""空间""表征"关键关系进行跨空间映射连通,并组合压缩相关组织关系,其间不断输入与作者相关的背景知识来完善映射协商过程。

读者主体在选择"时间"关键关系的过程中,首先依据类属空间的"时间"调控变量,映射连通输入空间Ⅰ"父亲和我"、Ⅱ"邻居和父亲"里的时间呼应物"星期六晚上"。在输入空间Ⅰ中,诗人用的是复数形式"Saturday evenings",言下之意"不止一个晚上",而在输入空间Ⅱ中,出现的是"Saturday evenings too",意即"同样是在星期六晚上,也不止一个星期六晚上"。但在有限的诗歌篇幅里,诗人精心选择了一个特定星期六晚上的两个镜头——我们买肉、警备队巡逻,平日里上演无数故事的不同星期六晚上这些时间呼应物,经过"时间"关系的映射连通,其时间组织关系被组合压缩成"同一个星期六晚上"这个"切点时间",它被赋予了很强的典型性。此时,读者不断激活提取背景信息,完善与作者主体的信息协商核对过程。每个星期有一个晚上,本地民防特别警备队出来巡逻,维持北爱尔兰阿尔斯特的治安;一般在周六晚上,本地居民买牛肉(也包括本地居民希尼及其家人),肉上特别整齐地打上了蝴蝶结(bow-tied neat and clean),

是为一周一次的周日午餐家宴做准备①。在作者主体的笔下,星期六晚上被赋予了特殊的含义,打上了北爱尔兰的民族宗教传统烙印。

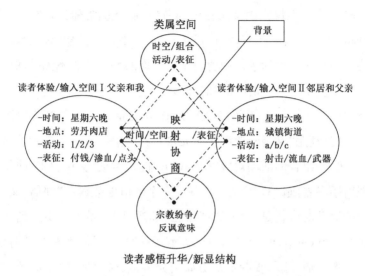

图 4.2　主体间推导互动基础上的《点头》双域高级网络整合

同样,发生在星期六晚上的无数事件被压缩限定在特定的空间内,读者主体选择"空间"外部关键关系,把输入空间Ⅰ里的"劳丹"肉店、输入空间Ⅱ里的"城镇"街道这两个空间呼应物进行跨空间的映射连通;两个输入空间里的不同空间事件关系压缩组合成为劳丹肉店前场地这一"切点空间"关系,这为故事中的不同人物提供了同台竞技的场所和机会。换言之,买肉和巡逻本可以在不同的地方进行,

---

① Ulster Special Constabulary(简称 USC),也称 B-Specials,是由忠于英国的新教徒(Protestants)和联合派(Unionists)组成的维持北爱尔兰治安的准军事力量,由英国政府建立、皇家爱尔兰警备队(Royal Irish Constabulary)直接管理,与由天主教徒(Catholics)和民族主义者(Nationalists)组成的爱尔兰共和军互相攻击、报复对方,制造流血冲突。USC 分为 A-Specials、B-Specials、C-Specials 三种类型。诗节 2 中的"B-Men"指兼职的、着统一制服、配备武器的警备队员,每周利用一个晚上执勤巡逻,紧急情况下协助出动、参与军事行动,是一支预备役警察力量。Ulster(阿尔斯特)是爱尔兰北部地区的旧称,诗节 2 中的"the local B-Men"是指希尼父子所居住地区的民防警备队。该警备队也被认为是一支宗教武装。(参考希尼《区线与环线》,雷武铃译,2016:39 - 101)

但诗人巧妙地拉近了二者,使他们同一个地方产生交集和碰撞。此时,读者主体激活提取背景信息,完善与作者主体的协商核对过程:年幼时的诗人不仅常随父亲在田间劳作,而且也常随父亲在市场购物(Buttel,1975:9;欧震,2011:246)。这些平日里的购物体验,或许与诗人从众多的生活事件中剪辑出买牛肉的特写镜头不无关联。

故事发生在同样的时间和空间,读者主体把输入空间Ⅰ里的"父子"组合、输入空间Ⅱ里的"邻居-父亲"组合活动的相关呼应物进行认知梳理,利用"常规非典型呼应元素对称映射",进而跨空间映射连通。"父子"组合的活动对应物是:(1) 排队、付钱、买肉;(2) 肋排和小腿肉还渗着血;(3) 父亲一个硬币一个硬币地数钱。"邻居-父亲"组合的活动对应物是:(1) 邻居带枪、巡逻;(2) 邻居快要走到父亲身边时(almost past him)向他点头示意;(3) 邻居似乎有意针对他,或者根本不屑一顾,或者不知道如何分辨他、对付他,但他们的这些举动不仅发生在当晚,其他时候也是如此。两个组合的活动对应物并非完全对称,以非典型对称形式彼此映射连通,向合成空间有选择地投射组合其框架组织,向"唯一性"关系压缩。

这时,读者主体进一步与作者协商,换位思考:为何在作者的眼里,肉是渗着血的、比预想的要重得多? 为何父亲是经常被盯着的(aimed)或者被忽略的(missed),邻居为何向他"点头"(nodding)? 父亲掏钱结账为何采用"shell out"这一词语? 诗人为何选用"almost""deliberately""not just then"这些词来描写持枪巡逻的警备队邻居,"邻居"到底是谁? 带着这些疑惑,读者主体进而选择"表征"关键关系,映射连通两个输入空间的呼应物。在输入空间Ⅰ里,父亲掏出一个个硬币来结账,就像一粒粒子弹从枪管射出的意象,与输入空间Ⅱ中的邻居们手里端着枪前后呼应,"付钱"与"端枪射击"形成表征关系。输入空间Ⅰ里,年轻时的诗人观察到牛肉渗着红血,与输入空间Ⅱ的民防警备队员带枪巡逻盘查的情景相互对照,"渗血"与潜在的"流血冲突"形成了表征关系。输入空间Ⅰ里,父亲被抵近盯着、被忽略,又被"点头",与输入空间Ⅱ里的民防警备队员的一连串操作"带枪、列队、经过、点头、盯住、忽略、分辨"相互映射。"点头"与"武器"形成表征关系,换言之,"点头"也是民防警备队员用来分辨、对付天主教居民的一种"武器"①。接着,经由"表征"关键关系映射连通的相关组织关系,有选择地向"唯一性"关系压缩。

与此同时,读者主体关联挖掘诗中的父子及其眼中的"邻居"与语境信息的关联,完善与作者主体的协商核对过程:这些"邻居"其实是诗歌中提到的民防警备队员,即由新教徒组成的北爱尔兰准军事力量,是一支宗教力量,在形势紧张的情况下协助出动(希尼2016:35)。他们主张北爱尔兰留在英国,与坚持北爱尔兰脱离英国的天主教徒相互攻击,甚至同天主教徒组成的爱尔兰共和军对抗,相互报复。尤其是一年一度的新教徒"游行季",举行盛大的游行庆典,新教徒们要经过天主教徒占多数的社区街道,两相对峙,往往成为触发骚乱的根源。历史上发生的无数流血事件,尤其是诗人所见证的20世纪六七十年代的北爱独立运动,加剧了当地新教徒和天主教徒两大宗派之间的紧张关系。在这种极端的宗教氛围下,希尼父亲是个虔诚的天主教徒,自然受到带有偏见的警备队里新教徒邻居的排斥;在父亲的言传身教下,希尼也信仰天主教,还参加了在纽里(Newry)的示威游行,抗议英国军队枪杀德里13名和平示威者的"血腥的星期天"惨案(欧震,2011:248)。

推导互动中的读者感悟升华环节。读者主体在映射连通"时间""空间""表征"组织关系并组合压缩为"切点时间""切点空间""唯一

---

①　诗歌题目为"The Nod",诗中用"nodding"来呼应点题,"点头"成为全诗的中心所在,被赋予了特别的含义。"点头"不只是一种交流问候,更是英国政府支持下的由新教徒组建的北爱尔兰准军事力量"本地民防警备队"用来监察、对付天主教徒的一种方式,民防警备队手中的枪是武器,民防警备队的"点头"也是一种变相的"武器"。

性"关系的基础上,进一步推导、把握作者的创作目的,并借助自己的认知判断和领悟力进行认知扩展,获得一个超越文本本身、指向宗教纷争的新显结构:端枪巡逻的这些邻居警备队员对父亲买肉时的监视警觉案例,是维护北爱作为英国一部分的新教徒和主张北爱脱离英国加入爱尔兰共和国的天主教徒两派之间难以调和的矛盾的缩影,反映了当时英国统治下北爱的家庭、宗教、社会结构现实。父亲作为一名天主教徒,在以信奉新教为主要成员的民防警备队举行"非正式活动的周六晚上",在"挤满了人的城镇",在容易发生混乱的此时此地,自然成为由新教徒邻居组成的警备队的监视、警觉对象。他们手里拿着枪,直到走到父亲跟前,待一切确认后才冲着父亲点点头,表明在他们看来没有安全威胁。或许,他们根本没有把一个普通的正在买肉用来家用的天主教徒放在眼里,没有必要也不值得注意、警觉父亲的行为,就像平日里新教徒心中对天主教徒的不屑一顾一样。他们对父亲的态度和举动,"不只是那一刻",表面上看是一个单一的事件,但实际上折射出两大宗派之间矛盾的根深蒂固和由来已久!整合品味希尼的诗歌,可感受到诗人往往先对故事平铺直叙,所选择的细节沿着情节自然延伸,一旦汇集于最后一行或者几行,诗人的情感突然爆发,既强烈震撼但又不动声色,就像这些事情的发生"不只是那一刻"一样,言近而意远,令读者感慨三思。

此外,点头本是一次传递问候、表达赞许的角色互动行为,但该诗"点头"背后隐含强烈的反讽意味。这在诗尾行的模糊词 place 中得到了整合回应:点头是这些邻居用来分辨(recognize)、对付像父亲这样的天主教良民的武器,一则通过点头来测试是否父亲有违他们的行动教义,确定父亲是不是他们打击报复的对象,二则也显示他们实在是无计可施、百般无奈,找不出更好的办法来摆平父亲,只有点头以示警告。

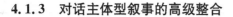

4.1.3 对话主体型叙事的高级整合

如1.1.3.2节所述,对话主体型叙事指诗歌叙事中以对话或问答为明显特色的叙事结构,主要包括:一、纯人物对话叙事,即从头到尾叙述者展示或引用人物对话,"有点像剧本,突出戏剧性"(王宏印,2014:100);二、叙述和问答相结合叙事,即叙事中插入叙述者与人物的对话,或者叙述者自问自答;三、提问不作答叙事,即先有提问并故意省去回答,留给读者揣摩的模糊型问答叙事。一般情况下,对话主体型叙事的心理输入空间建构,可把对话一方的叙事信息作为输入空间Ⅰ,把另一方的叙事信息看成输入空间Ⅱ,两个纯人物对话叙事是其典型形式。四位诗人的诗歌中都有对话主体问答型的诗歌,其中弗罗斯特的这类诗歌明显多于其他三位诗人的,如表4.3所示:

表4.3 适于从对话主体问答维度切入整合的典型诗歌

王维	《送别》《杂诗三首(其一)(其二)(其三)》《息夫人》《疑梦》《献始兴公》《寄荆州张丞相》《莲花坞》《赠裴十迪》《上平田》《送宇文太守赴宣城》《送陆员外》《送杨长史赴果州》《崔九弟欲往南山马上口号与别》《伊州歌》
杜甫	《石壕吏》《兵车行》《潼关吏》《新安吏》《佳人》《奉赠韦左丞丈二十二韵》《宿赞公房》《捣衣》
希尼	《收场白》("An Afterwards")、《巴恩河谷牧歌》("Bann Valley Eclogue")、《维吉尔:〈牧歌〉第九》("Virgil:Eclogue IX")、《格兰摩尔牧歌》("Glanmore Eclogue")、《卡瓦菲:"剩下的我要对下界哈德斯领地的人去说"》("Cavafy:'The Rest I'll Speak of to the Ones Below in Hades'")、《老婆的故事》("The Wife's Tale")、《差遣》("The Errand")
弗罗斯特	《蓝莓》("Blueberries")、《一百件衣领》("A Hundred Collars")、《雇工之死》("The Death of the Hired Man")、《山》("The Mountain")、《家葬》("Home Burial")、《原则》("The Code")、《世代传人》("The Generations of Men")、《女管家》("The Housekeeper")、《恐惧》("The Fear")、《自我寻找者》("The Self-seeker")、《一个老人的冬夜》("An

（续表）

Old Man's Winter Night")、《最后阶段》("In the Home Stretch")、《电话》("The Telephone")、《篝火》("The Bonfire")、《雪》("Snow")、《枫树》("Maple")、《我窗前的树》("Tree at My Window")、《西流的小溪》("West-running Brook")、《爆炸的狂喜》("Bursting Rapture")、《致冬日遇见的一只飞蛾》("To a Moth in Winter")、《明显的斑点》("A Considerable Speck")、《圣诞树》("Christmas Trees")、《逃脱者》("The Runaway")

下面以弗罗斯特的《电话》为例，从对话型人物叙事认知维度，分析该诗的主体间推导互动中的双域高级网络整合过程。从语篇整体上，两位对话者所述事件可分别被视为两个不同的心理输入空间（图4.3）。

The Telephone

"When I was just as far as I could walk 　　　通话者 A - 话轮

From here today, 　　　　　　　　　　　　1（问 1）

There was an hour

All still

When leaning with my head against a flower

I heard you talk.

Don't say I didn't, for I heard you say—

You spoke from that flower on the window sill—

Do you remember what it was you said?"

"First tell me what it was you thought 　　　通话者 B - 话轮

you heard." 　　　　　　　　　　　　　　2（答 1/问 2）

"Having found the flower and driven
a bee away,

I leaned my head,

And holding by the stalk,

I listened and I thought I caught the word—

What was it? Did you call me by my name?

Or did you say—

Someone said 'Come'— I heard it as I bowed. "

通话者 A‐话轮
3（答 2/问 3）

"I may have thought as much, but
not aloud. "

通话者 B‐话轮
4(答 3)

"Well, so I came. "

通话者 A‐话轮
5(答 4)

电 话

"当我刚刚一股劲儿往远处走

从这儿,今天

一小时时辰

悄然无声

当我把头贴上一朵花儿

我就听到你说话。

别说我没听见,因为我听到你说——

你的声音从窗台上的那朵花传来——

你记得你说了什么来着?"

"你得先告诉我,你以为你听到了什么话?"

"我发现那朵花,赶走了一只蜜蜂,

我侧下头,

随后一把托住花梗

静心听,我想我听出了那个词——

什么来着? 你叫过我的名字吗?

还是你说——

有人说'来吧'——我低头时听到这话的。"

"我可能那样想过,可没说出声啊。"

"哦,这不,我过来了。"

(李昌标　译)

推导互动中的读者体验环节。读者主体在逐行、逐节阅读该诗的基础上,在整个语篇层面与文本形象、作者主体对话交流,初步体验文本信息和揣摩作者创作目的,构建语篇层面的心理输入空间Ⅰ、Ⅱ。从诗歌叙事性质来看,该诗是一首短小的对话诗,故事在两位对话者(情人或者夫妻)之间展开,属于纯叙事诗。就故事人物身份而言,读者主体明显感知该诗电话交谈中的两个人物主体,其姓名、身份信息诗人并未明确交代,故事隐晦、虚构性较强,读者可加强联想,输入相关信息参与整合过程。

与此同时,读者辨识可用来建构心理输入空间的一些突显语言标识或空间构建语,从对话人物主体认知维度切入,在语篇整体上来构建心理输入空间Ⅰ、Ⅱ(图4.3)。从话轮形式来看,电话通话者A、通话者B(见诗节后标注)所说的话语都分别放在引号内,呈纯对话叙事形式,并用引号来区别每一次通话者的话轮转换。通话者A用问号发起问题,用破折号表示停顿或解释,用语气词抒发情感;通话者 B 用问号、祈使句、陈述句回应问题。从及物性来看,通话双方使用了多种及物性过程来表达他们的心理活动,譬如交替使用表对方言语过程的动词(you)say/said、spoke、tell、call,表达通话双方既是讲话者(Sayer)又是受话者(Receiver)的交流活动;使用表心理过程的动词 remember、thought,体现感知者(Senser)/通话者 1、2 交谈中都在试图揣摩对方的想法;反复使用表行为过程的动词 heard、listened,增强行为者(Behaver)/通话者 1 听觉活动的真实感或说服力;使用表物质过程的"动作者＋动词＋(目标)"句式,突出动作者"I"的一连串活动,包括 having found the flower、driven a bee away、leaned my head、caught the word 以及 could walk、came 等。在以上体验辨识的基础上,读者可按照对话者主体认知维度,构建心理输入空间Ⅰ"通话者 A"和心理输入空间Ⅱ"通话者 B";同时建立类属空间的共享组织变量"问答/表征"。经过映射协商环节的映射、组合、完善,最终在感悟升华空间获得新显结构。我们可以用图 4.3 来图示在主体间推导互动基础上的《电话》三环节双域高级网络整合过程。

推导互动中的映射协商环节。在经过互动中的读者体验过程之后,读者进一步与文本形象和作者主体进行交流和认知协商,即读者主体进一步认知理解文本及其关联信息,力求进入作者主体心境视野,了解角色,与之深入推导互动。具体来说,读者优选"空间""表征"等关键关系进行跨空间映射连通、组合经由映射连通后向合成空间有选择投射的关系组织,其间不断输入相关联的知识,来完善映射协商过程。

读者主体在选择"空间"关键关系的过程中,依据类属空间的"问答"调控变量,通过"常规典型呼应元素对称映射"连通输入空间Ⅰ"通话者 1"、Ⅱ"通话者 2"里的空间呼应物。首先,在"空间"关系的连通上,通话者 1、2 并不是面对面地现场交流,通过题目"The Telephone"得知是采用电话方式进行联络,两个处在电话两端不同空间的对话主体在"空间"关键关系的映射下,压缩进入同一"尺度空间",双方仿佛同台交流,能够彼此问答。接着,按照输入空间 Ⅰ、Ⅱ 的话轮顺序就通话双方的"问答"呼应物进行跨空间"映射"连通。

(1)"通话者 A-话轮 1"和"通话者 B-话轮 2"之间呼应物的映射连通:将通话者 1"找借口"试图和通话者 B 建立联系的希求提问(见图 4.3 问 1)与通话者 B 采用追问方式的回答(见图 4.3 答 1/问 2)进行跨空间映射连通。输入空间 Ⅰ 中,"我"也许与"你"发生争执或冲突后离开对方,经过一段时间的情感消解,又想回到对方身边,这时假借"花朵"这一媒介说"听到对方讲话",迂回地表达自己的诉求,有如"别说我没听见,因为我听到你说——""你的声音从窗台上的那朵花传来——",这两个破折号的使用是"富含深意的沉默暂停"(Fagan,2007:322),是意在留时间给对方思考并期待对方的理解和回答,也是试探对方在彼此发生不快后的想法。可当对方还没有回

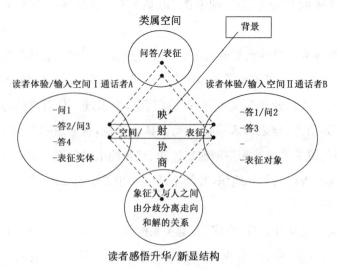

图 4.3 主体间推导互动基础上的《电话》双域高级网络整合

应时,又迫不及待地发问"你记得你说了什么来着"。输入空间Ⅱ中,通话者 B 也摆出一副打情骂俏的样子,故意考验通话者 A,反问道"你得先告诉我,你以为你听到了什么话呀"。

(2)"通话者 B-话轮 2"和"通话者 A-话轮 3"之间呼应物的映射连通:将通话者 B 的以问代答(见图 4.3 答 1/问 2)与通话者 A 的顺着问话继续编故事(见图 4.3 答 2/问 3)进行跨空间映射连通。输入空间Ⅱ中,通话者 2 把问题抛回给了通话者 1。输入空间Ⅰ中,通话者 1 像在"编故事"一样,似乎有意引导对方回忆细节,即从发现那朵花、赶走一只蜜蜂,到侧下头用手托着花梗、静下心倾听那个词,再到低头时听到对方叫我名字、"来吧",说话中尽量使用简短话语、放慢速度,还连续出现了三次停顿(诗文中用三个破折号表示),以便拉近距离、弥合分歧。

(3)"通话者 A-话轮 3"和"通话者 B-话轮 4"之间呼应物的映射连通:通话者 A 的"谜语式"试探,与通话者 B 的坦诚以对(见图 4.3 答 3),进行跨空间映射连通。输入空间Ⅰ中,通话者 1 刻意用"某某人"(诗人用斜体的 *Someone* 突显)来暗示,说"过来吧"的其实就是通话者 B。输入空间Ⅱ中,通话者 B 这时也语气缓和、坦诚了许多,跟着通话者 A 的心理节奏,心照不宣地承认"似曾这样想过,可没说出声啊"(见图 4.3 答 2),显得羞答、合意。

(4)"通话者 B-话轮 4"和"通话者 A-话轮 5"之间呼应物的映射连通:通话者 B 的羞答认许,与通话者 A 的果敢行动(见图 4.3 答 4),进行跨空间映射连通。输入空间Ⅱ中,通话者 B 的婉转回复让通话者 A 吃了定心丸。输入空间Ⅰ中,通话者 A 顺势而为,十分得意地和盘托出"哦,这不,我过来了",对话戛然而止,给读者留下无尽遐想。经过几个回合的映射连通,读者可以感知:通话双方是十分熟悉、亲近的。

两个输入空间里的"问答"对应物,经过彼此映射连通,有选择地向"唯一性"关系压缩。

　　读者主体还选择"表征"关键关系,映射连通输入空间Ⅰ的表征实体"花朵""蜜蜂""某人",与输入空间Ⅱ的相应表征对象"电话/妻子/女友"或者"电话/丈夫/男友""对手/情敌""心爱之人"。就"花朵"而言,在通话者 A 的眼里,窗台上的花朵、花梗其形状神似当下的电话①,凑近花朵、手握花梗聆听,花朵正好表征了电话,花朵是连接他或她与通话者 B 的最好媒介,难怪 Fagan(2007:386)说,"弗罗斯特把花朵当作一种字面的、文学的电话来连接两个人物"。就吮吸花粉的一只"蜜蜂"(bee)来说,在通话者 1 的心里也表征一种威胁对象,比如另一对手或者"情敌"(Marcus,1991:69),因此立即被他或她一扫而去。*Someone* 采用斜体字形式,表面上指代别人或某个不熟悉的人,实则表征期待他或她"回来"却又不好明说的心爱之人。这些表征实体-表征对象经过"表征"关键关系的映射连通,向把不同实体(entity)/人物融合成同一个体实体的"唯一性"关键关系压缩。与此同时,读者联想输入生活中的诗人弗罗斯特的创作习惯,即"把自然物体视为与人及其生活有神奇关联的种种象征"②,进一步感知诗中反复提到的"花朵"(flower)、精心剪裁的"蜜蜂"和"某人"可能被赋予的额外含义,比如可能赋予"花朵"作为人与神灵交流的媒介,完善与文本形象、作者主体的协商过程。

　　推导互动中的读者感悟升华环节。读者综合由"空间""表征"关键关系映射连通、有选择的组合、压缩完善而成的"尺度空间""唯一性"关系组织,结合自己的认知判断和领悟力进一步扩展,最终实现

---

　　① 如 Perrine(1991:3)所说,在形状上,早期的电话机被比作水仙花(daffodil),窗台上的那朵花可能被当作水仙花。

　　② 译自"Summary of the Poem 'The Telephone' by Robert Frost", shared by Sujitha (https://www. preservearticles. com/summary/summary-of-the-poem-the-telephone-by-robert-frost/5229,2022)

对全诗主题意境的感悟升华,获得一个超越通话者 A、B,连接人与人之间关系的新显结构:全诗可理解为以一对恋人或者夫妻之间的浪漫、调情、诙谐的对话形式,表达了由之前的意见分歧而分离,到后来情感得到弥合而重归于好的关系,还可在更广的范围,象征人与人之间由分歧分离走向和解的关系。读者有可能会注意到,诗中的对话双方都既无性别也无年龄标识,因此尽管诗中不乏浪漫信息,也符合恋人或者夫妻关系中相关情景的脚本,但也有可能涉及的是两个任何性别的成年人之间的关系。无论是哪种情况,通过主体间推导互动基础上的读者体验、映射协商、读者感悟升华的概念整合过程,读者都会为两个人物主体从分离走向融合而感到欣慰,也会感受到人与自然的协调一致,相互交融。在这个过程中"花朵"被赋予了传递信息的功能,它是爱者和被爱者之间,或者人与人之间心灵相通的使者。

诚然,像很多其他诗歌一样,该诗想要表达的意义是"模糊的"(Lentricchia,1975:183 - 185),对读者的解读也是"开放的"(Perrine,1991:4)。除上文中谈到的对该诗篇进行的概念整合过程,也很可能存在其他方式的概念整合。

4.2　时间维度的双域高级网络

在四位诗人的诗歌叙事中,有些是以时间线索来布局推进的诗歌,其中有的含有明显的标记心理输入空间的时间标识语,比如希尼的《个人的赫利孔山》就用 As a child、Now 两个时间标识语,明确叙述"我"在"小时候""如今成年"这两个时期看水井的不同感受。而有的诗歌时间标识语则相对模糊,希尼的《阿里翁》("Arion")讲述了风暴前、风暴后水手们与"我"的处境和结果,但诗中只有 then、sudden、perished 这样的模糊词语暗示了风暴的来临与消退界限,这并未影响读者对全诗时间维度的认知整合。

值得一提的是,一首叙事诗往往会涉及不同的认知维度,可从不同角度进行语篇层面的高级概念整合。上文从"成对主体型"角度分析的希尼的《追随者》和从"成组主体型"角度切入的希尼的《点头》,也显然可以从时间维度进行概念整合分析。至于优选哪一种维度切入来进行概念整合分析,这与诗歌本身的叙事脉络以及读者对这些叙事脉络的识解紧密相关。本书分别从不同认知维度展开分析,这样可以清晰地展现从某一特定维度进行的高级概念整合。这些不同认知维度有时在同一首诗中可能会交叉存在,彼此之间呈现出互为补充的关系。

本节聚焦于时间维度。这类诗的心理输入空间建构可以按照诗中的时间范畴内容,来建构两个不同时间的输入空间Ⅰ、Ⅱ。四位诗人的诗歌中,可以从时间维度切入概念整合,如表4.4所示:

表4.4　可从时间维度切入整合的典型诗歌

王维	《孟城坳》《春园即事》《伊州歌》
杜甫	《登岳阳楼》《哀江头》《闻官军收河南河北》《江南逢李龟年》《宿府》《送远》《百忧集行》《岁晏行》
希尼	《个人的赫利孔山 》("Personal Helicon")、《火绒》("Tinder from *A Northern Hoard* ")、《水獭》(" The Otter")、《地铁中》(" The Underground")、《想当年》("In Illo Tempore")、《阿里翁》("Arion")
弗罗斯特	《五十岁自言》("What Fifty Said")、《夜晚的彩虹》("Iris by Night")、《一个女孩的菜园》("A Girl's Garden")

上文例析的三首英文诗歌故事相对完整,读者在不需要增补过多背景知识的前提下,也能进行常规的整合解读,当然,随着关联背景信息的输入参与,认知整合度得到升华。但对于部分唐诗,故事跳跃性大,如果不输入相关的背景信息,读者的整合解读往往会停留于初步了解层面,一旦与背景信息结合起来,其主题意义会明显深化。

下面以杜甫的《江南逢李龟年》为例,读者主体考虑在语篇整体上从时间认知维度切入,在不熟悉背景信息、输入背景信息两种情况下,来构建心理输入空间Ⅰ、Ⅱ,逐步完成揭示其双域高级网络的主体间推导互动中的认知整合过程。

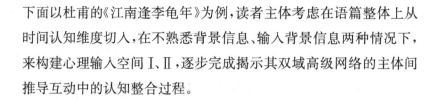

江南逢李龟年

杜　甫

岐王宅里寻常见,崔九堂前几度闻。
正是江南好风景,落花时节又逢君。

A. 不熟悉背景信息的主体间推导互动三环节整合

推导互动中的读者体验环节。读者主体在整个语篇层面与文本形象、作者主体对话交流,初步体验文本信息,揣摩作者创作目的,构建时间维度的心理输入空间Ⅰ、Ⅱ。首先感知诗歌叙事性质,诗题交代了地点、人物、事件等主要信息,首颔联回顾过去的交往经历,颈尾联叙述现在的江南相逢。从叙事比重上看,首颔联叙事,颈联主要写景,尾联叙事和抒情并举,该诗属于多量叙事诗,但总体呈现抒情格调。接着感知故事人物身份,普通读者都知道该诗作者杜甫是千古大诗人,因此诗中提到的李龟年可能是他的好友或某重要人物,首颔联提到的"岐王""崔九"也可能是他的熟人,特别是"王"字表明官职显赫。读者可能会推测这首诗的作者杜甫就是诗中的主人公,其他故事人物也是生活中的人,至于他们的其他身份信息诗行留下了空白,由读者来揣摩。

同时,识别构建输入空间Ⅰ、Ⅱ的突显时间语言标识。首颔联的"寻常""几度"是过去时间标识,颈联的"正是江南好风景"、尾联的

"落花时节又"是现在时间标识,过去、现在发生的事件分别构成心理输入空间Ⅰ"过去交往"、Ⅱ"现在相逢"。从时间维度构建的两个输入空间,与类属空间共享"时空相随"变量,同读者感悟升华环节的新显结构一起构成《江南逢李龟年》的双域高级网络(如图4.4)。

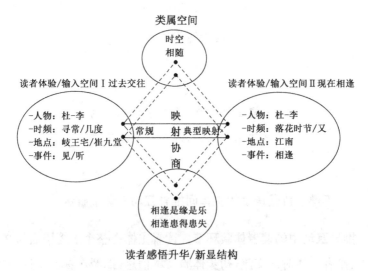

图4.4 主体间推导互动基础上的《江南逢李龟年》双域高级网络整合
(不熟悉背景信息)

推导互动中的映射协商环节。 在读者主体与文本形象、作者主体对话交流的过程中,读者进入作者的心境视野,与作者主体深入推导互动,协商文本内容及其关联信息。

首先,读者利用常规典型呼应元素映射进行跨空间的呼应物映射连通,与作者主体协商信息。"人物"元素,输入空间Ⅰ、Ⅱ里彼此交往的都是杜甫与李龟年。"时频"元素,输入空间Ⅰ里的"寻常""几度"与输入空间Ⅱ里的"落花时节""又"匹配映射。"地点"元素,输入空间Ⅰ的往日故事发生在岐王宅府、崔九堂前,输入空间Ⅱ里的今日相逢恰是"好风景"的江南。"事件"元素,输入空间Ⅰ里杜甫与李龟年在岐王宅府经常见面,在崔九堂厅互有耳闻,但"闻"字也许还涉及其他的主体事件,比如指二人一起听戏赏曲,或者是杜甫听龟年歌乐。两个输入空间的这些事件信息相互映射,有选择地向合成空间投射,接着组合成为新的"相随"框架组织关系。

此时的读者若没有事先储存的背景信息可以提取输入,也会有多种可能的内容信息可与作者主体进一步协商核实。输入空间Ⅰ里,杜甫和李龟年经常交往,输入空间Ⅱ里的二人"又"见面了,真是有缘、喜出望外? 输入空间Ⅰ里,杜甫和李龟年过去交往是如此频繁,随着时间流逝,输入空间Ⅱ里的二人"又"见面了,见面是如此之少,相逢恨晚、相思好苦? 江南固然是"好风景",逢君却在暮春"落花时节",鲜花盛开与落花满地愈发对比强烈,感叹相逢短暂、弥足珍贵,还是春去夏来、来日方长? 读者带着这些疑问,尽可能完善主体间的协商过程。

推导互动中的读者感悟升华环节。经过读者体验、映射协商的交流互动过程,读者主体综合由"常规典型呼应元素映射"连通、投射组合压缩的"相随"组织框架,并压缩完善多种不确定信息,结合自己的认知判断和领悟力进一步扩展,最终实现对全诗主题意境的感悟升华,即通过主体间推导互动的高级概念整合,可以获得一个相逢是缘是乐、相逢患得患失的新显结构:

缘分一道桥,从岐王宅、到崔九堂、再到江南,尽管时空转移,你我始终相随,相逢是彼此的缘分,是分享的快乐。

缘分一道沟,从见闻如常、到相逢好景春日、再到落花时节,时空辗转,跨过时缘这道沟,既患相逢得来不易,好景不长,又患失去若即,离别在眼前。

B. 输入背景信息的主体间推导互动三环节整合

推导互动中的读者体验环节。在该读者体验过程中,不需要输入背景信息,因此与上面 A 情况下的第一环节相似。所不同的是,读者主体在感知该诗所述之事与杜甫和李龟年两位人物的真实交往经历紧密关联之时,就会敏锐地、有意识地捕捉到可能需要背景知识来理解的人物、地点、事件等诗行内容,并会自觉挂钩、质疑有关他们的生活经历和所处时代的社会背景等信息,为接下来推导互动中的映射协商第二环节中,不断激活提取、关联挖掘这些背景信息,做好认知准备。

与此同时,读者在辨识突显语言标识或心理空间构建语时,同样建构类似 A 情况下的从时间维度切入的输入空间Ⅰ"过去交往"、Ⅱ"现在相逢"。所不同的是,读者需要掂量两个输入空间的不同呼应元素,包括新增输入空间Ⅰ的主体呼应物"座上宾'见'/音乐家'唱'/诗人'听'"、输入空间Ⅱ的主体呼应物"流浪艺人/落魄诗人/相逢",建立含有"时空与主体变化"共享变量的类属空间,并与读者感悟升华环节的新显结构一起构成《江南逢李龟年》的双域高级整合网络(图 4.5)。

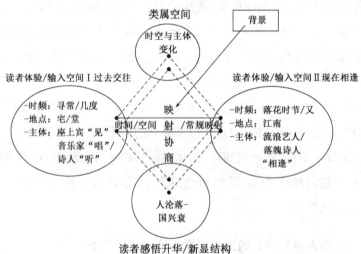

图 4.5　主体间推导互动基础上的《江南逢李龟年》双域高级网络整合
(输入背景信息)

推导互动中的映射协商环节。与 A 情况下的主体间推导互动中的映射协商过程不一样,读者主体需要利用多种映射连通方式,即利用"时间""空间"关键关系和常规典型呼应元素映射进行跨空间映射连通;随后,组合压缩经由映射连通后形成的框架组织关系,其间不断利用多种输入方式激活提取、关联挖掘,来输入相关背景知识完善映射协商过程。

读者在选择"时间"关键关系的过程中,依据类属空间的"时间变化"调控变量,映射连通输入空间 I "过去交往"、II "现在相逢"里的时间呼应物。输入空间 I 里,时间频度副词"寻常"和"几度"表明杜甫与李龟年见面次数之多、交往之平凡。输入空间 II 里,"正"和"又"显示相逢之稀少,只有在这"落花时节"才相逢巧遇,感受何等之切痛。这一多一少,经由"时间"关键关系的相互映射连通,有选择地压缩成为同一时间轴上的"尺度时间"内部关系,从而拉近"过去"与"现在"的时间距离。

读者在选择"空间"关键关系的过程中,依据类属空间的"空间变化"调控变量,映射连通输入空间 I "过去交往"、II "现在相逢"里的空间呼应物。输入空间 I 里的地点"岐王宅""崔九堂",与输入空间 II 里的地点"江南",经由"空间"关键关系的映射连通,经过有选择地组合其地点组织框架,压缩成为同一空间轴上的"尺度空间"内部关系,从而缩小"过去"与"现在"之间的地理空间距离。

在"时间""空间"关系的映射连通、组合压缩过程中,读者通过激活提取方式,从大脑记忆或史料文献中直接输入相关人物、地点的背景信息,完善对时空信息的主体间协商认知过程。有关岐王、崔九及其住所,岐王李范是"唐睿宗之子、唐玄宗之弟",崔九是"殿中监崔涤,中书令崔湜之弟",二位是唐朝皇亲显贵的标志人物,自然他们的府宅厅堂奢华高贵,流露出一种权势与跋扈。有关江南之地,它是二人辗转奔波的地方,杜甫逃难潭州(今长沙),"龟年流落江、潭,即江、湘之间"(倪其心、吴鸥,2011:203),故谓之江南。江南之春,这"湖南清绝地"(萧涤非,1979:337)的春天,本是风景优美、令人惬意、预示希望的季节,可偏偏就在暮春花落花谢之时,二人历经沧桑,偶遇于此!

随着不同时间、空间的压缩,杜甫和李龟年两位主体人物的相关对应元素,依据类属空间的"主体变化"调控变量,以常规典型呼应元素映射方式进一步跨空间匹配连通。输入空间Ⅰ里两位人物之间的"见""闻"行为,与输入空间Ⅱ里的"相逢"行为,跨空间映射连通,并有选择地组合其活动组织框架。此时,读者以关联挖掘方式输入故事人物的相关背景信息,完善读者主体对人物主体活动的感悟过程。一方面,读者需要做出更多的联想努力,关联诗行故事人物的交往逸事,挖掘其背景关系,李龟年是受到唐玄宗"特承顾遇"的著名音乐家,作为歌手乐工常受邀到岐王、崔九府上唱歌奏乐;诗人杜甫以岐王、崔九宅府的座上宾身份,常受邀听歌娱乐,二人因此得以相见交往。受到岐王李范和崔九的邀请,杜甫与李龟年实际上是在与唐王朝的上流社会和权贵阶层打交道,这些交往正值唐朝开元盛世,二人可谓春风得意、如鱼得水。另一方面,读者对常识、评论、社会时局等背景信息加以激活提取、综合征引,唐朝经过安史之乱的摧折,诗人杜甫被迫离开朝廷,成为一位"疏布缠枯骨,奔走苦不暖"[①]的落难者角色,在落花时节于江南与李龟年相逢;音乐家李龟年也因此失去高光一时的演艺生涯,遭到弃用流落于江南,"每遇良辰胜景,为人歌数阕"(《明皇杂录》,转引自陈才智,2005:157),成为一个靠卖艺谋生的街头流浪艺人,在暮春之时与昔日旧友杜甫巧遇。面对时事每况愈下的当下,安史之乱之残局、岐王崔九之离世、飘零他乡举步维艰之窘迫,时过境迁、恍如隔世,彼此相逢已是凋敝春色,春光愈妩媚、花

---

① 出自杜甫的诗《逃难》,与《江南逢李龟年》中的"落花时节又逢君"彼此互文对照。

落愈凄凉,抚今追思,可谓天上人间。

推导互动中的读者感悟升华环节。读者在推导互动中的体验和映射协商基础上,进一步推导、把握作者的创作目的,并借助自己的认知判断和领悟力加以认知扩展,最终实现对全诗主题意境的感悟升华,获得一个连接个人与国家命运的新显结构:

时代兴衰与人物个体命运休戚相关,个体的沦落映衬国家的衰落,杜甫和李龟年的遭遇正是时代悲哀的缩写。其一,国之兴,则个人兴旺。"江南好风景"的意象好比盛唐的繁荣气象,也意指杜甫和李龟年的风华正茂、大展宏图,"开口咏凤凰"的杜甫志在"致君尧舜上,再使风俗淳","特承顾遇"的龟年从事大唐宫廷音乐事业,"二人年少时的意气风发和无限荣光,融入歌舞升平的开元盛世"(薛芸秀,2020:71)。其二,感时伤今,国之衰,个人亦沦落。"落花时节"的意象可比唐朝衰败、国势江河日下,也说明杜甫和李龟年的同病相怜、沦落不堪;"又逢君"表明诗人对往昔"开元全盛日"的无限眷念,对社会现实和自身晚境的无比伤感,对辉煌一时的旧友的深切同情;特别是一"又"字,弹性极大,集万般情感于一字,把诗人的往事今情和盘托出,情感得到充分释放迸发,既是"诗人对自己的感叹,也是对龟年的感叹"(胡汉生,1996:141),更是对国家社稷的感叹!"同是天涯沦落人",悲喜交加,前途未卜,此地重逢也许是两位故友共济时艰的慰勉之情(王树生,1983:96),但前面的路依然要走下去。难怪"又逢君"的"留白写作艺术"(杨涌泉,2014:171)在此戛然而止、恰到好处,因为它造就多种含蓄色彩,留给读者掩卷深思的想象空间去挖掘、去领会、去寻味。这也印证了杜甫的这首只有四联、28 个字绝句的艺术魅力:"言情在笔墨之外,悄然数语……此千秋绝调也。"(陈才智,2005:160)

另外,从杜甫、龟年与岐王、崔九等权贵昔日宴游次数之多、交往之密,到现在落难之"相逢",全诗还可整合升华为:平常拥有没觉珍贵,如今一旦失去百般惋惜,正所谓多则忘乎所以,少则弥足珍贵,一多一少准确地勾勒了昔日诗人艺人、今朝落泊天涯的情感落差和人生起伏。

C. 比较分析

比较上文 A(不熟悉背景信息)、B(输入背景信息)两种情况下的主体间推导互动三环节整合,我们发现:

第一,背景信息的充分输入是认知整合诗篇主题意义的一把关键钥匙。诗歌文体不同于小说、报道等语篇形式,诗行用语精炼,内容跳跃性强,信息含量大,读者需要输入必要背景信息来填补故事"空白",才能把握住诗歌的主题意义。A 情况下的主体间推导互动的三环节整合,产生的新显结构仅涉及个体人物与个体人物的相互关系,而且关于"几度闻"中的"闻",到底是"听说",还是杜甫和李龟年听别人演唱或讲话,还是杜甫听李龟年演唱或讲话,这些难以定论,因此会或多或少影响读者对全诗寓意的解读;而 B 情况下的主体间推导互动的三环节整合,因为输入了有关人物、地点、时间、社会时局等的充足背景信息,其诗意不再限于个人与个人之间的互动关系,而是更深层地挖掘出个人与国家、民族之间的纽带联系,揭示出杜甫忧国忧民的诗人形象。因此,不熟悉与熟知背景信息与否,对读者正确、充分地认知整合诗意至关重要,这也是为何本书主张把背景信息融入整个主体间推导互动的整合过程的原因所在,尤其是在推导互动中的映射协商环节的多种背景信息的输入,是重要考量。

第二,唐诗相对于英语诗歌叙事,故事跳跃性更强,更有必要输入背景信息。一般来说,唐诗讲究一字传神,诗人惜字如金,往往省去次要信息,同时习惯引经据典,容易产生信息"缺省",因而背景知识的激活提取、关联挖掘输入显得尤为重要。英语诗歌叙事一般故事比较完整,叙事脉络相对清晰,像希尼和弗罗斯特叙述乡村生活的诗歌,有几分像小说的浓缩版,读者输入适当的诗人经历、少量的互文知识,就可以满足准确、得体的主体间推导互动概念整合。当然,唐诗中也有故事比较完整的叙事诗,比如杜甫的"三吏""三别"等"诗史",在不熟悉背景信息的情况下基本能把握诗意;英诗中也有故事跳跃性比较大的诗歌,像弗罗斯特的《牧场》("The Pasture")中的诗行"You come too",读者不了解其背景知识是很难在概念整合过程中,通过读者感悟,较为准确地拓展出新显结构的。

第三,故事人物的虚构、真实与否,对背景信息的输入要求不一样。有些诗歌中的故事人物以虚构为主,读者输入的背景信息相对有限,这就需要多发挥读者自身的综合关联能力来整合升华,比如弗罗斯特的《电话》一诗讲述的就是一对虚构人物之间的故事。有些诗歌中的故事人物与真实主体(比如诗人)等同,真实主体的个人经历、逸事等背景信息必须参与主体间推导互动的整合过程,否则会影响读者对故事寓意的把握与升华,比如本节讨论的《江南逢李龟年》就是如此。还有些诗歌的故事人物是基于生活中的人物原型,同时进行了文学加工,换言之,故事人物既有虚构成分、又有真实主体的影子。读者一方面发挥自身综合关联能力,补充有关虚构人物成分的相关事件信息,另一方面利用激活提取、关联挖掘,输入来自真实主体的背景信息,两方面互动合力、强化背景知识的解释作用,像希尼的《点头》中的父子、邻居、民防警备队员,就是真实人物原型基础上的虚构艺术加工。

本节关于 A、B 两种情况的主体间推导互动的三环节整合分析只是一个例证,像这样能够进行两种情况整合分析的诗歌还有很多。分析旨在说明:输入与不输入相关背景知识与否,往往影响读者引领的主体间推导互动中对诗歌叙事的意境整合升华;若输入缺失,有时会导致诗意漏析,甚至曲解;只有输入充分,才会准确、深入地产生新显结构,把握诗歌的主题意义。

4.3 空间维度的双域高级网络

四位诗人都有一些含有叙事成分的诗歌可以从空间认知维度进行双域高级网络的概念整合。有的诗歌可从两个地理空间或者两个居住空间等次空间维度切入,每一个地理空间或者居住空间可视为一个心理输入空间,因此,两个"地理"心理输入空间、两个"居住"心理输入空间的建构,成为双域高级网络互动中整合的关键所在。也有的诗歌可从部分-整体的"包含"空间关系来切入,人物作为"部分"包含于周围的"整体"环境氛围之中,人在景物之中、人又与氛围一体,人物活动、环境氛围分别构建为心理输入空间Ⅰ、Ⅱ。四位诗人的诗歌中,适合从空间维度建构双域高级网络的含有叙事成分的诗歌如表4.5所示:

表4.5 可从空间维度切入整合的典型诗歌

王维	《崔九弟欲往南山马上口号与别》《孟城坳》《田园乐(其五)(其六)》《凉州赛神》《寄河上段十六》《送刘司直赴安西》《榆林郡歌》《晓行巴峡》《汉江临眺》《冬日游览》《辋川闲居赠裴秀才迪》《渭川田家》《过香积寺》《使至塞上》《早入荥阳界》《敕借岐王九成宫应教》《哭孟浩然》《竹里馆》
杜甫	《登岳阳楼》《春望》《闻官军收河南河北》《咏怀古迹五首(其三)群山万壑赴荆门》《秦州杂诗二十首(其七)》《哀江头》《对雪》《发潭州》《杜位宅守岁》《茅屋为秋风所破歌》
希尼	《晚安》("Good-night")、《冬青》("Holly")、《视野》("Field of Vision")
弗罗斯特	《未选择的路》("The Road Not Taken")、《相遇与错身相过》("Meeting and Passing")

下面以杜甫的《对雪》为例,说明如何从模糊地理空间切入,来建构双域高级网络的输入空间Ⅰ、Ⅱ,以便从一个新的角度揭示读者引领的主体间推导互动中的三环节整合过程。

A.《对雪》:模糊地理空间名称

对　雪

杜　甫

战哭多新鬼,愁吟独老翁。

乱云低薄暮,急雪舞回风。

瓢弃樽无绿,炉存火似红。

数州消息断,愁坐正书空。

推导互动中的读者体验环节。读者主体在逐行、逐节阅读该诗的基础上,在整个语篇层面与文本形象、作者主体对话交流,初步体验文本信息和揣摩作者创作目的,构建语篇层面的心理输入空间Ⅰ、Ⅱ。全诗有四联共 8 句,第 3、4 小句写景,其余 6 个小句主要是叙事,总体上属于多量叙事诗,但记事意在抒情。尽管是虚构的诗篇,但读者很可能会把"老翁"视为杜甫本人,因此诗人的生活经历和其所处时代的战争背景信息,可不断得到激活提取、关联挖掘,填补唐诗中较为典型的信息跳跃"空白",参与主体间推导互动的概念整合过程。

与此同时,读者会辨识可用来建构心理输入空间的一些突显语言标识,从空间认知维度切入,在语篇整体上来构建心理输入空间Ⅰ、Ⅱ(图 4.6)。该诗的叙事特点在于模糊地理空间标识上的转移突显:第一个小句先交代事件发生的地方是"战场",并与第 7 小句的前线战况与家人音信全无相呼应,接着从第 2 小句的"愁吟独老翁"到第 5、6 小句生活用品"瓢""樽""炉"的出现,再到末句的"愁坐""书空",读者从这些语言标识中可得知,故事场所转到另一地方"诗人家里或住所"。换言之,就空间而言,"从流血漂橹的战场写到诗人暂时避凶的'蜗室',从面写到点"(李向阳,1999:15)。可见,地理空间"战场"和"住所"及其故事内容,可以成为构建心理输入空间的关联切入点,但诗行中并未明确是哪个战场、哪个地方的住所,这属于模糊型的地理空间叙事布局,读者可构建输入空间Ⅰ"战场"、输入空间Ⅱ"住所"(图4.6);类属空间与两个输入空间共享"人物/行为/环境/"结果和"实体-对象表征"等组织变量,与读者感悟升华环节的新显结构一起构成《对雪》的双域高级整合网络。

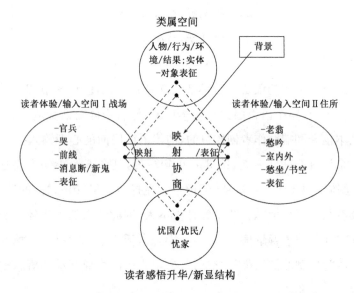

图4.6　主体间推导互动基础上的《对雪》双域高级网络整合

推导互动中的映射协商环节。 在经过推导互动中的读者体验过程之后,读者进一步认知理解文本及其关联信息,力求进入作者心境视野,与之深入推导互动。具体来说,读者采取跨空间的常规典型呼应元素映射以及表征关键关系的映射连通,并组合不同的组织关系,其间不断输入相关背景知识来完善主体间推导互动中的映射协商过程。

读者在进行跨空间的常规典型呼应元素映射过程中,依据类属空间的"人物/行为/环境/结果"调控变量,映射连通输入空间Ⅰ、Ⅱ里的呼应元素。输入空间Ⅰ"战场"中的元素,包括人物"官兵"、行为"哭泣"、环境"前线"、结果"消息断/成新鬼",与输入空间Ⅱ"住所"里的呼应物,即人物"老翁"、行为"愁吟"、室内外环境"云雪/起居用品"、结果"愁坐/书空",相互匹配映射连通。其"战场-住所"地理空间组织框架,有选择地压缩组合。此时,读者通过激活提取,输入有关地名"战场"、典故"书空"的背景知识,通过关联挖掘输入"住所"信息,压缩完善主体间的协商过程:

诗中虽然没有明说"战场"为何处,但通过读者对战争背景知识的激活了解,得知杜甫所指的战场就是陈陶、青坂两地,唐朝宰相房琯所率官军与安禄山、史思明的叛军在此两度惨烈激战,官军死伤惨重,这在诗人的诗歌互文中也有记载——陈陶"四万义军同日死"①,青坂"青是烽烟白人骨"②,诗人眼中的战场尸横遍野、暗无天日。诗中也没有点明"住所"在哪,但读者通过联想杜甫在安史之乱中落入叛军之手、后被押解回长安并受羁留的事实,可推想兵荒马乱下的某处住所窘境,在"乱云急雪"的严冬里,此时的被羁押诗人过着"樽空火冷"、一贫如洗的惶苦生活。据此,模糊地点"战场""住所"其实是有特定所指的。再激活"书空"逸事,该典出自晋人殷浩,《世说新语·黜免》记载"殷浩坐废,终日书空,作'咄咄怪事'四字",因治军不力被贬为庶民,遂积忧寡欢,唯用手在空中比划写字,消解时光;而此时避困长安一隅的杜甫心急如焚,愁前线战况、念妻儿弟妹下落、忧国家社稷安危、虑个人生计前程,纵使如殷浩般地用手不停在空中比划,捶胸顿足,但也无济于事、无可奈何。随着读者对这些地点、典故背景知识的激活提取,诗行中的信息"跳跃"空白得到有效填充。

---

① 引自杜甫的诗《悲陈陶》,四万兵士同日战死,血染长安西北的陈陶斜。
② 引自杜甫的诗《悲青坂》,该诗与《悲陈陶》同写于唐军大败于安禄山、史思明叛军之后,青坂是唐朝官军驻扎之地,青色指报警的烽烟,白色是战死士兵的枯骨。

在此基础上,读者还利用"表征"关键关系,依据类属空间的"实体-对象表征"调控变量,映射连通输入空间Ⅰ、Ⅱ里的相关呼应物。关于诗的标题"对雪",在第3—4行"乱云低薄暮,急雪舞回风"处得到正面点题回应,表面上看是诗人在避难之所,面对黄昏时室外的乱云低垂、风雪交加天气而愁闷苦吟,实际上这恶劣天象在诗人心中表征的不仅是安禄山、史思明叛军烧杀掳掠的淫威,还有自己禁困于此翻江倒海的悲郁,以及对大唐帝国处在可能一下子被颠覆的"回风"乱局之中的担忧。

关于"炉存火似红",表面上看它是一种"无中生有,以幻作真"的描写(刘逸生,2016:119),炉中只剩熄灭灰烬、炉冷如冰,却在诗人心中燃起熊熊之火,这火实际上表征诗人对温暖的无比渴求,也可表征诗人"日夜更望官军至"①来解围长安的万分渴望。"火似红",炉火分明是熄灭了,也可表征多个地方官军和亲人的消息断了,但诗人心中熊熊燃烧的希望之火没有熄灭,又迫切盼望重新听到前线和家人的音信。

关于诗人对颜色词"绿""红"独具匠心的斟酌运用,在诗人蜗居的陋室里,舀酒的瓢弃用了,盛酒的樽空空如也,炉中火熄灭了,但其酒"绿"火"红"的颜色还在眼前闪烁。酒是绿色的,诗人"忧来命绿樽"②,故以"绿"代替酒,与火的"红"色相对。这一"绿"一"红","字面上的'绿''红'美色与实际的贫白生活构成反差",诗人留恋"绿""红"美色般的昔日生活,直言"酒""火"倒不如取其颜色来得痛快,这样也许能望梅止渴、画饼充饥吧,因此两种颜色的代替使用表征诗人"幽默的幻想和自我解嘲"(李向阳,1999:15)。这是诗人对当下时局的苦笑,也是对生活冷暖、人生无常的表达。炉子只存余灰,却"火似

---

① 引自杜甫的诗《悲陈陶》,长安陷落,被安禄山、史思明叛军所占,杜甫日夜盼望唐军归来解救长安。

② 引自南北朝沈约的诗《酬谢宣城朓诗》。

红",这其实又不是一种幻觉,很可能是诗人看到柴火燃烧后的灰烬,便不由自主地想到了战场上倒下的将士残骸,尸横遍野、血流成河,鲜血染"红"了大地,也染"红"了叛军胡寇的弓箭,即"红"色有可能表征将士流下的鲜血!

此时,读者激活提取诗人杜甫在《悲陈陶》一诗中的"胡寇归来血洗箭"互文信息,关联挖掘整个城池生灵涂炭的战争背景,完善对"火似红"的协商认知过程,领会诗人对战争带来的蹂躏创伤的切肤之痛、切骨之恨。据此,这些表征关系十分深刻地揭示了诗人内心深处的隐秘。

推导互动中的读者感悟升华环节。读者在体验和映射协商这两个环节的基础上,进一步推导作者的创作目的,争取更深入地理解文本意境,结合自己的认知判断和领悟力加以认知扩展,最终可以获得一个把家国、人民、个人紧紧相连的新显结构:

诗人把个人的遭遇和国家、人民的命运紧紧联系在一起,表现了诗人痛斥战争、思念家国的无可奈何的苦闷心境。从前线战场的溃败到家人的杳无音信和自己的身陷囹圄,史诗般的记载寄托了诗人始终对国家和亲人命运的深切关怀和拳拳相守,诗人即使饥寒交迫、无从着力,终日只得愁坐,但无时无刻不在忧国忧民、为国尽心尽力,正如他在《悲青坂》中那样一再嘱咐军师运兵,"忍待明年莫仓卒"。

B. 《哭孟浩然》:具体地理名称

下面以王维的《哭孟浩然》为例,从具体地名维度,在整体语篇上,分析主体间推导互动中的双域高级网络整合过程。

哭孟浩然

时为殿中侍御史,知南选,至襄阳有作

王　维

故人不可见,

汉水日东流。

借问襄阳老,

江山空蔡州。

推导互动中的读者体验环节。读者主体与文本形象、作者主体对话交流,读者体验诗歌叙事性质和人物故事、揣摩作者创作目的,锚定有关具体地理名称的文本语言标识,从空间维度来构建心理输入空间Ⅰ、Ⅱ(图4.7)。就诗歌叙事性质而言,该诗首句诗人叙述旧友已不在人世、再也见不到他的现实情况;颔句好似诗人站在汉水边,望着滚滚东流的汉水这一幕景象;颈、尾句是一个设问,明知襄阳老友浩然已故,还痴问故人今何往,却以故人曾经游历的蔡州"江山空"作结,情节抒怀戛然而止。整首诗呈现抒情语气,诗题注和诗行间也夹杂诗人来到襄阳、得知噩耗而作诗的叙事情节,总体上该诗属于少量叙事的诗歌。就故事人物来说,诗题直接点名孟浩然,诗题注说明王维作诗原委,诗行中诗人经过的汉水、襄阳、蔡州(又作蔡洲)皆为实地,因此故事中人物与生活中的两位诗人一致,其人物、地名、典故等背景信息直接参与主体间推导互动中的整合过程。

同时,读者可强烈感知到诗中的地名语言标识,汉水流经襄阳,蔡州是襄阳下属的一个地区,襄阳蔡州可视为一个整体。诗人在汉水边的所见所为,构成输入空间Ⅰ"汉水";诗人在襄阳蔡州的见闻,构成输入空间Ⅱ"襄阳蔡州";两个输入空间与类属空间共享"访好友家乡却不见好友"调控变量,经过映射协商环节的映射、组合、完善,最终在读者感悟升华环节获得新显结构。主体间推导互动基础上的《哭孟浩然》双域高级网络整合见图 4.7：

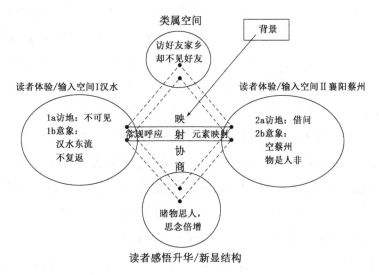

图 4.7　主体间推导互动基础上的《哭孟浩然》双域高级网络整合

推导互动中的交流协商环节。在经过推导互动中的读者体验过程之后，读者进一步与文本形象和作者主体进行交流和认知协商，进一步理解文本及其关联信息，力求进入作者心境视野，与之深入推导互动。具体来说，读者利用常规呼应元素映射方式连通两个输入空间的"访地""意象"相关呼应元素，其间不断激活提取、关联挖掘相关背景知识，了解诗人角色境况，来完善主体间的协商过程。

读者依据类属空间的"访好友家乡却不见好友"调控变量，进行跨空间的呼应元素映射连通。就访地映射来说，输入空间 I "汉水"中，诗人来到好友孟浩然生活的汉水旁，却不见老友身影（1a）；输入空间 II "襄阳蔡州"里，诗人来到孟浩然居住的襄阳，向襄阳一带的老人打听好友的行踪（1b），却知好友已经仙逝。王维为何来汉水、襄阳要拜会孟浩然，读者激活提取地理常识和有关两位诗人的交往经历逸事，完善核实主体间的协商过程：其一，汉水，它是长江最大的支流,源于陕西宁强县北番冢山,流经孟浩然所生活的湖北襄阳,在汉口与汉阳之间汇入长江。其二,王维和孟浩然是莫逆之交,一则孟浩然比王维长 12 岁,在洛阳孟浩然应进士不第,王维与他以诗相勉共度时艰,二人结下深厚友谊;二则两人皆游于山水田园之间,以创作交心立志,形成独树一帜的"王孟"山水田园诗风。彼此的至真至笃情谊从洛阳延伸到襄阳,即便王维南下"主持岭南、黔中六品及以下官员的考察选授"之际(杨文生,2002:668),也来看望"襄阳老"孟浩然,哪知昔人不在,所以才有该诗王维的"哭"孟浩然这感人哀歌。

就意象映射而言,输入空间Ⅰ里汉水急流翻滚、奔腾东下,一去不复返(2a);输入空间Ⅱ中蔡州依然屹立在山水之中,只是此时旧友人去"州空",物是人非(2b)。流水与空州意象相合,流水"不复返",故人西去蔡州"难回返",哪怕"知南选,至襄阳"的王维千哭万唤也难以换回好友重生。这时,读者激活提取、关联挖掘典故"蔡州"来由,进一步完善主体间的协商过程:"蔡州"也作"蔡洲",本是一普通地名,因东汉末年长水校尉蔡瑁曾居住在此而得其盛名,蔡瑁出生襄阳名门望族,曾辅佐刘表、归降曹操而遭到中了周瑜离间计的曹操误杀;蔡州与孟浩然住地同属襄阳,诗中舍其住地襄阳城南汉水西岸的涧南园而突出蔡州,在王维看来,"蔡州"有其历史沉淀、为文化高地,是孟浩然和其他文人墨客游历之胜地,最能烘托出孟浩然的隐士风神,"作为一位天真疏放、清俊磊落的隐士诗人",他与蔡州的山水田园融为一体,所以王维目睹遗物胜景,选择"蔡州"也最能寄托王维对好友的哀思祭奠。

推导互动中的读者感悟升华环节。经过读者体验、映射协商的互动过程,读者进一步推导作者的创作目的,争取更好地理解文本,结合自己的认知判断和领悟力加以认知扩展,最终可以获得睹物思人、思念增一倍的新显结构。

思念与汉水同流,思念与蔡州同在。全诗突显的江水东流永不复返和蔡州人去州空的意象,表达了王维对至交孟浩然的深深怀念和无尽哀思,可谓无尽的滚滚流水,无限的绵绵思念,这思念与汉水同流,"王孟"之间的千古友情在《哭孟浩然》这首诗中得到了充分的展现。故人逝去如江水东流,纵使澎湃急流,也冲不走故人曾经赏游赋诗的江山蔡州,流水稍纵即逝、蔡州岿然不动,这一动一静,表明流水无情但蔡州有情,如今蔡州因你不在而显得空寂,睹物思人、思念增加一倍!对于王维来说,这"哭"不只是思念老友,也是自我惆怅哀伤之流露,汉水边、蔡州前,"大悲至静,声泪俱下"(马玮,2017:96),心中一片空荡迷茫,这"哭"也令读者感怀千百年来两位诗坛巨匠的真挚情谊,情谊回荡在汉水蔡州,回荡在读者的心中。正如黄宗羲所言,"情者,可以穿金石,动鬼神"(《黄孚先诗序》,转引自陶文鹏,1991:149)。

思念与襄阳同表。"借问襄阳老"表达两种思念:一种是王维明知好友去世而发问"当年自称襄阳老的孟浩然今往何处?",真不敢相信好友的去世是真的,真希望好友能死而复生,这是直白抒发对好友的深切思念。另一种思念可能是,王维来到襄阳后,向当地的父老乡亲打听孟浩然的踪迹(赵仁珪,2014:77),他们用手指向空空荡荡的蔡州,这是诗人借他人之口来表达对故人的无限缅怀,这比自己亲口说出多一倍思念。

C.《茅屋为秋风所破歌》:居住空间

下面再以杜甫的《茅屋为秋风所破歌》为例,从居住空间维度,在整体语篇上,揭示在主体间推导互动基础上的双域高级网络整合过程。

茅屋为秋风所破歌

杜 甫

八月秋高风怒号,卷我屋上三重茅。茅飞渡江洒江郊,高者挂罥长林梢,下者飘转沉塘坳。

南村群童欺我老无力,忍能对面为盗贼。公然抱茅入竹去,唇焦口燥呼不得,归来倚杖自叹息。

俄顷风定云墨色,秋天漠漠向昏黑。布衾多年冷似铁,娇儿恶卧踏里裂。床头屋漏无干处,雨脚如麻未断绝。自经丧乱少睡眠,长夜沾湿何由彻!

安得广厦千万间,大庇天下寒士俱欢颜! 风雨不动安如山。呜呼! 何时眼前突兀见此屋,吾庐独破受冻死亦足!

推导互动中的读者体验环节。读者主体与文本形象、作者主体对话交流,初步体验文本语言标识和故事情节,揣摩作者创作目的,从居住空间维度来构建两个心理输入空间(图4.8)。就诗歌叙事性质来说,全诗是诗歌体的古诗,句式长短不一,以两韵为韵脚多次切换,段落参差不齐、跌宕曲折。第一段描写风怒屋破的窘境,以写景为主;第二段叙述"我"无力面对群童抱竹入林;第三段叙述屋漏长夜难挨到天亮,第二、三两段以叙事为主,其间穿插"俄顷风定云墨色,秋天漠漠向昏黑"两句写景;第四段抒情,望得广厦千万间,让天下寒士能安居欢颜。总的叙事格局是"景-事-抒",并以景事来抒情。就故事人物身份而言,该诗以第一人称"我"来回顾过去发生的事情,虽然没有明确指称"我"的姓名身份,但联想到作者杜甫的人生经历和其"诗史"风格,故事人物"我"大概率就是诗人杜甫,因此诗人的生活经历就有必要输入整个主体间推导互动的整合过程并发挥其独到作用,也正是背景知识的充分输入,全诗的主题意义才会丰满完整。

　　读者沿着居住空间脉络,辨识构建心理输入空间Ⅰ、Ⅱ的突显语言标识或空间构建语。读者反复阅读该诗的"景-事-抒"叙事诗行,强烈感知到全诗有两个突显的核心语言标识,那就是"茅屋"和一间间的"广厦",它们贯穿整个语篇,因此需要打破"景-事-抒"要素边界来构建输入空间。涉及"茅屋"的风雨受损境况、"我"和家人在茅屋里的生活事件,主要集中在前三段的"景-事"要素诗行中,可以"跨要素诗行"方式构建输入空间Ⅰ"茅屋(现实空间)";"我"对天下寒士能住进宽阔的屋子、享受平安生活的期盼发感,主要集中在尾段,可以"要素诗行"方式构成输入空间Ⅱ"广厦(想象空间)"。两个输入空间与类属空间共享"居住空间比较关联"变量,经过映射协商环节的映射、组合、完善,最终在读者感悟升华环节获得新显结构。我们可以用图4.8加以图示:

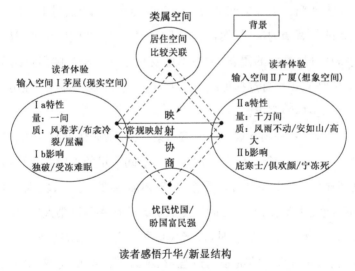

图 4.8　主体间推导互动基础上的《茅屋为秋风所破歌》双域高级网络整合

　　推导互动中的映射协商环节。在经过推导互动中的读者体验过程之后,读者进一步与文本形象和作者主体进行交流和认知协商,即读者主体进一步认知理解文本及其关联信息,力求进入作者主体心境视野、了解角色,与之深入推导互动。

首先,读者利用常规呼应元素映射方式,就居住空间"特性"层面的数量、质量呼应元素,彼此映射连通。输入空间 I "茅屋(现实空间)"里,在数量上(I a),只有供家人居住的一个小房子。在质量上,屋顶的茅草被狂风卷走多层,远飘江郊,高挂树梢,下沉塘坳,有些被群童"窃"入竹林;屋顶受风雨侵迫,千疮百孔,屋内雨水如注,床头无干处,被褥冷如铁,眼巴巴难挨到天明! 这时,读者激活提取诗人杜甫的生活经历、了解诗人心境,完善主体间的协商核对过程:唐上元二年(761 年)八月,杜甫历经艰难坎坷,拖家带口来到成都,在严武等友人的接济帮助下,在成都西郊的浣花溪边盖了草堂,总算有了个安生落地之处,谁知八月雨绵风狂,掀翻了茅草屋顶、屋漏如洗,一家人生活极为窘迫难堪,此情此景,诗人写下了这感人至深至理的史诗般的千古诗篇。输入空间 II "广厦(想象空间)"里,数量上(II a),诗人期望的是宽阔的房屋,而且有千万间;质量上,这些房屋稳固如山,经受得住狂风暴雨的侵袭,住在里面安全踏实。经过映射连通的数量、质量呼应元素有选择地组合压缩,连同激活提取的生活经历背景信息进一步压缩完善。

接着,读者利用常规呼应元素映射方式,就居住空间"影响"层面的呼应元素,进行彼此映射连通。输入空间 I 里的呼应元素是:茅屋遭遇风雨独破,杜甫和家人受冻受苦、难眠难受(I b);输入空间 II 里的呼应元素是:若有千万间广厦保护天下贫寒的读书人等,那么诗人宁可"冻死"(II b)! 这时,读者关联挖掘第四段的社会历史背景信息,完善主体间的协商核对过程:在本诗创作的年代,发生了安史之乱,历经八年叛乱,民不聊生,社会动荡不安,国家由盛转衰,杜甫自己也被叛军俘获,历经磨难逃离囹圄,屡不得志而弃官,"三年饥走荒山道",一家人从长安辗转多地、跨过艰难险阻来到成都,居于草堂。经过上述映射连通的"影响"呼应元素,有选择地向合成空间投

射组合,连同关联挖掘的社会历史背景进一步压缩完善。

推导互动中的读者感悟升华环节。经过主体间推导互动中的读者体验、映射协商环节,读者主体在争取更好地感悟整篇诗歌的意境时,力求更好地推导、把握作者的创作目的,并借助于自己的认知判断和领悟力深入扩展,最终实现对全诗主题意境的感悟升华,即通过读者引领的主体间推导互动的高级概念整合,可以产生超越"屋漏受苦"表层意义的新显结构:茅屋受损遭遇,也许是无数受灾"茅屋"的缩影,而千万间广厦也不仅指"安如山、庇寒士"的房屋,还隐射人们能够安居乐业,共同生活在国富民强的社会里。这里我们可以感悟到诗人宁苦己以利人利国、"忧民忧国"的思想境界。

忧民。诗人身处为难之境,设身处地想到的不光是自己的困难安危,更是普天下的穷苦人士的生计冷暖,推己及人,忧他人之忧,仁爱博大!

忧国。诗人亲历乱世之辱,国难当头,仍心系国家社稷,推己及国,希望国富民强,一代诗人为国之风骨!

D. 《竹里馆》:部分-整体的"包含"空间关系

在四位诗人的诗歌语篇叙事中,尤其是唐诗叙事,人物及其活动与周围的环境氛围往往息息相生,人物活动作为"部分"寓于"整体"境围之中,呈现相互依托、互为作用的部分-整体"包含"空间关系。读者可从"包含"空间维度来构建输入空间,即人物活动"部分"、环境氛围"整体"分别构成输入空间 I、II,连同映射协商环节中的映射、组合、完善和感悟升华环节中的新显结构。下面以王维的《竹里馆》为例,揭示从部分-整体"包含"空间维度切入的主体间推导互动基础上的双域高级网络整合过程。

竹里馆

王 维

独坐幽篁里，弹琴复长啸。

深林人不知，明月来相照。

推导互动中的读者体验环节。读者主体在逐联阅读该诗的基础上，在整个语篇层面与文本形象、作者主体对话交流，初步体验文本信息和揣摩作者创作目的，通过识别突显语言标识来构建语篇层面的心理输入空间Ⅰ、Ⅱ。

首先确定诗歌叙事性质，《竹里馆》讲述了单一故事人物独自坐在深林竹海里，明月相照、弹琴长啸的情形，前两小句叙事，后两小句写景中有抒情。从叙事尺度的量来看，有人物叙事活动和周围景物描写；从叙事尺度的质来看，只是裁剪了隐者人物的闲适生活片段，故事情节首尾不太完整。但从诗歌总体性质上看，主要通过叙事和写景，"事-景结合"在于抒发思想情趣，该诗属于少量叙事的诗歌，通过"事-景"相互烘托，全诗呈现浓厚的抒情语调。

接着感知故事人物身份，读者看到该诗为王维所写，自然想到唐诗中的故事情节不少是诗人生活的纪实写照，再从故事人物的一连串活动来看，仿佛诗人在叙述他自己的日常生活事情，读者可大致推测故事人物很可能就是诗人王维，或者说文本内人物几乎可和文本外的王维等同起来，这样他的真实经历及其关联背景可在读者引领的对全诗意境的推导互动三环节整合中，不断地被提取输入、发挥作用。

与此同时，读者锚定心理输入空间的一些突显语言标识或空间构建语，从"景-事-抒"要素认知维度切入，在语篇整体上来构建心理输入空间Ⅰ、Ⅱ（图4.9）。诗中的突显语言标识有：三个人物事件词语"独坐""弹琴""长啸"写人,叙述人物活动;三个景物词语"幽篁"
"深林""明月"写景,描写幽净境界。语言标识内容呈现"人-景"相衬
的典型对称格局,故事情节简单明了。"景"要素跨越了诗行的界限,
适合从"跨诗行要素"层面来构建人与景的两个相互交织的心理输入
空间Ⅰ"人"、Ⅱ"景",与类属空间共享"人与景相处"调控变量,经过
映射协商环节的映射、组合、完善,最终在感悟升华环节获得新显结
构。我们可以用图 4.9 来进行图示:

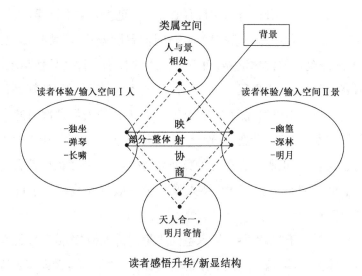

图 4.9　主体间推导互动基础上的《竹里馆》双域高级网络整合

推导互动中的映射协商环节。在经过推导互动中的读者体验过
程之后,读者进一步与文本形象和作者主体进行交流和认知协商,认
知理解文本及其关联信息,力求进入作者主体心境视野、了解角色,
与之深入推导互动。具体来说,读者主体优选"部分-整体"外部关键
关系,进行跨输入空间Ⅰ"人"、Ⅱ"景"之间的映射连通,压缩组合不
同框架组织,其间不断输入相关背景知识,来完善主体间推导互动中
的映射协商过程。

诗人独坐在"幽篁"里,输入空间Ⅰ里的诗人为"部分",独处在月

光静谧、幽深茂密的竹海世界,输入空间Ⅱ里的竹海深林为"整体",无人晓见诗人独处于此,"部分—整体"关键关系把二者的相关呼应元素映射连通起来,进而组合压缩。此时,读者输入两个突显语言标识"独坐""幽篁"的背景信息,完善主体间的协商过程。一个"独"字,读者可激活提取诗人王维的经历背景、进入诗人的真实角色生活:三十岁丧妻,"后不复续娶,独自一人度过了余生"(陈殊原,2005:10),晚年隐居蓝田辋川,笃信禅宗,"俱奉佛,居常蔬食,不茹荤血"①,回家斋食凉床,孑然一身;于仕,屡屡仕途坎坷,问苍天谁主沉浮,入深林无人回应。读者进而关联挖掘诗人选择所处"幽篁"的背景知识:幽篁,即幽深茂密的竹林世界,而不是普通的林子。竹乃品性高雅、正直清高、挺拔洒脱之象征。正如宋代苏轼诗作《於潜僧绿筠轩》所云:"宁可食无肉,不可居无竹。无肉使人瘦,无竹使人俗。"这与通常的诗歌情节发展"闲适潇逸、人物合一"相向而行,更加衬托诗人融入自然的忘我心境,正所谓合适的人身处合适的环境,竹子的隐性含义进一步渲染了和谐气氛,暗指"诗人像竹子一般有气节超然于世"(马玮,2017:172)。

诗人弹琴于"幽篁"处,输入空间Ⅰ里的诗人为"部分",独处在竹海深处拨弦弹琴,输入空间Ⅱ里的竹海深处为"整体",无人倾听诗人所奏琴声,"部分—整体"关键关系把二者的相关呼应元素映射连通起来并组合压缩。此时,读者关联挖掘突显语言标识"弹琴"的背景信息,完善主体间的协商过程。魏晋时的"竹林七贤"嵇康、阮籍、山涛等人常在竹林喝酒、弹琴,阮籍因夜不能寐借弹琴泄露烦躁、矛盾(陈殊原,2005:85)。这里,王维为何弹琴,他的琴声意欲表达什么,诗行并未言及,但通过读者与作者主体的协商沟通,也许诗人王维借琴抒

---

① 《旧唐书·王维传》有云:维弟兄俱奉佛,居常蔬食,不茹荤血;晚年长斋,不衣文彩。……在京师日饭十数名僧,以玄谈为乐。斋中无所有,唯茶铛、药臼、经案、绳床而已。退朝之后,焚香独坐,以禅诵为事。(见《旧唐书·列传第一百四十》)

发孤独寂寞的情怀。再者,选择弹琴,也许最能从侧面表现诗人高洁脱俗的心境,因为王维精通音乐,善于弹琴抚琶,曾任掌管国家音乐舞蹈事务的太乐丞,有一种内在的气质胸怀。

诗人长啸于"幽篁"间,输入空间Ⅰ里的诗人为"部分",独自在竹海间撮口吹哨,输入空间Ⅱ里的竹海为"整体",无人倾听诗人长啸之声,"部分-整体"关键关系把二者的相关呼应元素映射连通起来并组合压缩。此时,读者关联挖掘突显语言标识"长啸"的背景信息,完善主体间的协商过程。长啸本是口中发出的口哨般的清脆长音,王维暗借魏晋时期的阮籍与著名隐士"苏门真人"孙登之间的长啸交流典故:阮籍慕名寻山拜访真人孙登,他谈史论玄学、说修身之道,真人不为所动,期间长啸一声,真人欲再听阮籍长啸一声;兴尽下山途中,山头传来响声,回头一看是真人在长啸,"如数部鼓吹,林谷传响",其"嘈然高啸,有如凤音"①。王维有效仿阮籍等名士之意,抒发心中之情趣——或孤郁,或旷达,或无我。

诗人独坐、弹琴、长啸于"明月"下,输入空间Ⅰ里的诗人为"部分",独自一人面对明月,输入空间Ⅱ里的月光苍穹为"整体",诗人置身月色之中,似乎只有月亮在倾听诗人琴啸之声,"部分-整体"关键关系把二者的相关呼应元素映射连通起来并组合压缩。此时,读者关联挖掘诗人所选"明月"的背景信息,完善主体间的协商过程。"明月来相照",是"明月"有情,月光寻找林间缝隙稀稀落落地照射下来,泻落在诗人身上,慰藉诗人的孤寂心灵,尽管竹林幽静、无人倾听弹琴啸咏,但明月懂人意,温柔陪伴诗人。

---

① 该典故出自《世说新语·栖逸》,转引自王志清(2015:149)、王友怀(1988:167)。另一种解读:琴声似乎不足以宣泄郁抑之情,故长啸一声。阮籍对当时的封建礼教和统治阶级内部争权夺利不满,时常于竹林咏怀长啸。王维居竹林之中,借阮籍长啸,以阮籍自比,流露出自己对李林甫等权奸的不满。诗中以弹琴长啸反衬月夜竹林的幽静,以明月的光影反衬深林的昏暗,而不论"弹琴"还是"长啸",都体现出诗人高雅闲淡、超拔脱俗的气质(李光,2010)。

推导互动中的读者感悟升华环节。经过读者体验、映射协商的推导互动过程,读者主体在争取更好地"感悟"整篇诗歌的意境时,力求更好地推导、把握作者的创作目的,借助自己的认知判断和领悟力进一步扩展,实现全诗主题意境的感悟升华,即通过主体间互动中的双域高级概念整合,可以获得"天人合一""明月寄情"的新显结构。

读者感悟到了"天人合一"。此刻的诗人尽情享受隐者的闲适情趣,脱略世俗,融入自然,与自然同体,与大化同在,那种超然物外、潇洒绝尘的忘我境界形象,可能正是诗歌文本形象的期待预设或作者的创作意图,也是读者主体的"趋同"认知解读使然。

若读者了解王维三十岁丧妻,之后孑然一身度余生的经历背景,可能也会感悟到"明月有情"。诗人在林海这头,亡妻在月亮那头,尽管"深林人不知",你我隔世但泻入深林的月光连接我俩久违的心灵,我在明处,你在暗处,你在我的夜夜思念之中!或者在有些现代读者的眼里,诗人的反复长啸,林深无人回应,等来的却是"月亮姑娘",这又分明是一首感人至深、寄托胸怀的浪漫情诗。难怪唐汝询读罢此诗感言:"林间之趣,人不易知。明月相照,似若会意。"[①]

4.4　因果关系维度的双域高级网络

在四位诗人的诗歌中,有一些以因果关系来叙事布局的诗歌,其特点在于:第一,有的诗歌有明显的因果关系标识词,比如弗罗斯特的《无锁的门》;有的诗歌没有明显的因果关系标识词,比如《后退一步》。第二,有的产生实际结果,比如《无锁的门》;有的因为人的主观干预,避免了结果的发生,比如《后退一步》。若从双域高级网络整合来考察这些诗歌叙事,可在语篇整体上把原因、结果或者"无结果"分

---

① 出自《唐诗解》,转引自崔健(2004:12)。

别视为不同的心理输入空间,参与双域高级网络的跨空间映射整合。
四位诗人诗歌中,适合从因果关系认知维度建构双域高级网络的含
有叙事成分的诗歌,如表4.6所示:

表4.6 可从因果关系维度切入整合的典型诗歌

王维	《赠裴旻将军》《从军行》
杜甫	《曲江》
希尼	《捐款盒》("The Mite-box")
弗罗斯特	《未选择的路》("The Road Not Taken")、《无锁的门》("The Lockless Door")、《满抱》("The Armful")、《不收获》("Unharvested")、《后退一步》("One Step Backward Taken")、《出神状态》("A Mood Apart")、《雪尘》("Dust of Snow")、《黑暗中的门》("The Door in the Dark")、《关于一只睡觉中唱歌的鸟》("On a Bird Singing in Its Sleep")、《一道云影》("A Cloud Shadow")

本节以《雪尘》《后退一步》为例,分别从有、无明显因果语言标识
角度和有、无结果,在语篇整体上从因果关系维度切入构建心理输入
空间Ⅰ、Ⅱ,揭示因果关系维度的主体间推导互动基础上的双域高级
网络整合过程。

A.《雪尘》:有结果

Dust of Snow	**雪尘**
Robert Frost	罗伯特 • 弗罗斯特
The way a crow	一只乌鸦
Shook down on me	从一颗铁杉树上
The dusk of snow	把雪尘抖落到
From a hemlock tree	我身上的方式
Has given my heart	让我的心情

A change of mood	为之一变
And saved some part	把一天余下的时光
Of a day I had rued.	从懊悔里救下。

（李昌标　译）①

推导互动中的读者体验环节。读者主体与文本形象、作者主体对话交流，读者初步体验文本语言标识和故事情节，揣摩作者创作目的，从因果关系维度来构建原因、结果两个心理输入空间（图 4.10）。全诗分为上、下两节，上节描写乌鸦从铁杉树上抖落雪尘、溅在我身上；下节叙述乌鸦的抖雪方式对"我"产生的影响，"我"的心情因此发生变化，一天中的懊悔也随之消散，余下的时光不再沮丧。上节主要写景，下节主要发感，但写景发感之中也夹杂叙事，从叙事比重和内容安排上，全诗属于少量叙事诗。故事中的"我"身份不明，很可能是虚构人物，读者也许有过被从树上、屋檐上落下的雪花溅身的经历，这些经历潜意识地融入读者的整合解读中去。同时，诗歌以第一人称"我"来叙述故事，其背后也许与诗人的生活经历、感知有关，因此这些经历、感知背景可进一步关联挖掘，发挥作用。

读者沿着因果脉络，辨识构建心理输入空间Ⅰ、Ⅱ的突显语言标识或空间构建语。全诗实际上是一句话，包括主干部分"The way … has given and saved … "以及两个关系分句"a crow shook down … ""I had rued"，是按照诗歌韵律节奏被分解为上、下两个诗节。上节中的核心标识词"The way"及其关系分句内容，构成输入空间Ⅰ的内容"原因（乌鸦抖雪溅我身上的方式）"；下节中的语言标识，包括动词的完成体"has given/saved"和名词词组"a change of mood"等，构成输入空间Ⅱ的内容"结果（心情变好）"。输入空间Ⅰ、Ⅱ与类属空

---

① 翻译中参考了曹明伦的译文，见弗罗斯特（2002；2016）。

间共享"因果关联"调控变量,经过映射协商环节的映射、组合、完善,最终在感悟升华环节获得新显结构。我们可以用图4.10来图示互动中的《雪尘》三环节双域高级网络整合过程。

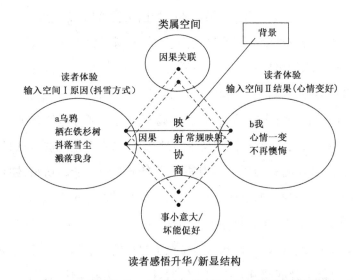

图 4.10　主体间推导互动基础上的《雪尘》双域高级网络整合

　　推导互动中的映射协商环节。在经过推导互动中的读者体验过程之后,读者进一步与文本形象和作者主体进行交流和认知协商,认知理解文本及其关联信息,并力求进入作者主体心境视野,与之深入推导互动。具体来说,读者利用"因果"关键关系映射连通输入空间Ⅰ、Ⅱ的相关呼应物,并有选择地组合相关框架组织关系,其间不断激活提取、关联挖掘相关背景知识,来完善映射协商过程。

　　读者利用"因果"关键关系,在类属空间"因果关联"变量的调控下,以常规呼应元素映射方式映射连通输入空间Ⅰ、Ⅱ的相关呼应物。在输入空间Ⅰ"原因(方式)"里,乌鸦采用的方式呼应物是:从铁杉树上抖动树枝,雪尘落在树下的"我"身上。在输入空间Ⅱ"结果(心情变好)"里,乌鸦的抖雪方式对"我"带来的结果呼应物是:我的心情为之一振,一天中余下的时光不再消磨在懊悔中,可以更好地利用。两个输入空间的这些因果呼应物在映射连通的过程中,读者进而思考:为何诗人选择"乌鸦""铁杉树"而不是别的鸟类和树种?为何是"雪尘"而非"雪花"?为何用 rued?带着这些疑问,读者关联挖掘相关意象的背景知识,完善主体间的因果关联协商过程。

乌鸦,是一种全身羽毛呈乌黑色、发出刺耳尖叫声的鸟,在西方文化中,乌鸦的出现暗示一种不祥,甚至死亡[①];在中国传统里,也有"喜鹊叫喜,乌鸦叫丧"的说法。在弗罗斯特所居住的新罕布什尔州的乡村农场里,诗人常见的不只是乌鸦,还有象征好运的鸟类,比如夜莺、鸽子、孔雀、鹦鹉等,但诗人特地选择了"乌鸦"。同样,铁杉树,是一种开白花的有毒树木[②],其毒液会夺走人的生命。乌鸦、铁杉树的意象特性与"我"的心情息息相应,表征"我"的悲郁心境。

乌鸦从铁杉树上抖落的"雪尘"(dust of snow,也许不同于 snowflakes 或 flakes of snow),撒在了"我"的头上和身上,这本是件坏事,可能会让我感到寒冷和不舒服,但却奇迹般地使"我"心情为之一振,重新打起精神,让一天充满了正能量和欣慰,要弥补懊悔失落,好好利用剩下的时间。这懊悔,诗人没有选择常用的 regret、repent 等词语,而是采用 rue。rue 还指一种"芸香草",具有较好的医用疗效作用。还有一种可能[③],诗人采用了 rue(懊悔)的过去分词 rued,正好与 rood(耶稣受难的十字架)同音,形成双关含义:诗中出现的 saved,让读者联想起宗教意义上的 salvation(救赎),"雪尘落下"让读者联想到宗教仪式上的洗礼浴(baptismal rain),人生之罪孽得到救赎,"我"的心情也由悲伤转为欣喜。

---

① 在希尼的《格兰摩尔的黑鸟》("The Blackbird of Glanmore")中,在邻居眼里,黑鸟(或乌鸦/乌鸫)的出没,在庭院的草丛、常青藤之间跳跃,一连站在屋脊上好几个星期,暗示希尼弟弟克里斯托弗车祸死魂的出现。
② 古希腊哲学家苏格拉底就是被判服下了铁杉树毒液而死。
③ 这种说法,参见 Remy Wilkins(2015)的"Dust of Snow"一文。

这样一来,乌鸦、铁杉树原本是预示"不好兆头、厄运"的动植物,一旦与"抖落雪尘落'我'身上的方式"相连接,就被赋予了积极的作用,可以治疗懊悔。

随着空间呼应物的映射连通、背景信息的输入完善,各种参与元素进一步组合压缩。

推导互动中的读者感悟升华环节。经过推导互动中的读者体验、映射协商过程,读者主体在争取更好地感悟整篇诗歌的意境时,力求更好地推导、把握作者的创作目的,借助于自己的认知判断和领悟力进一步扩展,最终实现对全诗主题意境的感悟升华,即"事小意大""坏能促好",这也印证了弗罗斯特自己就此诗所说的"一件小事往往触及更大的事情,总是指向更深的意义"[①]。

事小意大。弗罗斯特所生活的新罕布什尔农场,冬日下雪是常见的天气,而鸟儿飞离或筑巢把树上积雪抖落是很小很小的事情,但就因为这不起眼的落雪溅身,把诗人从沮丧悲凉中警醒,振作起来面对生活!在我们的生活中,再小的事情,也有它的道理,要善于发现小事背后的大意义。

坏能促好。乌鸦、铁杉树虽然传递"坏的或不好的征兆",雪"尘"撒头撒身虽然可能会让人感到不舒服,但在"我"的感受中,它们却散发着积极向上的正能量,帮助摆脱坏心情、收获好心情。大自然具有独特的疗伤作用!在我们的生活中,坏事或不好的事,只要利用恰当,也会向好的方向发展,促使好事的发生。

B.《后退一步》:无结果

上文《雪尘》有明显的前因后果关联,并产生了结果,而在下文将

---

① 参阅"Dust of Snow Summary, Class 10 Explanation, Literary Devices"一文。来自 https://www.successcds.net/learn-english/class-10/dust-of-snow.html(2021)。

探讨的弗罗斯特的《后退一步》中,因为人的主观能动性,有效避免了灾害伤人的结果。读者同样可以在语篇整体上,从因果关系维度切入构建心理输入空间 Ⅰ、Ⅱ,揭示因果关系维度的主体间推导互动基础上的双域高级网络整合过程。

One Step Backward Taken

by Robert Frost

Not only sands and gravels	原因:自然灾害
Were once more on their travels,	(1-7行)
But gulping muddy gallons	
Great boulders off their balance	
Bumped heads together dully	
And started down the gully.	
Whole capes caked off in slices.	
I felt my standpoint shaken	我的感受和反应
In the universal crisis.	(8-10行)
But with one step backward taken	
I saved myself from going.	避免了灾害后果
A world torn loose went by me.	(11-14行)
Then the rain stopped and the blowing	
And the sun came out to dry me.	

后退一步

不只是沙子和碎石
一再来袭滚落不断

还夹裹着大量泥浆

巨石根基松动崩裂

轰轰地相互碰撞着

一路冲下那山沟。

一座座山岬裂为碎片。

我感到脚下地动山摇

在这人世危机中。

但我往后退一步

保住了性命避免随之而去。

一个撕裂世界掠过我身旁。

然后雨停风止

太阳出来把我晒干。

（李昌标　译）

推导互动中的读者体验环节。读者主体与文本形象、作者主体对话交流，读者初步体验文本语言标识和故事情节、揣摩作者创作意图，从因果关系维度来构建原因、无结果两个心理输入空间(图4.11)。全诗共14行，前7行描述"我"目睹山洪灾害暴发的惊险场景，后7行叙述"我"通过果断应对，避免了山洪伤害自己的结果，其中第12—14行也夹杂着山洪掠过、雨过天晴的自然景况描写，从叙事比重上考察，该诗属于少量叙事诗。故事中的"我"身份不明，很可能是虚构人物，读者自身储备的应对灾难背景知识输入对理解该诗至关重要；而诗人以第一人称"我"来叙述故事，其背后也许与诗人的生活经历有关，因此其经历背景可进一步关联挖掘、发挥作用。

读者沿着因果脉络，辨识构建心理输入空间Ⅰ、Ⅱ的突显语言标识或空间构建语。在事因中，前7行先用并列结构"not only ... but (also)..."连接沙石(sands and gravels)滚落、泥浆(muddy gallons)

夹裹,再以物质过程 Great boulders bumped heads 的拟人形式、Whole capes caked off 的比喻方式,表述巨石崩裂、山岬破碎的自然灾害原因,这些并列结构和物质过程传递的自然灾害构建为心理输入空间Ⅰ"原因(山洪灾害)"。"成功避免灾害的结果",即"无结果"中,后 7 行用心理过程"I felt my standpoint shaken"表达"我"承受危机的初步感受,用转折连词 But 引出避免灾害的果断反应 with one step backward taken,用一系列动词 saved、went by、stopped、came out to dry 呈现一连串连带结果,即"我"成功避开洪流,没有让灾害造成伤害"我"的结果,一个撕裂的世界从我眼前掠过,风停雨住,太阳出来烤晒着我,这些结果信息构成输入空间Ⅱ"无结果(未伤及我)"。与此同时,含有"自然灾害/危机应对"共享组织变量的类属空间在读者主体的读者体验中建立起来,经过映射协商环节的映射、组合、完善,最终在感悟升华环节获得新显结构。我们可以用图 4.11 来图示互动中的《退后一步》三环节双域高级网络整合过程。

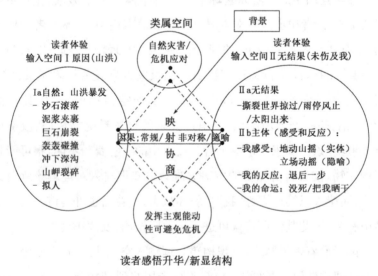

图 4.11　主体间推导互动基础上的《后退一步》双域高级网络整合

推导互动中的映射协商环节。在经过推导互动中的读者体验过程之后,读者进一步与文本形象和作者主体进行交流和认知协商,理解文本及其关联信息,并力求进入作者主体心境视野、了解角色,与之深入推导互动。具体来说,读者利用"因果"关键关系,在自然-自然、自然-主体两个层面,映射连通输入空间Ⅰ、Ⅱ的相关呼应物,并有选择地组合相关框架组织关系,其间不断激活提取、关联挖掘相关背景知识,来完善主体间互动中的协商过程。

自然-自然层面,读者利用"因果"关键关系,在类属空间"自然灾害"变量的调控下,以常规呼应元素映射方式映射连通输入空间Ⅰ、Ⅱ的相关呼应物。在输入空间Ⅰ"原因(山洪)"里,山洪暴发是自然直接原因,刹那间,只见沙石滚落、泥浆夹裹、巨石崩裂、轰轰碰撞、冲下深沟、山岬裂碎,上演了一场突如其来的自然灾害;输入空间Ⅱ"无结果(未伤及我)"里,一个被山洪撕裂的世界掠过我身旁,然后雨停风止,太阳出来烤晒着一切。着墨篇幅较多的自然山洪原因与自然山洪结局之间相互映射,并组合成不同的自然灾害框架组织。

自然-主体层面,读者利用"因果"关键关系,在类属空间"危机应对"变量的调控下,以非对称呼应元素映射方式映射连通输入空间Ⅰ、Ⅱ的相关呼应物。输入空间Ⅰ里,依然是事因"山洪暴发";输入空间Ⅱ里,主体"我"感受到脚下地动山摇,但"我"果断后退一步,避免了"我"的死亡、太阳出来把我晒干。同时,读者激活提取弗罗斯特的生活经历背景信息,同诗人感同身受,进一步完善核对协商过程,诗中描写的暴风洪灾场景,是从诗人1927年11月4日在亚利桑那州旅行中从火车上看到的一幕中提炼出来的:诗人望着窗外,一辆小汽车正驶上桥面,突然洪流暴发,桥梁被冲走,汽车在千钧一发之际及时后退,避免了坠入深渊(Sergeant,1960:381)。

与此同时,读者还映射连通输入空间Ⅰ、Ⅱ的相关拟人、隐喻呼应物。输入空间Ⅰ同样是"山洪暴发",但山洪被赋予了人的特性,比如 travels、gulping、great、balance、bumped heads,这与输入空间Ⅱ的 universal crisis(人世危机)在另一隐喻层次上相互照应,山洪可能由"自然灾害"延伸到"人世间的其他一些危机"。因此,输入空间Ⅱ里的 standpoint、shaken、universal crisis 并非只有实体所指,standpoint 指实体上的"脚下""落脚点""站立处"之意,读者还可关联挖掘其隐喻用意"立场""观点"等,因为 universal crisis 除了指普遍的大自然灾害或人世灾难等含义外,可能还隐指可大可小的其他危机,或许指弗罗斯特生活中面对的危机,或许当年的二战就是一次全球性的大危机(Marcus,1991:189),或者说不同的挑战。这些"其他危机"有可能动摇"我"的立场、观点。在输入空间Ⅱ里的隐喻层面,读者可能会想到,假如面对的是其他危机,在暂时立场动摇时,只要"我"/人发挥主观能动性,果断采取措施,就可能会有效避免危机带来的后果。这也许是弗罗斯特字斟句酌、精挑细选采用 standpoint、shaken、universal crisis 等词语的高明之处吧。

推导互动中的读者感悟升华环节。经过读者体验、映射协商的互动过程,读者主体在争取更好地感悟整篇诗歌的意境时,力求更好地推导、把握作者的创作目的,借助于自己的认知判断和领悟力进一步扩展,最终实现对全诗主题意境的感悟升华,即通过主体间推导互动的高级概念整合,可以进一步赋予"后退一步"哲理的意义:自然灾害、其他危机可以给人带来灾难,但若人充分发挥自己的主观能动性,就可避免灾害、危机本会产生的后果。

在面对突如其来的极端灾难时,人们有时显得十分脆弱,这时急中生智、把握时局,积极主动地选准方向及时"后退一步",才能避免灾难带来的后果,才能"海阔天空"、起死回生。后退并非懦夫的表现,能动地后退恰恰是勇猛的重要组成部分,适时的后退一步就是前进一步,正如列宁所说,"有时后退一步是必要的,这样就会前进

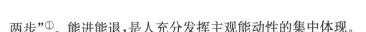

两步"①。能进能退，是人充分发挥主观能动性的集中体现。

进一步说，在面对生活工作中的多重挑战或棘手困难时，要审时度势、保持头脑清晰，思想不能僵化，恰当调整自己的立场、观点，即使在紧急的情况下也能把握好"后退一步"的时机，避免损失，转劣势为机遇。

因此，恰时有效地"后退一步"，可防止无谓的失败，更换来"前进两步或三步"，赢得最好的结果。②

C. 思考：因果捕捉

通过 A、B 两首诗例的整合分析，我们发现：诗歌因果维度的主体间推导互动高级整合，关键在于读者主体对诗歌叙事本身的内在因果关联的捕捉提炼。这种捕捉提炼，是指读者基于诗歌叙事内容和自己的认知判断，从包括时间、空间、主体、因果等多种维度的可能性中，优选最合适的因果关联维度，特别是要捕捉到各输入空间的相关呼应物及其紧密相关的背景知识，提炼出合理的前因后果逻辑关系，便于推导互动中的读者体验、映射协商、读者感悟升华三环节的高级整合。

当然，并非所有具有或者不具有明显因果标识的诗歌，都可以从因果维度来进行概念整合，有些诗歌可能更适合从其他叙事结构维度来整合，这取决于诗歌叙事内容本身的逻辑意图和读者自身的认知把握。可见，因果叙事是诗歌叙事语篇的重要特征，也是读者主体

---

① 参见 https://quotepark.com/quotes/1027165-vladimir-lenin-it-is-necessary-sometimes-to-take-one-step-backwar/(June 3, 2021)

② 也有学者(Fangan, 2007:316)认为，这次暴风泥石流是一次突发事件，"后退一步"还看不出当事人的承受力(endurance)或忍耐品质，幸免于灾或许是一种侥幸的成功(fluke)。还有学者(Schulz, 1969)认为，在处理世界危机时，过于自负或闭门生智的"后退一步"对于一个人来说意味很多，避开危机变得越来越不切实行，现代诗人或作家需要走进事件危机做更多了解。

认知整合诗意的重要认知途径。

　　本章上文从时间、空间、主体、因果这四个不同结构维度，切入了对语篇层面双域高级网络概念整合的探讨。在此，需要说明的是，含有叙事成分的语篇具有各种不同的基本叙事脉络，读者在阅读不同诗歌时，也会从各种角度来关联映射整合，除了时间、空间、主体、因果，还可以从多种其他角度进行语篇层面的双域高级概念整合。下一小节结合唐诗不同于英语诗歌的特点，从一个新的角度切入分析。

4.5　唐诗中"景-事-抒/议"要素维度的双域高级网络

　　正如本书第一章所述，含有叙事成分的诗歌具有三种基本诗行要素：景（描写景物）、事（包括对人物行为、言语和想法的叙述）、议/抒（议论/抒情）。上文分析的诗歌中，有的是叙事诗（其中有的仅含有"事"这一种要素），有的则是含有一定叙事成分的抒情诗（往往含有"景、事、议/抒"中的两种或三种要素）。这两种诗歌在中英文中都存在。在唐诗中，有相当数量的诗篇从整体上说都是借事抒情，或者借事抒情/借景抒情，这是唐诗的一种典型特征，在英文诗中较少见到。这种借事借景抒情的诗歌，像其他种类的诗歌一样，有时难以从时间、空间、主体、因果等角度进行语篇层面的双域高级概念整合，需要从其他角度建构双域高级网络，包括从叙事要素的维度。下面以王维的《山中送别》为例，来说明这一问题。具体来说，对于王维的《山中送别》，从"情感波动"认知维度在整体语篇上揭示主体间推导互动基础上的双域高级网络整合过程。

山中送别

王　维

山中相送罢，　　　（叙述行为）

日暮掩柴扉。

春草明年绿，　　　（叙述想法）

王孙归不归？

不难看出，这首诗难以从时间、空间、主体、因果维度构建双域高级网络，需要利用叙事"要素诗行"模块来凝练其本身的内容，构建其双域高级网络。

推导互动中的读者体验环节。读者主体与文本形象、作者主体对话交流，初步体验文本语言标识和故事情节、揣摩作者创作目的，从叙述行为（以行为抒情）和想法（以想法抒情）维度来构建两个心理输入空间（图 4.12）。就诗歌叙事性质来说，前两行叙事，后两行抒情，其间点缀景物描写，总体上是以事抒情的少量叙事诗。就故事人物身份而言，诗中涉及送行者和友人两个故事人物，但侧重从送行者视角来叙述其送别、望归，实质上是对单一主体人物的刻画，加上作者王维作"送别"诗，往往把自己的生活经历深度融入诗歌叙事之中，这送行者很可能就是诗人王维自己，因此他的生活、创作经历背景需要参与读者主体的认知整合过程。

读者沿着以事抒情的脉络，辨识构建心理输入空间Ⅰ、Ⅱ的突显语言标识或空间构建语。诗题有"送别"二字，诗中也有"送""归"二字相呼应，但首行"相送罢"一"罢"字，并没有直接写"送"的过程，只是淡淡交代送别友人结束，诗人"掩"门进屋，但惜别的情感寓于其中；"归"也只是在发问中提出疑惑，并未写"归"的过程，但期许的情感已注入这"归不归"中。"相送""掩柴扉"的送别叙"事"主要集中在

一、二行中,读者可在"事要素诗行"之内,建构输入空间Ⅰ"行为-惜别";对"归不归"的期许抒感主要集中在三、四行,可在"抒要素诗行"之内,构建输入空间Ⅱ"发问-期念"。含有"思念"共享组织变量的类属空间在读者主体的读者体验中建立起来,经过映射协商环节的映射、组合、完善,最终在感悟升华环节获得新显结构。我们可以用图4.12来图示互动中的《山中送别》三环节双域高级网络整合过程。

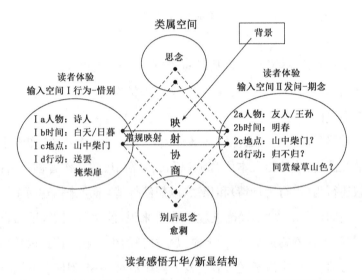

图4.12 主体间推导互动基础上的《山中送别》双域高级网络整合

推导互动中的映射协商环节。在经过推导互动中的读者体验过程之后,读者进一步与文本形象和作者主体进行交流和认知协商,理解文本及其关联信息,并力求进入作者主体心境视野,与之深入推导互动。具体来说,读者利用常规呼应元素映射方式,在"思念"共享变量的调控下,映射连通输入空间Ⅰ、Ⅱ的人物、时间、地点、行动、想法相关呼应物,并有选择地组合压缩,其间不断激活提取、关联挖掘相关背景知识,来完善主体间的协商过程。

"人物"呼应元素上,输入空间Ⅰ里的人物主体很可能是诗人王维(1a),输入空间Ⅱ里是友人"王孙"(2a)。至于王孙,这里读者激活提取典故知识,完善主体间的协商过程:两汉淮南小山的《楚辞·招隐士》有"王孙游兮不归,春草生兮萋萋"之句,王孙滞留山中,辞作者要招其离开山中归家;而王维则反用其意,盼友人回到山中来(陶文鹏,1991:140)。此处王维化典指称友人为王孙,可见二人之间情感何等笃深弥珍,也可想分别后二人之间的思念相望。

"时间"呼应元素上,输入空间Ⅰ里的呼应时间可能有两个(1b),一是"古人白天行路,故送别基本不可能是傍晚"(马玮,2017:219),即王维可能白天在山中送客;二是夕阳西下、日暮时分,才回家关上柴门。输入空间Ⅱ里是明年春开草绿之时(2b),从白天到傍晚、旋即跳到明春,才刚刚送别,重逢之念就上眉梢,时间巨幅拉近,王维与友人之间的思念之情也无限贴近。

"地点"呼应元素上,输入空间Ⅰ里的呼应元素是山中(1c),乃送别之地;输入空间Ⅱ里,随着诗人发问,友人再归来山中还是一个未知数(2c)。"地点"呼应元素上出现了不确定性,这越发表露诗人对友人的思念之切,越是指望友人能回到山中,越有可能回不到山中。

"行动"呼应元素上,输入空间Ⅰ里的呼应元素是"送罢""掩柴门(1d)","罢"看似轻描淡写,实则诗人心里并不平静,别后的惆怅、寂寞、回味等思念汇集在"掩门"之内。这时读者关联挖掘相关背景知识,进一步完善主体间的协商过程。柴门,指古人用木板藤条做成的简易院门,柴门暗自"掩"闭,讲述诗人多少内心事:该诗疑是诗人隐居于蓝田辋川之际所作,一则王维壮年"丧妻未娶,孤居三十载";二则王维仕途受挫、亦官亦隐于此,平时大多一人生活,难得友人来访,聚时几度欢愉,离时难掩寂寥,"掩门"独思,寂上加寂,思念加一倍。输入空间Ⅱ里的呼应元素是"归不归""同赏绿草山色"(2d),读者继续激活提取句意"王孙游兮不归,春草生兮萋萋",完善协商过程:诗人把原句中的陈述感叹语气改为疑问句"王孙归不归",反向使用原句中王孙出山回家的方向,希冀友人从家回到诗人的身边"山中",这更加表明诗人担心、生怕友人不能回来,不能同赏山中春色美景,想到绿草依然萋萋,不知友人在何方! 诗人急切重逢的牵挂心情愈加强烈,达到最高点!

上述跨空间的呼应元素在相互映射连通中,与被输入的相关背景信息,一起组合压缩。

推导互动中的读者感悟升华环节。经过读者体验、映射协商的推导互动过程,读者主体在争取更好地感悟整篇诗歌的意境时,力求更好地推导、把握作者的创作目的,借助于自己的认知判断和领悟力进一步扩展,最终实现对全诗主题意境的感悟升华,即通过主体间互动的高级概念整合,可以产生"别后思念愈稠"的新显结构。

别后独处,凄寂思念之情愈稠。王维不写送别之情态,转而剪裁着墨掩门之行动,留下"空白",善于"以有限文字,引发无限遐想"(王志清,2015:190),诗人黯然神伤、寂寞惆怅的思念愈发浓烈稠密,正所谓"扉掩于暮,居人之离思方深"(唐汝询《唐诗解》)。

别后期归,希冀思念之情愈稠。王维不在送别之时说盼友人归来,别具匠心地淡化离时情绪,而是在别后借"春草年年绿"的意象,见绿草欲见友人,内心波澜一阵盖过一阵,思念加倍迫切,但人世间重逢往往难料,并非总是天遂人愿,正所谓"草绿有时,行人之归期难必"(唐汝询《唐诗解》)。

4.6 本章小结

本章基于 Turner(2014;2017)的双域高级概念整合机制,从主体、时间、空间、因果、"景-事-抒"要素等叙事认知维度,以四位诗人的相关诗歌为例,就诗歌叙事的双域高级网络整合进行了分析。我们认为:

首先,主体间推导互动基础上的双域高级网络整合对于含有叙事成分的相关诗篇具有强大的解释力。无论是含有少量叙事、多量叙事还是纯叙事成分,在解读这些诗篇时,读者主体均可从整体语篇上辨识其中的认知维度规律,并据此从不同认知维度来构建双域高级网络的心理输入空间Ⅰ、Ⅱ,实现最优化的三认知环节的高级整合。换言之,读者引领的主体间推导互动中的读者体验、映射协商、读者感悟升华三认知环节具有可操作性。

其次,本章通过对相关诗篇的双域高级网络整合分析,进一步完善了 Turner 提倡的双域高级整合概念,主要体现在"类型的细化"(即在每一种认知维度的范畴内,结合诗歌语料区分了不同的次分类)和"机制的优化"(即映射连通方式、背景输入方式的凝练运用)两方面,从语篇整体上丰富了对双域高级网络整合的研究。

本章双域高级网络的主体间推导互动中的整合分析,为第五章主体间推导互动基础上的诗歌叙事语篇一个心理网的多域高级网络整合、第六章主体间推导互动基础上的诗歌叙事语篇两个/多个心理网的高级网络整合研究奠定了基础。

第五章　诗歌叙事语篇一个心理网的多域高级网络整合

第四章我们考察了在整个诗歌叙事语篇层面,读者在主体间推导互动基础上进行的双域高级网络整合。本章将探讨读者如何在诗歌叙事语篇层面进行主体间推导互动中的多域高级网络整合。针对四位诗人创作的含有不同叙事比重成分的诗歌来说,双域高级网络整合是一种基本的认知路径,在读者引领的主体间推导互动的整合中发挥重要作用。有的含有叙事成分的诗歌并不适于双域高级网络整合,就这些诗歌而言,读者还需要建立含有多个心理输入空间的多域高级(或超级)网络(见本章)、两个/多个心理网的高级(或超级)①网络(见第六章)。

有鉴于此,根据 Fauconnier & Turner(2002)在四种基本网络类

---

① 关于"高级"或"超级"使用,相对于双域高级网络,多域高级网络是由多个心理空间或多个心理网构成的超大型网络,因此 Fauconnier 用了 megablend、Turner 用了 superblending 来表达这种超级网络。本书认为,双域高级网络、多域高级(超级)是高级概念整合网络的两种形式,多域高级网络即多域超级网络,"多域超级"似乎从名称上更直观地显示它与"双域高级"网络的区分度。考虑到需与本书题目中的关键词"高级概念整合"保持一致,因此本书视"多域高级""多域超级"为同一概念,并使用"多域高级"来描述。

型基础上提出的多域网络(multiple-scope network)宏观设想,以及Turner(2014;2017)提出的连锁网络构想,本书在前期相关研究(李昌标,2012;2015;2017;2024)的基础上,利用建立的主体间推导互动基础上的三环节高级整合过程,进一步揭示这些不同网络类型的主体间推导互动中的整合过程。本章重点讨论平行型(5.1节)、总叙-平行分叙(5.2节)、循环复合型(5.3节)多域高级网络的概念整合。

5.1　平行型多域高级网络

平行型多域高级网络是指在整体语篇层次上由三个或三个以上输入空间组成的呈现并列关系的多域超级整合网络。其在主体间推导互动基础上的概念整合特点在于:在主体间推导互动中的读者体验环节,读者主体与文本形象、作者主体对话交流,选择一种最佳认知维度切入,建构各心理输入空间,这些空间之间享有平等、并列的地位关系。在推导互动中的映射协商环节,读者进入作者的心境视野,深入互动,在此基础上进行跨空间映射连通,各输入空间的相关呼应物或元素之间可以同步来回映射,方式包括在类属空间共享组织变量的调控下的关键关系映射、常规呼应元素映射、非对称关系映射,映射涉及的相关呼应物向不同的框架组织或组织关系组合压缩,并通过读者对不同背景知识的激活提取、关联挖掘输入得到补充完善。在推导互动中的读者感悟环节,读者在映射协商环节的基础上,进一步推导作者的创作目的,争取更加深入地理解整篇诗歌,并充分发挥自己的认知判断和领悟力,进行认知扩展,直到产生"人之所及"的新显结构。四位诗人诗歌中,适合用平行型多域高级网络来整合的典型诗歌如表5.1所示:

表 5.1　适于用平行型多域高级网络整合的典型诗歌

王维	《归嵩山作》《渭川田家》《春中田园作》《待储光羲不至》
杜甫	《曲江对酒》《登岳阳楼》
希尼	《挖掘》（"Digging"）、《来自良心共和国》（"From the Republic of Conscience"）、《搅奶日》（"Churning Day"）、《盖屋顶的人》（"Thatcher"）、《半岛》（"The Peninsula"）、《惩罚》（"Punishment"）、《阿斯图里亚斯的小颂歌》（"The Little Canticles of Asturias"）、《区线与环线》（"District and Circle"）、《画家之死》（"Death of a Painter"）、《给爱维恩的风筝》（"A Kite for Aibhín"）
弗罗斯特	《傍晚散步》（"A Late Walk"）、《留不下》（"Not to Keep"）、《熟悉黑夜》（"Acquainted with the Night"）、《寻找紫边兰》（"The Quest of the Purple-Fringed"）

5.1.1　主体维度的平行型整合

一般来说，读者主体可从主体、时间、空间、因果这四种维度来建构平行型整合网络。下面从多个平行人物主体的认知维度切入，以希尼的成名之作《挖掘》为例，揭示在主体间推导互动基础上的平行型多域高级网络高级整合过程。

Digging

Seamus Heaney

Between my finger and my thumb　　　　　　　（诗节 1）
The squat pen rests; snug as a gun.

Under my window, a clean rasping sound　　　（诗节 2）
When the spade sinks into gravelly ground:
My father, digging. I look down

Till his straining rump among the flowerbeds　　（诗节 3）
Bends low, comes up twenty years away
Stooping in rhythm through potato drills
Where he was digging.

The coarse boot nestled on the lug, the shaft　　（诗节 4）
Against the inside knee was levered firmly.
He rooted out tall tops, buried the bright edge deep
To scatter new potatoes that we picked,
Loving their cool hardness in our hands.

By God, the old man could handle a spade.　　（诗节 5）
Just like his old man.

My grandfather cut more turf in a day　　（诗节 6）
Than any other man on Toner's bog.
Once I carried him milk in a bottle
Corked sloppily with paper. He straightened up
To drink it, then fell to right away
Nicking and slicing neatly, heaving sods
Over his shoulder, going down and down
For the good turf. Digging.

The cold smell of potato mould, the squelch and slap　　（诗节 7）
Of soggy peat, the curt cuts of an edge
Through living roots awaken in my head.
But I've no spade to follow men like them.

Between my finger and my thumb　　　　　　　（诗节 8）
The squat pen rests.
I'll dig with it.

挖　掘

谢默斯·希尼

我的食指和拇指之间
夹着一只粗壮的笔，舒适得如枪一般。

窗台下，响起清脆刺耳的声音
铁铲正切入沙砾的地里：
我的父亲在挖地。我往下看

直到花圃间他绷紧的臀部
弯下去，抬起来，恍若二十年前
有节奏地弯腰穿过土豆垅
他在挖掘。

粗糙的靴子踩着铲头，长柄
紧贴膝盖内侧使劲撬动。
他根除高高的茎叶，雪亮的铲刃深插地里
我们捡拾他撒出的新土豆，
喜欢它们在手里又凉又硬的样子。

上帝作证，这老头精于操弄铁铲。
就像他的父亲。

我爷爷一天挖出的泥炭

比在托纳沼泽里其他任何人挖出的都多。

有一次我给他带去一瓶牛奶

瓶口用纸草草塞住。他直起身

喝下，又立马弯下身

利落地又切又割，把草泥

抛过肩，不断往深处挖

寻找好的泥炭。挖掘。

土豆沃地里的凉冷气息，湿泥炭里的

嘎吱声和拍打声，切下活根茎的短促刀刃声

唤醒了我的意识。

可我没有铁铲去追随像他们那样的人。

我的食指和拇指之间

夹着这只粗壮的笔。

我将用它来挖掘。

（李昌标　译）

推导互动中的读者体验环节。读者主体在逐行、逐节阅读该诗的基础上，在整个语篇层面与文本形象、作者主体对话交流，初步体验语言标识和故事情节，揣摩作者创作目的，从多人物主体维度来构建语篇层面的三个平行心理输入空间。就诗歌叙事性质而言，《挖掘》讲述了祖孙三代平日耕耘的实地情景：我端坐书桌前用"那支粗壮的笔"静静耕耘，父亲在家居的窗外花圃间挖地、在田垄间"播撒土豆种"，而爷爷在偏远的托纳湿地"挖泥炭"，三代人的"挖掘"场景平铺直叙、娓娓道来，在叙事比重和情节处理上该诗表现出纯叙事的诗歌特色。从故事人物来看，I、my father、my grandfather 都没有指名道姓，属于模糊指称，可被视为虚构故事人物；但爷爷"挖泥炭"的地方 Toner 是真实地名，"我"也可能是用笔写诗的诗人希尼，再者读者也可推断希尼的父亲、爷爷当年可能就是在从事"挖泥炭""播种土豆"的劳作，因此诗人和家人的真实生活、创作经历等背景，也可考虑纳入主体间推导互动基础上的整合过程。图 5.1 中，为画图便捷起见，代表背景输入的方框箭头指向位于各心理网中心位置的竖向排列的映射协商环节处，表示"背景输入"集中在映射协商环节，但在读者体验环节对有的背景信息可能有初步感知，在读者感悟环节也可能会进一步输入。

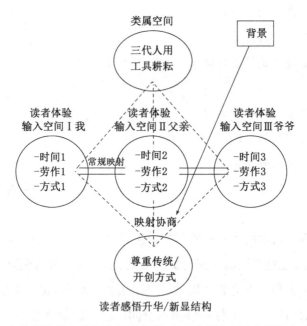

图 5.1　主体间推导互动基础上的《挖掘》的平行型多域高级网络三环节整合

与此同时，读者辨识可用来建构心理输入空间的一些突显语言标识，从主体认知维度切入，在语篇整体上来构建彼此平行的心理输入空间Ⅰ、Ⅱ、Ⅲ（图 5.1）。关于人物主体"我"，首节、尾节中的诗行

"Between my finger and my thumb/The squat pen rests"重复使用，诗节 8 中的"awaken in my head/But I've no spade to follow men like them"巧妙地把"我"从对"父亲、爷爷"劳作的回忆中唤醒———"可我没有铁铲去追随像他们那样的人"，共同构成了一个关于"我"用笔"挖掘"的叙事回环。关于人物主体"父亲"，标识词组"Under my window，a clean rasping sound"把注意力自然转移到室外父亲的劳作情景，twenty years away 以及 was digging、nestled、was levered、rooted、buried、picked 等动词的过去时态，又把"我"的思绪带回二十年前"父亲挖掘新土豆"的场景。关于人物主体"爷爷"，诗节 5 中口语化的突显感叹语 By God、old man 的重复指称（"the old man … Just like his old man"），"我"的记忆自然回到爷爷的劳作活动，一连串过去时态动词 cut、straightened up、fell 以及动词现在分词形式 Nicking and slicing neatly、heaving、going down and down、digging，细致入微地叙述"爷爷""比其他任何人挖出的都多"的高超技能。因此，对"我"的室内写作活动叙事，构成输入空间Ⅰ"我"；对父亲的"挖掘土豆"叙事，构成输入空间Ⅱ"父亲"；对爷爷的"挖泥炭"叙事，构成输入空间Ⅲ"爷爷"。三个空间呈并列平行的分布状态，与类属空间共享"三代人用工具劳作"组织变量，经过映射协商环节的映射、组合、完善，最终在感悟升华环节获得新显结构。我们可以用图 5.2 来图示互动中的《挖掘》三环节多域高级网络整合过程。

　　推导互动中的映射协商环节。读者主体在进一步与文本形象、作者主体交流的过程中，力求进入作者的心境视野，与之深入推导互动，协商文本内容及其关联信息。在这一环节，读者采取时间、空间、类比关键关系，进行跨空间的常规呼应元素映射，并组合映射涉及的相关元素和组织关系，其间不断输入相关背景知识来完善映射协商过程。

　　首先，利用"时间"关键关系平行映射连通。诗歌把三个输入空间里不同时代的三辈人展示在读者眼前,开头从现在"握笔端坐桌前"的"我",看到窗外"二十年来如一日"劳作的"父亲",再追述到"就像他那老头子一样"的"爷爷"。诗人在这代代岁月的长河里,把岁月映射压缩拉近至单一尺度时间,以当时"我"正在桌前为时间支点(时间1),激活"父亲"正在田垄间(时间2)、"爷爷"正在泥沼里的时间节点(时间3),读者将这些"切点时间"关系加以组合,压缩成同一个时间框架组织,仿佛他们三代人同时在那耕耘劳作。读者进而激活提取希尼和家人的真实生活经历,完善主体间的协商过程:如前所述,希尼在父亲经营的牛牧农场出生长大,作为一个乡村孩子,从小就看到父亲在劳作①,父亲在地里"弯下去,抬起来"这两个剪切的劳作镜头深深地嵌入了诗人的脑海,进入了这一诗篇。

接着,利用"空间"关键关系平行映射连通。该诗采用白描手法叙述了祖孙三代在不同环境下的劳作。在输入空间Ⅰ"我"里,我手握"一支粗壮的笔,听窗外铁铲声,脑海回荡泥炭地的铁铲咯吱声",但这支笔"如枪一样"舒适地躺在我的食指和拇指之间。读者不由得关联挖掘有关笔与枪的背景信息,进一步完善映射协商过程:该诗创作于1964年,并作为1966年出版的第一部诗集《一个自然主义者之死》中的开篇之作。正值希尼27岁年轻气盛的大好年华,他在他所毕业的英国女王大学英文系担任讲师,但此时目睹了北爱天主教徒为争取公民权而举行的示威游行,亲历了自己作为信奉罗马天主教的"少数派"与占多数的英国新教教徒之间的宗教矛盾,"枪"是要射出子弹的,是一种暴力、恐怖的象征,希尼之所以选择把"笔"比作"枪",这可能隐射了这一时期的北爱宗教敌对、北爱共和军与英军战斗的严峻现实;诗人的英国和北爱尔兰人双重身份,使他如同生活在

---

① 引自"The Analysis of 'Digging' by Seamus Heaney"一文,参见 https://www.global-planet.net/uploads/1/0/9/5/10952775/the_analysis_of_digging_by_seamus_heaney.pdf(November 19, 2019)。

英国、北爱和爱尔兰之间的夹缝中(in-between)，因此欲借"枪"止枪，写出反映自我、回应时代困局的有力诗篇。正如他在《一个自然主义者之死》中所说："我写诗，是为了凝视自己，让黑暗发出回声。"(希尼，2000：21)面对祖辈父辈历史和传统的继承，以及自己人生事业的选择，希尼把先辈挖地的铁铲、自己手中"舒适得像一支枪"的笔的意象结合起来，孕育了"挖掘"这一思想。

　　在输入空间Ⅱ"父亲"里，父亲"长靴踏铁铲，长柄撬泥土，挖出土豆"，在诗节4中"我们"捡拾父亲新挖出的土豆，拿着的这些新土豆"又凉又硬"，写出了童趣的味道。这时，读者关联挖掘有关"历史作者"的角色背景来完善主体间的协商过程：希尼在9个兄弟姐妹中排行老大，希尼和他的弟弟妹妹们在父亲挖土豆的时候，也喜欢跟在后面捡拾土豆、你追我赶，享受童年的玩乐，这在希尼(Heaney，1966：24)的《追随者》中也体现出这一点，一家人团结和气、齐心合力地收获庄稼，折射出北爱农村的生活方式和家庭结构。

　　在输入空间Ⅲ"爷爷"里，爷爷"利落地又切又割，把草泥抛过肩"，紧张劳作中用来解渴、补充能量的牛奶，其瓶子没有用盖子盖住，而是用松软的纸临时塞住，说明牛奶是自己家生产的，是新鲜的，直接取过来给爷爷喝上的镜头十分真实接地气，喝了牛奶就有力量挖泥炭，有了泥炭就有了燃料，生活就有更好的保障。

　　三个输入空间的相关元素经过平行映射连通，压缩组合成为尺度空间和切点空间两个内部组织关系，不同空间环境下的三代人便可同台竞技，同唱一场戏。

　　再者，利用"类比"关键关系平行映射连通。读者把输入空间里耕耘的不同方式通过"类比"关系连通起来，爷爷和父亲用铁铲耕耘，我用笔耕耘。铁铲和笔的"类比"关系压缩组合成"身份"和"范畴"关系，表明三代人共享耕耘者身份，从事劳动范畴的活动。所不同的是，爷爷和父亲手执铁铲代表了爱尔兰土地上的传统劳动者形象，而我则要成为新一代的诗人,从新的视角"向后、向下"挖掘爱尔兰的历史和传统(李成坚,2006)。

"推导互动中的读者感悟升华"环节。在体验和映射协商两环节的基础上,读者进一步推导作者的创作目的,深入理解整篇诗歌,并借助自己的认知判断和领悟力加以认知扩展,最终获得一个既尊重传统、又超越传统,开创新方式的新显结构。

尊重前辈的劳动传统。虽然祖孙三代劳作的环境、方式有别,但其本质依然是执着而崇高的劳动。诗人把过去、现在和将来融入同一首诗,意在说明"爱尔兰的民族感和文化精髓来自普通的劳动经历:历史代代相传,大地是民族之母(Xerri,2010:24)",先辈的劳动创造了物质粮食和历史文化,劳动创造了美好生活。诗人赞颂辛勤劳作的父亲、爷爷以及赖以生存的北爱土地上的文化传统。①

"超越"前辈的劳作方式,开创属于自己的挖掘方式。通过诗人对父辈们劳作情景的叙述,诗人也在与他们协商属于自己的劳作方式(Evans,1957:260)。虽然希尼不赞成人们把《挖掘》看成"一首大的、粗俗的挖掘诗"(Longley,1976:2;Parker,1993:62),但他坚信"挖掘"的开创性作用,因为这"打开了我今后劳动的通道"(Heaney,1975:59),希尼的劳动创造了精神食粮和事业发展,劳动创造了美好未来。可以说,该诗是诗人选择挖掘方式的"自然而有力的宣言书"(Foster,1995:7)。诗人以铲喻笔、以"挖"掘喻,既追随祖先的传统(欧震,2011:27),传承父辈们在这块土地上留下的遗产,又"直言不讳"地流露出对自己不能传承先辈耕作文化的惋惜愧对之意,也坦承道出了以笔代铲创作的决心和意志,最终折射出由铲到笔的劳动方式的进步。

---

① 该诗的部分解读参考了李昌标(2015)。

5.1.2　情感波动维度的平行型整合

读者主体除了可从主体、时间、空间、因果这四种维度来建构平行型整合网络之外,还可根据不同的诗歌叙事情节,考虑优选其他认知维度来建构平行型的输入空间及其多域高级网络。下面以王维的《归嵩山作》为例,从情感波动认知维度切入,揭示平行型多域高级网络的主体间推导互动基础上的整合过程。

归嵩山作

王　维

清川带长薄,车马去闲闲。	(悠闲)
流水如有意,暮禽相与还。	
荒城临古渡,落日满秋山。	(惆怅)
迢递嵩高下,归来且闭关。	(平和)

推导互动中的读者体验环节。读者主体与文本形象、作者主体对话交流,初步体验诗歌叙事性质和人物故事,揣摩作者创作目的,锚定文本的突显语言标识,从情感波动维度来构建三个平行的心理输入空间(图 5.2)。从诗歌叙事性质看,王维的《归嵩山作》以多要素联合结构为主,归去之"事"首尾衔接,诗人从青川长薄出发,与流水暮禽相伴,归居于嵩山脚下,呈现一个线性的故事发展过程,但叙"事"只在首、尾联中有明显的体现;所见之"景"穿插其中,诗人先是移情于有灵之物(颈联"流水""暮禽"),后又寓情于沿途之景(颔联和第七小句);"情"感油然起伏,融入去时之"闲闲"、途经之惆怅、归后"闭关"之平和的状态之中。事、景、情三要素交融前行,从叙事的篇幅占比和主题意图来看,该诗又属于少量叙事的抒情诗性质。从故

事人物来看,由诗题中的目的地"嵩山"到沿途经过的清川、荒城、古渡,再到王维独有的生活标签"闭关",读者可以推断该诗内容与诗人王维的经历紧密相关,因此"历史作者"的经历背景、创作风格等信息,在读者的整合中可以不断输入,帮助完善整合过程,见图5.2。

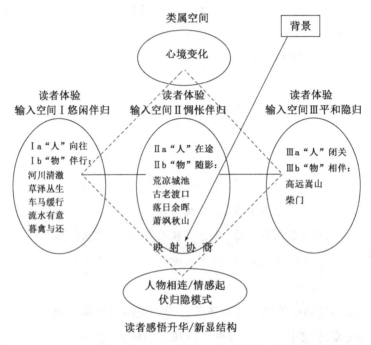

图5.2　主体间推导互动基础上的《归嵩山作》的平行型多域高级网络整合

在体验环节,读者锚定有关"情感波动"的文本语言标识,构建心理输入空间Ⅰ、Ⅱ、Ⅲ。诗题中点明"归"这一核心主题,诗行围绕"归途"展开。读者在首颔联中,先定位"去闲闲"语言标识,诗人乘坐马车悠闲缓行,兴致勃勃地向目的地出发;同时定位"相与还"标识,一路上景物相伴而行,首颔联中青川的流水也懂人意、傍晚飞栖林密长薄的鸟儿高兴地与诗人结伴而归,"流水""暮禽"被赋予了灵动与生命,物随人活,拟人化了的"川水、薄禽"成为诗人的快乐陪伴者。继而在颈联中,定位诗人一路所见的"荒城、古渡、落日、秋山"等景色标识,感受到诗人的心情随景而起伏。最后在尾联中,定位"归来闭关"标识,诗人归来"嵩高下",与外世隔绝,不问人事。换言之,从首颔联中"去闲闲"的人物相伴,到颈联中的景伴而行,再到尾联中的"归来且闭关",诗行中蕴含的情感心境发生了变化,这些具有内在主题逻辑关联的情感变化,成为构建各心理空间的结合面。沿着这个结合面,出发时的闲适情景,构成输入空间Ⅰ"悠闲伴归";途中的凄清情景,构成输入空间Ⅱ"惆怅伴归";归来后的平和情景,构成输入空间Ⅲ"平和隐归";三个输入空间彼此并列关联,与类属空间共享调控变量"心境变化",经过映射协商环节的映射、组合、完善,最终在感悟升华环节获得新显结构。推导互动中的《归嵩山作》三环节多域高级网络整合过程见上图 5.2。

推导互动中的映射协商环节。读者进一步与文本形象和作者主体进行交流和认知协商,即进一步认知理解文本及其关联信息,力求进入作者主体心境视野,与之深入推导互动。在此基础上,读者利用"变化"关键关系,通过常规呼应元素映射方式,连通输入空间Ⅰ、Ⅱ、Ⅲ的"人""物"呼应元素,并组合相关元素和组织关系,其间不断输入相关背景知识来完善协商过程。

在输入空间Ⅰ里,"人"的情感"是诗人对回归嵩山的向往"(Ⅰa),出发时神情悠然自得;"物"也拟人化了,与人伴行(Ⅰb),包括"河川清澈""草木丛生""车马缓行""流水有意""暮禽与还"等呼应元素,是诗人移情及物、借物抒志,景物也被诗人赋予了欢愉轻松的情感,正所谓"流水有意,归鸟关情"(李永祥、宫明莹,2007:45)。读者同时关联挖掘首颔联背后的互文、引用等背景信息:在出行之初,诗人便见清澈河川围绕草木茂盛的长沼地,把陆机《君子有所思行》中的"曲池何湛湛,清川带华薄"引入首句"清川带长薄",字里行间流露一副怡然自得、期许嵩山的神往心境;恰有流水飞鸟同行,诗人再借陶渊明《饮酒(其五)》中的"山气日夕佳,飞鸟相与还"之句,意欲悠然见嵩山,这次归隐就是要回到无限幽美的大自然中去,此处的"去闲闲"自然地反映了诗人此刻的闲适心境。

在输入空间Ⅱ里,"人"在归途中(Ⅱa),其心境情绪随着身旁景物的变化而波动回落;随影之"物"(Ⅱb),变换为"荒凉城池""古老渡口""落日余晖""萧飒秋山"等呼应元素,是诗人归途所见的暮秋景影,诗人寓情于景,暮秋也被染上了寡郁情感色彩,思绪由出发时的悠闲转为当下的惆怅。与此同时,读者关联挖掘颈联景物变化背后的"人"之心境,完善主体间的映射协商过程:正在闲适神往之际,只见荒凉城镇临靠古老渡口,落日余晖洒满萧飒秋山,这高山秋色虽依傍左右,但之前的安详闲适、悠然向往已在消退,令人神往的嵩山就在眼前,"越发接近归隐地,内心越感凄凉孤独"(陶文鹏,1991:70)。

输入空间Ⅲ里,"人"返回到"高远嵩山"脚下、归入柴门"闭关"之后(Ⅲa),诗人闭门谢客,生活环境变了,睹"物"思己,面对现实,神情从途中由景及物的惆怅,又趋于平和淡泊(Ⅲb)。

推导互动中的读者感悟升华环节。经过读者体验、映射协商的整合过程,读者进一步深入理解整篇诗歌,并推导作者的创作目的,结合自己的认知判断和领悟力加以认知扩展,最终实现对全诗主题意境的感悟升华,获得"人之所及"的新显结构:"归"途背后"人-物相连、情感波动"的归隐模式。

人-物相连。诗人善于把地名、地形、景物等地理特征串连起来,通过景物折射出行者的心理变化,人与物"心心"相连,浑然一体。

情感波动。纵有应物相伴,深层上又是出行者情感寄托的流程表露。通过移情于物、寓情于景、化句引典,"流水"一去不回预示诗人归隐的坚定决心,"暮禽"归栖表达对回归自然的神往,而"且闭关"又点明了诗人要闭门静修的心态。情感历经"从容自得"到"凄凉伤感"、再到"恬静淡泊"的历程,与"去闲闲""且闭关"的归山旅程相互映衬,形成了王维的归隐模式,这种模式也是古代部分士大夫的归隐缩影。

5.2　"总叙十平行分叙型"多域高级网络

在 3.3.1.2 节中,我们阐述了"总叙-平行分叙型"多域高级网络的特点。这种网络融入了平行、复合的因素,在同一个心理网内呈现多次映射连通,即先"总叙"输入空间与"分叙"平行空间链之间进行宏观层面的映射连通、再"分叙"各输入空间之间进行微观层面上的映射连通、最后微观映射后形成的临时新显结构回过头来与"总叙"输入空间进行复合映射。在四位诗人的诗歌中,可从"总叙十平行分叙"维度切入整合的典型诗歌,如表 5.2 所示:

表 5.2　适于从"总叙十平行分叙"维度切入整合的典型诗歌

王维	《终南别业》《酬张少府》《使至塞上》《观猎》《济州过赵叟家宴》
杜甫	《江汉》《捣衣》《愁》《即事》《除草》《秦州杂诗二十首(其一)》《寄李十二白二十韵》
希尼	《铁匠铺》("The Forge")、《在山毛榉中》("In the Beech")、《旧圣像》("The Old Icon")《出空》("Clearances")、《区线与环线》("District and Circle)、《关于他的英语作品》("On His Work in the English Tongue")、《变得陌生》("Making Strange")
弗罗斯特	《苹果季的母牛》("The Cow in Apple Time")、《朝向地面》("To Earthward")、《洪水》("The Flood")、《关于一只睡梦中唱歌的鸟》("On a Bird Singing in Its Sleep")、《夜晚的彩虹》("Iris by Night")

下面以王维的《终南别业》为例[①],揭示在主体间推导互动基础上"总叙十平行分叙"多域高级网络的整合过程。

---

① 该诗的互动三环节整合分析,部分参考了李昌标(2012)。

终南别业

王　维

中岁颇好道，晚家南山陲。

兴来每独往，胜事空自知。

行到水穷处，坐看云起时。

偶然值林叟，谈笑无还期。

推导互动中的读者体验环节。读者主体在逐联阅读该诗的基础上，在整个语篇层面与文本形象、作者主体对话交流，初步体验文本信息和突显语言标识，揣摩作者创作目的，构建语篇层面的"总叙＋平行分叙"心理输入空间（图 5.3）。关于诗歌叙事性质，这是一首近体诗中的五律诗，叙述了作者隐居终南山①的一幕幕往事。首联总叙自己中年即厌世信佛、晚年隐居南山之事；后三联剪裁分叙作者的日常行程活动，总体呈先总叙、后分叙的线性事件型发展，体现了多量叙事、抒寓其中的诗歌特点。关于故事人物，诗题及首联点明了人物主体居住的地点是终南山陲，作者是诗人王维，结合王维在终南山隐居的经历和该诗平白如话的写实特点，读者可以推断故事人物就是王维本人，因此其个人生活经历、创作风格等背景参与主体间互动的整合过程，帮助填充唐诗的信息跳跃"空白"。

同时，读者辨识相关突显语言标识，在语篇整体上来构建各心理输入空间。首先，锚定首联中的"好道""家"语言标识，这里的"家"是"安家在""定居于"之意，从宏观上给下文阐述定调，是虚写"好道"。接着，锚定后三联中的一连串动词标识"往""行""坐看""值""谈笑"，

---

① 终南山，又名南山、太乙，太乙是主峰，也是别名，即今日秦岭，西起甘肃天水，东至河南陕县，绵亘千余里（杨义、郭晓鸿，2005：140）。

"空""偶然""无"等佛性词语以及"水穷""云起"之禅象,前后叙事衔接有序,事景禅理融合发展,从微观上充实回应首联、为"好道"之实写。首联的"虚写"内容信息,构成第一个复合输入空间"总叙";后三联的"实写"内容信息,组成一个相互平行映射的心理空间链,即五个不同的心理输入空间:输Ⅱ"往"、输Ⅲ"行"、输Ⅳ"看"、输Ⅴ"值"、输Ⅵ"谈",真"有一唱三叹不可穷之妙"(张忠纲,2007:227)。输入空间Ⅰ"总叙"与心理空间链之间共享类属空间的"好道/隐居"调控变量,输入空间Ⅰ与心理空间链之间进行主题上的互动映射连通,心理空间链内部同时平行互动映射连通,产生一个临时性的新显结构,再回过头来与输入空间Ⅰ进一步复合映射,追求更为高远的整合意境,直到在感悟升华环节认知扩展,产生全诗的新显结构。我们可以用图5.3来图示推导互动中的《终南别业》三环节"总叙-平行分叙"多域高级网络整合过程。

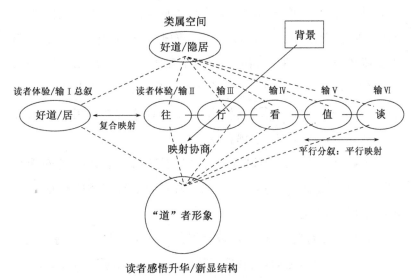

图5.3　主体间推导互动基础上的《终南别业》的总叙-平行分叙多域高级网络整合

　　推导互动中的映射协商环节。首先进行宏观上"主题"的映射连通，即读者从宏观上把握输入空间Ⅰ"总叙"与五个"分叙"输入空间的主题映射连通。

　　"总叙"中，诗人中年就"颇好道"，晚年居于"南山陲"。要理解首联对下文内容的"好道"主题定调，读者需要"激活提取"诗人王维作为"历史作者"的个人生活经历背景，完善主体间的协商过程。先看"颇好道"，王维中年之所以信佛拜道，这与他的母亲对他的耳濡目染有关：年少时父即卒，母亲博陵崔氏抚育他们兄弟五人，王维为长子。崔氏笃信佛教，持戒安禅，"师事大照禅师三十余岁①"，在王维的心田上播下了禅宗的种子，对他的人生和文艺创作影响深远（李昌标，2017：2）；他的名和字，就受母亲的影响取自《维摩诘经》，名、字连读便是"维摩诘"，期许与佛经《维摩诘所说经》中的维摩诘大居士般通达智慧（陈殊原，2005：11）；还与他的半官半隐、远离尘嚣有关，"退朝之后，焚香独坐，以禅诵为事"（陈殊原，2005：55）。再看"南山陲"，在唐朝长安（陕西西安）以南的终南山（或曰南山、中南山、太乙山）附近，王维买下唐诗人宋之问的辋川别墅安居于此（马玮，2017：113）；因离京城近，不少文人士子流连隐居在这里，大多以退为进、等待理朝机会，走一条"终南捷径"，但王维与他们不同，是想真正归隐（陈殊原，2005：53），闭关南山、念佛自寂。

　　"分叙"中，读者在阅读"往""行""坐看""值""谈笑"一系列事件过程时，受到"好道"主题的预设主导，有意识地与"总叙"相关联，宏观上相互映射连通。

　　微观上"平行空间链"互动映射整合。在进行了"好道"虚写的宏观层面的映射过程之后，读者接着利用常规呼应元素映射方式，平行

---

　　① 《王右丞集笺注》卷十七《请施庄为寺表》说："臣亡母故博陵县君崔氏，师事大照禅师三十余岁。褐衣蔬食，持戒安禅，乐住山林，志求寂静。"一代名僧大照禅师即普寂，是禅宗北宗神秀的弟子。

映射连通五个输入空间的相关呼应元素,生活点滴之趣,一幕幕情景扑面而来:

　　输入空间Ⅰ"往"中的呼应元素是:诗人先是兴来独往、欣赏胜景,可谓"空自知"。一个"空"字,一经读者激活提取相关引语,道尽诗人心思,主体间的协商过程进一步完善:一则自我陶醉于如此美景,还是"有一丝没有朋友陪同分享的遗憾"(马玮,2017:113);二则惋叹背后其实是反语,借以表达自己高怀逸心罕有同调,却能独赏自得其乐,不求人知反而其趣最妙(陶文鹏,1991:15)。"空"字也是佛家用语,正所谓"无常心""不住心",闲情逸致、安详自足,诗人的信佛养性同时得到关联挖掘。

　　输入空间Ⅱ"行"中的呼应元素是:诗人继续闲步水滨,水穷辄止;输入空间Ⅲ"看"的呼应元素则是:诗人便坐下来,无拘无束观看云卷云舒。该诗的诗眼"行到水穷处,坐看云起时"千百年来被人们津津乐道,读者关联挖掘起来,仿佛置身其境,看见诗人席地而坐,怡然自得。表面上看,诗人独来独往也是快事,不知不觉顺着水流走到尽头,席地歇坐,仰望天穹、云起云落,有一种"应尽便须尽"的坦荡松弛和意犹未尽,佛家的"一片化机"禅理[①]和对自然美的欣赏融合到了极处,官场的沉浮和世间的烦恼抛之脑后,诗人的心里也悠闲到了极点,向往佛家"忘我""无我"的空灵超然境界。深层次看,该诗眼也被世人视为人生警句,闲极则反,"水穷处"也许是人生的困境时刻甚至是绝境刹那间,不必有山重水尽、穷途末路的悲哀,要树立包容豁达的人生观,不妨停下脚步来冷静一阵,试着往旁边看看,回过头看看,或向天空看看,反而会体味到更加宽广深远的人生境界(马玮,2017:114),也许云开雾散、柳暗花明,信心和勇气倍增,绝处闪烁希

---

　　① 正如王维在《送别》中的"但去莫复问,白云无尽时"、《辋川集·欹湖》中的"湖上一回首,山青卷白云"一样,白云舒展无常,妙境无穷,佛性也寓于其中。

望,人生迎来拐点和机遇。

输入空间Ⅳ"值"中的呼应元素是:诗人闲步途中,偶遇林叟。读者关联挖掘诗中"偶然"二字背后的情形,路遇林叟是偶然,乘兴出游本偶然,行至水穷亦偶然,恰看云起似偶然,谈笑忘返属偶然,正所谓处处偶然,处处都是"无心的遇合",这便是作者随遇而安、随缘自适的闲适恬淡之情,何等自得其乐!

输入空间Ⅴ"谈"中的呼应元素是:诗人和林叟尽意谈笑中,不知不觉忘返归期。从"无还期"三个字,读者可看到诗人与林中老头谈笑风生何等投入,在谈笑中忘记了回返终南山麓所居别业的时辰①,人与自然合脉合一;读者还可关联挖掘诗人在名山终南山中忘却了所谓的"终南捷径"。整个叙述出游过程一气呵成、不着雕饰,行有所到、心之所往,五个输入空间之间的诗人徜徉自然与好道悟禅浑然天成。

这些呼应元素经过平行互动映射连通,有选择地组合压缩,连同相关背景信息的完善压缩,进一步把"好道/隐居"实写"扩展"为临时性新显结构,即诗人在自然美景中每向前行一步,闲适心境与佛意道念也随之融入。

推导互动中的读者感悟升华环节。经过了宏观上的主题、微观上的出行两轮映射连通、整合后,读者再回过头来把临时新显结构中的"每一步前行都加深一层'好道'"的呼应元素,与输入空间Ⅰ中的呼应元素"在合适的终南山宅邸萌生合适的'好道'想法",进行复合映射连通,二者虚实相生,妙于取譬,并结合对整篇诗歌的深入理解和对诗人创作目的的进一步推导,进行认知扩展,实现对全诗意境的感悟,即塑造了一位把物景欣赏与闲适心境融为一体、把隐居生活与豁达性格连在一起的隐居"道"者形象。

---

① 诗人似乎到了在林中忘却了身处终南山林的超然境地,就像希尼《圣人开文与乌鸫》诗中的圣人开文,静心孵养幼鸟,"在河边忘却了河的名字"。

物景-心境相融。诗人信步赏景,怡情悠闲,原来"偶然"并非偶然,心静则景适,意闲则物随,物我两忘,诗人的淡逸天性和悠然自得在平淡的叙述中得到升华。

退隐-豁达合体。诗人置身尘外,隐退而安,"空自"则禅趣,悟道则豁达,诗人的淡泊自乐和超然物外的处事哲理在"好道"的净化中得到了升华。

5.3　循环型多域高级网络

第三章阐述了本书提出的循环型整合方式,即在两个或多个故事事件构成的心理输入空间的并行映射过程中,节外生枝地与文本之外的故事事件心理输入空间的相关呼应物相互映衬,构成一个叙事循环。其特点在于:当前心理输入空间中的叙事主题回归到诗人自己以前的作品,形成一个新的心理输入空间,并与当前的诗作构成一个叙事认知循环。四位诗人的诗歌中都有这种叙事循环现象,希尼的诗歌尤为体现这种叙事循环特色(如表 5.3 所示)。读者在整合这些诗歌时,把握叙事循环对理解全诗意境至关重要,因此之前诗歌的叙事事件通常可视为一个复合心理输入空间,与当前诗作的各叙事心理输入空间形成循环叙事关系。

表 5.3　适于建构循环型多域高级网络的典型诗歌

王维	《杂诗三首(其二)》《九月九日忆山东兄弟》《叹白发》《终南别业》《献始兴公》
杜甫	《旅夜书怀》《奉赠韦左丞丈二十二韵》《姜村三首》《江汉》
希尼	《在地铁中》("The Underground")、《格兰摩尔的黑鸟》("The Blackbird of Glanmore")、《变化》("Changes")、《托兰人》("The Tollund Man")、《给爱维恩的风筝》("A Kite for Aibhín")
弗罗斯特	《丝质帐篷》("The Silken Tent")、《至多如此》("The Most of It")、《去找水》("Going for Water")、《一场袭击》("The Onset")

《格兰摩尔的黑鸟》比较典型地展现了这种叙事循环。诗中的"我"叙述自己回到空置已久的格兰摩尔老宅,看到一只黑鸟(或乌鸫)在房前草地、常春藤中跳跃。这使"我"想起了多年前邻居在弟弟遭遇车祸而亡后提到的一只黑鸟。这时诗人的思绪从当前的《格兰摩尔的黑鸟》回到了自己以前关于弟弟惨遭车祸的诗作《期中请假》,彼此主题形成了一个叙事循环。下面以《格兰摩尔的黑鸟》为例,揭示在主体间推导互动基础上进行的循环复合型多域网络的整合过程。

The Blackbird of Glanmore

By Seamus Heaney

On the grass when I arrive,　　　　　　（诗节 1）
Filling the stillness with life,
But ready to scare off
At the very first wrong move.
In the ivy when I leave.

It's you, blackbird, I love.　　　　　　（诗节 2）

I park, pause, take heed.　　　　　　（诗节 3）
Breathe. Just breathe and sit
And lines I once translated
Come back:"I want away
To the house of death, to my father

Under the low clay roof."　　　　　　（诗节 4）

And I think of one gone to him,　　　　（诗节 5）
A little stillness dancer—
Haunter-son, lost brother —
Cavorting through the yard,
So glad to see me home,

My homesick first term over.　　　　（诗节 6）

And think of a neighbour's words　　　　（诗节 7）
Long after the accident:
"Yon bird on the shed roof,
Up on the ridge for weeks—
I said nothing at the time
But I never liked yon bird."　　　　（诗节 8）

The automatic lock　　　　（诗节 9）
Clunks shut, the blackbird's panic
Is shortlived, for a second
I've a bird's eye view of myself,
A shadow on raked gravel

In front of my house of life.　　　　（诗节 10）

Hedge-hop, I am absolute　　　　（诗节 11）
For you, your ready talkback,
Your each stand-offish comeback,

Your picky, nervy gold beak—

On the grass when I arrive,

In the ivy when I leave.   （诗节 12）

格兰摩尔的黑鸟①

谢默斯·希尼

当我来时，在草地，

给寂静注入生机，

但时刻准备逃离

一旦有风惊草动。

当我走时，在常青藤。

正是你，黑鸟，我爱你。

我停车，驻足，小心翼翼。

呼吸。只是屏息而坐

曾经翻译过的诗行

记起来了："我要过去

那亡灵之屋，到我父亲那里

在低矮的黏土屋顶下。"

---

① 黑鸟，是爱尔兰常见的一种小鸟，爱尔兰自古以来不同时代的诗歌作品中都常常提到它，"它已然成为一种象征，如今它也是希尼诗歌中心的标志"（朱玉，2014：117）。如诗中邻居所信，黑鸟的到来是一种不祥之兆。本书把 blackbird 译为"黑鸟"而不是"乌鸦"，是切合了诗歌叙事情节内容，也照应了汉语的"乌鸦叫丧"之说，黑鸟与乌鸦有某种关联。

我想起自己去找他了，
一个小巧安分的舞蹈家——
魂牵梦萦的儿子，逝去的弟弟——
在院子里跳跃，
见我回家，多么高兴，

我心念老家的第一学期结束时。

我想起一位邻居的话
在出事之后很久才说：
"那只鸟落在棚屋顶上，
站在屋脊上一连好几个星期——
我当时一言未说

但我不喜欢那只鸟。"

自动锁砰的一声
关上了，黑鸟被惊吓
了一下，刹那间
我鸟瞰到自己，
一个阴影在斜坡砂砾上

在我的生命之屋前。

掠地飞跃的黑鸟，我绝对一心
对你，你敏捷的顶嘴，
你每一次疏漠的飞回，

你挑剔机警的金喙——

我来时,在草地上,

我走时,在常青藤里。

(李昌标 译[①])

附:Mid-term Break(选自希尼 1966 年出版的诗集 *Death of A Naturalist*)

Mid-term Break

By Seamus Heaney

I sat all morning in the college sick bay

Counting bells knelling classes to a close.

At two o'clock our neighbours drove me home.

In the porch I met my father crying——

He had always taken funerals in his stride——

And Big Jim Evans saying it was a hard blow.

The baby cooed and laughed and rocked the pram

When I came in, and I was embarrassed

By old men standing up to shake my hand

And tell me they were'sorry for my trouble',

---

① 笔者在自译过程中,有的地方参考了雷武铃的译文,见希尼(2016:86 - 88)。

Whispers informed strangers I was the eldest，

Away at school，as my mother held my hand

In hers and coughed out angry tearless sighs.

At ten o'clock the ambulance arrived

With the corpse，stanched and bandaged by the nurses.

Next morning I went up into the room．Snowdrops

And candles soothed the bedside；I saw him

For the first time in six weeks．Paler now，

Wearing a poppy bruise on his left temple，

He lay in the four foot box as in his cot.

No gaudy scars，the bumper knocked him clear.

A four foot box，a foot for every year.

期中请假

谢默斯·希尼

整个上午我坐在学校医务室

数着宣告下课的丧钟般的铃声。

下午两点，我们邻居开车接我回家。

在门廊我见到父亲在哭——

他往常总能从容应付丧事——

大个子吉姆·埃文斯说这是个沉重打击。

婴儿咕呀、哈笑、晃动童车
当我进屋时,很不自在
大人们站起来和我握手。

告诉我他们"为我的不幸感到难过",
人们耳语告知陌生人我是家中长子,
在外地读书,我母亲一边握住我的手

一边咳出怒愤无泪的叹息。
十点钟救护车运回了
遗体,护士已给止血包扎好。

第二天早上我进入楼上房间。雪莲花
和蜡烛抚慰在床边;我见到他
这是六个星期以来第一次。现在更苍白,

他左边太阳穴留下一道深红色的撞痕,
他躺在四英尺长盒子里就像睡在幼儿床里,
没有明显伤痕,保险杠干净利落地撞倒了他。

一个四英尺长的盒子,一年一英尺。

(李昌标　译①)

推导互动中的读者体验环节。读者主体在逐行、逐节阅读该诗的基础上,在整个语篇层面与文本形象、作者主体对话交流,初步体

---

① 在自译过程中,译文有的地方参考了吴德安、黄灿然的译文。

验文本信息和突显语言标识,揣摩作者创作目的,构建语篇层面的循环型多域网络心理输入空间(见图5.4)。《格兰摩尔的黑鸟》采用陈述式的方式叙述了一则人与自然的故事(戴从容,2010:41-50)。希尼开车回到格兰摩尔老宅,看到一只黑鸟在屋前草地、常春藤中跳跃。这使"我"想起了多年前邻居在弟弟遭遇车祸而亡后提到的一只黑鸟,那只鸟在屋脊上停留了数周。邻居不喜欢黑鸟的出现,"我"当时也不喜欢那只鸟。而现在,诗人以一种不带先见的直陈态度观察并与黑鸟直接对话却有了与过去不同的想法。从叙事比重和故事内容来看,该诗属于纯叙事的诗歌,叙中融入诗人的情感。就故事人物"我"来说,诗题直接点出了具体地名"格兰摩尔"及其"老宅",诗中又提到在事故中死去的弟弟(从后面映射协商环节的背景输入中可得知 brother 是指弟弟),该诗又为大诗人希尼所创作,读者初步推测

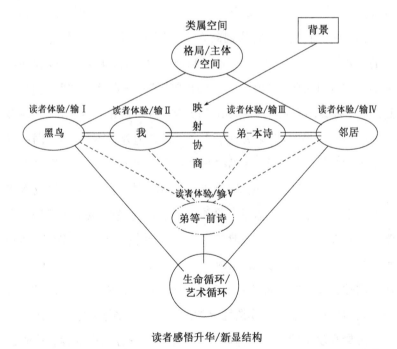

图 5.4　主体间推导互动基础上的《格兰摩尔的黑鸟》的循环复合型多域网络整合

故事人物具有较强的真实性,诗中的"我"很可能指的是希尼本人,弟弟很可能是希尼的亲兄弟,整个诗歌叙述故事可能又含有诗人探访老宅后的创作加工成分,因此诗人的个人经历和家庭背景信息以及虚构背景,一起输入、参与读者主体引领的主体间推导互动的整合过程。

与此同时,读者捕捉辨识可用来建构心理输入空间的一些突显语言标识,在语篇整体上来构建各心理输入空间。该诗前段和后段诗行主要叙述"(现在的)我"与"(眼前的)黑鸟"的互动情形,中段诗行利用"lines ... come back""I think of ... ""And think of ... "等语言选择,叙述站在老宅前、目睹黑鸟飞跃的诗人回顾性思绪活动。总的说来,该诗突显了两个不同的时空范围:一个是用 on the grass、in the ivy、on the shed roof 来标识当下故事发生在格兰摩尔老宅庭院,诗节 5 中用 A little stillness dancer、brother、So glad to see me home 表明活着时的弟弟仿佛就在自己眼前,就在老宅庭院里。诗中的主要故事角色主体——(过去和现在的两只)"黑鸟""(现在和过去的)我""(过去的)弟弟""(过去的)邻居"——在这一空间互动;二是用 the accident、我的 lost brother、父亲的 Haunter-son,标注在多年前的一次车祸中,弟弟失去了生命。读者把处于不同时间、同一空间范围的主体空间标识"黑鸟""我""弟弟""邻居",分别看作输入空间 I "黑鸟"、输 II "我"、输 III "弟弟-本诗中"、输 IV "邻居",组成本诗中的四个输入空间;再把写于弟弟翌年祭日的挽诗《期中请假》当作输入空间 V "弟(等其他)-前诗中"(即循环输入空间,用虚线圈表示),与前者构成循环关系,组成一个复合型网络进行映射连通,在类属空间抽象变量"布局/主体/场所"的调控下,各输入空间之间映射连通、整合,这样该诗整体语篇上的循环复合型多域网络得以建立。

推导互动中的映射协商环节。在经过推导互动中的读者体验过程之后,读者进一步与文本形象和作者主体进行交流和认知协商,即读者主体进一步认知理解文本及其关联信息,力求进入作者主体心境视野,与之深入推导互动。在此基础上,读者在本诗中的四个输入空间——输Ⅰ"(过去和现在的两只)黑鸟"、输Ⅱ"(过去和现在的)我"、输Ⅲ"弟-本诗"、输Ⅳ"邻居"之间及其与前诗中的输入空间Ⅴ"弟等-前诗"之间,在叙事布局循环、主体循环、所处场所循环三个层面,就各自输入空间的呼应元素进行映射连通并加以组合,其间不断输入相关背景知识来完善主体间互动中的映射协商过程。

第一,叙事布局循环。输入空间Ⅰ、Ⅱ、Ⅲ、Ⅳ中的叙事内容,分布在本诗《格兰摩尔的黑鸟》中的 12 个诗节,有的诗节由 5 行组成,而有的诗节则仅有一行,两种结构相间发展,形成叙事上的循环布局。这是诗人特地从诗行结构上传递的循环之意,尤其是诗首和诗尾诗行重复了"当我来时,你在草地上""当我走时,你在常春藤里"这两句,前后首尾呼应,"草地"暗含死亡,"常春藤"预示生命,有可能是暗示生命与死亡的轮回。随着叙事布局的循环,输Ⅰ中的故事角色"现在的黑鸟"和输Ⅱ中的"现在的我",在这个庭院空间的互动活动元素彼此映射连通。

回顾前诗《期中请假》复合网络中的输Ⅴ,采用叙事线性对比结构,先叙述我对弟弟葬礼情景的漠然无知,再叙述我独自面对楼上停尸间里的弟弟,悲伤之情在叙事结构中自然倾诉,最后迸发到顶点,整个叙事结构体现了由未知到面对死亡的过程。前诗与本诗的叙事结构相互呼应,在死亡与生存之间形成了一个循环。

第二,主体循环。之前的黑鸟—现在的黑鸟、前诗中的我—本诗中的我、前诗中的弟弟—本诗中的弟弟、之前的邻居—之前和现在的我,构成前后循环关系。

先看"之前的黑鸟—现在的黑鸟"循环。"之前的黑鸟"由输Ⅱ中的"我"想起,出自输Ⅳ中的"邻居"之口,实则指输Ⅴ中的"弟弟"出车祸后的一种说法——"那只鸟落在棚屋顶上,站在屋脊上一连好几个星期"。"邻居"不喜欢那只黑鸟。此时,读者关联挖掘有关黑鸟的背景信息,完善主体间的协商过程:在坊间传言中,黑鸟或乌鸦的出现,预示着一种厄运、不幸的到来,故有"乌鸦叫丧"之说。黑鸟的出现,印证了它带给弟弟的厄运,当时和现在的"我"都不喜欢那只黑鸟。

输Ⅰ"现在的黑鸟":"黑鸟"在草地和常青藤之间、在庭院里跳跃,时而掠地飞行、又疏漠地飞回;寂静中黑鸟"时刻准备逃离",因为输Ⅱ中"(现在的)我"的"停车、驻足、呼吸"。这只黑鸟时而对"我"敏捷地顶嘴、撅起挑剔机警的金喙,像个活跃而不安分的舞蹈家(dancer)。黑鸟的跳跃与诗人的到来体现了人与自然的心灵相通、彼此慰藉。这时,读者关联挖掘输Ⅴ中四岁的"弟弟"曾经也像小小的舞蹈家一样,见"我"回家(home)"多么高兴",淘气而不安静,诗人喜爱眼前这不安分的黑鸟舞蹈家,就是喜爱怀念曾经活泼可爱的弟弟,作为在九个兄弟姐妹中排行老大的希尼,珍视大家庭里的兄弟情谊和家庭和睦氛围。

接着看"前诗中的我—本诗中的我"循环。输Ⅴ中"前诗中的我",面对输Ⅴ中"弟弟"的那场车祸葬礼和家人的悲痛,还只停留在一个14岁少年的理解境地,可以还原为一个不懂世事的少年希尼本人;而今站在格兰摩尔老宅前追忆往事的"我"年事已高,已是收获诺奖的智者诗人,思绪在前诗中的少年"我"和本诗中的年老"我"之间循环。回首当年,此时面对老宅庭院的跳跃黑鸟,前后思绪串成一个圆环。从黑鸟的身上看到了生死两念之间的循环,悲伤和喜悦交织在一起。这时的智叟诗人平和地接受弟弟的早逝,也为黑鸟的活力和新生感到安慰。该诗可谓旧题新作,在原有的主题之中融入全新的思考(曹莉群,2010:34)。

然后看"前诗中的弟弟—本诗中的弟弟"循环。输Ⅴ中的"弟弟",在少年在外求学中的兄长"我"的记忆中,躺在"四英尺的盒子,一年一英尺";本诗输Ⅲ中的"弟弟"已为逝者,在年老兄长诗人的眼里,就像活泼可爱的黑鸟,与它交流,恍如弟弟回归,黑鸟俨然是原诗中"弟弟"的化身。所以,诗人说"正是你,黑鸟,我爱你"。

最后看"之前的邻居—现在的我"循环。输Ⅳ中的"邻居"把黑鸟看成厄运、不幸之物,而输Ⅱ中的"我"现在喜爱这只不一样的"黑鸟","邻居"和"我"的观点就是死与生的对照,黑鸟成为死与生的合成体,代表了死与生的循环。

第三,所处场所循环。输Ⅱ中的诗人"我"回去探访的场所是格兰摩尔老宅;这时,读者激活提取格兰摩尔的背景信息:它位于爱尔兰共和国都柏林南边的威克洛山麓(Wicklow Mountains),希尼于1972年从英国统治下的北爱尔兰迁居到此,并租住萨德勒米尔(Ann Saddlermyer)的小别墅,后于1988年买下,诗人对年老所居的格兰摩尔土地和老宅投入了深厚的情感,也与从小与"弟弟"和家人所生活的北爱尔兰家乡德里莫斯浜、安娜莪瑞什的房屋场地遥相呼应。此刻,触景生情,想起了自己曾经翻译过的诗句中,所表达的想要追随父亲、去已故父亲的那"低矮黏土屋顶"的"亡灵之屋"(雷武铃,2016:112)。同时,"我"也想起自己放假时回家去找弟弟,而弟弟见到我则欢蹦乱跳,像眼前的黑鸟一样。

从输Ⅰ中的"黑鸟",在草地与常青藤两个空间之间"来回盘旋、等待"受惊的一刹那间,从它鸟瞰的视角里,看见"一个阴影在斜坡砂砾上,在我的生命之屋(my house of life)前",眼前的老宅成了"我的生命之屋"。此时,读者关联挖掘《格兰摩尔的黑鸟》的创作背景:在创作该诗的时候,"历史作者"——生活中的希尼正在与病魔做顽强抗争,诗人特意把它作为2006年出版的诗集《区线与环线》中的最后一首,"区线与环线"源于伦敦地铁的闭合循环路线,诗人似乎在暗示自己的创作生命也在走向闭环终点,但此时的诗人不畏死亡,像迎接生命一样迎接死亡,黑鸟则象征着生与死的来回循环。

所处场所从格兰摩尔老宅,到父亲的"亡灵之屋",再到停放"弟弟"尸体的那间房屋二楼,最后到鸟眼里的"斜坡砂砾上",它们经历过死亡的过程,也承载曾经的家庭生活或无限希望,死亡与生存在这些场所中循环。

上述叙事布局循环、主体循环、所处场所循环的相关呼应元素,相互映射连通并有选择地组合,连同相关背景信息进一步压缩完善主体间的映射协商过程。

推导互动中的读者感悟升华环节。在这一环节,读者综合上述四个输入空间——前诗中复合空间的映射整合,在更为深入理解整篇诗歌的基础上,进一步推导作者的创作目的,结合自己的认知判断和领悟力加以认知扩展,可以获得生命循环、艺术循环的新显结构。

人与自然是生命的循环。之前出现的那只"黑鸟"与厄运和死亡相连,少年时代的"我"讨厌它;现在的我喜欢这只出现在面前的黑鸟,它与活力和生命相连,象征人与自然的灵性相通,死亡与生命的循环得到了昭示。

题材的重拾是诗歌艺术的循环。"弟弟"死亡、父亲去世等家庭往事,在本诗中得到新解,并非"原路返回",而是在深入挖掘,希尼就是在旧题新作的循环中使其诗风和诗意得到了完美升华。在风烛残年之际,诗人不避讳死亡的到来,面对死亡感悟生命的活力。希尼有意在诗集《区线与环线》的最后安排这首诗《格兰摩尔的黑鸟》,通过黑鸟之眼看到自己的影子,或许也在考虑自己死后的重生。的确,诗人去世后,其作品依然世代相传,诗人的创作和精神依然活在人们的心中。

5.4 本章小结

本章基于在诗歌语篇层面建立的读者引领的主体间推导互动基

础上的三环节整合过程机制,以四位诗人的五首诗为语料,揭示了平行型、总叙-平行分叙型、循环型三种多域高级网络的主体间推导互动中的整合过程。我们认为,这三种在一个心理网内进行整合的多域高级网络在认知整合诗歌叙事上各有侧重,显示出强大的解释力和可操作性,对相关多域高级网络的分析研究丰富了传统概念整合、高级概念整合的内涵,主要体现在两个方面:

一是类型的充实。基于 Fauconnier & Turner(2002)的平行型网络宏观设想,通过从主体维度、情感波动维度来进行多输入空间的平行映射互动整合,充实了一个心理网的平行型多域高级网络的内涵;通过新建循环型、总叙-平行分叙型多域高级网络,丰富了一个心理网的多域高级网络类型。当然,在实际的诗歌叙事整合分析中,还会存在可以从其他认知维度切入的一个心理网的多域高级网络类型,本章讨论的三种多域高级网络是其重要组成部分。

二是机制的优化。本章明确了一个心理网内的整合关系,区分了平行型、循环型、总叙-平行分叙型多域高级网络。它们只在一个超级网络内进行主体间推导互动基础上的整合,只有一个最终的通过读者感悟升华产生的新显结构。同时,说明了读者如何对映射连通方式、背景信息输入方式进行选择运用。

平行型、循环型、总叙-平行分叙型这三种多域高级网络各有侧重,对不同诗歌语篇针对性强。它们同双域高级网络(见第四章)、两个/多个心理网的高级网络(第六章)一起,优势互补,共同构成读者引领的主体间推导互动中整合诗歌叙事的重要认知方式。

第六章　诗歌叙事语篇两个/多个
心理网的高级网络整合

　　上一章我们考察了在整个诗歌叙事语篇层面,读者在主体间推导互动基础上进行的一个心理网的多域高级网络整合。但在实际的诗歌叙事语篇整合中,读者有时需要利用两个以上心理网来进行诗歌叙事语篇的高级整合。因此,本章重点讨论主体间推导互动基础上的两个/多个心理网的高级网络整合,包括复合型高级网络的概念整合和分合型高级网络的概念整合。

6.1　复合型高级网络

　　正如第三章所述,复合型网络指三个以上的心理输入空间之间,前两个或前几个输入空间的相关呼应物先进行跨空间映射连通,整合完成后产生的新显结构再作为新的输入空间,与另一个复合输入空间的相关呼应物进行映射连通,直到在全诗语篇层面上最终产生"人之所及"的新显结构。结合四位诗人的真实诗歌语料,我们认为:不少情节相对简单、篇幅相对短小的诗歌叙事,只需要进行一个轮次的"递进式"复合整合,其诗歌主题意义就能得到最优化整合。其显著特点在于:心理网 2 中另一个复合输入空间处于高一级层次,与前面心理网 1 中彼此映射连通的各输入空间不属于同一层次或类别;心理网 2 复合整合后产生的新显结构 2 与心理网 1 平行整合后产生的新显结构 1 存在递进关联。这种高级网络简便、实用,解释力强,将在下文 6.1.1 节"两个心理网的复合型高级整合"中进行讨论。

很多情节复杂、篇幅较长的诗歌叙事,还需要进行多轮次的接龙型复合整合,其"人之所及"的诗歌意境才能得到最终升华。其显著特点在于:在心理网 1、心理网 2"递进式"复合整合的基础上,心理网 3 的复合输入空间与心理网 2 整合后形成的新的输入空间"新显结构 2"继续映射递推整合,以此类推,还可能有心理网 4、5 等,直到像瀑布一样下流的连续性"整合再整合"完成,全诗语篇整体层面上最终的新显结构产生。这种高级网络普遍、实用,解释力强,将在下文 6.1.2 节"多个心理网的复合型高级整合"中进行讨论。

6.1.1　两个心理网的复合型高级整合

在四位诗人的诗歌叙事语篇中,适合采用两个心理网的复合型高级网络来整合解读的典型诗歌如表 6.1 所示:

表 6.1　适合采用两个心理网的复合型高级网络来整合的典型诗歌

王维	《山居秋暝》《夷门歌》《登河北城楼作》《观别者》《送赵都督赴代州得青字》《宿郑州》《过香积寺》《终南别业》
杜甫	《登兖州城楼》《哀江头》《登楼》《江村》《狂夫》《舟中》《宿江边阁》
希尼	《期中请假》("Mid-term Break")、《夜里开车》("Night Drive")、《丰收结》("The Harvest Bow")、《给麦克和克里斯托弗的风筝》("A Kite for Michael and Christopher")、《来自写作的前线》("From the Frontier of Writing")、《圣人凯文和乌鸫》("Saint Kevin and the Blackbird")、《在班纳赫》(At Banagher)、《里尔克:大火之后》("Rilke: After the Fire")、《人之链——给特伦斯·布朗》("Human Chain for Terence Brown")、《伍德街》("The Wood Road")、《格兰摩尔的黑鸟》("The Blackbird of Glanmore")

(续表)

弗罗斯特	《无锁的门》("The Lockless Door")、《不愿》("Reluctance")、《关于心开始遮蔽大脑》("On the Heart's Beginning to Cloud the Mind")、《夜晚的彩虹》("Iris by Night")

本节分别以一首英语诗、一首唐诗,即弗罗斯特的《无锁的门》和杜甫的《江村》为例,来揭示主体间推导互动基础上的两个心理网的复合型高级网络的整合过程。在整合过程中,读者主体要感知确定心理网 1 中输入空间 I、II 的映射连通关系,以及它们与心理网 2 中输入空间 III 之间的递进映射关系,从而构建整首诗的递进式复合整合网络。

6.1.1.1　事情-反应维度的递进式复合整合

下面从事情-反应认知结构维度切入,以《无锁的门》为例,揭示诗歌叙事语篇整体上的递进式复合整合过程。

The Lockless Door

It went many years,　　　　　　　（诗节 1）
But at last came a knock,
And I thought of the door
With no lock to lock.

I blew out the light,　　　　　　　（诗节 2）
I tip-toed the floor,
And raised both hands
In prayer to the door.

But the knock came again　　　　　　（诗节 3）

My window was wide，

I climbed on the sill

And descended outside.

Back over the sill　　　　　　　（诗节 4）

I bade a'Come in'

To whatever the knock

At the door may have been.

So at a knock　　　　　　　　（诗节 5）

I emptied my cage

To hide in the world

And alter with age.

无锁的门

多年过去了，[①]

终究响起敲门声，

我想起那扇门

没有装上锁。

我吹灭灯，

踮脚走过地板，

合举双手

---

① 这"敲门声"一直萦绕在诗人的心里多年，直到 25 年以后（即 1920 年），可能诗人真想忘却抹去此事，遂作此诗《无锁的门》(Thompson，1966：207)。

对着门祈祷。

可敲门声又响起
我的窗户敞开着，
我爬上窗台
纵身落在窗外。

我转身探入窗台
应了一声"进来"
管它那敲门声
到底是怎么回事。

这样一声敲门
我脱笼而出
躲在屋外的世界
随岁月而变化。

（李昌标　译）

推导互动中的读者体验环节。读者主体与文本形象、作者主体对话交流，初步体验文本语言标识和故事情节、揣摩作者创作目的，从"事-抒"维度提炼出"事情-反应"逻辑关联结合面，来构建复合型网络的三个心理输入空间(图 6.1)。就诗歌叙事性质来说，全诗讲述了"我"听到的两次敲门声、两次身体行动反应，以及诗歌尾节的精神层面反应，呈现"叙事-抒情"的总体格局。具体而言，第 1、2 节讲述"我"听到第一次敲门声及随后的反应"吹灭灯、踮脚、合手祈祷"；第 3、4 节讲述"我"听到第二次敲门声及随后的反应"爬窗、下落窗外、转身应声"；诗节 5 叙述"我"因这一声敲门而上升到的精神层面的反应"脱笼而出、躲在屋外的世界、随岁月而变"。从叙事内容和比重来看,该诗含有多量叙事成分。就故事人物身份而言,该诗以第一人称"我"来回顾叙述过去发生的事情,并没有明确指称"我"的姓名身份,故事人物很可能是虚构人物;但该诗由弗罗斯特所写,诗人常常把日常生活经历融入自己的诗歌叙事创作,增加叙事的深度和厚度,"我"也有可能与诗人自己有关,这样诗人的生活经历就有必要输入整个主体间互动中的整合过程并发挥其独到作用,也正是背景知识的充分输入,全诗的主题意义才会丰满完整。

读者沿着"事情-反应"脉络,辨识构建心理网 1 中的心理输入空间Ⅰ、Ⅱ的突显语言标识或空间构建语。knock 一词在诗中反复出现,诗节 1 采用倒装句"But at last came a knock"呈现敲门声的最终响起,接着以"感知者(senser)＋现象(phenomenon)"的心理过程"I thought of the door"以及以"动作者＋动作动词＋目标"的物质过程表达"我"的一连串反应,包括"I blew out the light""I tip-toed the floor""I raised both hands";诗节 3 采用陈述句"But the knock came again"显示"敲门声再次响起",并以"动作者＋动作动词"句式"I climbed""I descended"和以"讲话者(sayer)＋讲话内容(verbiage)"的言语过程"I bade a 'Come in'",表明"我"的后续反应;诗节 5 首行以连词 So 顺承上述叙事,用 at a knock(听到敲门声)概述上文的两次敲门声,最后道出更深层次的精神思想反应。因此,全诗的心理输入空间构建可以突显标识词 So 为界限,前面四个诗节中发生的两次敲门声"事情"(Ⅰa 和Ⅰb),构建为输入空间Ⅰ"事情发生",随后做出的两次身体反应(Ⅱa 和Ⅱb)构建为输入空间Ⅱ"行动反应",输入空间Ⅰ、Ⅱ的叙事内容处于并行映射的地位关系;最后一个诗节所涉及的抒情思想,构建为输入空间Ⅲ"精神反应",并与前两个输入空间构成递进关系。输入空间Ⅰ、Ⅱ与类属空间 1 共享"事情产生与行动上的反应"变量,同读者感悟环节中的新显结构 1 一起构成第一个心理网1;该心理网整合后产生的新显结构1作为新的输入空间"新显结构1",与输入空间Ⅲ"精神反应"共享类属空间2"事情产生与行动上的反应"调控变量,同读者感悟升华环节中的新显结构2一起构成第二个心理网2。下面我们先用图6.1图示这首诗复合型高级网络的各整合环节,然后详细分析在读者体验(上文已详析)基础上的其他各整合步骤。

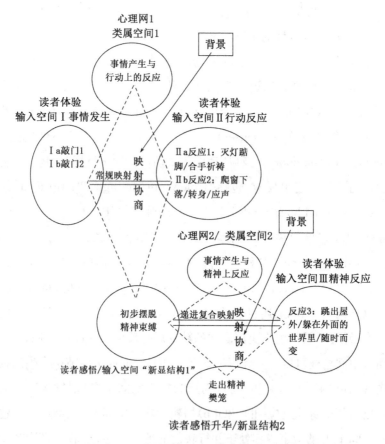

图6.1 主体间推导互动基础上的《无锁的门》复合型高级网络整合

推导互动中的第一轮心理网1映射协商、读者感悟环节。首先,在经过互动中的读者体验过程之后,读者主体进一步与文本形象、作者主体进行交流和认知协商,进入作者的心境视野,与作者主体深入互动,映射协商文本内容及其关联信息,即读者利用常规呼应元素映射方式,连通输入空间Ⅰ、Ⅱ的呼应元素,并组合经由映射连通后的相关框架组织关系,其间不断输入相关背景知识来完善协商过程。

读者把输入空间Ⅰ、Ⅱ里的敲门-行动反应呼应元素,在类属空间变量"事情发生与行动反应"的调解下,进行跨空间的常规呼应元素映射连通。输入空间Ⅰ里的"我"听到第一声敲门(Ⅰa),输入空间Ⅱ里的"我"做出相应的行动反应:想起门没装锁、立即灭灯、蹑脚走过地板、双手合十对着门祈祷。输入空间Ⅰ里的"我"听到第二声敲门(Ⅱa),输入空间Ⅱ里的"我"的行动反应是:爬上窗台跳落在窗外、转身折返探头到窗内、叫了一声"进来"。

这时,读者激活提取诗人的相关生活经历逸事,完善主体间的协商过程。全诗的"敲门-反应"故事情节最初源于弗罗斯特的一次生活经历:一方面,根据 Thompson(1966:206)在传记《罗伯特·弗罗斯特的早年生活》中的记载,为了追求女友埃莉诺,弗罗斯特特地展示自己的独立担当和勇气、不胆怯,于 1895 年夏天在新罕布什尔州的奥西皮山(Ossipee Mountain)租了一间密林遮蔽的破旧房子,离埃莉诺近一点也便于接近她,可就在漆黑夜里突然听到敲门声,他十分惊恐,赤着脚、衣衫不整地从敞开的厨房窗户爬了出去,后又折返壮着胆子对着窗户说了一声"进来",但又害怕回到屋里,就在外面溜达逗留了一夜,等天亮后回到房屋发现是房主 Henry Horne 的一位亲戚醉酒睡在地板上(Sheehy,1983:39-41)。虽然诗人的这次经历与这首诗有关,但这首诗的意境却大大超越了男女之情和单个事件。从标题到结尾都没有涉及男女之情,而是聚焦于肉体和精神的束缚和一步接一步的递进式解放。这需要在诗歌语篇的整体上通过复合式概念整合来进行解读。在第一轮的映射协商环节,在两个心理空间的相互映射之后,读者会注意诗人心理的明显变化:"管它那敲门声到底是怎么回事"——弗罗斯特在后来诗集《新罕布什尔》（*New Hampshire*）中用 whatever 代替了最初发表时的 whoever，"敲门"不再只是来自陌生人，也可能是来自某个物体，甚至可能是某个抽象的事情或意念，这标示"我"对敲门声已经完全不在意。

接着，读者基于诗节 1-4 的文本信息，结合作者的"敲门-行动反应"叙事目的，进一步推断扩展，获得第一轮心理网 1 整合的读者感悟，即新显结构 1："我"通过对敲门的反应，不仅不再为小屋所困，而且也初步摆脱了精神上的束缚。

推导互动中的第二轮心理网 2 映射协商、读者感悟升华环节。首先，新显结构 1 作为新的输入空间"新显结构 1"，与输入空间Ⅲ"精神反应"形成新的"事情-精神反应"递进抒情关联，其呼应元素相互映射连通，并有选择地组合压缩。在输入空间"新显结构 1"里，"我"不再为小屋所困，也初步摆脱了精神束缚；在输入空间Ⅲ里，个人的眼光格局一下子打开了，"我"走出去的不再是小屋，而是牢笼（cage），也不再局限于小屋周围，而是屋外的"世界"，自己也随岁月不断改变。读者进而联想挖掘，结合新显结构 1 里的"初步摆脱精神束缚"，会联想到"我"跳出"笼子"不仅指"我"完全摆脱了肉体的束缚（到了世界之中），而且也指"我"摆脱了精神束缚（随遇而安）。

经过第二轮心理网 2 的递进映射协商过程，读者主体综合第一轮的平行映射整合，并基于文本本身，进一步推导作者的创作目的，借助自己的认知判断和领悟力进行认知扩展，最终实现对全诗主题意境的读者感悟升华，可以进一步获得新显结构 2，即"走出精神樊笼"的主题象征意义：

人们常常人为建造像笼子一样的精神樊笼，把自己（肉体和精神）长年累月（for many years）地禁锢在里面，与外界失去联系，自己无法成长；当"敲门者"到来时，自己要审时度势，抓住机会，走出樊笼，融入大千世界，并彻底摆脱精神束缚，随岁月一起慢慢成长、强大。

6.1.1.2　"景-事-抒/议"要素维度的递进式复合整合

下面从"景-事-抒/议"认知结构维度切入，以《江村》为例，揭示主体间推导互动基础上的诗歌叙事语篇整体层面的递进式复合整合过程。

江　村

杜　甫

清江一曲抱村流，长夏江村事事幽。　　　（景）

自去自来堂上燕，相亲相近水中鸥。

老妻画纸为棋局，稚子敲针作钓钩。　　　（事）

<u>但有故人供禄米</u>，微躯此外更何求。　　（抒）

　（事＋抒）　　　　　（抒）

推导互动中的读者体验环节。读者主体在逐联阅读该诗的基础上，与文本形象、作者主体对话交流，初步体验语言标识和故事情节、揣摩作者创作意图，在语篇整体上构建复合型高级网络及其心理输入空间（图6.2）。读者体验诗歌叙事性质，首额联主要描写自然景物，第2小句概略地点明"事事悠"来统领下文；颈联属于叙事，尾联发感抒意，其中第7小句抒情中兼有叙事，总体上是按照"景-事-抒"布局的诗歌。读者体验故事人物和地点信息，"老妻""稚子""故人""微躯"为故事人物，诗中虽未点明具体姓名，但读者一般可感知"微躯"是诗人谦称，或者推断故事所讲述的就是诗人的真实生活点滴，这样一来，其他人物实际上是有所指的；"江村""清江"也是浣花溪流经的实际地名，可见诗中所述与生活中的诗人现实是一致的，因此与诗人有关的生活经历、社会文化等背景知识，融入整个主体间互动中的整合过程，填补唐诗的信息跳跃"空白"。

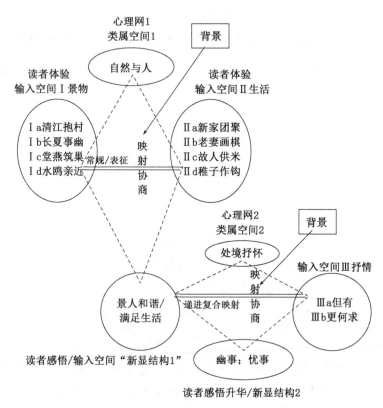

图 6.2　主体间推导互动基础上的《江村》递进式复合高级网络整合

与此同时,读者根据该诗"景-事-抒"要素的布局来定位突显语言标识,建构各心理输入空间及其多域网络。在该诗描写景物的首颔联中,突显标识包括清江绕村流、长夏伴江村、燕巢筑堂梁、水鸥相嬉闹,这些标识信息构建为输入空间Ⅰ"景物";在叙述家庭生活之事的颈联中,显著标识包括老妻在纸上画棋盘、小儿子把细针敲弯做成鱼钩。此外,尾联第一句中的语言标识"供禄米",也含有"好友时常送来粮食周济"的叙事成分,这些标识信息构建为输入空间Ⅱ"生活";输入空间Ⅰ、Ⅱ彼此映射连通,与类属空间共享调控变量"自然与人",并与读者感悟环节的新显结构 1 一起组成第一个心理网 1。

尾联中的突显语言标识有"但有""更何求",传递浓烈的抒情意味,是首颔联写"景"、颈联叙"事"信息的深化,可构建为输入空间Ⅲ"抒情"。第一个心理网整合后产生的新显结构1,作为新的输入空间"新显结构1",与输入空间Ⅲ再映射连通,共享类属空间2的调控变量"处境抒怀",产生新显结构2,共同构成第二个心理网2。我们先用图6.2图示这首诗复合型高级网络的各整合环节,然后详细分析在读者体验(上文已详析)基础上的其他各整合步骤。

推导互动中的第一轮映射协商、读者感悟环节。在经过推导互动中的读者体验过程之后,读者主体进一步与文本形象、作者主体进行交流和认知协商,进入作者的心境视野,与作者主体深入推导互动,映射协商文本内容及其关联信息,即读者利用常规呼应元素映射和"表征"关键关系方式,在类属空间1共享变量"自然与人"的调控下,平行映射连通输入空间Ⅰ、Ⅱ的呼应元素,并组合压缩经由映射连通后形成的框架组织关系,其间不断激活提取、关联挖掘相关背景知识来完善协商过程。

输入空间Ⅰ里的Ⅰa"清江抱村"与输入空间Ⅱ里的Ⅱa"新家团聚"相互平行映射连通。一曲清水的浣花溪流经村落,一家人搬进在浣花溪旁新建成的草堂里,就像清江环绕村子一样全家人经过多年漂泊后能拥抱、团聚在一起,感到家庭的温暖祥和,杜甫作为一家之主,也像清江一样能守护、怀抱着一家老小,特别享受这一刻的和美生活。这时,读者激活提取杜甫作诗背景逸事,完善核实主体间的协商过程:该诗作于唐肃宗上元元年(760年)夏天,因"安史之乱"杜甫辗转凤翔、华州、天水同谷等多地,终于入蜀来到成都,在好友严武等人的帮助下,在城西浣花溪①旁建起几间草房,即世人所称的"杜甫草堂""浣溪草堂",这样结束了四年以来的颠沛流离、背井离乡生活,

---

① 因河水清澈,环流村子,诗人故名其清江。

全家暂时安定下来,诗人深感宽慰、轻松,纵然命笔以《江村》抒怀。

　　同样,两个呼应物Ⅰb"长夏事幽"与Ⅱb"老妻画棋"彼此平行映射连通。农事忙完闲暇之余,陪伴杜甫一生的妻子用纸画着棋盘,与丈夫对弈消暑。要理解诗人从夫妻日常生活中精心剪裁出的画棋对弈镜头,读者需要同时激活提取典故、关联挖掘互文等文化背景,来完善与人物主体、诗人之间的协商过程:一是老妻"画纸为棋"可追溯到晋李秀《四维赋序》中的"画纸为局,截木为棋"(卢国琛,2006:468),当下才安顿下来,家里确实没有棋盘,但在唐朝下棋已是上流阶层流行的生活方式,这时的杜甫虽然生计拮据但已是名满唐朝的诗坛巨匠,自然少不了下棋,老妻只好画出棋盘;二是恰好长夏时节,"棋局最易消暑"(陈才智,2005:95),闲来夫妻相敬对弈,"棋"乐无穷,也最能表达老夫老妻同甘共苦、相濡以沫、历经风雨终见阳光的愉悦心境。

　　Ⅰc"堂燕筑巢"与Ⅱc"故人供米"彼此平行映射相通。燕子落户浣花溪草堂,昔日好友送来粮食等生活物资,燕子和好友给诗人一家人带来了好运和希望。读者激活提取典故"供禄米",深感诗人暗借西汉丞相公孙弘宁愿自己没有余财,也把俸禄供给于故人一事,特以"微躯"①自我谦称,饱含了诗人对故人在自己困难时解囊相助的感激之情。

　　Ⅰd"水鸥亲近"与Ⅱd"稚子作钩"相互平行"映射"连通。群鸥彼此相亲、与人接近,幼年儿子乐于制作鱼钩,在草堂边的浣花溪大展身手,水鸥戏水、幼子抛钩一起抓鱼钓鱼,一派童趣场景。读者进一步激活提取典故背景,完善协商过程:稚子"敲针作钓钩"出自东方朔《七谏》中的"以直针而钓兮,又何予之能得。唯直针不可以钩,故

---

　　① "微躯"如"贱子",是杜甫谦称,杜甫在《奉赠韦左丞丈二十二韵》有云"丈夫是静听,贱子请具陈",同样王维的诗《献始兴公》中也有"贱子跪自陈"。

敲针作钩也"(于鲁平,2004:388),画面背后有着浓厚的文化根基,和老妻画棋一样,稚子敲针,一家人在难得的清江草堂,老少各有所乐、各得其所。

除了上面跨输入空间Ⅰ、Ⅱ的四对呼应元素常规映射连通之外,读者还利用"表征"关键关系进行跨空间呼应物的映射连通。读者可体会到诗中的景物与生活的选择是很有讲究、颇具匠心的:与人为伴的益鸟"燕子筑巢",表征给杜甫一家人带来和气兴旺、吉祥好运、温暖幸福等;燕和鸥喜爱"群居""相亲相近",表征杜甫一家人的团聚、和睦生活。

这些"表征"关系信息,连同上述常规呼应元素映射信息,有选择地组合压缩,伴随相关背景信息的进一步输入完善,并向表相似性的"唯一性"关系压缩,读者得出第一轮平行型心理网的新显结构1,即人与自然和谐相处,表现出诗人对当前安定家庭生活的满足。

推导互动中的第二轮映射协商、读者感悟升华环节。新显结构1作为新的输入空间"新显结构1",与复合输入空间Ⅲ"抒情"形成新的递进关联,其相关呼应元素以常规映射方式相互连通。

在输入空间"新显结构1"里,诗人所表达的是积极乐观的安定感、满足感。在输入空间Ⅲ里,诗人使用"但有""更何求"是经过斟酌熟虑的,读者可从两方面来理解:一是多亏好友们的多方救济帮助,一家人在此过上祥和安宁的生活,现在已无所需求;二是流露出对好友一旦断供、生活就可能会出现困难的担忧,明说"更何求",实则还有所求。这些映射信息进而有选择地组合压缩。

经过第二轮的递进映射协商过程,读者主体综合第一轮的平行映射整合,并基于文本本身推导、把握作者的创作目的,借助自己的认知判断和领悟力进一步扩展,最终实现对全诗主题意境的读者感悟升华,即获得"事幽""事忧"的新显结构2。

一谓"事幽"。首联的"事事幽"与尾联的"更何求"相互呼应,可谓景人之幽、心境之幽。景人之幽,在这幽美宁静的浣花溪旁,景物有灵、贴心相随,如"水中鸥"①掠过水面,宁静而谐和,也如"鸥水相依",动物离不开赖以生存的自然环境,诗人与草堂心物相依、不离合一,正如明朝陈汝元《金莲记·蜀晤》所云"我老生涯鸥水相依";读着《江村》,便会想起诗人在草堂所作的《客至》,那"舍南舍北皆春水,但见群鸥日日来"正是风景秀丽的草堂春色,春去"长夏"来,清江皆有群鸥戏水,而在故人笔下水边隐士常有群鸥相伴左右,这也透露出诗人"远离世间的真率忘俗"(葛晓音,2019:165)和丝丝禅心。心境之幽,朋友相助,诗人暖心提气,怡然自得。幽上加幽,诗人深感物我忘机、已无他求,可见抱村环流的浣花溪边景物与诗人全家的清幽闲适生活是多么和谐匹美,诗人沉醉在当前的温暖生活之中。

二谓"事忧"。难得的清幽生活背后,也流露出"忧事"。对杜甫来说,"供禄米"是幸事,但只是"但有",并非时时刻刻有禄米供给,一家人初来乍到,一旦食物出现断供,加上杜甫"多病所须唯药物",生活就会成为"忧事",末联"此外更何求"实则隐含"苦情"、难言之"阵痛":杜甫命运多舛,人生坎坷凄苦,在世忧国忧民付出很多,却收获甚少!

整首诗的语调是乐观豁达、催人奋进的,读者也跟着诗人徜徉在美丽的浣花溪旁,分享诗人的怡然自得和家庭快乐,但正如诗人《至后》中"愁极本凭诗遣兴,诗成吟咏转凄凉"两句所言,诗人往往写着写着,诗意由"遣兴"转为"凄凉",这首《江村》尾联也应合了杜甫自己的诗风韵味。

6.1.2 多个心理网的复合型高级整合

与上一节探讨的单轮次递进式复合型整合相对照,本节所聚焦的两个或者两个以上轮次的心理网之间的复合型整合具有"接龙"性

---

① 指海鸥或白鸥。

质,后一个心理网与前一个心理网往往构成连续递推的逻辑关系。在此,我们还需要进一步思考在实际整合解读中难以回避的两个难点:一是到底进行多少个轮次的心理网整合才算适宜? 一般来说,大多数的诗歌叙事篇幅不是很长(除非是长篇诗歌叙事,如诗剧、组诗等),读者尽可能地从诗歌叙事语篇整体上来考察,高度抽象、概括各心理网的前后布局,格局要大一点,心理网数量上则尽可能要少一点。考虑到篇幅所限,下文诗例篇幅适中,在说明接龙型复合整合时,一般采用三个心理网来完成复合整合。当然,对于篇幅较长、情节复杂且叙事规律性不明显的诗歌语篇,也可根据实际需要采用更多的心理网来完成复合整合。二是怎样识别、建立各心理网之间连续递推的逻辑关系? 读者需要从合适的认知维度出发,通篇考虑诸如叙述者或人物主体之间的内在关系、考察事件本身的前后发展关系等,以便在整个复合整合过程中建立起逐步加深推进的网际递推关联,直到最终产生"人之所及"的新显结构。可以说,接龙型复合整合,在处理复杂的诗歌叙事时具有明显优势。

正如 Turner(2014:180)所言:在多个轮次的复合型高级网络中,前一轮心理网整合后的新显结构,有如下一轮网络整合的踏脚石(stepping-stone),再作为新的心理输入空间顺流参与下一轮心理网的整合,整个连锁网络就好像上一个瀑布不断流向下一个瀑布,这充分考虑了整体诗篇的情节复杂性和整合连续性问题,因此特别适合认知解读四位诗人笔下叙事情节复杂的诗歌。本节主要从多主体、多时间、"景-事-抒/议"要素维度,讨论主体间推导互动基础上的诗歌语篇叙事的多轮次接龙型复合整合过程。

6.1.2.1　多主体维度的接龙型复合整合

在 4.1 节中,我们讨论了成对、成组、对话主体的双域高级网络整合,这种整合是把诗歌叙事中的主体成员归为两个对称主体或两个主体阵营,心理输入空间Ⅰ、Ⅱ是从这两个对称主体或阵营维度来构建的。而在四位诗人的叙事诗歌中,三个以上的多主体认知叙事也是较为常见的诗歌叙述格局,例如王维的《陇头吟》把长安少年、陇上行人、关西老将三种不同类型的人物揉捏在一起,形成三条主线,其戍楼看星、月夜吹笛、驻马流泪的边塞场景构成鲜明的对照,产生了人物多样性的混响效果。杜甫的《丽江行》先泛写游春仕女丽人,再集中叙述娇艳姿色的杨氏姐妹和骄横跋扈的奸臣杨国忠,三类人物同台表演,看似游玩场面宏大富丽,实则生活腐化丑态百出,收到了"无一刺讥语,描摹处语语刺讥;无一慨叹声,点逗处声声慨叹"的反讽艺术效果。同样,弗罗斯特的《补墙》("Mending Wall")塑造了破坏墙的猎人,跟在后面补墙的"我"和邻居三个人物形象,其多样型的人物刻画效果不言而喻。因此,本节把与多个主体有关的情节信息,从诗篇整体上视为不同的心理输入空间Ⅰ、Ⅱ、Ⅲ等,构建从多主体维度切入的接龙型高级整合网络。具有多个主体叙事认知特征的典型诗歌如表 6.2 所示:

表 6.2　适合从多个主体维度切入来进行接龙型复合整合的典型诗歌

王维	《陇头吟》
杜甫	《丽人行》《羌村三首(其一)》《又呈吴郎 》《秋兴八首(其三) 》《观公孙大娘弟子舞剑器行》
希尼	《期中请假》("Mid-term Break")、《新郎的母亲》("Mother of the Groom")、《变得陌生》("Making Strange")、《非法分子》("The Outlaw")、警察来访("A Constable Calls")
弗罗斯特	《爱与一道难题》("Love and a Question")、《柴垛》("The Wood-pile")、《白桦树》("Birches")、《留不下》("Not to Keep")、《倒伏》("Lodged")、《被践踏的花》("The Subverted flower")、《自我寻找者》("The Self-seeker")

下面以杜甫的《羌村三首(其一)》为例,揭示主体间推导互动基础上的多个主体维度的接龙型高级网络整合过程。

羌村三首（其一）

杜　甫

峥嵘赤云西，日脚下平地。　　（归来）

柴门鸟雀噪，<u>归客</u>千里至。

<u>妻孥</u>怪我在，惊定还拭泪。　　（家儿）

世乱遭飘荡，生还偶然遂。

<u>邻人</u>满墙头，感叹亦歔欷。　　（邻居）

夜阑更秉烛，<u>相对如梦寐</u>。　　（夫妻）

推导互动中的读者体验环节。读者主体在逐联阅读该诗的基础上，在整个语篇层面与文本形象、作者主体对话交流，初步体验语言标识和故事情节、揣摩作者创作意图，构建语篇层面的多主体维度心理输入空间（图6.3）。就诗歌叙事性质而言，该诗叙述了归客千里迢迢、历经千难万险回到鄜州羌村老家探亲的故事，前四联写归客回家与妻儿见面团聚，第五联写左邻右舍的乡亲们扒满院墙围观归客及家人，最后一联写夜深夫妻秉烛相对，全诗属于含有多量叙事成分的诗歌。就人物主体来说，诗题"羌村"是具体地名，该诗为杜甫所作，古人常以"归客"自称、常把自己所居之地称为"柴门"，读者可推断"归客"就是诗人自己，诗中妻儿、邻居都是真实人物，因此杜甫和其他人物主体的真实经历背景信息，可以填补唐诗故事情节的跳跃"空白"，在主体间推导互动基础上的高级整合中发挥重要作用。

与此同时，读者辨识可用来建构心理输入空间的一些突显语言标识，从多主体认知维度切入，在语篇整体上来构建多个心理输入空间。《羌村三首（其一）》呈现显著的多个人物主体的叙事结构特色，其突显的语言标识或空间构建语包括"归客""妻孥""邻人""（夫妻）相对"（见诗中下画线部分），因此可优选构建含有单个主体或成组主体的四个心理输入空间,即输入空间Ⅰ"归客"、输入空间Ⅱ"妻儿"、输入空间Ⅲ"邻居"、输入空间Ⅳ"夫妻"。输入空间Ⅰ、Ⅱ与类属空间共享"亲人归家"调控变量,并与"读者感悟1"环节的"新1"(新显结构1)一起构成心理网1"家人相见"。心理网1整合后产生的新显结构1再作为新的输入空间"新1",与输入空间Ⅲ映射连通,并与"读者感悟2"环节的"新2"一起组成心理网2"邻居围观"。心理网2整合后产生的新显结构2再作为新的输入空间"新2",与输入空间Ⅳ进行映射连通,并与"读者感悟升华"环节的"新3"一起组成心理网3"夫妻相对"。下面我们先用图6.3图示这首诗接龙型高级网络的各整合环节,然后详细分析在读者体验(上文已详析)基础上的其他各整合步骤。

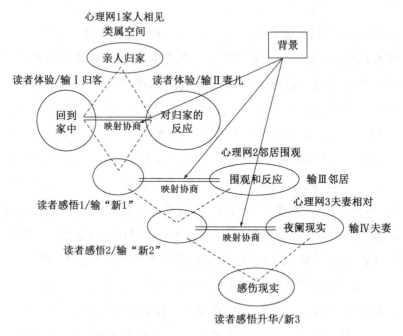

图6.3 主体间推导互动基础上的《羌村三首(其一)》接龙型高级网络整合

推导互动中的心理网 1"家人相见"的映射协商、读者感悟 1 环节。在经过推导互动中的读者体验过程之后,读者进一步与文本形象和作者主体进行交流和认知协商,进入作者的心境视野,深入推导互动,映射协商前四联文本内容及其关联信息,即读者采用跨空间的常规呼应元素映射方式,映射连通输入空间Ⅰ"归客"、Ⅱ"妻儿"里的相关呼应元素,并有选择地组合经由映射连通后形成的框架组织,其间不断输入相关背景知识来完善协商过程。

输入空间Ⅰ"归客"中,归客"归家"的呼应元素是:"千里至"和所见的"柴门鸟雀噪"的家里现实;输入空间Ⅱ"妻儿"里,妻儿意外见到我"归家"的反应呼应元素是:妻子和儿女异常惊讶归客突然出现在眼前,他们不敢相信自己的眼睛,惊讶不定,泪如泉涌、悲喜交加! 这些呼应元素彼此映射连通。

读者也设身处地地关联挖掘第三联中的一个"怪"字,完善主体间的协商过程:"怪"字写出妻儿见到"归客"出现在眼前刹那间的惊愕与疑惑,同时也把不少女性天生爱撒娇、受不得委屈的顽皮性格和责备性情表露无遗,也许只见妻子盯着诗人,抹着眼泪,喃喃自语:"都怪你,还活着,不回来看我们妻儿大小?""都怪你,你还回来的!我们好担心你!"一位贤妻良母、朴实无华的古代家庭主妇形象出现在读者眼前。"归客"感叹世道纷乱,一路颠沛流离,死里逃生,活着归来纯属"偶然",是不幸中之万幸,以此慰藉妻儿、倾吐自我。读者再关联挖掘第四联中的"偶然"一词:写出诗人历经沧桑、饱受苦难的辛酸心理,以及战乱造成的十室九空、"路有冻死骨"的人间灾难;诗人的生还是偶然的、侥幸的,恰恰说明更多的人不能生还是必然的、不幸的。

在第一幕多人物主体"归客""妻儿"的交流场景中,读者进一步激活提取生活中的真实"归客"杜甫经历:杜甫有幸逃出遭"安史之乱"叛军俘获之图圄、逃脱因书荐唐肃宗解救宰相房琯而险遭的牢狱之灾,跋涉千山万水、越过千难险阻,九死一生,回到他朝思暮想、时刻担心挂念安危和生活冷暖的鄜州羌村家人身边,眼前家门萧瑟,家人满脸疑虑、惊恐未定、惊喜交集。

上述跨空间映射连通关系元素有选择地组合压缩。诗中"归客"所期所见,与生活中的杜甫被唐肃宗以准放探亲之名而被迫离开朝廷等背景信息,进一步完善压缩,这既在情理之外,又在诗人的想象之中,自己作为朝廷士大夫在乱局之下尚且九死一生、命难自保,何况离散在贫瘠乡村的妻儿老小? 最后经过读者个人的认知加工,读者感悟出心理网1的新显结构1:诗人与妻儿凄别离散后骨肉团聚,妻儿却"怪我在",喜出望外地落泪,写尽不知多少生离死别,从妻儿的本能情感反应控诉了"安史之乱"给国家、人民带来的深重灾难和人间悲剧,杜甫及其家人的遭遇只是无数家庭凄惨命运的缩影。

推导互动中的心理网2"邻居围观"的映射协商、读者感悟2环节。在经过"心理网1"的整合过程后,读者继续与文本形象、作者主体进行交流和认知协商,进入作者的心境视野、深入推导互动,映射协商第五联文本内容及其关联信息,其间不断输入相关背景信息,完善主体间的协商过程。

读者把新显结构1作为新的输入空间"新1",与输入空间Ⅲ"邻居"进一步映射连通,指向心理网2"邻居围观"的整合过程。输入空间"新1"中,妻儿见到战乱中归家的杜甫,由大惊到喜极而泣;输入空间Ⅲ"邻居围观"中,杜甫也见到了左邻右舍的家乡父老,他们闻讯赶来、挤满墙头,围观兵荒马乱之时"飘荡"回到家乡的杜甫及其家人,莫不声声叹息、涕涕抽泣!

在第二幕"归客"和家人重逢、"邻居"围观的场景中,读者关联挖掘邻居爬满墙头的背景信息,完善主体间的协商过程:邻居中间也许有亲人被朝廷所征、正在前线战场与叛军浴血作战,这从杜甫的"三吏三别"①中就可得到印证;见到他们所敬仰的爱国诗人尚且如此狼狈落泊,他们同样心如刀绞、忍受着骨肉分离的切肤之痛! 他们中间,也许有幸没有亲人在前线殊死战斗,这从侧面表现"邻居自家的不幸和侥幸"(韩成武,2004:48)。

上述映射连通后有选择地组合的框架组织与背景信息进一步完善压缩,认知扩展为新显结构2,即读者对整合心理网2的读者感悟:相对于从自己妻儿眼中抒发离苦、鞭笞乱世,诗人借助邻居旁人的感慨叹息来表达人间惨剧,那悲欢离合之痛、无可奈何之困,增加一倍!

推导互动中的心理网3"夫妻相对"的映射协商、读者感悟升华环节。经过整体语篇上读者体验和前两轮心理网的整合过程,读者继续与文本形象、作者主体对话交流互动,进入作者的心境视野,映射协商诗歌尾联文本内容及其关联信息,同时输入相关背景信息来完善主体间的协商过程。

读者把新显结构2作为新的输入空间"新2",与输入空间Ⅳ"夫妻"的呼应元素,进一步跨空间映射连通。输入空间Ⅳ"夫妻"的呼应元素包括:经过了下午、傍晚的家人团聚和邻居探望后,夜深人静,是"归客"杜甫自己与妻子成双对影之时,丈夫遥隔千里、死里逃生,妻子朝思夜盼、几欲无望,此刻彼此就在眼前,仍难以置信、仿佛梦中,哪能夜寐? 遂秉烛长叙、述尽夫妻情缘、倾吐委屈艰难、盘计生计未来。这时,读者关联挖掘尾联中的一个"更"字:诗人反其道而用之,夫妻越是相拥倾心,越发觉得不可思议,生死与共,仿佛就在一念之间,完善了主体间的协商过程。这些呼应元素与输入空间"新2"的诗人与邻居的互动元素,在常规元素对称映射的连通下,把各种组织

---

① 指杜甫的不朽"史诗"《新安吏》《石壕吏》《潼关吏》和《新婚别》《无家别》《垂老别》,揭示战争所带来的灾难不幸,反映民间深重疾苦。

框架关系有选择地组合压缩。

在第三幕人物主体"归客"杜甫、"妻子"的交流场景中,读者再关联挖掘诗篇旨在表达的意义,进一步完善主体间的协商过程:杜甫这次是被唐肃宗所贬而归家探亲,在看望家人的同时,也在忧时感乱,叹虑国难民苦。

最后,读者综合加工读者体验和前两轮心理网的整合过程,基于全诗文本信息进一步推导作者的创作目的,结合自己的认知判断和领悟力进行认知扩展,实现"人之所及"的诗意读者感悟升华,即产生"感伤现实"的新显结构3:杜甫借家人和邻居对自己归家的反应,间接表达出战乱造成的世事的艰难和众多家庭的悲剧,抨击了当时的社会现实。

一方面,三幕主体间的交流互动是全诗的叙事主线,诗人-妻儿别后重圆是家人见面,诗人-邻居之间的探望感叹是乡亲见面,诗人-妻子之间的相拥衷肠是伴侣见面,每一幕期待与见面,每一次的分合感伤、渴望和平情感愈加一倍。

另一方面,"安史之乱"导致国家千疮百孔,百姓民不聊生,万千家庭支离破碎,妻离子散、家人分合成为唐肃宗时代的悲情特色;淳朴的乡亲父老渴望结束战乱,过上和平安稳的生活。该诗是《羌村三首》组诗的第一首,在以家人为中心进行叙事时,把特写镜头也对准了普通"邻人",国难当头,诗人忧时悯乱,仍然心系国家社稷之昌盛、黎民百姓之福祉,为组诗的第二、三首写诗人忧国忧民、随时为国效力的主题埋下伏笔。

6.1.2.2 多时间维度的接龙型复合整合

在四位诗人的诗歌中,多时间线索结构的诗歌叙事一般呈线性情节发展,比如杜甫的《春宿左省》,首联"花隐掖垣暮,啾啾栖鸟过"中一"暮"字,写出黄昏时分时宫墙花影、鸟儿啾归的景色;颔联"星临万户动,月傍九霄多"中"星""月"二字,时辰自暮到夜,皓月伴宫阙、群星照万户；颈联"不寝听金钥，因风想玉珂"中一"寝"字，已是夜更几句，诗人操心公事仍然夜不能寐；尾联"明朝有封事，数问夜如何"说明为何"不寝"。全诗由不同时间词语线性串连，叙述了诗人在门下省通宵不睡值夜班、等待早朝奏章封事的职守奉公的细腻心情。希尼的组诗《来自良心共和国》也有明显的语言标识，第一部分首行就以"When I landed in the republic of conscience"开篇，交代了"我到达良心共和国时"的所见所闻；第二部分以 there 起头，叙述我待在良心共和国时发生的事情；第三部分以"I came back from that frugal republic"呼应首行，叙写离开良心共和国的情形。这类多时间维度的诗歌叙事，有的也可考虑从情节内容发展来构建双域高级网络，但多数情况下读者可优选以不同时间线索为输入空间构建语、构建接龙型高级网络来解读诗歌。具有明显多时间线索标识语来叙事的诗歌如表 6.3 所示：

表 6.3　适合从多时间维度切入进行接龙型复合整合的典型诗歌

王维	《和贾至舍人早朝大明宫之作》《蓝田山石门精舍》《从军行》《老将行》
杜甫	《壮游》《述怀》《春宿左省》《寄赞上人》
希尼	《搅奶日》("Churning Day")、《期中假日》("Mid-term Day")、《盖屋顶的人》("Thatcher")、《半岛》("The Peninsula")、《纪念弗朗西斯·莱德维奇》("In Memoriam Francis Ledwidge")、《阿斯图里亚斯的小颂歌》("The Little Canticles of Asturias")、《镜头外》("Out of Shot")、《历险之歌》("Chason D'aventure")、《伍德街》("The Wood Road")、《来自良心共和国》("From the Republic of Conscience")
弗罗斯特	《夜晚的彩虹》("Iris by Night")、《关于心开始遮蔽大脑》("On the Heart's Beginning to Cloud the Mind")、《落叶踩踏者》("A Leaf Treader")、《严肃的一步轻松迈出》("A Serious Step Lightly Taken")

下面以王维的《从军行》为例，揭示主体间推导互动基础上的接龙型高级网络的复合整合过程。

从军行

王 维

吹角动行人,喧喧行人起。 （出军）

笳悲马嘶乱,争渡黄河水。

日暮沙漠陲,战声烟尘里。 （厮杀）

尽系名王颈,归来报天子。 （归报）

推导互动中的读者体验环节。读者主体在逐联阅读该诗的基础上,在整个语篇层面与文本形象、作者主体对话交流,初步体验语言标识和故事情节、揣摩作者创作意图,从多时间维度来构建语篇层面的接龙型高级网络的心理输入空间(见图6.4)。就诗歌叙事性质而

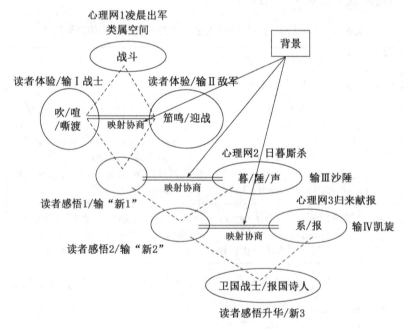

图6.4 主体间推导互动基础上的《从军行》接龙型复合高级网络整合

言,该诗叙述了发生在沙漠边陲的一次战斗,从行军、到激战、再到得胜归来,主要以叙事为主,中间夹杂场面描写,属于多量叙事的边塞诗歌,爱国报国之情寓于其中。就人物主体来说,诗中并未明确交代交战双方具体姓名,地点"沙漠陲""黄河"也是模糊提及,但"天子"可指唐朝皇帝,诗人王维可能从问边或时局途说中提炼出诗歌故事情节,故事人物虚构的成分较大,同时读者联想唐朝边陲战争时有发生,在整合全诗过程中,王维的个人经历、有关战争的背景信息需要参与进来。

与此同时,读者辨识可用来建构心理输入空间的一些突显语言标识,从多时间认知维度切入,在语篇整体上来构建多个心理输入空间。该诗的时间语言标识"吹角""笳悲""日暮""归来"(见诗中下画线部分),构成了一个线性发展时间链。首联"吹角",军号吹奏以报时间,战士惊醒准备出发;额联"笳悲",敌军吹响了胡笳,我方战马感受到战斗信息也兴奋地嘶鸣,战士们争先恐后地渡河杀敌。虽然只能远远地听到敌军的胡笳声,但读者可以根据脑海中战争的脚本想象敌军也同样惊醒,备马准备应对我方的进攻。时间标识作为空间构建语及其激活的情节信息,分别构建输入空间Ⅰ"战士"、Ⅱ"敌军",与同类属空间共享"战斗"组织变量,并同"读者感悟1"环节的新显结构1一起,组成心理网1"凌晨出军"。颈联时间标识"日暮"及其引导的沙漠边陲厮杀情节信息,构成输入空间Ⅲ"沙陲",与心理网1整合后产生的新显结构1而形成的输入空间"新1""读者感悟2"环节的新显结构2,一起构建心理网2"日暮厮杀"。尾联时间标识"归来"之时,战士擒酋、系颈、献天子,这些信息构成输入空间Ⅳ"凯旋",并与心理网2整合后产生的新显结构2(即输入空间"新2")、读者感悟升华环节的新显结构3,共同构建心理网3"归来献报"。我们先用图6.4图示这首诗接龙型高级网络的各整合环节,然后详细分析在读者体验(上文已详析)基础上的其他各整合步骤。

推导互动中的心理网 1"凌晨出军"的映射协商、读者感悟 1 环节。 在经过推导互动中的读者体验过程之后,读者进一步与文本形象和作者主体进行交流和认知协商,进入作者的心境视野、深入推导互动,映射协商首颔联文本内容及其关联信息,即读者采用跨空间的常规呼应元素映射方式,映射连通输入空间Ⅰ"战士"与输入空间Ⅱ"敌军"里的呼应元素,并组合经由映射连通后形成的框架组织,其间不断输入相关背景知识来完善协商过程。

输入空间Ⅰ"战士"里,随着阵阵军号响起,士兵们从熟睡中惊醒,麻利地从床上爬起,喧闹声中整装出行,争渡湍急的黄河;输入空间Ⅱ"敌军"里,西域少数民族的胡笳吹响,敌军慌乱中出来迎战。两个输入空间的呼应物,沿着"号角-胡笳""喧闹嘶鸣-嘶乱""渡河进攻-(迎战)"等信息映射连通。

这时,读者激活提取有关诗行中"胡笳""行人"的史料信息:"胡笳"是当时在西域少数民族中流行的一种军号,起着播报时间、指挥发令的作用;"行人"乃出征之人,战场上奋勇杀敌的战士。同时,走进真实诗人的生活,诗人在出使塞上期间,会听说、看到军营的真实生活,该诗描述的是"一次普通的规模不大的战事,其特点是非常真实"(董乃斌,2006:91),从而完善主体间的协商过程。

读者进而组合来自输入空间和类属空间的框架组织关系,进一步压缩扩展,获得读者个体的认知感悟,产生新显结构 1:从我方战马的兴奋与将士争先恐后渡河杀敌的呼应中,读者可以领悟到戍边将士保家卫国的高昂斗志,以及诗人在描写这一幕时的满腔热血和爱国情怀。

推导互动中的心理网 2"日暮厮杀"的映射协商、读者感悟 2 环节。 在经过推导互动中的读者体验、心理网 1 整合过程之后,读者进一步与文本形象和作者主体进行交流和认知协商,进入作者的心境视野、深入推导互动,映射协商颈联文本内容及其关联信息,即读者选择"变化"关键关系,映射连通输入空间"新 1"、输入空间Ⅲ"沙陲"里的呼应元素,并组合压缩框架组织,其间不断输入相关背景知识来完善协商过程。

输入空间"新 1"里,战争已经爆发,战事正在推进,但诗人并没正面写战场态势;输入空间Ⅲ"沙陲"里,诗人用一个长镜头,远远拍下夕阳西下,沙漠边陲烟尘里传来阵阵鏖战呐喊声的画面。"变化"关键关系映射连通"新 1""沙陲"两个输入空间的呼应元素:时间上从凌晨至日暮,地点上从黄河到沙漠边陲,交战上从人喧马嘶到声响烟尘。

这时,读者输入相关背景信息,完善主体间的协商过程:一则关联挖掘颈联中的这一"陲"字,"陲"指边缘、最远处,残阳降落在沙漠的最边缘,战争就在那最远处上演,烟尘里传来的杀喊声越加模糊难辨,胜负也就越发难料、更加扣人心弦,诗人舍近求远,"不着一字,尽显风流"①。二则激活提取生活中的王维经历背景,受朝廷派遣出使边疆,往往可见大漠之空旷、孤烟之风情,西域沙漠戈壁的艰苦现实环境历历在目,这些成为他萦绕笔端的生活素材。

上述呼应元素有选择地组合压缩,相关背景信息进一步压缩完善,进而读者认知扩展,产生心理网 2 的新显结构 2,即沙漠鏖战的气氛更加紧张、场面异常混乱,胜负越发扑朔迷离,连诗人也被带入这鏖战中,"只闻厮杀声、不见鏖战人",显得无比焦虑。

推导互动中的心理网 3"归来献报"的映射协商、读者感悟升华环节。经过整体语篇上读者体验和前两轮心理网的整合过程,读者

---

① 王维是这方面技巧的高手,尽得其理、运用自如,像他的《使至塞上》偏偏不直接写边疆将士的军营生活和浴血保疆,却通过"萧关逢候骑",侧面了解到"都护在燕然"前线统兵作战,其间边的感触之深触及心底、拨动灵魂!像他的《陇西行》不直接写匈奴大举入侵围困陇西重镇酒泉的危险状况,而是通过士兵"十里一走马,五里一扬鞭"的加急传递军情,以及大雪下的城墙因年久失修而烽火断烟的侧面描述,表面上是避重就轻,实则道出的危难之情加十倍。

继续与全诗文本形象、作者主体对话交流,映射协商诗歌尾联文本内容及其关联信息。

输入空间"新 2"里,日暮沙漠边陲的战争十分残酷、惨烈;输入空间Ⅳ"凯旋"里,战士们取得这场战争的胜利,取下匈奴敌军的名王首级,回来向天子汇报请赏。读者选择"因果"关键关系进行跨空间映射连通。输入空间"新 2"里的"日暮沙漠鏖战"与输入空间"新 1"里的"凌晨出军交战"一起构成原因、输入空间Ⅳ的"系颈献给天子"是结果,二者相互映射连通。读者组合这些因果关系信息;并沿着时间切点"吹角""筒悲""日暮""归来"进一步压缩,尤其要激活提取相关背景知识进行完善,包括"名王"指匈奴人中的著名"蕃王"、贤王,把所有的名王俘虏,凯旋献给唐朝皇帝;进而认知扩展,获得对全诗意境"人之所及"的读者感悟升华,即新显结构 3:塑造了杀敌卫国的战士、立志报国的诗人形象。

战士杀敌卫国。"《从军行》皆述军旅苦辛之词也"①(邓安生、刘畅,2017:56),战士展示了争先杀敌、保家卫国的英雄气概,尾联"尽系名王颈,归来报天子"抒写了战士忠君报国的时代使命,也"折射出大唐帝国异常强盛的无敌威势"(王志清,2015:70)。

诗人立志报国。正值人生事业早期,万事待发,通过边塞诗歌战争故事形式,表达了自己具有满腔爱国热情、立志效力报国的进步思想和斗志情绪,也打上了唐王朝统治下催人奋进、有志之士誓有作为的时代特色。

另外,对读者来说,全诗独到地糅合了多种声音,号角胡笳的吹奏声、行人喧闹声、战马嘶叫声、争渡击水声等渲染了战争气氛的紧张促迫感,烟尘杀声震天暗示战争是何等的激烈,凯旋报喜声声把战争

---

① 《从军行》是汉乐府的曲名,不少诗人都曾有作,比如李白、王昌龄、杨炯等,故唐人杨就在《乐府古题要解》说此句话。

这一曲交响乐推向了高潮,全诗给读者展示了一次战争的听觉盛宴。

6.1.2.3　"景-事-抒/议"要素维度的接龙型复合整合

本书分析的诗歌叙事语篇,往往含有不同比例的"景-事-抒/议"要素①。这种诗歌语篇的心理输入空间的构建一般有两种形式:一是采用"跨要素诗行"方式,即跨越或打通"景""事""抒/议"要素所在的诗节诗行界限,着眼叙事内容,从诗歌叙事的多种认知维度,比如主体、时间、空间、因果、视角、事情-反应、情感波动等中优选一种,来构建心理输入空间和心理网,这种认知途径比较普遍;二是在采用其他认知维度不够理想时,根据更为合适的"景""事""抒/议"要素在整体语篇中的格局,即采用"要素诗行模块"形式,来构建心理输入空间和心理网,这种认知途径相对少一些。在4.5中,我们已经从"景""事""抒/议"要素维度探讨了双域高级网络的概念整合,本节则从"景-事-抒/议"要素维度探讨接龙型高级网络的复合整合。具有"景-事-抒/议"要素特征的诗歌叙事语篇如表6.4所示:

表 6.4　适合从"景-事-抒/议"要素维度进行接龙型复合整合的典型诗歌

王维	《积雨辋川庄作》《酬张少府》《送沈子福归江东》《山居秋暝》《夷门歌》《春中田园作》《登河北城楼作》《待储光羲不至》《送邢桂州》《观别者》《送赵都督赴代州得青字》《早秋山中作》《宿郑州》《书事》《过香积寺》
杜甫	《茅屋为秋风所破歌》《前出塞九首》《登兖州城楼》《北征》《九日蓝田崔氏庄》《曲江对酒》《曲江二首(其二)》《哀江头》《登楼》《登岳阳楼》《江村》《狂夫》《夜》《舟中》《宿江边阁》《青坂》
希尼	《薄荷》("Mint")、《后序》("Postscript")、《在图姆桥边》("At Toomebridge")、《巴利纳欣湖》("Ballynahinch Lake")、《里尔克:大火之后》("Rilke: After the Fire")、《给爱维恩的风筝》("A Kite for Aibhín")、《黑刺李杜子酒》("Sloe Gin")、《在班纳赫》("At Banagher")

---

①　"景-事-抒/议"是这一维度的总称,指"景""事""抒/议"三要素在诗行中按照一定的顺序来布局,有时"景"在前,有时"事"在前,有时"抒/议"在前,也有的诗歌三要素相互夹裹,交织在一起。

（续表）

弗罗斯特	《玫瑰朱兰》（"Rose Pogonias"）、《不愿》（"Reluctance"）、《暴风雨的时候》（"In Time of Cloudburst"）、《夜晚的彩虹》（"Iris by Night"）、《关于被偶像化》（"On Being Idolized"）

下面以王维的《山居秋暝》为例,揭示主体间推导互动基础上的"景-事-抒"要素维度的接龙型高级网络整合过程。

山居秋暝

王　维

空山新雨后,天气晚来秋。　（景）
明月松间照,清泉石上流。
竹喧归浣女,莲动下渔舟。　（事）
随意春芳歇,王孙自可留。　（抒）

推导互动中的读者体验环节。 读者主体在逐联阅读该诗的基础上,在整个语篇层面与文本形象、作者主体对话交流,初步体验语言标识和故事情节、揣摩作者创作意图,从"景-事-抒"维度来构建语篇层面的接龙型高级网络的心理输入空间(图6.5)。就诗歌叙事性质而言,全诗共八句,前四句写景,五、六句叙事,七、八句抒中有叙,大致呈现景、事、抒的多要素叙事模块格局,属于少量叙事的诗歌。就人物主体来说,该诗是王维写的山水名篇,诗人置身于秋后雨晴的山居景色中,剪裁故事人物洗衣女、渔夫的生活片段进行叙述。诗人的个人经历、典故知识输入,对读者整合解读唐诗的信息跳跃"空白"至关重要。

与此同时,读者辨识可用来建构心理输入空间的一些突显语言标识。读者抓住首联的"空山""天气"等语言标识(见诗中下画线部分),首颔联的写景信息:读者先有时空交融的感受,体验山野皆"空"之幽清,皓月松林、清泉山石之静谧,写景如画,这些构建输入空间Ⅰ"空间"、Ⅱ"时节",与"读者感悟1"环节的新显结构1共享类属空间的"山色"调控变量,组成心理网1"山景画"(**景**)。心理网1整合后得出的新显结构1,作为新的输入空间"新1";读者再抓住颈联的"浣女""渔舟"等突显语言标识,过滤叙事元素:见人物纷至沓来,闻竹林喧声、浣女洗衣归来,观莲叶分披、渔民划舟返回,动静结合,有声有色,这些组成输入空间Ⅲ"人物";与"读者感悟2"环节的新显结构2一起,建构成为心理网2"画中游"(**事**)。心理网2整合后得出的新显结构2,再作为新的输入空间"新2";读者最后抓住尾联的"歇""留"等突显语言标识,就尾联的春去秋来、王孙可留等抒情元素组成输入空间Ⅳ"诗人",并与读者感悟升华环节的新显结构3一起,构成心理网3"画中留"(**抒**)。下面我们先用图6.5图示这首诗接龙型高级

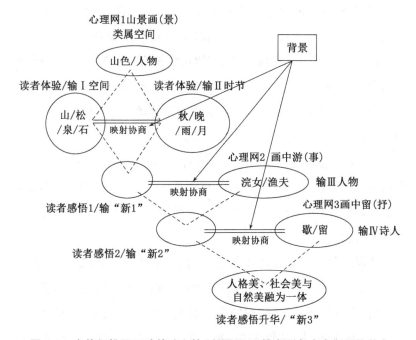

图6.5　主体间推导互动基础上的《山居秋暝》接龙型复合高级网络整合

网络的各整合环节,然后详细分析在读者体验(上文已详析)基础上的其他各整合步骤。

推导互动中的心理网 1"山景画"的映射协商、读者感悟 1 环节。 在经过推导互动中的读者体验过程之后,读者进一步与文本形象和作者主体进行交流和认知协商,进入作者的心境视野、深入推导互动,映射协商首颔联文本内容及其关联信息,即读者采用跨空间的常规呼应元素映射方式,映射连通输入空间 I"空间"与输入空间 II"时节"里的呼应元素,并组合经由映射连通后形成的框架组织,其间不断输入相关背景知识来完善协商过程。

输入空间 I"空间"中,含有空山、翠松、清泉、卵石等物境元素,输入空间 II"时节"中包括秋季、晚上、雨后、月色等时间元素。这些元素可沿着"物境-时间"进行对称映射,即空山-秋晚新雨、松间-明月、泉石-月色之间的匹配映射,然后有选择地组合压缩。

同时,读者关联挖掘作者王维的当年生活情景,完善主体间的协商过程:而立丧妻未娶、一生相许佛门、屡遭权贵排挤、半官半隐辋川。此情此景,作者却挣脱"悲秋"的传统视野,营造了一种清新、明净的暮秋意境,别开生面。在诗人看来,一场普通的山雨如同"新"雨,熟悉的山野即为"空"山,作者太需要这静谧山色来规避俗世喧嚣和官场倾轧,以求轻松惬意,万物一新。

经过映射、组合、完善的主体间协商过程,读者结合首颔联文本和作者写景意图,读者"感悟 1"其秋晚意境,产生新显结构 1,即在诗人心中,秋雨后的山村、傍晚的山色清新怡人,是人间难得的超凡脱俗之地,是诗人的寄予之处。

推导互动中的心理网 2"画中游"的映射协商、读者感悟 2 环节。 读者继续与文本形象、作者主体进行交流和认知协商,进入作者的心境视野、深入推导互动,映射协商颈联文本内容及其关联信息,即读者选择"部分-整体"关键关系,映射连通输入空间"新 1"、输入空间

Ⅲ"人物"里的呼应元素,进而组合经由映射连通后形成的框架组织,其间不断输入相关背景知识来完善协商过程。

输入空间Ⅲ"人物"中的浣女归来、渔夫划舟等人物元素,有意采用"归浣女""下渔舟"的倒装语序,先闻竹林的喧闹声、后见洗衣女结伴归来,先感到莲花抖动、再看到渔夫驾舟而来,把句式的倒装效果与人物事件的突现完美结合起来,浣女、渔夫的活动如置于输入空间"新1"山居秋晚这一幅山景画的大环境之中,形成了"部分-整体"的和谐共生关系,二者相互"映射"连通。

读者激活提取诗人王维的生活经历:这时期王维正隐居蓝田辋川、亦官亦隐,常见浣女、渔夫、村民的农事活动,见事心动,有感而发,故于开元二十年(732年)左右把生活所见融入《山居秋暝》这一山水田园诗歌典范之作。

经过呼应元素映射、组合、完善的主体间协商过程,读者进一步扩展推理,读者感悟2出新显结构2,即人在山景之间快乐劳作,有如在画中游,正是诗人的期许之境。

推导互动中的心理网3"画中留"的映射协商、读者感悟升华环节。经过整体语篇上读者体验和前两轮心理网的整合过程,读者继续与文本形象、作者主体对话交流互动,映射协商诗歌尾联文本内容及其关联信息。

读者映射连通输入空间Ⅳ"诗人"和输入空间"新2"的呼应物:输入空间Ⅳ里春天芳菲的消歇与山中王孙的自留,都已融入输入空间"新2"里诗人的期许之境;输入空间Ⅳ里,生活中的王维隐居于辋川、置身此境,徜徉于山水之间,见此物随人意之美景,自然愿意久留于此地。这些呼应元素经过映射连通后形成的框架组织进一步被组合压缩。

此时,读者激活提取典故知识,完善主体间的协商过程:诗人在前三联以物境人归等客观呼应物为铺垫,末联妙在反用《楚辞》"王孙兮归来,山中兮不可以久留"的语意,尽管春芳已逝,但山中秋景亦佳,自比王孙的诗人从朝廷归来,愿意留在此山中,成为山景画中的一分子!

读者充分扩展认知主体的主动性和创造性,结合全文文本信息和作者创作目的,最终读者感悟升华,生成新显结构 3 的动态意义。

人格美、社会美与自然美融为一体。苍松、清泉、翠竹、青莲所投射的高洁意境,顿时注入了一种超尘脱俗的人格魅力,令人神往,使人领悟到诗人对远离尘俗、隐居生活的留恋和对理想境界的追求,诗人的人格美和理想中的社会美在自然美中相得益彰。秋晚山色是一幅至美山景画,浣女渔夫游于其中乃画中之画,"王孙"诗人自留秋雨山色中更是画龙点睛之笔,唱出一曲隐者的恋歌。水、月意象也赋予额外的诗意,新雨山泉之淙淙,似乎要带走诗人的一切烦恼,月光照泄如水,注定洗净诗人的尘世心灵,是诗人心中向往的世外桃源的写照。全篇景物皆活,心物相契,乃"写真境之神品"(张忠纲,2007:218)。

"王孙"之称意境阔远。"王孙"原是贵族后裔、贵家公子通称,是一个泛指概念,该诗中它可以指诗人,也可延伸至诗人的朋友或者唐王朝特殊时代下的隐者。指诗人自己,在表白皈依田园自然、享受田园生活的情感;指友人或隐者,在规劝他人亲近泥土,远离社会尘嚣,同时针砭时局阴暗。

6.1.2.4 "自我"视角转换维度的接龙型复合整合

叙述视角是叙述主体(作者、叙述者和人物)叙述时观察故事的角度。在第一人称叙述中存在两种"自我"视角:一是叙述自我(narrating self),即叙述者"我"目前追忆往事的眼光;二是体验自我(experiencing self),即被追忆的"我"过去正在经历事件时的眼光,这两种眼光交替作用,体现"我"在不同时期对事件的不同看法或不同认识程度(Herman & Veraeck,2001:73;Rimmon-Kenan,2002:75-77;McIntyre,2006:24;申丹,2007:238)。叙述自我外视角和体验自我内视角的交替使用在小说中比较常见,但在诗歌中尚未引起学术界的关注。我们发现有些第一人称诗歌采用叙述自我与体验自我这两种视角来叙述故事,形成独特的"自我"视角转换"认知架构"(cognitive construct)(Ryan,2007:25－27)。普通的"视角既可从局部上构建叙事心理空间,也可在整体上构建心理网"(Dancygier,2012:220),同样叙述自我与体验自我也可用来构建叙事心理空间或心理网。下面以美国诗人罗伯特·洛厄尔(Robert Lowell)①的《尖叫声》("The Scream")为例,探讨主体间推导互动基础上的叙述视角转换维度的接龙型高级网络整合过程。

The Scream

(derived from Elizabeth Bishop's story "In the Village")

A scream, the echo of a scream,　　　　　（诗节1,叙述自我1）
now only a thinning echo ...
As a child in Nova Scotia,
I used to watch the sky, / Swiss sky, too blue, too dark.

A cow drooled green grass strings,　　　（诗节2—4,体验自我）
made cow flop, *smack*, *smack*, *smack*!　　　（诗节2）
and tried to brush off its flies / on a lilac bush—all,
forever, at one fell swoop!

In the blacksmith's shop,　　　　　　　（诗节3）
the horseshoes sailed through the dark,

---

① 考虑到例证的典型性,书中选析了罗伯特·洛厄尔的诗歌。

like bloody little moons,

red-hot, hissing, protesting,

as they drowned in the pan.

Back and away and back!　　　　　　　　　　　（诗节 4）

Mother kept coming and going——

with me, without me!

Mother's dresses were black

Or white, or black-and-white.

One day she changed to purple,　　　（诗节 5—8,叙述自我 2）

and left her mourning.　At the fitting,　　　　（诗节 5）

the dressmaker crawled on the floor,

eating pins, like Nebuchadnezzar

on his knees eating grass.

Drummers sometimes came　　　　　　　　　（诗节 6）

selling gilded red

and green books, unlovely books!

The people in the pictures

wore clothes like the purple dress.

Later, she gave the scream,　　　　　　　　　（诗节 7）

not even louder at first ⋯

When she went away I thought

"But you can't love everyone,

your heart won't let you!"

A scream! But they are all gone,　　　　　　　　（诗节 8）

those aunts and aunts, a grandfather,

a grandmother, my mother—

even her scream—too frail

for us to hear their voices long.

推导互动中的读者体验环节。读者主体在逐联阅读该诗的基础上，在整个语篇层面与文本形象、作者主体对话交流，初步体验语言标识和故事情节、揣摩作者创作意图，从"自我视角"维度来构建语篇层面的接龙型高级网络的心理输入空间（见图 6.6）。在第一人称叙事诗中，叙述自我和体验自我经常以这种方式进行转换：叙述者"我"暂时放弃目前追忆往事的眼光，转而采取"我"当初的眼光来展示故事发展，在诗尾又回归叙述自我的眼光，呈现"叙述自我 1—体验自我—叙述自我 2"的视角转换格局。其特点在于叙述自我展现一位智者自我（intelligent self）的全知回顾自省眼光，而体验自我的眼光则呈现局部的或分散的、稚涩或不成熟的状态，二者都以相应的语言表达形式来呈现。洛厄尔的叙事诗《尖叫声》就采用了这种叙述自我与体验自我之间转换的方式，全诗以尖叫声的微弱回音（a thinning echo）开篇，并以尖叫声的全部消失（all gone）结束，但叙述自我在诗歌的中段放弃目前的追忆眼光，采取孩童时代的体验眼光来展示故事世界。整首诗呈现叙述自我 1（诗节 1）、体验自我（诗节 2—4）、叙述自我 2（诗节 5—8）的"自我"视角转换格局（见图 3）。该诗源于伊丽莎白·毕肖普 1953 年发表在杂志《纽约客》（*The New Yorker*）上的自传故事《在村里》（"In the Village"），洛厄尔在阅读该故事后，提炼故事里面的"核心意象"（central image）（Flower，2013：499），创作了这首诗，并发表于《肯言评论》（*The Kenyan Review*）（Lowell，1962：624 - 625）。《尖叫声》与《在村里》的取材渊源为读者提供了相关的情节背景知识,参与全诗多轮接龙型心理网的连锁整合,见图6.6。

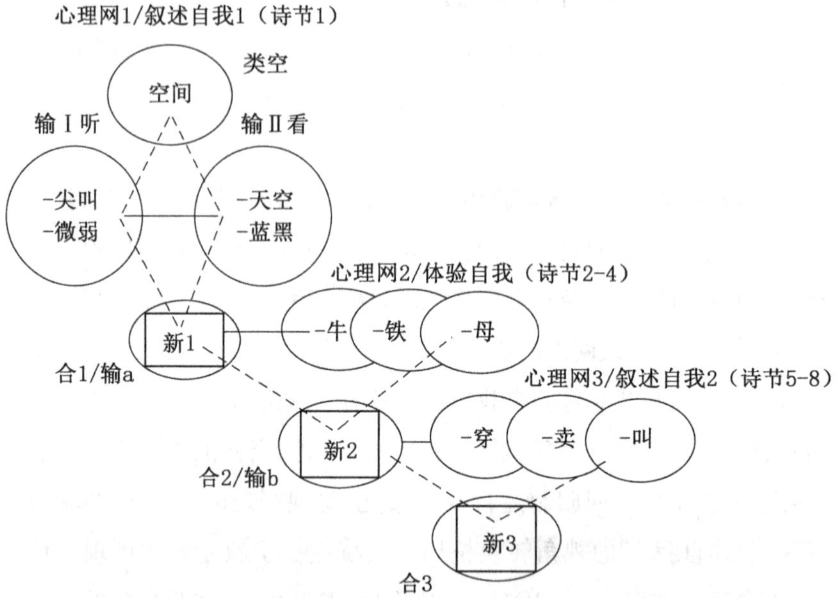

图 6.6　主体间推导互动基础上的《尖叫声》接龙型复合高级网络整合

推导互动中的心理网 1"叙述自我 1"的映射协商、读者感悟 1 环节。在经过推导互动中的读者体验过程之后,读者进一步与文本形象和作者主体进行交流和认知协商,进入作者的心境视野,深入推导互动,映射协商输入空间 1"听"、输入空间 I"看"里的呼应元素,进而组合经由映射连通后形成的框架组织,其间不断输入相关背景知识来完善协商过程。

在第一轮心理网 1"叙述自我 1"整合中,成年自我(adult self)(Flower,2013:503)的叙述视角可看成一个心理网,它包含两个叙事视角输入空间:输入空间 I"听"、输入空间 II"看"。输入空间 I"听"里的"我"听到微弱的尖叫声,与输入空间 II"看"里"我"看到的"太蓝太黑"的瑞士般的天空,在外部空间关键关系"空间"(space)的映射连通下,将不同的实体空间同步连通压缩至同一空间范围,压缩成为合成空间1的内部空间关键关系"尺度空间":尖叫声划过天穹,"玷污了(stain)小女孩心目中的天空,这种玷污深度嵌入这蓝黑天空之中"(Wallace,1992:82-103),两者融合压缩在同一空间,所以此时身处巴西的"成年自我"毕肖普,仿佛听到加拿大新斯科舍省的大村子(Great Village)里母亲的尖叫声;同时,同一空间里的单一空间链上的部分空间被激活再被压缩成"切点空间"关系,尖叫声的凄凄回音定格在微弱(thinning)这一空间切点,与之相衬的天空颜色也呈现异常蓝黑这一空间切点。微弱叫声和异常蓝黑天空的切点意象在合成空间组合,其背后发生在诗人孩提时代所住大村子的背景故事进一步得到完善,母亲的尖叫源于她无法从失去丈夫的悲伤中走出,而天色的凝重暗示着女孩对父亲逝去、母亲疯癫的巨大心理失落(loss),直到扩展为新显结构1(即读者感悟1),即透过成年自我的记忆,一个夹杂着母亲尖叫声、充满悲情氛围的蓝黑天空仿佛有某种不祥、危险暗示,"低垂空中"(Wallace,1992:82-103),在诗人心中留下了挥之不去的心灵创伤阴影。

推导互动中的心理网2"体验自我"的映射协商、读者感悟2环节。读者继续与文本形象、作者主体进行交流和认知协商,进入作者的心境视野,深入推导互动,其间不断输入相关背景知识来完善协商过程。

这些暗示呼应物又作为新的心理输入空间a,犹如瀑布或踏脚石一般,接龙参与第二轮心理网2整合,其中小女孩体验眼光中的三件往事(诗节2—4)先作为视角心理网完成整合。在该视角心理网中,成年自我情不自禁地回到小女孩当初的童稚(naive)体验眼光,置身放牛、打铁、母亲来去的鲜活场景,还原真实的懵懂感受。这些场景感受组成三个平行的叙事心理输入空间,其呼应物彼此平行映射(parallel mapping)(Fauconnier & Turner,2002;李昌标,2015:

26－31)整合。一头母牛贪食着青草茎,粪便"啪、啪、啪"地从她体内排出(诗中用斜体 smack,smack,smack! 书写),绘声绘色地体现小女孩的入神、好奇、幽默心境;母牛摆动身体,试图拂走紫丁香丛上的所有飞蝇,一扫而去,画面十分生动逼真。铁匠铺里如血一般的小月亮状马蹄铁在黑红的烤锅漩涡里涌动挣扎,发出"嘶嘶声、抗议声(诗中用动词-ing 形式 hissing 和 protesting 体现)",最后它们浸入铁盘(诗中用 drowned 表示小女孩的感知),非常形象贴切,勾勒出小女孩出神、真实的观察体验。母亲显得异常不安,时而"回来,又走开,又回来!",一直"不停地来来去去""带着我,丢下我!",三组词 away and back、coming and going、with,without 和两个感叹号、一个破折号,把母亲焦躁不安的矛盾心理冲突体验得淋漓尽致;在小女孩眼里,母亲的裙子变来变去,一会儿白色,一会儿又是黑色,再一会儿黑白相间。小女孩幼年心灵的所看所听所感,与心理网 2 中输入空间 a 里成年自我所叙的不祥暗示进一步映射连通,向合成空间 2 有选择地投射组合,这时与故事背景相联的字里行间的诗意得到进一步完善、扩展,并产生新显结构 2(即读者感悟 2):其一,天性爱与牛亲近接触,小女孩能从动物身上得到某种支撑和宽慰(Paton,2006:197－213),牛粪"啪、啪、啪"地溅在地上,牛自在舒通,就像小女孩流下的一滴滴眼泪,也能减轻恐惧、释放"坏"情绪(Klein,1994:109),这是对童年失落遭遇的自然宣泄,自我补救(reparation)创伤的"思想在从与动物不断打交道的过程中油然而生"(Shepard,1996);其二,《在村子》里的铁匠锻造过不同形状的模型铁,但小女孩注视的这块马蹄形铁,两头从不相交,昭示过去与现在、母亲与女孩虽互为相依但却彼此隔断(Furlani,2002:148－160),马蹄铁快要"淹死"的咆哮挣扎与母亲尖叫声的减弱模糊相互碰撞,两种声音反差越大,越是反衬小女孩对母亲疯癫和自我生存的茫然、焦虑和无助(powerlessness);其三,母亲精神病经常发作,奔命于大村子和精神病院之间,在幼小的心灵中母亲不再是安全可靠的母爱港湾,反而成了某种恐惧、威胁,虽然此时的小女孩也见证了母亲不停更换裙子,但并不知晓母亲的裙子颜色为何变来变去,这正是体验自我所预设的艺术效果。

推导互动中的心理网 3"叙述自我 2"的映射协商、读者感悟升华环节。经过整体语篇上读者体验和前两轮心理网的整合过程,读者继续与文本形象、作者主体对话交流互动,其间不断输入相关背景知识来完善全诗的协商过程。

新显结构 2 犹如瀑布或踏脚石一般继续作为新的输入空间 b,接龙参与第三轮心理网 3 整合,其中叙述自我 2(诗节 5—8)作为回顾性叙述视角心理网先进行平行型映射整合。诗节 5 笔锋一转,one day 标志着小女孩的体验自我眼光又回到了成年自我的回顾叙述:母亲换上了紫色裙子,如今的成年自我才知道这是家人特地请来裁缝为她做新衣服,希望结束她五年(1911—1916 年)病患所带来的悲情霉运(Fuss,2013;Walker,2005:7)。紫色在基督教里象征复活重生,紫色也代表母亲希望重新恢复波士顿伍斯特市(Worcester)丈夫家的女主人身份(Almeida,2010:195 - 206),因为母亲的美国国籍也随着丈夫去世而失去;这个爬在地板上嘴里咬着大头针处理裙子褶皱、为母亲试衣的神秘裁缝,就像圣经《旧约》中的国王尼布甲尼撒二世,因为亵渎了神灵而变成疯子跪在地上吃草一样,透露出不怀好意。诗节 6 中,sometimes 是典型的回顾性叙述语,敲鼓的小商贩有时来卖镀金的红色绿色的书,书中附有圣经《旧约》中有关罗马百夫长们(centurions)的故事插图,这些书都是"讨厌"的书! 百夫长本来穿着各种颜色的长衣服,但书画中的人穿着那紫裙子一般的衣服,与母亲的紫色裙子形成呼应。诗节 7 中,later 拉近了回顾性叙述的距离,尽管家人试图通过换衣来让母亲摆脱厄运,但后来她还是尖叫,"开始声音不大……",直到她走了! 叙述自我通过冲突对比与颜色类比的叙述手段,在此节揭开了体验自我当初无法明白的母亲换衣的反讽结局,本来预示着好运的紫裙子,并没有扭转母亲的病情和命运,这一声尖叫"标志着母亲康复期望的破灭"(Furlani,2002:148－160)。诗节 8 中,成年自我在当下(now)感慨,小时陪伴照顾我的母亲家和父亲家的阿姨婶婶、祖父祖母,还有我的母亲,都离我而去了! 连同母亲的尖叫声,太脆弱(frail)了,无法久久听到他们的声音,也暗示母亲和小女孩之间的脆弱纽带关系!

诗节 5—8 中的时间切点 one day、sometimes、later、now 和所述事件,沿着尺度时间轴互相映射压缩,并与心理网 3 中输入空间 b(新显结构 2)进一步接龙映射压缩,在第三轮合成空间 3 里组合;同时,读者从诗歌整体上综合第一、二轮的认知所悟,通过时空、表征、类比关键关系网线连通过去与现在,完善、扩展三轮次"自我"视角转换心理网的认知过程,实现全诗的意境升华,即新显结构 3(读者感悟升华)。

声音穿越"时空"。当时令小女孩感到害怕的母亲尖叫声,如今成了成年自我与母亲隔空交流的心灵寄托,愧感母亲的尖叫尚存一息,失去与母亲在一起的时间和母女之情难以弥补;当初马蹄铁的嘶嘶抗议声、牛粪溅落的"啪啪啪"声音,后来成了诗人摆脱困境、自我救赎的精神力量,童年眼光里的这些声音成为永久的记忆符号。

颜色"表征"情感。小女孩眼前的牛可以一下子赶走伏在紫丁香花丛的飞蝇,但成年自我幡然醒悟:小时候看到的母亲新换的紫裙子,并不能像驱赶飞蝇一样一下子驱除母亲的癫疯厄运,书画中人们穿的紫色衣服着实令人"讨厌",紫色所暗含的反讽意味十分强烈;体验自我眼光里的青草茎、血红马蹄铁、黑白裙子,与叙述自我眼光里的蓝黑色天空、镀金红绿色书,共同为紫色提供了颜色背景,使得紫色成为贯穿全诗、萦绕心田的主色调。

用典"类比"人物。裁缝与国王本来毫不相干,但成年自我把他们"奇特的视觉相似性"(fanciful visual similarity)(Axelrod &

Deese，1993：221)和母亲的尖叫联系起来，他们都是跪在地上，神秘裁缝跪在地上围着裙子缝剪，母亲却害怕她的针扎伤自己，歇斯底里的她、连同她的希望和恐惧一起被缝进这一身裙布，一旁观看的小女孩则视母亲为一件布满针孔的布料，读者也把母亲看成导致诗文遗漏、错置的原因(Lombardi，1995：204)；疯癫国王亵渎耶稣神明而受罚，精神错乱，堕落成兽而四肢爬行，吃草如牛。裁缝带来的危险、国王的疯狂、母亲的尖叫纠缠在一起，暗示母亲的病情越发严重。

通过对叙述、体验情节的连锁整合，在新显结构 3 中的《尖叫声》是声音、颜色、用典混响的叙事挽歌，是失落、悲伤、补救相连的心路历程(psychical journey)(李昌标，2024：33 - 38)。

6.2　分合型高级网络

正如第三章所阐明的，分合型高级网络是另一种语篇层面的多个心理网的高级概念整合网络。与接龙型高级网络不同的是，"分合型"指不同轮次的心理网各自先整合后，其不同新显结构继续组成新的心理网，相互之间再次进行整合。这种高级网络充分考虑了整个诗篇的情节复杂性和整合网络"分合"连续性问题，因此特别适合认知解读叙事情节复杂的诗歌。本推导主要在叙述视角、主体、空间等认知维度，从语篇整体上讨论主体间互动基础上的诗歌叙事分合型整合过程。

6.2.1　"自我"视角转换维度的分合型整合

下面以希尼的《给爱维恩的风筝》("A Kite for Aibhín")为例，探讨主体间推导互动基础上的叙述视角转换维度的"分合型"高级网络整合过程。

A Kite for Aibhín

After "L'Aquilone" by Giovanni Pascoli（1855—1912）

Air from another life and time and place,　　　（叙述自我 1,

Pale blue heavenly air is supporting　　　　　诗节 1 - 3）

A white wing beating high against the breeze,

And yes, it is a kite! As when one afternoon

All of us there trooped out

Among the briar hedges and stripped thorn,

I take my stand again, halt opposite

Anahorish Hill to scan the blue,

Back in that field to launch our long-tailed comet.

And now it hovers, tugs, veers, dives askew,　（体验自我,诗

Lifts itself, goes with the wind until　　　　　节 4 - 5）

It rises to loud cheers from us below.

Rises, and my hand is like a spindle

Unspooling, the kite a thin-stemmed flower

Climbing and carrying, carrying farther, higher

The longing in the breast and planted feet　　（叙述自我 2,

And gazing face and heart of the kite flier　　诗节 6 - 7）

Until string breaks and—separate, elate—

The kite takes off, itself alone, a windfall.

给爱维恩的风筝

仿乔瓦尼·帕斯科里的《风筝》(1855—1912)

来自另一个生命、时间和地方的空气,
淡蓝天国的空气正托举
一只高高迎风拍打的白翅膀,

对啊,那是一只风筝! 当一个下午
我们结伴出动
来到石楠树篱和脱了刺的荆棘间,

我再次选好位置,正对着
安娜莪瑞什山站稳,扫视蓝色天空,
又回到那片田地发射我们的长尾彗星。

现在风筝盘旋、拖曳、忽转、斜向俯冲,
攀升,随风飘扬
升至我们在地上欢呼雀跃。

抬升,我的手像一个纺锤
从线轴不停放线,那细茎花儿般的风筝
爬升、带走,带得更远、更高

这渴望,在风筝放飞者胸膛里、稳住的双脚上
还有凝视的眼神中和内心的深处

直到线断,——分开了,欢欣着——

风筝自由飞翔挣脱了,独自一个,意外的收获①。

(李昌标 译)

推导互动中的读者体验环节。读者主体在逐行、逐节阅读该诗的基础上,在整个语篇层面与文本形象、作者主体对话交流,初步体验语言标识和故事情节、揣摩作者创作意图,从"自我"视角转换维度来构建语篇层面的分合型连锁心理网及其心理输入空间。就诗歌叙事性质而言,《给爱维恩的风筝》是诗人仿乔瓦尼·帕斯科里的《风筝》("L'aquilone")而作,由 7 个诗节组成,诗歌前三节叙述了从另一个时空地域放风筝到出发去田野放风筝的情景,接着描写风筝在放线人不断放线的情况下,在空中飘飞的情景(诗节 4-5),最后两节叙述风筝在大风中挣断了线,独自越飞越远,对诗人来说,这是一种意外的收获。整首诗歌以叙事为主,尾行融入诗人的情感抒发。从故事人物来看,Aibhín 是具体名字,叙述者"I"没有点明姓名,但提到了我们放风筝所站地方的对面是具体地名 Anahorish Hill,诗题注提到的乔瓦尼·帕斯科里是一位意大利诗人,读者初步感知故事的真实性很强,"I"很可能是诗人希尼本人,但也不排除"I"有虚构人物成分在内,因此希尼的个人经历背景、读者对虚构人物的认知以及被仿作品的内容等背景信息的输入,有助于读者对该诗的整合理解。

与此同时,读者辨识可用来建构心理网及其心理输入空间的一些突显语言标识,从视角转换维度切入,在语篇整体上构建分合型视角转换高级网络(图 6.7)。诗歌前段现在的叙述者"我"追忆出发放风筝的情景。诗歌中段以表现在时间的副词 now、一连串动词现在

---

① 该诗的翻译参考了王敖的译文。

时形式 hovers、tugs、veers、dives、lifts、goes with,动词现在分词形式 unspooling、climbing、carrying 以及诗行之间急促的跨行连续(enjambment)为语言标识,展示当初"我"操作风筝的体验眼光。诗歌后段又回到叙述自我的追忆眼光,诗节 6 以 longing 起头,诗人作为放风筝人充满期待,这是经过深思后的叙述自我眼光;诗节 7 由前6 节的每节三行突然浓缩为最后一行象征放飞的结果,用 separate、elate 和两个破折号形象地勾勒出风筝在大风中挣断线、随风欢飞的情形。全诗呈现叙述自我 1(诗节 1-3)、体验自我(诗节 4-5)、叙述自我 2(诗节 6-7)的视角转换格局。叙述自我 1 回顾"白翅膀高高迎风拍打"、出发准备放飞风筝的情景,构成输入空间Ⅰ"叙1";体验自我观察风筝在空中飘扬的情景,构成输入空间Ⅱ"体"。输入空间Ⅰ、Ⅱ的情景顺畅对称,共享类属空间 1 的"过程"调控变量,与"读者感悟 1"环节的新显结构 1 一起组成第一轮心理网 1"放飞"。叙述自我 2 揭示放风筝的结果,从控制风筝的飘飞,到风筝独自自由飞翔,单独作为第二轮心理网 2,其中放风筝人的期待构建为输入空间Ⅰ"叙 2a",风筝挣断线后,独自飘飞,给放风筝的人带来意外收获的结果构建为输入空间Ⅱ"叙 2b";两个输入空间与类属空间 2 共享"结果"调控变量,与"读者感悟 2"环节的新显结构 2 一起,组成心理网 2"意外收获"。心理网 1、2 先分别整合,分别整合后的新显结构 1、2 继续映射压缩,与"读者感悟升华"环节的新显结构 3 一起合成第三轮心理网 3。我们先用图 6.7 图示这首诗分合型高级网络的各整合环节,然后详细分析在读者体验(上文已详析)基础上的其他各整合步骤。

推导互动中的心理网 1"放飞"的映射协商、读者感悟 1 环节。在经过推导互动中的读者体验过程之后,读者进一步与文本形象和作者主体进行交流和认知协商,进入作者的心境视野,与作者主体深入推导互动,映射协商诗节 1-5 文本内容及其关联信息,即读者采

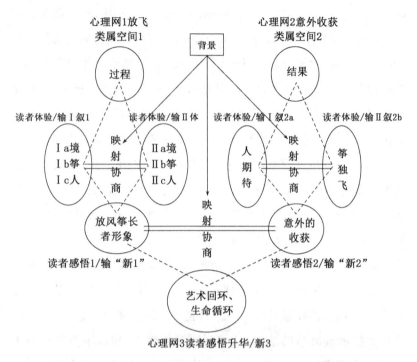

图 6.7　主体间推导互动基础上的《给爱维恩的风筝》分合型高级网络整合

取常规呼应元素映射方式,在类属空间1"过程"变量的调解下,连通输入空间Ⅰ"叙1"、Ⅱ"体验"在"境""筝""人"层面的呼应元素,并组合经由映射连通后形成的框架组织,其间不断输入相关背景知识来完善主体间的协商过程。

于"境",叙述自我1中,诗歌开篇渲染氛围"从另一个人生、时间、地点来的空气,天国灰蓝的空气"。读者激活提取这一描写的背景信息,完善主体间的协商过程:首行引自《风筝》,空气中夹杂着意大利和爱尔兰的风味,帕斯克里以意大利凯普琴山(Cappuchin Hill)为背景创作了《风筝》,希尼因受邀讲学到访此山,并把家乡阿尔斯特(Ulster)的"清水之地"——安娜莪瑞什山融入仿作,诗人仿佛从另一个世界徐徐走入了熟悉的安娜莪瑞什山风筝场地,同时也想象出另一种"超凡、神秘、无垠的诗意天国氛围"(Benyousky,2016:273)；希尼沿用《风筝》中的"长尾彗星"(long-tailed comet)、"扫视"(scan)、"发射"(launch)等词语，还希望用自己敏锐的视力审视天穹，其"双关寓意强烈"(Benyousky,2016:274)，因此这"空气"又引申出"艺术"——它们的永恒、神圣、普遍以及像风筝一样精细而坚韧地维持某事的能力受到诗人的重视和推崇(Parker,2020:168)。体验自我中，我们则沉浸在当时风筝在空中飘飞攀升的情景之中。根据诗题注释，读者进一步激活提取家庭成员信息，得知爱维恩(Aibhín)是希尼孙女，一家人在为庆贺孙女出生放风筝，在这样的氛围下希尼为爱维恩作诗庆生①。

于"筝"，"叙述自我1"概述一只"白翅膀"(white wing)在蓝天映衬下，迎风拍打轻飞；读者激活提取原诗《风筝》中高飞消失的"白翅膀"意象，该意象表征男孩的死亡(Auge,2016:35；Murphy,2016:362)。体验自我则以当时的感知眼光，绘声绘色地感受其飞行轨迹，主语 it 先一口气引出一串动词"盘旋、堵起、忽转、斜冲、升起、飘摇"，又跨行跨节连接两个 rises，再引出"攀升、带远、带高"现在分词形式，以及 rises、carrying 叠用，把风筝在空中拍打的姿态、"我"随筝起舞的心境体验得活灵活现。

于"人"，"叙述自我1"记得有天下午，我们一起出动来到石楠篱笆和蹭掉了刺的荆棘间，"我"在安娜莪瑞什山对面又选好位置，扫视晴空，回到那片熟悉的田野；again、back 的使用表明诗人以前也曾来此放风筝。读者进而激活提取先前的诗作内容信息：多年前希尼《给

---

① 希尼还为其他孙辈作诗，比如为安娜·罗斯(Anna Rose)作《110号路》("Route 110")。见文"Seamus Heaney brought to book for future generations of children"(2017)，https://www. qradio. com/tyroneandfermanagh/news/q-radio-local-news/seamus-heaney-brought-to-book-for-future-generations-of-children/(February 15, 2017)。

迈克尔和克里斯托弗的风筝》("A Kite for Michael and Christopher")①里放飞的风筝,犹如"停泊在空中的灵魂"(the soul at anchor),坠入林中,"怒吼着回归凝重悲情的现实"(Bailey,2016:41),希尼在放风筝中教两个儿子要学会"紧握风筝、感受痛苦拉力、承受绷紧"。体验自我此刻随着风筝攀升欢呼雀跃,"我的手像纺锤不断转出线绳,风筝像细茎花朵在攀升",这细茎花朵再也不是希尼心中先前的"空中灵魂",也不是帕斯克里笔下的"细茎花朵"。

经过映射协商的交流互动过程,读者综合由跨空间常规呼应元素映射连通、组合、压缩完善的关系组织,结合自己的认知判断和领悟力进一步认知扩展,直到读者"感悟(1)"出新显结构1:经过回顾铺叙、体验纷呈,塑造了一位钟爱放飞风筝、托物言志、赋予风筝生命意义、闪烁睿智风范的放风筝长者形象。

推导互动中的心理网 2"意外收获"的映射协商、读者感悟 2 环节。在经过心理网 1 的映射协商"读者感悟 1"过程之后,读者继续与文本形象、作者主体进行交流和认知协商,进入作者的心境视野、与作者主体深入推导互动,映射协商诗节 6-7 文本内容及其关联信息。

读者采取常规呼应元素映射方式,在类属空间 2"结果"变量的调解下,映射连通输入空间Ⅰ"叙 2a"、Ⅱ"叙 2b"的期待、结果元素。输入空间Ⅰ"叙 2a"中,诗人作为放风筝人充满了期待(longing),这期待表征在他的胸膛里、稳住的双脚上、凝视的眼光中和内心的深处。输入空间Ⅱ"叙 2b"里,风筝线断、随风欢飞,高飞的风筝最后表征为"意外的收获(windfall)",与开头的 longing 形成呼应。这时读者关联挖掘被仿诗《风筝》与仿诗《给爱维恩的风筝》的风筝飘落结果:前者风筝高飞消失代表男孩的死亡,后者风筝挣脱放风筝人的控

---

① 该诗收入希尼 1984 年出版的诗集《斯泰逊岛》(Station Island)。

制,欢快地(elate)独自飞翔,一方面表达孙女诞生所带来的欢悦,另一方面预示着孙女将来能独自展翅高飞,从而完善主体间的协商过程。

读者组合经由映射连通后形成的框架组织进一步推断扩展,读者"感悟(2)"其新显结构2:诗人期盼的风筝在大风中独自欢快地飞得又高又远,给诗人带来了惊喜——"意外的收获"[①]。

推导互动中的心理网3的映射协商、读者感悟升华环节。读者强化与文本形象、作者主体的互动交流,映射协商全诗文本内容和关联信息。首先,映射连通输入空间"新1""新2"的相关呼应元素:输入空间"新1"里,诗人把生命注入了风筝,把智虑也融入其中;输入空间"新2"里,风筝欢快地独自飞翔是美好归宿,这些信息有选择地组合压缩。同时,关联挖掘背景信息,完善主体间的协商过程:《给爱维恩的风筝》是希尼最后一本诗集《人链》(*Human Chain*)中的最后一首诗,与《给迈克尔和克里斯托弗的风筝》形成了一个回环,"人链"象征着团结与传承,"连接死亡与新生"(Rachel,2018:6)。最后,读者综合全诗文本信息,推导诗人的创作目的,借助于自己的认知判断和领悟力,在读者感悟升华环节实现对全诗意境的整合解读,产生新显结构3:诗人的放风筝过程,折射出艺术回环之意、生命循环之道。

放飞风筝,如艺术之回环。暮年时刻,诗人通过转换自我视角来回顾、体验放风筝的经历,为他的诗歌艺术画上圆满句号:从仿意大利风筝到写爱尔兰风筝,诗人的创作灵动如同风筝竞飞一样闪耀,最终走向不朽的成熟,也许诗人心中"只有风筝放飞、心灵释放之后自己才能体会到的那种自我放松和满足"(Tobin,2020:327),也许是乐意

---

① windfall这个模糊词(equivocal word)意犹未尽(Auge,2016:35),也可从"风吹落的果实"这一意义层面来整合挖掘:诗人期盼的风筝飞得又高、又远,欢快的飘落是一种自然美好的归宿,就像"成熟的果子被风吹落成为美食,预示着一份好运气、好福气"(Benyousky,2016:275)。

接受那种"释去重负、撒手而去"的不会再有的感觉(Parker,2020:169;Heaney,2010:17),昔日放风筝的遗憾忧虑一抹而去。

放飞风筝,似生命之循环。与《风筝》的死亡结局和《给迈克尔和克里斯托弗的风筝》的忧伤心态不同,《给爱维恩的风筝》传递了新生命的意义。新生命降临,风筝线断恰似脐带剪开,在这个世界上茁壮成长,这让诗人感到格外欢欣;希尼松手让风筝放飞之时,寄望于孙辈像风筝一样展翅飞翔,实现美好愿望。

6.2.2　主体维度的分合型整合

在1.1.3.2节中,我们提到了具有成对主体、多个/多样主体的诗歌叙事语篇结构;在4.1节中,成对主体、成组主体、对话主体语篇叙事,可利用双域高级网络来进行高级整合;在6.1.2.1节中,多个/多样主体叙事,可利用接龙型复合网络进行高级整合。本节中,若把主体维度的语篇叙事置于分合型高级网络的整合过程内,通常有两种办法:

一是从主体数量来构建心理网,往往把两个主体所做之事视为一个心理网,多个/多样主体参与的事件可构成多个并行的心理网,甚至有时一个复杂主体参与的事件也可成为一个或多个心理网,这些心理网先分别整合,再合起来构成一个心理网,从而完成整个高级网络的整合过程。比如王维的《陇头吟》,主体人物"长安少年"登楼看太白的兵气、主体人物"陇上行人"夜吹羌笛,可视为一个心理网,而相对复杂的主体人物"关西老将"倾听笛声及其部下人物封侯、苏武拜为典属国等关联信息,可视为另一个心理网,这样两个并行的心理网及其再组合的第三个心理网,共同组成了《陇头吟》的分合型连锁高级整合网络。二是从叙事内容来构建一个或多个心理网,就某个或单个主要人物主体参与的事件特征,抽象、提炼出心理网的概念域,比如《未选的路》只写了一个主题人物"I",但由其产生的叙事内容可以构建为多个心理网,这也是人物主体认知维度的高级整合表现形式。这种整合形式就是 3.3.2.2 分合型高级网络中提出的"异步构建"方式,不按照语篇叙事的线性顺序和读者依次感知的一致性来"同步构建",而是根据语篇的叙事结构,打破叙事序列、重组相关信息,调整认知顺序,从语篇整体上构建相关心理空间及其心理网。四位诗人的诗歌中,可从分合型连锁高级网络来整合的主体认知维度的典型诗歌如表 6.5 所示:

表 6.5　适合从主体维度进行分合型连锁整合的典型诗歌

王维	《陇头吟》
杜甫	《丽江行》
希尼	《挖掘》("Digging")、《跟随者》("Follower")、《非法分子》("The Outlaw")、《警察来访》("A Constable Calls")、《里尔克:大火之后》("Rilke:After the Fire")
弗罗斯特	《补墙》("Mending Wall")、《被践踏的花》("The Subverted flower")、《未选之路》("The Road Not Taken")

下面以弗罗斯特的名诗《未选之路》为例,分析主体认知维度的分合型连锁整合过程。不少学者对该诗进行了解读,该诗"具有一种超越时空的常读常新的艺术魅力"(胡健,2016:33 – 35)。我们可以从心理网的概念框架来考察,以人物主体"我"的选择内容为中心,构建"我未选第一条路"和"我选另一条路"两个心理网的概念域,来进行读者引领的主体间推导互动中的分合型连锁整合。

The Road Not Taken

By Robert Frost

Two roads diverged in a yellow wood,
And sorry I could not travel both

And be one traveler, long I stood

And looked down one as far as I could

To where it bent in the undergrowth;

Then took the other, as just as fair,

And having perhaps the better claim,

And because it became grassy and wanted wear;

Though as for that the passing there

Had worn them really about the same,

And both that morning equally lay

In leaves no step had trodden black.

Oh, I kept the first for another day!

Yet knowing how way leads on to way,

I doubted if I should ever come back.

I shall be telling this with a sigh

Somewhere ages and ages hence:

Two roads diverged in a wood, and I——

I took the one less travelled by,

And that has made all the difference.

未选之路

罗伯特·弗罗斯特

两条路分岔于一片黄色林地，

可惜我不能同时走这两条路

独自一人旅行,我伫立良久
向一条路极目望去
直到它弯入灌丛深处;

然后选了另一条路,一样的美好,
或许还有更好的理由,
因为它杂草丛生,更需要人踩踏;
不过说到行人来往于此
已把这两条路践踏得难分伯仲。

那天早晨两条路都铺满
落叶,尚未被脚步踩得发黑。
哦,我把第一条路留着他日再来!
但知晓路路相连无尽头,
我疑心下次是否还能循路返回。

一声叹息,我将提及此事
要在很久很久以后的某处:
两条路在林中分岔,而我——
我选择了人迹少至的那一条路,
这就造成了后来的一切迥异。

（李昌标　译）

　　推导互动中的读者体验环节。读者主体在逐行、逐节阅读该诗的基础上,在整个语篇层面与文本形象、作者主体对话交流,初步体验语言标识和故事情节、揣摩作者创作意图,从主体维度来构建语篇层面的分合型连锁心理网及其心理输入空间。就诗歌叙事性质而言,《未选之路》讲述了"我"从面前的两条分岔路中,选择走另一条杂草丛生、人迹少至的路的故事,中间夹杂作者的抒情发感,总体上看该诗属于含有多量叙事成分的诗歌。从故事人物来看,"I"没有指称具体姓名,很可能是虚构人物,但考虑到作者是诗人弗罗斯特,也许是作者对自己个人经历的艺术加工,因此弗罗斯特的个人经历背景、读者对虚构人物的认知等背景信息,可充实读者对全诗的认知整合过程。

与此同时,读者辨识可用来建构心理网及其心理输入空间的一些突显语言标识,从单个主体维度切入,在语篇整体上构建分合型连锁高级网络(图6.8)。该诗的语篇整体构建同把诗歌文本叙事进展和读者认知顺序同步构建不一样,是读者全盘通读全诗后,调整认知顺序、重新高度抽象语篇认知维度的语篇整体构建,这种异步构建也是本书从语篇整体切入来进行高级概念整合的一种方式。具体来说,该诗的分合型连锁网络的语篇整体异步构建如图6.8所示:

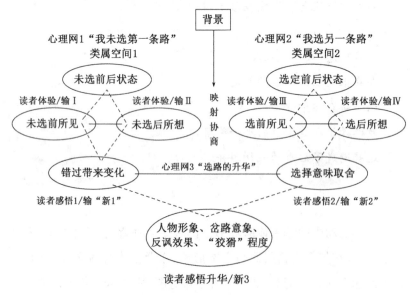

图6.8 主体间推导互动基础上的《未选之路》的分合型高级网络整合

先建立心理网 1"我未选第一条路"。未选第一条路前,"我"眼前是金黄色的树林,分出两条岔路(Two roads diverged),很少留下旅人足迹,可惜"我"独身一人不能同时行走(could not travel both),站立良久,极目远眺一条路的尽头,直到它消失在树林深处(bent in the undergrowth),这构成心理输入空间 I"未选前所见"。未选这条路后,回顾那天早晨,这条路铺满落叶,没有人踩踏的痕迹,"我"心里暗自把它留给将来(I kept the first for another day),但又不知何时能重返;展望未来,"我"一边叹息一边叙说,未选第一条路也许后来旅途迥异,这构成心理输入空间 II"未选后所想"。输入空间 I、II共享类属空间 1 的"未选前后状态"调控变量,与"读者感悟 1"环节的新显结构 1 一起构成心理网 1。

再建立心理网 2"我选另一条路"。选择前,"我"看见的是两条道路,不知选哪一条为好,而第一条路能一眼望到尽头处,拐弯进入树林,似乎平坦得多,这构成输入空间 III"选前所见"。选定后,那天早晨"我"毅然选择了另一条(took the other)荒草丛生(grassy)、人迹少至的路(less travelled by),也许这条路更令我向往,但"我"思前想后,久久不能忘怀曾有两条路出现在我面前、在树林中分岔,结果后来的一切截然不同,这构成输入空间 IV"选后所想"。输入空间 III、IV共享类属空间 2 的"选定前后状态"调控变量,与"读者感悟 2"环节的新显结构 2 一起构成心理网 2。

最后建立心理网 3"选路的升华"。心理网 1 整合后产生的新显结构 1 作为新的输入空间"新 1",与心理网 2 整合后产生的新显结构 2 形成的新的输入空间"新 2"合起来,并与"读者感悟升华"环节的新显结构 3 一道构成心理网 3。下面我们先用图 6.8 图示这首诗分合型高级网络的各整合环节,然后详细分析在读者体验(上文已详析)基础上的其他各整合步骤。

推导互动中的心理网 1"我未选第一条路"的映射协商、读者感

悟 1 环节。在经过推导互动中的读者体验过程之后,读者进一步与文本形象和作者主体进行交流和认知协商,进入作者的心境视野,与作者主体深入推导互动,映射协商文本内容及其关联信息,即读者利用"因果""表征"关键关系,在类属空间 1"未选前后状态"变量的调节下,映射连通输入空间 I、II 的相关呼应元素,并组合经由映射连通后形成的框架组织,其间不断输入相关背景知识来完善主体间的协商过程。

"因果"关键关系方面,因为输入空间 I 里的"我",面对岔路口伫立许久,要么深思熟虑而放弃第一条路,要么莫名其妙地错过这条路,要么踌躇迟疑而未选择这条路,所以输入空间 II 里叙述者"我"对现在、将来两个时间节点的过程后果进行了思考反省,时而惋惜,时而充满期待,时而又矛盾重重,这些信息在两个输入空间彼此映射连通。这时,读者激活提取作者弗罗斯特的个人往事,完善主体间的协商过程:这个故事与弗罗斯特和他的挚友爱德华·托马斯有关,他俩经常在伦敦近郊的树林里散步论诗,一遇到岔路口,托马斯总是犹豫不决,散步完后又后悔没有走那条路,自寻烦恼,终于有一次弗罗斯特对他说"不管走哪一条路,你最后都会后悔的",后来弗罗斯特以托马斯为原型创作了这首诗,以此来温和嘲讽、谐谑传达友情(颜世民,2010:74-79;王宏印,2014:20)。

"表征"关键关系方面,输入空间 I 里的"路"(road)是"我"脚下的路,也是生活中诗人常常走踩(trod)的路、带分岔的路;输入空间 II 从"我"具体所走的 road 切换到意义更宽泛的相互贯通的 way,"路"又表征生活之路、人生之路的相互依存关联。这时,读者关联挖掘相关背景信息,完善主体间的协商过程:弗罗斯特写诗常以美国新英格兰乡村场景为背景,语言朴实易懂,力图在传统的诗歌形式中发掘重大的诗歌启示,既具有地方特色又有普遍性哲理意义(王宏印,2014:1-3)。因此,"路"也表征诗人的诗歌创作、诗风改革之路,两者跨空间来回映射连通。

读者组合压缩来自"因果""表征"关键关系投射而来的框架组织,进一步压缩完善主体间的映射协商过程,读者"感悟(1)"心理网1的意境,产生新显结构1。"因果"层面,经过对现在、将来时间节点的选择结果的压缩,这些时间节点选择进一步压缩为"唯一性"关系:因为"我"不停地追思第一条路,想到当时未免仓促草率或犹豫不决,现在多么希望机会再来,能重拾错过的道路。"表征"层面,有形的错过的路与无形的人生之路通过"表征"关键关系的相互关联,压缩成为"唯一性"关系:"我"不安于现状,希望好好把握机遇,获得更好的人生命运眷顾。一句话,脚下的第一条路犹如人生之路,错过这一条路,定会带来无可预测的变化,放弃一条路,也许是为了赢得另一条更合适的人生之路。

推导互动中的心理网2"我选另一条路"的映射协商、读者感悟环节。在完成读者体验和心理网1整合之后,读者进一步与文本形象和作者主体进行交流和认知协商,映射协商文本及其关联信息,进入作者主体的心境视野,与之深入推导互动,即读者利用"因果""表征"关键关系,在类属空间2"我选另一条路"变量的调解下,映射连通输入空间Ⅲ、Ⅳ的相关呼应元素,并组合经由映射连通后形成的框架组织,同时不断输入相关背景知识来完善协商过程。

就"因果"关系而言,输入空间Ⅲ里的原因,即"'我'选择了人迹稀少的路行走",与输入空间Ⅳ里的结果"'我'之所想"相互映射连通。就"表征"关系来说,已选择的"另一条路"表征不一样的人生之路,彼此的特性进行跨空间映射。这些映射连通关系有选择地组合成不同的框架组织,读者优化"因果""表征"连通的整合尺度,读者"感悟(2)"心理网2的意境,产生新显结构2。

"因果"层面,正是因为输入空间Ⅲ里的另一条路比第一条路难走,在输入空间Ⅳ里,"我"毅然选择了它,但随着岁月的流逝,"我"不时思考当下的选择和未来的走向,这些选择行为在"时间"关键关系的连通压缩下,进而产生"变化"关系。因此,"我"对现在、将来之所思预示着人物主体"我"的两面性:一面是勇于挑战,具有坚毅胆识、超然智慧和开拓精神,其选择结果与众不同、值得期待;另一面是患得患失,鱼和熊掌欲兼得,一念之间已是岁月蹉跎。"表征"层面,另一条路也表征人生之路,这种路充满机遇和挑战,但一定会带来迥异的结果。一句话,"我"对另一条路的选择就是对前一条路的舍得、放下,唯有开拓进取、永不回头,才能决定未来,而伴随的留恋与遗憾也许是一种心理矛盾的自然流露。

推导互动中的心理网 3 的映射协商、读者感悟升华环节。在经历了心理网 1、2 的整合过程之后,读者强化与文本形象、作者主体的推导互动交流,映射协商文本内容和关联信息。首先,映射连通输入空间"新 1""新 2"的相关呼应元素:输入空间"新 1"里,错过第一条路会带来变化,也会为另一条路创造机会;输入空间"新 2"里,选择另一条路是一种取舍、一种进取,这些信息有选择地组合压缩。同时,读者激活提取背景信息,完善主体间的协商过程:弗罗斯特在接受采访时,告诫读者"一定要小心,《未选择的路》是一首'狡猾'的诗——'非常狡猾'(very cunning)"(颜世民,2010:74 - 79);"弗罗斯特的诗是一座森林,因为森林神秘、幽深而又充满诱惑力"(王宏印,2014:17)。可见,该诗的解读不能粗心大意,读者综合全诗文本信息,进一步推导、把握作者创作目的,在人物形象、岔路意象、反讽效果、"狡猾"程度上最终"感悟升华"全诗的主题意境,产生具有哲理意味、普世价值的新显结构 3。

从人物形象塑造来说,"我"对另一条路的毅然选择,塑造了一个有勇有谋、有决心担当、有志向追求的积极形象,而对前一条路的迟疑放弃,透视了一个一时冲动、患得患失的人物形象。

从岔路意象和选择结果而言,人生皆有岔路口,这是正常现象,要学会权衡利弊、审时度势,防止一时冲动,才能果断合理地做出抉择,一旦做出选择,就要勇往直前,力争创造有特色、有个性的收获结果;同时,选择另一条路就意味着放弃前一条路的机会,争取在相关领域创造条件弥补缺失,不要过于留恋失去的无法选择的机会。

从反讽效果看,弗罗斯特本意是想通过这种以诗戏嬉的诗歌交流来促进友情,但托马斯认为"这个不好玩"(颜世民,2010:74-79),可见本来的善意却无形中传递了真实的讽刺和不认同感,因此从这点来讲,该诗又是对难免瞻前顾后、裹足不前的人们的一种嘲讽或警示。

从"狡猾"程度来挖掘,弗罗斯特用"The Road Not Taken"为题就是一个陷阱,这条路是"未被我走",还是"未被别人走(但我走了)",又值得我们深思;而且是以否定语气 Not Taken 为题,为何不直接写 The Road Taken,这难掩诗人"恨不得同时走两条路"的矛盾心理。

6.2.3　空间维度的分合型整合

在 1.1.3.2 节中,我们区分了空间认知维度的诗歌叙事类型,主要聚焦地理空间叙事,其呈现具体地名、模糊地名、同一地名的不同变体等语篇叙事特征;在 4.3 节中,我们论证了典型的具体或模糊地理空间、居住空间、"包含"关联空间维度的双域高级网络整合。本节中,我们认为,诗歌语篇的地理空间认知叙事,可以在分合型连锁高级网络内进行整合解读。四位诗人的诗歌中,能够利用分合型连锁网络从空间维度来整合分析的典型叙事诗歌如表 6.6 所示:

表 6.6　适合从空间维度进行分合型连锁整合的典型诗歌

王维	《哭孟浩然》《送元二使安西》《观猎》《汉江临眺》《使至塞上》《送邢桂州》《清溪》《宿郑州》《桃源行》《终南别业》《山居秋暝》《渡河到清河作》《齐州送祖三》《蓝田山石门精舍》《同崔傅答贤弟》《送杨少府贬郴州》《送沈子福归江东》《登河北城楼作》《渭川田家》《过香积寺》

(续表)

杜甫	《同诸公登慈恩寺塔》《秦州杂诗第六首》《秦州杂诗第七首》《登岳阳楼》《古柏行》
希尼	《铁匠铺》("The Forge")、《来自良心共和国》("From the Republic of Conscience")、《画家之死》("Death of A Painter")
弗罗斯特	《去取水》("Going for Water")、《柴垛》("The Wood-pile")、《一个老人的冬天》("An Old Man's Winter Night")、《夜晚的彩虹》("Iris by Night")、《相遇而过》("Meeting and Passing")

　　下面以弗罗斯特的《相遇而过》为例,揭示主体间推导互动基础上的地理空间维度的分合型连锁合过程。

Meeting and Passing

Robert Frost

As I went down the hill along the wall	相向而行(诗
There was a gate I had leaned at for the view	行 1 – 12)
And just turned from when I first saw you	
As you came up the hill. We met. But all	
We did that day was mingle great and small	
Footprints in summer dusts as if we drew	
The figure of our being less than two	
But more than one as yet. Your parasol	
Pointed the decimal off with one deep thrust.	
And all the time we talked you seemed to see	
Something down there to smile at in the dust.	
(Oh, it was without prejudice to me!)	
Afterward I went past what you had passed	背向而行(诗
Before we met and you what I had passed.	行 13 – 14)

相遇而过

罗伯特·弗罗斯特

当我沿着墙走下山

我曾倚靠在一扇大门眺望风景

刚转过身,第一次看见了你

你正往山上走。我们相遇了。但所有的

那天我们所做的,不过是混合大大小小的

夏日尘土里的足印,仿佛我们在画

我俩的形象,少于二

但还是多于一。你的遮阳伞

往地上深深戳了一个小数点。

我们谈话时你似乎总盯着

那尘土里的什么东西,还冲着它笑。

(哦,对我并没有什么偏见!)

后来我走过了我们相遇前你走过的路

你走过了我走过的路。

(李昌标 译)

推导互动中的读者体验环节。读者主体在逐行阅读该诗的基础上,在整个语篇层面与文本形象、作者主体对话交流,初步体验语言标识和故事情节,从空间维度来构建语篇层面的分合型连锁心理网及其心理输入空间。就诗歌叙事性质而言,《相遇而过》的叙述者"我"回忆了下山中的自己与上山中的女孩相遇,后来又分开各自下山、上山的爱情故事,属于纯叙事的诗歌。从故事人物来看,"I"和"you"没有指称具体姓名,很可能是虚构人物,但考虑到作者是诗人弗罗斯特,也许是作者对自己个人经历的艺术加工,因此弗罗斯特的个人经历背景、读者对虚构人物的认知等背景信息,可充实读者对全诗的整合解读。

与此同时,读者辨识可用来建构心理网及其心理输入空间的一些突显语言标识,从空间维度切入,在语篇整体上构建分合型连锁高级网络(见图6.9)。这首诗采用十四行诗文体形式,用了前12行来回顾叙述"相遇"的过程,而只有末尾两行草草交代双方继续下山、上山的情景,"分离"之快应合了精炼的文本篇幅;该诗中的 went down the hill、came up the hill、we met 以及末尾两行的 went past、had passed 等语言标识贯穿于全诗叙事之中,在读者的阅读思维中获得地理空间结构上的突显认知,因而该诗可优先选择"相遇前走的路""相遇后走的路"这些地理空间来构建心理网及其心理空间。该诗的分合型高级网络整合见图6.9。

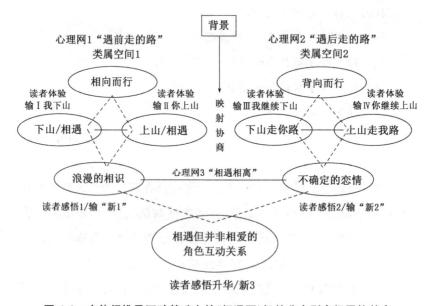

图6.9　主体间推导互动基础上的《相遇而过》的分合型高级网络整合

读者在与前12诗行文本形象对话交流的读者体验中,"我"沿着一堵墙往山下走,看见女孩往山上走,然后第一次见到女孩,相遇、谈话,观察女孩的神情动作等情节信息,构成地理空间维度的心理网1"遇前走的路";其中"我下山"构建为输入空间Ⅰ、"你上山"构建为输入空间Ⅱ,并共享类属空间1的"相向而行"调控变量,与"读者感悟1"环节的新显结构1一起,构成心理网1。

继续读者体验诗行13-14内容信息,后来"我"走完女孩相遇前上山的路程,女孩走完我先前下山的路程,这些地理空间信息构成心理网2"遇后走的路";其中,"我继续下山"构建为输入空间Ⅲ、"你继续上山"构建为输入空间Ⅳ,并共享类属空间2中的"背向而行"调控变量,与"读者感悟2"环节的新显结构2一起,构成心理网2。

心理网1、2整合后形成的新显结构1、2再作为新的输入空间"新1""新2"彼此映射连通,与"读者感悟升华"环节的新显结构3一起,组成心理网3"相遇相离"。这样就建构了语篇整体上的"下山、上山"①地理空间叙事维度的分合型连锁高级网络。

推导互动中的心理网1"遇前走的路"的映射协商、读者感悟1环节。在经过推导互动中的读者体验过程之后,读者进一步与文本形象和作者主体进行交流和认知协商,进入作者的心境视野,与作者主体深入推导互动,映射协商诗行1-12文本内容及其关联信息,即读者利用"空间""角色-价值"关键关系,在类属空间1"相向而行"变量的调节下,映射连通输入空间Ⅰ"我下山"、Ⅱ"你上山"的相关呼应元素,并组合经由映射连通后形成的框架组织,其间不断输入相关

---

① 本书作者选择"Meeting and Passing"这首诗歌,还考虑到这首诗与 Fauconnier & Turner(2002:40-44)所描述的一个经典例子,即小和尚上山、下山的故事,有异曲同工之趣。小和尚第一天往山上走(upward journey),第二天往山下走(downward journey),两次旅行是没有交集的;通过概念整合把小和尚虚拟成两个小和尚角色,同一天从山脚、山顶出发相向而行,他们才会在某处相遇,时间、行程方位与角色虚拟息息相关。同样,两位恋人也是在同一时间内从山顶、山脚出发相向而行,相遇于山路大门处,才有了进一步的交流传情,才有在两个新显结构1、2组成的两个输入空间可在同一空间内进行压缩整合。

背景知识来完善主体间的协商过程。

通过"空间"关键关系,输入空间Ⅰ中"我"正在下山途中,倚靠在门上看风景;输入空间Ⅱ中,女孩正在沿山坡拾级而上,"我"下山、女孩上山的地理空间轨迹相向而行,她第一次跳入"我"的视野,彼此映射、压缩进入"相遇"这一切点空间。这时,读者激活提取作者的经历背景,完善主体间的协商过程:该故事背后有诗人弗罗斯特与追求未婚妻埃莉诺(Elinor White)的影子,1895年他俩在新罕布什尔州的奥西皮山(Ossipee Mountain)邂逅交往,弗罗斯特是主动追求的一方,一直找机会接近埃莉诺,希望与她牵手坠入爱河(Sheehy,1983:39)。

初次相遇,输入空间Ⅰ、Ⅱ里的男女双方用对话和肢体语言交流,实际上是在试探、协商、建立彼此的"角色-价值"关系:他们面对面在一起转圈走动"混合脚印",比画"小于二,大于一"的关系形象;女孩用遮阳伞(parasol)在数字之间深戳一点,有如一个小数点,还冲着尘土中的什么东西微笑,也许是女孩含蓄地表白某种心声,也许是女孩对着"我"放在尘土中的什么东西微笑,"对我并没有什么偏见或不好";这些恋人初次见面的举动,表征双方之间的角色-价值关系是由两个人向合二为一的方向发展,但"大于一",并未完全合一。此时,读者关联挖掘相关背景知识,完善主体间的协商过程:女孩举着遮阳伞是20世纪初女子遮挡阳光的一种形式,也是当时女子相亲时的一种装束,透露出半遮半掩害羞之意,也有隔开彼此之嫌(Marcus,1991:70)。

经过"空间""角色-价值"关键关系对跨空间呼应元素的映射连通,形成的组织关系进而有选择地被组合压缩,读者结合背景信息进一步认知完善压缩,"感悟(读者感悟1)"得出新显结构1,即这场山中恋人相遇,是一次浪漫的初步相识,墙、门、扇、印、点的意象暗示双方交流是顺畅会意的,恋情值得期待,也暗藏不确定性。

推导互动中的心理网 2"遇后走的路"的映射协商、读者感悟 2 环节。在完成读者体验和心理网 1 的整合之后，读者主体与文本形象、作者主体继续进行交流和认知协商，映射协商第 13 - 14 诗行文本内容及其关联信息，即读者利用"空间""角色-价值"关键关系，在类属空间 2"背向而行"变量的调解下，映射连通输入空间Ⅲ"我继续下山"、Ⅳ"你继续上山"的相关呼应元素，并组合经由映射连通后形成的框架组织，同时不断输入相关背景知识来完善主体间的协商过程。

通过"空间"关系映射，输入空间Ⅲ中的"我"与输入空间Ⅳ中的女孩从"相遇"切点空间沿着空间轴向两端反向延伸，直到"我"下达"山脚"这一切点空间，女孩上到"山顶"那一切点空间，二者渐行渐远。末尾双行（couplet）加速故事情节的发展，预示恋人角色关系的结束、相爱时刻的飞逝。这时，读者激活提取相关背景信息，完善主体间的协商过程：弗罗斯特与埃莉诺在湖边度假时，因缺乏交流而被迫分开。本来彼此就要"合二为一"步入婚姻殿堂，结果却产生矛盾，埃莉诺推诿婚姻，弗罗斯特为此十分生气（Hart，2017：91）。

借助"角色-价值"关键关系，后来"我"和女孩走的路都是对方在相遇前走过的同一条路，是双方脚步的一种特殊"混合"（mingle）或"重合"（overlap），显示双方恋情关系还是可控的，是在同一山景山路中的特殊合体；但毕竟逆向而行，"我"的叙述戛然而止，留下无限空间让读者遐思揣摩。

这些关系组织信息跨空间有选择地组合、完善，最后认知扩展为新显结构 2，即读者个体的"读者感悟 2"：背向下山、上山，彼此的恋情更加充满不确定性，短暂的相遇或许意味着"错身而过"（passing）（弗罗斯特，2014：186），意味着真正的"分离"（parting）；但原路下山、上山，似乎又是对双方所走道路、所拥生活方式的一种认可。

推导互动中的心理网 3 的映射协商、读者感悟升华环节。在完成心理网 1、2 的整合过程后,读者强化与文本形象、作者主体的推导互动交流,映射协商全诗文本内容和关联信息,即读者利用"表征""角色-价值"关键关系,把输入空间"新 1""新 2"的相关呼应元素进行映射连通。

从"表征"关系看,诗人特别提到"墙"和"门"。"墙"表征他俩被障碍物所隔开,"门"表征他们的恋爱婚姻之梦;"小于二"的数字表征双方的情感开始走向融合,"大于一"表征恋爱关系尚未成熟;"形象"(The figure of our being)表征他俩的身体和精神状态;"山路",表征"爱的阶梯"(stairs of love),"我"下山意味从爱的阶梯往下走,"你"上山表示从爱的阶梯往上迈。从"角色-价值"关系看,相遇前双方都是爱的渴望者、追求者,相遇后也许是爱的失落者、失败者。

读者有选择地组合经由映射连通后形成的框架组织,把相关背景信息进一步压缩完善,根据文本信息和推导作者创作目的,协助于自己的思维判断和领悟力,最终扩展产生全诗的新显结构 3,即对全诗"爱的走势"主题意境的读者感悟升华。

恋爱双方走在爱的旅途上,前半程爱的火花被点燃,感情的野马在迸发,彼此沐浴在爱的涟漪之中,需要加深了解、促进情感交流,双方对爱充满美好的期待。后半程中,随着爱的不确定性因素的增加,双方的思想情感往往处于冲突矛盾之中,甚至人海过客、分道扬镳,比如该诗的反义词并列运用,包括 great/small, less than two/more than one, down/up, meeting/passing,表现了"我"和女孩之间的情感起伏差异,总的来说,后半程"我"对女孩的爱充斥着沮丧、失望的感受,预示着相遇但并非相爱的角色互动关系,或者说"相遇在将来不会产生什么结果"(Kendall,2012:204)

6.3　本章小结

　　本章在 Fauconnier & Turner(2002)多域网络、Turner(2014；2017)连锁网络的基础上，基于本研究建立的"读者引领的主体间互动基础上的三环节高级概念整合模式"，以四位诗人的 8 首诗为语料，揭示了"复合型""分合型"高级网络的概念整合过程。同时，列表归类适合采用相关多域网络、连锁网络类型来进行认知整合的典型诗歌。我们认为，"复合型""分合型"高级网络在整合解读诗歌叙事上各有侧重，显示出强大的解释力和可操作性。本研究除了强调概念整合过程中主体间的交流互动，还具有以下两个方面的特色：

　　一是类型的重组和新建。把 Fauconnier & Turner(2002)的"复合型"多域网络、Turner(2014；2017)的"接龙型"高级网络进行重组，均归入"复合型"高级网络，把 Turner(2014；2017)的"分合型"高级网络，独立作为一类。同时，细化了两种网络类型的认知维度：复合型高级网络，可从事情-反应、"景-事-抒/议"要素维度来进行两个心理网的递进复合整合，也可从多主体、多时间、"景-事-抒/议"要素维度来进行多个心理网的接龙复合整合。分合型高级网络可从"自我"视角转换、主体、空间等认知维度，来进行多个心理网的分合整合。

　　二是机制的优化。本研究明确区分了两个心理网的整合关系和多个心理网之间的连续整合关系。两个心理网方面，将注意力引向了事情-反应、"景-事-抒/议"等新的认知维度。多个心理网方面，在分别探讨接龙型和分合型高级网络的基础上，增加了读者主体对映射连通方式、背景信息输入方式的选择运用。

　　在主体间推导互动基础上的诗歌叙事语篇整合中，本章讨论的复合型（递进复合、接龙复合）和分合型高级网络针对性强、优势互补,同双域高级网络(见第四章)、一个心理网的多域高级网络(见第五章)一起,共同构成了读者在语篇层面整合诗歌叙事的重要认知方式。

第七章 结 语

经过第一章的研究概念和问题讨论、第二章的理论梳理、第三章的高级整合模式建构，以及第四章的双域高级网络和第五章、第六章的多域高级网络诗歌实证整合分析，第七章总结本书的主要研究结论，并指出本书存在的不足之处以及今后的研究发展方向。

7.1 主要研究结论和研究发现

本书围绕诗歌叙事语篇高级概念整合，在绪论中提出三个主要研究问题：如何在推导互动中的读者体验环节，构建整体语篇层面的心理空间、心理网？如何在推导互动中的映射协商环节，进行跨空间的映射连通和组合、完善压缩？如何在推导互动中的读者感悟升华环节，实现"人之所及"的诗歌意境整合升华？经过高级整合模式构建和诗歌叙事语料的分析，本书先就这三个问题在诗歌语篇整体、主体间互动、整合效应三个层面进行回答，并指出本研究的主要发现。

7.1.1 对三个研究问题的回答和相关研究发现

首先,本书的研究是诗歌语篇整体上的高级概念整合研究。相对于传统的关注词、句层面的概念整合(例如 Fauconnier & Turner, 1996;1998;2002),本研究聚焦诗歌语篇整体上的整合过程,并把这一过程分为三个认知环节。"推导互动中的读者体验"环节包括从语篇整体上确定诗歌叙事性质、感知故事人物身份、锚定空间构建突显语言标识,其核心是提炼出合适的认知整合维度来构建适合某一诗歌的心理输入空间和心理网。与词、句层面概念整合的心理输入空间构建不一样,本书吸取了 Turner(2014;2017)在语篇层面提出的主体、时间、空间、因果、视角认知维度,并**发现和增添**了情感波动、事情反应、"景-事-抒/议"要素等认知整合维度,从整体布局上建立起最优的高级整合网络。在"推导互动中的映射协商"环节,读者在双域高级网络、含有一个心理网的多域高级网络、含有两个/多个心理网的高级网络内,通过跨空间映射连通相关呼应元素,组合相关框架组织关系,其间不断输入相关背景知识来完善协商过程。"推导互动中的读者感悟升华"环节在前两个环节的基础上,对全诗信息进行综合加工,进一步深化和扩展理解,从而实现语篇整体上的诗歌意境整合升华。本书发现,通过把概念整合的心理空间构建、跨空间映射连通、新显结构的产生机制,融入推导互动中的读者体验、映射协商、读者感悟升华三环节,可以从一个新的角度丰富整体语篇层面的高级整合研究。

其次,本书的研究强调在主体间推导互动基础上的高级概念整合。本书提出"文本形象"概念(其中包含供读者推导的创作时的作者形象、叙述者的形象和人物形象等),强调读者主体引领的与文本形象和作者主体三方间的主体间推导互动基础上的高级整合,这给语篇层面的高级概念整合带来了新的研究角度。按照通常的理解,文本和作者只能是被解读，不能出来与读者交流协商。然而，本书发现，在读者的趋同性概念整合过程中，读者始终在推导作者的创作目的，先是初步推导（体验环节），然后争取进入作者的心境视野，与之深入推导互动，并（不断）输入与作者经历相关的背景信息（映射协商环节），最后在争取更好更深入地理解整篇诗歌的意境时（感悟升华环节），又力求更好地把握作者的创作目的。也就是说，在读者的认知过程中，一直在积极主动地与作者主体进行认知交流。此外，文本形象也具有主体性，读者在趋同性的认知过程中，也争取与文本形象趋向达到一致。值得强调的是，若读者积极主动地与文本形象、作者主体进行趋同性的认知交流，后者会反过来作用于读者，因为读者的认知会受到其制约和引导——读者在认知过程中会争取越来越与之达到一致，而不是任凭自己主观发挥。本书在这种意义上系统探讨了读者引领的读者主体、文本形象和作者主体之间的推导互动。相比于传统的面对面的在场交谈互动、书信交流互动，以及当前的线上同步交流互动等，读者引领的读者主体、文本形象和作者主体等多个主体间的认知互动，是不在场的、非面对面或非即时同步的语篇推导互动，其间读者主体引领和推理作者主体、文本形象的创作目的和心境视野，作者主体和文本形象引导和制约作者主体的推导过程，多主体之间形成推导互动关系，这成为高级概念整合网络的新的整合模式。可以说，主体间推导互动基础上的三环节整合过程构成了一个系统的、可操作的、普适性的高级整合模式。

最后，本书的"读者引领的主体间推导互动基础上的诗歌叙事语篇高级整合模式"，在整合机制和效应的探讨上有以下发现和特点：

第一，诗歌语篇层面上的概念整合可从多个认知维度切入。本书不仅发现和区分了主体、因果、空间等主要认知维度的各种次维度，并且发现和增加以往没有关注的情感波动、事情反应、"景-事-抒/议"等新的认知维度。本书的研究说明，不少诗歌不适于从主体、因果、时间、空间、视角等以往已经关注的认知维度切入整合，而是需要从其他认知维度切入。可以在分析实践中，根据分析语料的实际情况，不断发现和增加新的维度和区分已知维度的次维度。

同时，本研究发现有的诗歌不一定只有**一个**适合切入整合的认知维度，有的诗歌可以从不同的认知维度切入整合，这就需要筛选出最佳认知维度，来较好地实现主体间推导互动中的高级整合①。

第二，含有叙事成分的唐诗和英语诗既有共性，又有本质区别，在主体间推导互动基础上的高级整合中需要区别对待。在唐诗中，很少有纯叙事诗。就"景""事""抒/议"要素而言，唐诗主要是以事抒情和/或借景抒情，一般都含有两个或三个要素成分（且要素成分相对集中布局，"景"和"事"常先出现，"抒/议"在尾联或尾节出现），即便叙事诗只有一个"事"要素成分，也夹裹"抒情"之意。与此相对照，英语诗中有不少属于纯叙事诗，有的即便中间夹杂"景"成分，借景抒情的意味也没有唐诗浓烈。在主体间推导互动中的高级整合中，读者因诗不同可灵活采用"诗行/诗联/诗节布局的要素模块"或者"跨行/跨联/跨节布局的要素界限"来优选认知维度。

第三，在不少诗歌叙事语篇的整合过程中，由于存在各种信息断

---

① 比如，希尼的成名诗《挖掘》，就可优选"多主体"认知维度来进行整合分析（5.1.1节）。但也可考虑选择"多时间"维度来进行主体间推导互动基础上的整合分析。在读者体验环节，读者感知锚定全诗的一些突显时间标识。对于人物主体"我"，其时间标识包括：诗节2中的"When the spade sinks into gravelly ground"以及一些动词的现在时态、进行时态形式；诗节7中的"awaken in my head"以及一些动词的现在时态、将来时态形式。这些时间标识所关联的行为活动内容，可以构成输入空间Ⅰ"现在活动"。对于人物主体"父亲"，其时间标识包含：诗节3中的"twenty years away"以及一些动词的过去时态、过去进行时态形式；这些时间标识所关联的行为活动内容，可以构成输入空间Ⅱ"过去活动"。对于人物主体"爷爷"，其时间标识包含：诗节5中的"Just like his old man"、诗节6中的"in a day"/"once"以及一些动词的过去时态形式；这些时间标识所关联的行为活动内容，可以构成输入空间Ⅲ"过去的过去活动"。这样，随着时间认知维度的感知确立，上述三个"时间"心理输入空间得以构建，连同类属空间和读者感悟升华环节的新显结构，从时间维度切入的多域平行型整合网络建立起来了。

裂和空白,对不同种类的背景信息的激活提取、关联挖掘输入十分重要。通过背景信息的输入,可有效解决诗歌语篇文本信息"跳跃",尤其是唐诗信息"空白"的填充问题,可以更好地解释如何充分整合含蓄隐晦的诗意。

一般说来,在篇幅上,唐诗比英语诗普遍短小,若论组诗,篇幅差距更大。篇幅短小的唐诗往往含有丰富的信息,比篇幅较长的英诗有更多的"空白"和跳跃,在主体间推导互动基础上的高级整合过程中,读者需要加大对唐诗背景信息的输入,以便在跟作者主体和文本形象的协商交流过程中,填补相关信息"空白",最后获得对诗歌旨在表达的意义较为充分的感悟升华。当然英语诗也需要输入相关背景信息,但程度往往有所不同。我们知道,在韵律上,唐诗普遍讲究押韵节奏,平仄对仗;而英语诗有的采用自由诗行体,像希尼的诗歌在尾韵上就很随意,有的讲究尾韵节奏,比如弗罗斯特的诗就有诗乐之美,这也有可能会对高级整合产生一定影响。我们今后会对此加以探索。

第四,就读者切入整合的认知维度而言,不同的诗歌可以从同一个认知维度切入整合。在第三章到第六章,本书先搜寻适合从某一认知整合维度(包括次维度)进行整合的相关诗歌,对其进行语料列表整理,然后再对该(次)维度的某典型实例进行具体分析,旨在说明某一认知整合维度的诗歌语料不是个案,而是有一批适合从同样认知维度切入整合的诗歌,同时也说明适合该维度的主体间推导互动高级整合过程具有可复制性。这种归纳列表也可为读者提供更多的诗歌语料资源,可以举一反三地整合并进一步发现归纳。

7.1.2 本书提出的整合模式在实用性、解释力、借鉴度等方面的特点

在模式实用性上,本书提出的强调主体间推导互动的高级整合

模式的三个认知环节分工明确、自成系统。推导互动中的读者体验环节重在构建心理空间或心理网,映射协商环节优化重组了映射—组合—完善过程,读者感悟升华聚焦趋同升华,特别关注在解读意蕴丰富的诗歌时多角度的意境升华。三个认知环节简洁易操作,可复制,实用性强。

在模式解释力上,本书提出的三环节整合模式把背景信息输入同步纳入读者的认知解读过程,尤其是映射协商过程,对诗歌叙事语篇的主题意义挖掘具有较强的解释力。本书就四位诗人的 26 首诗的相关背景信息的挖掘和输入,所探讨的多个角度的读者感悟升华,比较全面地反映了诗歌叙事语篇主题意义的丰富性和深刻性。

在模式借鉴度上,本书通过强调主体间推导互动的重要性,从一个新的角度揭示诗歌叙事认知维度特色与语篇层面高级概念整合的关联,以期对以往的研究形成有益的补充和发展,同时也为其他体裁语篇整体上的高级概念整合提供借鉴和新的参考。

7.2　不足与展望

7.2.1　研究不足之处

尽管本书在理论模式构建、认知维度区分,整合过程分析与整合网络例示以及语料列表整理等方面做了新的探索,但还存在一些不足,主要表现在网络维度提炼、语料收集、整合分析、诗歌翻译等方面。

关于切入高级概念整合的认知维度,Turner(2014;2017)从宏观设想上提出主体、时间、空间、因果、视角这五种基础认知维度,本书就每一类也进行了细化,区分了次类型,但限于篇幅,只对主要次类型展开了分析。对于本书所提出的"景-事-抒/议"要素、"情感波动""事情-反应"等新的认知维度,本书尚未区分其次类型,这留待以后进一步展开研究。

关于语料收集,本书按照不同认知整合维度整理出相应维度的部分典型诗歌,有的维度在诗歌数量上还有待增加,不同诗歌也可考虑做简洁的维度标签,便于读者辨识和认知整合参考。本书只考察了四位诗人的诗歌语篇,还有待扩大语料范围。就"视角"认知维度而言,我们在其他诗人的诗歌中可找到合适的例子,来揭示"自我"视角转换的接龙型高级整合过程,比如美国诗人罗伯特·洛厄尔的《尖叫声》。

关于高级概念整合分析,本书对所有诗例依据"读者引领的主体间推导互动基础上的三环节高级整合模式"进行了语篇层面的整合分析。我们知道,认知研究可以考察规约性读者的阐释,也可考察由于读者的背景、经历、种族、阶级、性别和所处社会历史语境的差异所造成的不同解读。本书是前一种研究,后一种研究留待以后进行。此外,本书作者是将自己摆到规约性读者的位置上来进行阐释,如果研究对象是词语或句子,这没有问题,因为大家都会有阐释共识。本书的研究对象是意蕴丰富的诗歌。我们在进行整合分析时,广泛参考了中外学界已有的阐释(概念整合研究的主要目的是要说明阐释过程),从中梳理出一些具有共性或合理性的主题解读,以此为基础来进行主体间推导互动中的认知整合。同时,也结合相关背景信息,在读者感悟升华环节,进一步推导读者的创作目的,对有的诗歌做出了具有一定新意的解读。这些解读有可能符合诗人和诗歌的预设,也有可能会因为本书作者的认知局限性,而在一定程度上偏离诗人和诗歌的预设,需要进一步提高。

7.2.2　后期发展方向

鉴于本书研究中存在的不足,笔者在后期研究中会进行以下拓展。

一、进一步拓展研究范围

四位诗人的诗歌叙事语篇中,有的还呈现组诗结构、主述结构、隐喻叙事推进等特色,我们可以将研究拓展到这些诗篇特色维度。

第一,组诗结构的诗歌。这类诗呈连串布局,一个诗歌的总标题下有多首小型的诗歌,每一首诗又有各自的题名,或者有的诗没有题名只是用星号或序号隔开。主要包括三种亚类型:线性组合型、总叙分述型、松散组合型。

1. **线性组合型**,指组诗按照事件发生的时间顺序或者行为过程来排列,呈线性发展。希尼在《区线与环线》一诗中,把年轻时在伦敦做假期工作乘地铁的记忆和 2005 年伦敦地铁连环爆炸的感受,安排在五组用星号分开的组诗中进行了叙述。

2. **总叙分述型**,指先总叙后分述,即先总体概述主题,然后再就不同分话题在组诗中进行叙述。诗歌《出空》是希尼为纪念去世的母亲而写的联篇十四行组诗,在组诗前面诗人特别采用三行诗节押韵法(terza rima),总叙母亲的教诲现在自己仍在倾听,母亲教"我"找准纹理和下锤的角度,在锤和煤块之间要勇于承担后果。接着全诗采用 8 个十四行组诗进行分述,回忆了"我"和母亲一起削土豆、折叠床单等多个往事话题,全诗呈现总叙分述的结构布局。

3. **松散组合型**,指组诗由相关但相对松散的故事片段组合而成。希尼的《隐士的歌谣》("Hermit Songs")就是由这样的诗歌故事片段组成,涉及多种话题,包括用多种材料包课本、拼读字母、书包、老师的储藏室、书中故事、学校操场、墨水瓶、反复试练的笔等。

四位诗人诗歌中有很多组诗,王维、杜甫也写了不少组诗,他们的诗篇幅一般较短;弗罗斯特的组诗,一般较长,甚至很宏大,有的像诗剧;希尼的组诗长短均有,篇幅适中。

对这样的诗歌进行语篇层面的高级概念整合,可能需要建构新的网络类型。

第二,主述推进维度。这类诗指文本内部呈现主位信息-述位信息的推进规律。在四位诗人的诗歌中,常见的有主述放射型,比如希尼的《惩罚》;主述派生型,比如希尼的《追随者》,也有相对复杂的主述层级。

关于主述推进的诗歌叙事语篇,王维、杜甫的诗歌很少使用这种叙事结构,而希尼、弗罗斯特的诗歌有不少使用主述推进结构来叙事,从主述推进维度切入来构建心理空间、心理网及其进行主体间推导互动基础上的高级概念整合,这将是笔者今后的研究课题之一。

还有一种近年来学界正在讨论的主述层级信息流的"预设-回应/汇集"语篇模式,也可考虑作为构建心理空间、心理网的认知维度,在后期研究中进一步探讨。文本内部的三对"主位-信息"构成的层级(hierarchy or level)信息流,从一个主位波峰(crest)流向另一个新信息波峰,犹如小波浪(little waves)、大波浪(bigger waves)、浪潮(tidal waves)的层级起伏形成了可预知的语篇话语节奏,即 Martin & Rose(2014:187 - 199)所说的格律层级(hierarchy of periodicity)——语篇信息流(高彦梅,2015:273 - 280)。这三对"主位-信息"情节,我们可考虑分别构建为三个心理网,即心理网 1"宏观主位-宏观新信息(macroTheme ... macroNew)"、心理网 2"超主位-超新信息(hyperTheme ... hyperNew)"、心理网 3"主位-新信息(Theme ... New)",每个心理网内的不同"主位"与相应"信息"构成有规则的"预示-回应"映射连通关系,三个分开并置的心理网及由这三个心理网分别整合后产生的新显结构形成的新的输入空间所合成的心理网,一起构成一个超级网络——"分合型"高级网络。在该分合型网络内,读者历经语篇整体上的读者体验、心理网 1/2/3 各自的映射协商、读者感悟升华环节、心理网 4(合成网)的映射协商、读者感悟升华环节,最终产生整个分合型高级网络的新显结构,即"人之所及"的诗歌语篇意境升华。像希尼的《挖掘》、王维的《使至塞上》,就可考虑利用这种主述层级信息流"预设-回应"维度切入的分合型高级网络来认知整合分析。

第三,隐喻叙事推进维度。有的诗歌在尾行用隐喻来叙事,呈现尾重型隐喻叙事特点,比如希尼的诗歌《期中请假》;有的从诗歌题目开始使用隐喻字眼,隐喻叙事贯穿全文,形成贯穿型隐喻叙事格局,比如希尼的诗歌《挖掘》;有的在诗歌中段或局部诗行出现隐喻叙事,形成相邻型或跳跃型的隐喻叙事特色,比如希尼的诗歌《树冠》("Canopy")。这些隐喻叙事特征,可看成一种认知整合解读诗歌语篇的"隐喻叙事推进"认知维度。

二、进一步探讨映射方式

在"映射"方式上,本书采用了常规呼应元素映射、关键关系映射、非对称元素映射三种方式。其中,关键关系映射,本书探讨了Fauconnier & Turner(2002)提出、Evans & Green(2006:420-426)列表整理[①]、Turner(2014)强化的多种关键关系种类,今后还可结合诗歌叙事特点,考虑增设其他种类的关键关系来映射连通。此外,叙事语篇中往往存在"不对称"事件叙述,本书仅探讨了篇幅内容不对称的"非对称元素"现象[②],今后还可进一步探讨到底还有哪些其他种类的"非对称"现象以及如何抽象出映射连通方式,从而建立更全面的映射方式。

三、进一步整理叙事语料

本书的研究语料是四位中外诗人的诗歌叙事语篇,这些语篇在一定程度上反映了诗歌叙事的本质特点,他们的诗歌是浩如烟海的诗歌叙事中的代表。我们在继续整理分析四位诗人的诗歌语料的同

---

① 见表2.3。
② 见4.3节。

时,将把诗歌语料扩大到其他相关诗人,从更大范围、更深层次上,继续探索诗歌叙事语篇的高级概念整合。同时,注重考察英汉诗歌叙事语篇的共同点和不同之处,将之更好地融入高级概念整合之中,并上升至具有普遍意义的新的认知总结。

四、进一步整合诗歌意境

对于一些耳熟能详的诗歌叙事语篇,目前学界已经形成公认的主题意境共识,即便如此,在不同的读者认知主体看来,可能还存在其他内涵;对于另一些不常见的或很少讨论过的诗歌叙事语篇,其诗歌意境值得进一步整合挖掘、解读提升,这成为我们在后期研究中的一个重要方面。

参考文献

[1] Abbott，H. P. 2002. *The Cambridge Introduction to Narrative*. Cambridge：Cambridge University Press.

[2] Almeida，D. 2010. Reified bodies and misplaced identities in Elizabeth Bishop's narratives of childhood memories. *Revista Anglo Saxonica* Ser. III, (1), 195 - 206.

[3] Auge，A. J. 2016. Surviving death in Heaney's *Human Chain*. In Eugene O'Brien ed. *The Soul Exceeds Its Circumstances*. South Bend：University of Notre Dame Press.

[4] Avery，P. & J. Heath-Stubbs. 1952. *Hafiz of Shiraz: Thirty Poems*. London：John Murray.

[5] Axelrod，S. Gould & H. Deese. 1993. *Robert Lowell: Essays on the Poetry*. Cambridge：Cambridge University Press.

[6] Árpád，K. 2007. Conceptual integration in Sylvia Plath's "Getting There". *Argumentum*, (3), 1 - 11.

[7] Bailey，C. 2016. Facing the bleakness: Death in Seamus Heaney's *Human Chain*, master thesis, pp. 1 - 49.

[8] Barry, P. 2012. Concrete canticles: A new taxonomy of iconicity in poetry. *American, British and Canadian Studies*, 19(1), 73 – 86.

[9] Benyousky, D. 2016. "Air from another life": Poetic inspiration and creation in Seamus Heaney's "A Kite for Aibhín". *A Quarterly Journal of Short Articles, Notes and Reviews*, 29 (4), 273 – 275.

[10] Black, M. 1962. *Models and Metaphors: Studies in Language and Philosophy*. Ithaca, NY: Cornell University Press.

[11] Black, M. 1993. More about metaphor. In A. Ortony (ed.) *Metaphor and Thought*. Cambridge: Cambridge University Press.

[12] Booth, M. 2017. *Shakespeare and Conceptual Blending: Cognition, Creativity and Criticism*. Cambridge & Massachusetts: Palgrave Macmillan.

[13] Booth, W. C. 1983[1961]. *The Rhetoric of Fiction* (2nd ed.). Chicago & London: University of Chicago Press.

[14] Boroditsky, L. 2000. Metaphoric structuring: understanding time through spatial metaphors. *Cognition*, (75), 1 – 28.

[15] Brandt, L. & P. A. Brandt 2005. Cognitive poetics and imagery. *European Journal of English Studies*, 9 (2), 117 – 130.

[16] Brandt, L. 2016. The rhetorics of fictive interaction in advertising: The case for imagined direct speech in argumentation. *Cognitive Semiotics*, 9(2), 149 – 182.

[17] Brandt, P. A. 2002. On two material anchors. Unpublished

email.

[18] Bruhn, M. J. 2012. Harmonious madness: The poetics of analogy at the limits of blending theory. *Poetics Today*, 32 (4), 619 – 662.

[19] Brunner, J. 1986. *Actual Minds, Possible Worlds*. Cambridge, Mass: Harvard University Press.

[20] Buttel, R. 1975. *Seamus Heaney*. London: Associated University Press.

[21] Cameron, L. & G. Low. 1999. *Researching and Applying Metaphor*. Cambridge: Cambridge University Press.

[22] Chatman, S. 1978. *Story and Discourse*. Ithaca NY: Cornell University Press.

[23] Coulson, S. 1995. Analogic and metaphoric mapping in blended spaces: Menendez Brothers Virus. *The Newsletter of the Center for Research in Language*, 9 (1), 1 – 10.

[24] Croft, W. & D. A. Cruse. 2006. *Cognitive Linguistics*. Beijing: Peking University Press.

[25] Crystal, D. 2008. *A Dictionary of Linguistics and Phonetics* (6th ed.). Oxford: Blackwell Publishing Ltd.

[26] Dancygier, B. 2005. Blending and narrative viewpoint: Jonathan Raban's travels through mental spaces. *Language and Literature: International Journal of Stylistics*, 14(2), 99 – 127.

[27] Dancygier, B. 2007. Narrative anchors and the processes of story construction: The case of Margaret Atwood's *The Blind Assassin*. *Style*, 41(2), 133 – 152.

[28] Dancygier, B. 2012a. Conclusion: multiple viewpoints, multiple

spaces. In Dancygier, B. & E. Sweetser (eds.). *Viewpoint in Language*. Cambridge: Cambridge University Press.

[29] Dancygier, B. 2012b. *The Language of Stories: A Cognitive Approach*. Cambridge: Cambridge University Press.

[30] Dancygier, B. 2017. *The Cambridge Handbook of Cognitive Linguistics*. Cambridge: Cambridge University Press.

[31] Ellestrom, L. 2016. Visual iconicity in poetry: replacing the notion of "Visual Poetry". *Orbis Litterarum*, 71 (6), 437 - 472.

[32] Evans, E. E. 1957. *Irish Folks Ways*. London: Routledge.

[33] Evans, V. & M. Green. 2006. *Cognitive Linguistics: An Introduction*. Edinburgh: Edinburgh University Press.

[34] Fagan, D. 2007. *Robert Frost: A Literary Reference to His Life and Work*. New York: Facts On File.

[35] Fauconnier, G. 1994 [1985]. *Mental Spaces: Aspects of Meaning Construction in Natural Language*. Cambridge: Cambridge University Press.

[36] Fauconnier, G. 1997. *Mappings in Thought and Language*. Cambridge: Cambridge University Press.

[37] Fauconnier, G. 1998. Mental spaces, language modalities and conceptual integration. In M. Tomasello (ed.) *The New Psychology of Language: Cognitive and Functional Approaches to Language Structure*. Lawrence Erlbaum, pp. 250 - 279.

[38] Fauconnier, G. 1999. Methods and generalizations. In T. Janssen and G. Redeker (eds.) *Cognitive Linguistics: Foundations, Scope and Methodology*. The Hague: Mouton de Gruyter, pp. 95 - 128.

[39] Fauconnier, G. 2001. Conceptual blending and analogy. In G. D. K. Holyoak & B. Kokinov (eds.) *The Analogical Mind: Perspectives from Cognitive Science*. Massachusetts: The MIT Press, pp. 255 – 285.

[40] Fauconnier, G. & M. Turner. 1994. Conceptual projection and middle spaces. *UCSD Cognitive Science Technical Report*, pp. 1 – 39.

[41] Fauconnier, G. & M. Turner. 1996. Blending as a central process of grammar. In Adele Goldberg (ed.). *Conceptual Structure, Discourse, and Language*. pp. 113 – 129.

[42] Fauconnier, G. & M. Turner 1998a. Conceptual integration networks. *Cognitive Science*, 22 (2), 133 – 187.

[43] Fauconnier, G. & M. Turner. 1998b. Principles of conceptual integration. In J. P. Koening (ed.) *Discourse and Cognition*. Standford: CSLI Publications.

[44] Fauconnier, G. & M. Turner. 1999. Metonymy and conceptual integration. In K-U. Panther & G. Radden (eds.) *Metonymy in Language and Thought*. Amsterdam: John Benjamins, pp. 77 – 90.

[45] Fauconnier, G. & M. Turner. 2000. Compression and global insight. *Cognitive Linguistics*, 11(3), 283 – 304.

[46] Fauconnier, G. & M. Turner. 2002. *The Way We Think: Conceptual Blending and the Mind's Hidden Complexities*. New York: Basic Books.

[47] Fauconnier, G. & E. Sweetser. 1996. *Spaces, Worlds, and Grammar*. Chicago: University of Chicago Press.

[48] Fillmore, C. J. 1985. Frames and the semantics of

understanding. *Quadrni di semantica*. Seoul: Hanshin, (6), 222 – 254.

[49] Fillmore, C. J. 1982. Frame semantics. In Linguistic Society of Korea (ed.) *Linguistics in the Morning Calm*. Seoul: Hanshin, pp. 111 – 138.

[50] Flower, D. 2013. In the Village and Other Stories. *Hudson Review* 66, (3), 499 – 514.

[51] Fludernik, M. 2006. *An Introduction to Narratology*. Landon & New York:Routledge.

[52] Fonseca, P, E. Pascual & T. Oakley. 2020. "Hi, Mr. President!": Fictive interaction blends as a unifying rhetorical strategy in satire. *Review of Cognitive Linguistics*, 18(1), 183 – 216.

[53] Foster, J. W. 1995. *The Achievement of Seamus Heaney*. Dublin: The Lilliput Press Ltd.

[54] Freeman, M. H. 2008. Reading readers reading a poem: From conceptual to cognitive integration. *Cognitive Semiotics*, (2), 102 – 128.

[55] Freeman, M. H. 2005. The poem as complex blend: Conceptual mappings of metaphor in Sylvia Plath's "The Applicant". *Language and Literature: International Journal of Stylistics*, 14(1), 25 – 44.

[56] Frost, R. 1964. *Complete Poems of Robert Frost*. New York, Chicago and San Francisco: Holt, Rinehart and Winston.

[57] Furlani, A. 2002. Elizabeth Bishop's stories of Childhood: Writing the disaster. *Critique: Studies in Contemporary Fiction* 43, (2), 148 – 160.

[58] Fuss, D. 2013. How to Lose Things: Elizabeth Bishop's Child Mourning. *Post* 45.

[59] Genette, G. 1972. *Figures Ⅲ*. Paris: Seuil. In English, 1980. *Narrative Discourse*. Ithaca NY: Cornell University Press, pp. 71 – 76.

[60] Genette, G. 1980. *Narrative Discourse*. New York: Cornell University Press.

[61] Genette, G. 1982. *Figures of Literary Discourse*. Trans. by Marie-Rose Logan. New York: Columbia University Press.

[62] Gibbs, R. W. Jr. 1992. Categorization and metaphor understanding. *Psychological Review*. (99), 572 – 599.

[63] Gibbs, R. W. Jr. 2002. Identifying and appreciating poetic metaphor. *Journal of Literary Semantics*, (31), 101 – 112.

[64] Gibbs, R. W. Jr. 2008. *The Cambridge Handbook of Metaphor and Thought*. Cambridge: Cambridge University Press.

[65] Gibbs, R. W. Jr. 1994. *The Poetics of Mind: Figurative Thought, Language, and Understanding*. Cambridge: Cambridge University Press.

[66] Goldberg, A. E. 1995. *Constructions: A Construction Grammar Approach to Argument Structure*. Chicago: University of Chicago Press.

[67] Goldberg, A. E. 2006. *Construction at Work: The Nature of Generalization in Language*. Oxford: Oxford University Press.

[68] Halliday, M. A. K. 1994. *An Introduction to Functional Grammar* (2nd ed.). Beijing: Foreign Language Teaching and Research Press.

[69] Halliday, M. A. K. 2014. *Halliday's Introduction to Functional Grammar* (4th ed.). London and New York: Routledge.

[70] Halliday, M. & C. Matthiessen. 2004. *An Introduction to Functional Grammar*. Beijing: Foreign Language Teaching and Research Press.

[71] Harris, Z. S. 1952. Discourse analysis. *Language*, (28), 1 - 30.

[72] Hart, H. 2017. *The Life of Robert Frost: A Critical Biography*. Oxford: Wiley Blackwell.

[73] Hausman, C. R. 1983. Metaphors, referents and individuality. *The Journal of Aesthetics and Art Criticism*, (12), 181 - 195.

[74] Hausman, C. R. 1989. *Metaphor and Art: Interactionism and Reference in the Verbal and Nonverbal Arts*. Cambridge: Cambridge University Press.

[75] Heaney, S. 1966. *Death of a Naturalist*. London: Faber & Faber.

[76] Heaney, S. 1969. *Door into Darkness*. London: Faber & Faber.

[77] Heaney, S. 1972. *Wintering Out*. London: Faber & Faber.

[78] Heaney, S. 1975. *North*. London: Faber & Faber.

[79] Heaney, S. 1979. *Field Work*. New York: Farrar, Straus and Giroux.

[80] Heaney, S. 1980. *Poems 1965—1975*. New York: Farrar, Straus and Giroux.

[81] Heaney, S. 1983. *Sweeney Astray*. Derry: Field Day Theatre

Company Limited.

[82] Heaney, S. 1984. *Station Island*. London: Faber & Faber.

[83] Heaney, S. 1987. *The Haw Lantern*. London: Faber & Faber.

[84] Heaney, S. 1990. *New Selected Poems* (1966—1987). London: Faber & Faber.

[85] Heaney, S. 1991. *Seeing Things*. New York: Farrar, Straus and Giroux.

[86] Heaney, S. 1996. *The Spirit Level*. New York: Farrar, Straus and Giroux.

[87] Heaney, S. 1998. *Opened Ground Poems* (1966—1996). London: Faber & Faber.

[88] Heaney, S. 2001. *Electric Light*. New York: Farrar, Straus and Giroux.

[89] Heaney, S. 2006. *District and Circle*. New York: Farrar, Straus and Giroux.

[90] Heaney, S. 2010. *Human Chain*. New York: Farrar, Straus and Giroux.

[91] Heaney, S. 2013. *Selected Poems 1988—2013*. New York: Farrar, Straus and Giroux.

[92] Heaney's "A Kite for Aibhín". *ANQ: A Quarterly Journal of Short Articles, Notes and Reviews*, 29 (4), 273 - 275.

[93] Herman, D. , et al. 2005. *Routledge Encyclopedia of Narrative Theory*. London & New York: Routledge.

[94] Herman, D. 2007. *The Cambridge Companion to Narrative*. Cambridge: Cambridge University Press.

[95] Herman, L & B. Veraeck. 2001. *Handbook of Narrative*

Analysis. Lincoln and London: University of Nebraska Press.

[96] Hiraga, M. K. 1993a. Iconicity in poetry: How poetic form embodies meaning. In K. Haworth, J. Deely and T. Prewitt, (eds.). *Semiotics 1990: The Proceedings of the 15th Annual Meeting of the Semiotic Society of America.* New York: University Press of America, pp. 115 – 126.

[97] Hiraga, M. K. 1993b. Iconic meanings of visual repetition in poetry. In J. Deely and T. Prewitt, eds. *Semiotics 1991: The Proceedings of the 16th Annual Meeting of the Semiotic Society of America.* New York: University Press of America, pp. 95 – 105.

[98] Hiraga, M. K. 1994. Diagrams and metaphors: Iconic aspects in language. *Journal of Pragmatics*, (22), 5 – 21.

[99] Hiraga, M. K. 1990. Sound as meaning: Iconicity in Edgar Allan Poe's "The Bells". *The Journal of the University of the Air*, (8), 1 – 23.

[100] Hutchins, E. 2005. Material anchors for conceptual blends. *Journal of Pragmatics*, (37), 1555 – 1577.

[101] Indurkhya, B. 1992. *Metaphor and Cognition: An Interactionist Approach.* London: Kluwer Academic Publishers.

[102] Jakobson, R. 1980. Subliminal verbal patterning in poetry. In K. Pomorska & S. Rudy (eds.). *Verbal Art, Verbal Sign, Verbal Time.* Minneapolis, MN: University of Minnesota Press, pp. 59 – 68.

[103] Johnson, M. 1987. *The Body in the Mind: The bodily Basis of Meaning, Imagination and Reason.* Chicago: University of Chicago Press.

[104] Kendall, T. 2012. *The Art of Robert Frost*. New Haven and London: Yale University Press.

[105] Keshavarz, F. & H. Ghassemzadeh. 2008. Life as a stream and the psychology of "moment" in Hafiz' verse: Application of the blending theory. *Journal of Pragmatics*, (40), 1781 – 1798.

[106] Kittay, E. F. 1987. *Metaphor: Its Cognitive Force and Linguistic Structure*. Oxford: Oxford University Press.

[107] Klein, Melanie. 1994. Mourning and its relation to Manic-Depressive States. In R. V. Frankiel, ed. *Essential Papers on Object Loss*. New York: New York University Press, 109.

[108] Kraxenberger, M. & W. Menninghaus. 2016. Mimological reveries? Disconfirming the hypothesis of phono-emotional iconicity in poetry. *Frontiers in Psychology*, (7), 1 – 9.

[109] Kövecses, Z. 2010. *Metaphor: A Practical Introduction* (2nd ed.). Oxford: Oxford University Press.

[110] Lakoff, G. 1990. The Invariance hypothesis: Is abstract reason based on image schemas? *Cognitive Linguistics*, (1), 54.

[111] Lakoff, G. 1993. The contemporary theory of metaphor. In A. Ortony (ed.). *Metaphor and Thought*. Cambridge: Cambridge University Press.

[112] Lakoff, G. 1996 [1987]. *Women, Fire, and Dangerous Things: What Categories Reveal about the Mind*. Chicago: University of Chicago Press.

[113] Lakoff, G. & M. Johnson. 1980. *Metaphors We Live by*.

Chicago: University of Chicago Press.

[114] Lakoff, G. & M. Johnson. 1999. *The Philosophy in the Flesh: The Embodied Mind and Its Challenge to Western Thought*. New York: Basic Books.

[115] Lakoff, G. & M. Johnson. 2003. *Metaphors We Live By*. London: University of Chicago Press.

[116] Lakoff, G. & M. Turner. 1989. *More Than Cool Reason: A Field Guide to Poetic Metaphor*. Chicago and London: University of Chicago Press.

[117] Langacker, R. W. 1987. *Foundations of Cognitive Grammar Volume Ⅰ: Theoretical Prerequisites*. Palo Alto: Stanford University Press.

[118] Langacker, R. W. 1991. *Foundations of Cognitive Grammar Volume Ⅱ: Descriptive Application*. Palo Alto: Stanford University Press.

[119] Langer, S. K. 1953. *Feeling and Form: A Theory of Art*. New York: Charles Scribner's.

[120] Leech, G. N. 1969. *A Linguistic Guide to English Poetry*. London: Longman.

[121] Leech, G. N. 1983. *Principles of Pragmatics*. London: Longman.

[122] Lentricchia, F. 1975. *Robert Frost: Modern Poetics and the Landscapes of Self*. Durham, NC: Duke University Press.

[123] Lombardi, M. M. 1995. *The Body and the Song: Elizabeth Bishop's Poetics*. Southern Illinois University Press.

[124] Longley, M. 1976. The Northerner. *Sunday Independent* (26 September), p. 2.

[125] Lowell, R. 1962. The Scream. *The Kenyon Review*, 24 (4), 624 – 625.

[126] Marcus, M. 1991. *The Poems of Robert Frost: An Explication*. Boston: G. K. Hall & Co.

[127] Martin, J. R. & D. Rose. 2014. *Working with Discourse: Meaning Beyond the Clause* (2nd ed.). Beijing: Peking University Press.

[128] McGuinness, A. E. 1994. *Seamus Heaney: Poet and Critic*. New York: Peter Lang.

[129] McIntyre, D. 2006. *Point of View in Plays*. Amsterdam / Philadelphia: John Benjamins Publishing Company.

[130] McNeill, D. 1992. *Hand and Mind: What Gestures Reveal about Thought*. Chicago: University of Chicago Press.

[131] Murphy, K. 2016. Heaney translating Heaney: Coupling and uncoupling the human chain. *Texas Studies in Literature and Language*, 58 (3), 352 – 368.

[132] Narawa, C. 2000. Interpretation of poetry from the perspective of conceptual blending. *Dynamis*, (4), 112 – 124.

[133] Nunberg, G. 1978. *The Pragmatics of Reference*. Bloomington, Ind. : Indiana University Linguistics Club.

[134] Oakley, T. & E. Pascual. 2017. Conceptual blending theory. In B. Dancygier (ed.). *The Cambridge Handbook of Cognitive Linguistics*. Cambridge: Cambridge University Press, pp. 423 – 448.

[135] Oakley, T. 2017. Multimodal rhetoric: Fictive interaction strategies in political discourse. *Linguistics Vanguard*, 3 (1), 1 – 14.

[136] Parker, M. 1993. *Seamus Heaney: The Making of the Poet*. London: Macmillan Press Ltd.

[137] Parker, M. 2020. "Renewed, Transfigured, in Another Pattern": Metaphor and displacement in Seamus Heaney's *Human Chain*. In Eugene O'Brien (ed). *The Soul Exceeds Its Circumstances*. South Bend: University of Notre Dame Press, p. 169.

[138] Pascual, E. 2002. *Imaginary Trialogues: Conceptual Blending and Fictive Interaction in Criminal Courts*. Utrecht: LOT.

[139] Pascual, E. 2006. Fictive interaction within the sentence: A communicative type of fictivity in grammar. *Cognitive Linguistics*, 17(2), 245 – 267.

[140] Pascual, E. 2008a. Fictive interaction blends in everyday life and courtroom settings. In T. Oakley & A. Hougaard (eds.). *Mental Spaces in Discourse and Interaction*. Amsterdam/Philadelphia: John Benjamins Publishing Company, p. 262.

[141] Pascual, E. 2008b. Text for context, trial for trialogue: A fieldwork study of a fictive interaction blend. *Annual Review of Cognitive Linguistics*, (6), 50 – 82.

[142] Pascual, E. 2014. *Fictive Interaction: The Conversation Frame in Thought, Language, and Discourse*. Amsterdam: John Benjamins Publishing Company.

[143] Paton, Priscilla. 2006. "You are not Beppo": Elizabeth Bishop's animals and negotiation of identity. *Mosaic* 39, (4): 197 – 213.

[144] Perrine, L. 1991. The telephone. *The Robert Frost Review*, (1), 3 - 4.

[145] Plato. 1961. *Republic*. Trans. P. Shorey. In *The Collected Dialogues of Plato*. Princeton: Princeton University Press.

[146] Polkinghorne, D. E. 1988. *Narrative Knowing and the Human Sciences*. Albany: State University of New York Press.

[147] Ponomareva, O. B. 2015. Conceptual integration in the poetic text. *Social and Behavioral Sciences*, (200), 520 - 525.

[148] Pratt, W. 1996, The Great Irish ELK: Seamus Heaney's Personal Helicon. *World Literature Today*, 70 (2), 261 - 266.

[149] Prince, G. 2003. *A Dictionary of Narratology*. Lincoln, NE: University of Nebraska Press.

[150] Quintilian, M. F. 1953. *Institutio Oratoria*. Trans. H. E. Butler. In *The Institutio Oratoria of Quintilian*. Cambridge, Mass. : Harvard University Press.

[151] Rachel, F. 2018. Heaney, Pascoli and the ends of poetry. *California Italian Studies*, 8(1), 1 - 20.

[152] Radman, Z. 1997. *Metaphors: Figures of Rhetoric*. Dordrecht: Kluwer Academic Publishers.

[153] Richards, I. A. 1965[1936]. *The Philosophy of Rhetoric*. Oxford: Oxford University Press.

[154] Richards, J. C. & R. Schmidt. 2010. *Longman Dictionary of Language Teaching and Applied Linguistics* (4th ed.). London: Pearson Education Limited.

[155] Ricoeur, P. 1978. The metaphorical process as cognition, imagination, and feeling. In M. Johnson. *Philosophical Perspective on Metaphor*. Minneapolis: University of Minnesota Press, pp. 228 – 247.

[156] Ricoeur, P. 2003. *The Rule of Metaphor: The Creation of Meaning in Language*. London & New York: Routledge.

[157] Rimmon-Kenan, S. 2002. *Narrative fiction: Contemporary poetics* (2nd ed.). Landon & New York: Routledge.

[158] Rosch, E. & C. Mervis. 1975. Family resemblances: Studies in the internal structure of categories. *Cognitive Psychology*, (27), 573 – 605.

[159] Rosch, E. 1977. Human categorization. In N. Warren. *Studies in Cross-linguistic Psychology*. London: Academic Press, pp. 1 – 49.

[160] Rosch, E. 1978. Principles of categorization. In E. Rosch & B. B. Lloyd. *Cognition and Categorization*. Hillsdale, NY: Erlbaum, pp. 27 – 48.

[161] Russel, R, R. 2010. *Poetry & Peace: Michael Longley, Seamus Heaney, and Northern Ireland*. Notre Dame, Indiana: University of Notre Dame Press.

[162] Russel, R, R. 2016. *Seamus Heaney: An Introduction*. Edinburgh: Edinburgh University Press.

[163] Ryan, M. 2007. Toward a definition of narrative. In D. Herman. *The Cambridge Companion to Narrative*. Cambridge: Cambridge University Press, pp. 25 – 27.

[164] Sanders, J. & G. Redeker. 1996. Perspective and the representation of speech and thought in narrative discourse.

In *Spaces*, *Worlds*, *and Grammar*. G. Fauconnier & E. Sweeter (eds.). Chicago: University of Chicago Press, p. 291.

[165] Schulz, F. 1969. A momentary stay against confusion: A discussion of Robert Frost's poetry as seen by four of critics. In H. Helmcke, et al. *Literatur und Sprache der Vereinigten Staaten*. Winter University Press.

[166] Semino, E. & J. Culpeper. 2002. *Cognitive Stylistics: Language and Cognition in Text Analysis*. Amsterdam/Philadelphia: John Benjamins Publishing Company.

[167] Sergeant, E. S. 1960. *Robert Frost: The Trial by Existence*. New York: Holt, Reinhart and Winston.

[168] Sheehy, D. G. 1983. Robert Frost and the early years. *The New England Quarterly*, 56(1), 39 – 59.

[169] Shen, D. 2007. Booth's *The Rhetoric of Fiction* and China's critical context. *Narrative*, (2):174 – 175.

[170] Shen, D. 2011. "What is the implied author?" *Style*, 45(1), 80 – 98.

[171] Shepard, P. 1996. *The Others: How Animals Made Us Human*. Washington, DC: Island Press.

[172] Stockwell, P. 2002. *Cognitive Poetics: An Introduction*. London & New York: Routledge.

[173] Stockwell, P. 2003. Surreal figures. In Gavins, J. & J. Steen. *Cognitive Poetics in Practice*. Landon & New York: Routledge, pp. 13 – 25.

[174] Sweetser, E. 1990. *From Etymology to Pragmatics: Metaphorical and Cultural Aspects of Semantic Structure*.

Cambridge: Cambridge University Press.

[175] Thompson, L. 1966. *Robert Frost: The Early Years 1874—1915*. New York: Holt.

[176] Tobin, D. 2020. "Beyond Maps and Atlases": Transfiguration and immanence in *the Later Poems of Seamus Heaney*. In E. O'Brien (ed.) *The Soul Exceeds Its Circumstances*. South Bend: University of Notre Dame Press, p. 327.

[177] Turner, M. & G. Fauconnier. 1995. Conceptual integration and formal expression. *Journal of Metaphor and Symbolic Activity* 10, (3), 183 – 204.

[178] Turner, M. 2017. Preface in Michael Booth. *Shakespeare and Conceptual Blending: Cognition, Creativity and Criticism*. Cambridge & Massachusetts: Palgrave Macmillan, pp. vii – x.

[179] Turner, M. 2014. *The Origin of Ideas: Blending, Creativity and the Human Spark*. Oxford: Oxford University Press.

[180] Ungerer, F. & H. J. Schmid. 2008. *An Introduction to Cognitive Linguistics*. Beijing: Foreign Language Teaching and Research Press, pp. 219 – 231.

[181] Vendler, H. 1998. *Seamus Heaney*. Cambridge, Massachusetts: Harvard University Press.

[182] Walker, C. 2005. *God and Elizabeth Bishop: Meditation on Religion and Poetry*. New York: Palgrave Mcmillan.

[183] Wallace, P. 1992. Erasing the maternal: Rereading Elizabeth Bishop. *The Iowa Review* 22, (2): 82 – 103.

[184] Webster, A. K. 2015. The poetry of sound and the sound of poetry: Navajo poetry, phonological iconicity, and

linguistic relativity. *Semiotica*，(207)，279 - 301.

[185] Xerri，D. 2010. *Seamus Heaney's Early Work*. Dublin：Maunsel & Company Bethesda.

[186] Xiang，M. 2016. Real，imaginary or fictive? Philosophical dialogues in an early Daoist text and its pictorial version. In E. Pascual & S. Sandler (eds.)，*The Conversation Frame: Forms and Functions of Fictive Interaction*. Amsterdam / Philadelphia：John Benjamins Publishing Company，pp. 63 - 86.

[187] 曹莉群.2010.芜菁的循环:评希尼的诗集《区线与环线》[J]. 外国文学,4:31 - 36.

[188] 陈才智.2005.杜甫[M].北京:五洲传播出版社.

[189] 陈丽霞.2011.概念整合理论观照下的诗歌意象语言及其翻译[J].临沂大学学报,1:109 - 112.

[190] 陈殊原.2005.王维[M].北京:五洲传播出版社.

[191] 陈铁民.2004.王维诗注[M].西安:三秦出版社.

[192] 程爱民.2005.二十世纪英美文学论稿[M].上海:上海教育出版社.

[193] 程相占.2002.中国古代叙事诗研究[M].桂林:广西师范大学出版社.

[194] 崔健.2004.论王维山水田园诗的和谐艺术[D].硕士论文.

[195] 戴从容.2010.诗意的注视:谢默斯·希尼诗歌中的陈示式叙述[J].当代外国文学,4:41 - 50.

[196] 戴炜华.2007.新编英汉语言学词典[M].上海:上海外语教育出版社.

[197] 邓安生,刘畅.2017.王维诗选译[M].南京:凤凰出版社.

[198] 邓奇,王婷.2017.诗歌审美意蕴阐释中的概念整合:以杜甫《冬

日洛城北谒玄元皇帝庙》解读为例[J].上海文化,2:116-124.

[199] 董乃斌.2006.王维集[M].南京:凤凰出版社.

[200] 董乃斌.2017.中国文学叙事传统论稿[M].上海:东方出版中心.

[201] 杜甫.1996.杜甫全集[M].秦亮,点校.仇兆鳌,注.珠海:珠海出版社.

[202] 范会兵.2006.对王维诗歌中主要意象的图形-背景分离分析[D].硕士论文.

[203] 弗罗斯特.1988.一条未走的路:弗罗斯特诗歌欣赏[M].方平,译.上海:上海译文出版社.

[204] 弗罗斯特.2002.弗罗斯特集(上.下)[M].曹明伦,译.沈阳:辽宁教育出版社.

[205] 弗罗斯特.2012.弗罗斯特选:英汉对照[M].江枫,译.北京:外语教学与研究出版社.

[206] 弗罗斯特.2014.林间空地[M].杨铁军,译.上海:上海文艺出版社.

[207] 弗罗斯特.2014.弗罗斯特诗歌精译:英汉对照[M].王宏印,译.天津:南开大学出版社.

[208] 弗罗斯特.2016.未走之路:《弗罗斯特选》[M].曹明伦,译.北京:人民文学出版社.

[209] 弗罗斯特.2018.弗罗斯特诗选[M].顾子欣,译.南京:江苏凤凰文艺出版社.

[210] 弗罗斯特.2019.未选择的路:弗罗斯特诗选[M].远洋,译.长沙:湖南文艺出版社.

[211] 高彦梅.2015.语篇语义框架研究[M].北京:北京大学出版社.

[212] 葛晓音.2019.杜甫诗选评[M].上海:上海古籍出版社.

[213] 郭湛. 2001. 论主体间性或交互主体性[J]. 中国人民大学学报, 3: 32 – 38.

[214] 韩成武. 2004. 少陵体诗选[M]. 保定: 河北大学出版社.

[215] 胡根林. 2004. 唐代叙事诗研究[D]. 硕士论文.

[216] 胡汉生. 1996. 杜甫诗译析[M]. 西安: 三秦出版社.

[217] 胡健. 2016. 选择了的路与未选择的路: 弗罗斯特的《未选择的路》赏析[J]. 连云港师范高等专科学校学报, 2: 33 – 35.

[218] 胡秀春. 2013. 唐代叙事诗研究[M]. 北京: 人民出版社.

[219] 胡壮麟. 1997. 语言·认知·隐喻[J]. 现代外语, 4: 50 – 57.

[220] 胡壮麟. 2003. 诗性隐喻[J]. 山东外语教学, 1: 3 – 8.

[221] 胡壮麟. 2004. 认知隐喻学[M]. 北京: 北京大学出版社.

[222] 胡壮麟, 刘世生. 2004. 西方文体学词典[M]. 北京: 清华大学出版社.

[223] 胡壮麟, 朱永生, 张德禄, 等. 2014[2008]. 系统功能语言学概论[M]. 修订版. 北京: 北京大学出版社.

[224] 胡仔. 1962. 苕溪渔隐丛话[M]. 北京: 人民文学出版社.

[225] 黄澄澄. 2014. 王维诗歌"蒙太奇效应"的概念整合理论阐释[D]. 硕士论文.

[226] 姜飞. 2006. 叙事与现代汉语诗歌的硬度: 举例以说, 兼及"诗歌叙事学"的初步设想[J]. 钦州师范高等专科学校学报, 4: 5 – 8.

[227] 焦明环. 2010. 概念整合视角下中国古典诗歌中水意象的意义建构[J]. 语文学刊·外语教育教学, 3: 25 – 26.

[228] 金胜昔, 林正军. 2016. 译者主体性建构的概念整合机制[J]. 外语与外语教学, 1: 116 – 121.

[229] 金胜昔. 2017. 认知语言学视域下唐诗经典中的转喻翻译研究[D]. 博士论文.

[230] 阚安捷. 2012. 英汉诗歌象似性的概念整合分析[D]. 硕士

论文.

[231] 克里斯特尔. 2000. 现代语言学词典[M]. 4 版. 沈家煊,译. 北京:商务印刷馆.

[232] 蓝纯. 2003. 从认知角度看汉语和英语的空间隐喻[M]. 北京:外语教学与研究出版社.

[233] 黎靖德. 1986. 朱子语类[M]. 北京:中华书局.

[234] 李昌标. 2015. 概念合成的多域性与谢默斯·希尼叙事诗的合成度:以希尼的四首诗为例[J]. 外语与外语教学,1:26 - 31.

[235] 李昌标. 2017. 合作原则下商务书信"写读"交互的概念合成过程[J]. 现代外语,4:473 - 483.

[236] 李昌标. 2017. 王维与希尼诗歌认知比较研究[M]. 南京:南京大学出版社.

[237] 李昌标. 2024. 连锁整合下的叙事诗"自我"视角转换[J]. 外语教学,4:33 - 38。

[238] 李昌标,王文斌. 2012. 主体间性自洽认知模式:王维诗歌的多域概念整合分析[J]. 外语研究,6:11 - 16.

[239] 李成坚. 2006. 爱尔兰-英国诗人谢默斯·希尼及其文化平衡策略[M]. 成都:四川人民出版社.

[240] 李福印. 2005. 概念隐喻理论和存在的问题[J]. 中国外语,4:21 - 28.

[241] 李光. 2010. 王维"诗中有画"研究[D]. 硕士论文.

[242] 李鸿雁. 曹书杰. 2009. 中国古典叙事诗研究综述[J]. 古籍整理研究学刊,3:104 - 110.

[243] 李鸿雁. 2010. 唐前叙事诗研究[D]. 博士论文.

[244] 李鸿雁. 2017. 先秦汉魏六朝叙事诗研究. 北京:中国社会科学出版社.

[245] 李良彦. 2012a. 图形-背景理论在唐诗中的认知解读[J]. 黑龙

江社会科学,6:135-137.

[246] 李良彦.2012b.概念整合理论关照下的诗性隐喻认知研究[J].外语学刊,5:98-101.

[247] 李天紫.2011.诗歌隐喻与意象图式:罗伯特·弗罗斯特《割草,认知分析[J].承德民族师专学报,4:30-33.

[248] 李向阳.1999.幽默的愁吟:杜甫《对雪》赏析[J].阅读与写作,1:15.

[249] 李孝弟.2016.叙事作为一种思维方式:诗歌叙述学建构的切入点[J].外语与外语教学,1:138-145.

[250] 李心释.2016.诗歌叙事的品质问题[J].福建论坛·人文社会科学版,5:106-112.

[251] 李亚锋.2010.中国古代叙事诗研究述评[J].常熟理工学院学报(哲学社会科学),9:119-124.

[252] 李亚锋.2015.近代叙事诗研究[M].北京:中国社会科学出版社.

[253] 李永祥,宫明莹.2007.王维诗集[M].济南:济南出版社.

[254] 李致远,王斌.2015.概念整合理论框架下诗歌隐含意义的构建:解读罗伯特·弗罗斯特的《未走之路》[M].安徽文学,10:49-50.

[255] 利科.活的隐喻[M].汪堂家,译.2004.上海:上海译文出版社.

[256] 梁丽,陈蕊.2008.图形/背景理论在唐诗中的现实化及其对意境的作用[J].外国语,4:31-37.

[257] 刘繁.2012.概念整合理论下的诗歌意境隐喻理解模式[J].外国语文,4:42-45.

[258] 刘国辉,汪兴富.2010.论诗歌意象建构的认知途径:象似性与隐喻性表征[J].外语教学,3:24-27.

［259］刘立华,刘世生.2006.语言·认知·诗学:《认知诗学评价》［J］.外语教学与研究,1:73-77.

［260］刘逸生.2016.唐诗小札［M］.北京:中国青年出版社.

［261］刘正光,2002,Fauconnier 的概念合成理论:阐释与质疑［J］.外语与外语教学,10:8-12.

［262］刘正光.2001.莱柯夫隐喻理论中的缺陷［J］.外语与外语教学,1:25-29.

［263］卢国琛.2006.杜甫诗醇［M］.杭州:浙江大学出版社.

［264］路南孚.1987.中国历代叙事诗歌:先秦两汉魏晋南北朝编［M］.济南:山东文艺出版社.

［265］栾义敏.2012.王维诗歌及英译的意象图式分析［J］.鸡西大学学报,8:69-71.

［266］罗峰.2015.符号视阈下的文学文本隐喻研究［D］.博士论文.

［267］罗沙.2006.我与叙事诗［M］.广州:花城出版社.

［268］罗振亚.2003.九十年代先锋诗歌的"叙事诗学"［J］.文学评论,2:89-93.

［269］马玮.2017.王维诗歌赏析［M］.北京:商务印书馆.

［270］倪其心,吴鸥.2011.杜甫诗选译［M］.南京:凤凰出版社.

［271］欧阳修,宋祁.1975.新唐书［M］.北京:中华书局.

［272］欧震.2011.重负与纠正:谢默斯·希尼诗歌与当代北爱尔兰社会文化矛盾［M］.北京:中国社会科学出版社.

［273］皮亚.2015.概念整合理论视角下罗伯特·弗罗斯特诗歌认知机制解析［D］.硕士论文.

［274］普林斯.2011.叙事学词典(修订本)［M］.乔国强,李孝弟,译.上海:上海译文出版社.

［275］邱昌员.2006.论中唐叙事诗的小说史意义［J］.甘肃社会科学,5:47-50.

[276] 仇兆鳌. 2004. 杜甫诗注[M]. 于鲁平,补注. 西安:三秦出版社.

[277] 申丹. 2007. 叙述学与小说文体学研究[M]. 北京:北京大学出版社.

[278] 申丹. 2008. 西方文体学的新发展[M]. 上海:上海外语教育出版社.

[279] 申丹. 2009. 叙事·文体和潜文本[M]. 北京:北京大学出版社.

[280] 申丹. 2019. "隐含作者":中国的研究及对西方的影响[J]. 国外文学,3,18 - 29.

[281] 申丹. 2020. 修辞性叙事学[J]. 外国文学,1:80 - 95.

[282] 申丹,王亚丽. 2011. 西方叙事学:经典与后经典[M]. 北京:北京大学出社.

[283] 舒艳. 2010. 唐代叙事诗论. 硕士论文.

[284] 束定芳. 2000a. 隐喻学研究[M]. 上海:上海外语教育出版社.

[285] 束定芳. 2000b. 论隐喻的诗歌功能[J]. 解放军外国语学院学报,6:12 - 16.

[286] 束定芳. 2006. 导读[M]//Croft, W. & D. A. Cruse. *Cognitive Linguistics*. 北京:北京大学出版社,4 - 18.

[287] 束定芳. 2002. 论隐喻的运作机制[J]. 外语教学与研究,2:98 - 106.

[288] 束定芳. 2014. 序[M]//邹智勇. 薛睿. 中国经典诗词指诗学研究[M]. 武汉:武汉大学出版社.

[289] 束定芳,汤本庆. 2000. 隐喻研究中的若干问题与研究课题[J]. 外语研究,2:1 - 6.

[290] 宋畅. 2012. 古诗歌中隐喻的概念整合过程分析[J]. 重庆科技学院学报(社会科学版),1:129 - 130.

[291] 苏健.2010.李白诗歌意象的概念整合研究[D].硕士论文.

[292] 苏晓军,张爱玲.2001.概念整合理论的认知力[J].外国语,3:31-36.

[293] 孙晓艳.2018.概念整合理论视域下的诗歌意象探析:以花意象为例[J].昌吉学院学报,3:44-47.

[294] 谭君强.2013.论抒情诗的叙事学研究:诗歌叙事学[J].思想战线,4:119-124.

[295] 谭君强.2014.论抒情诗的空间叙事[J].思想战线,3:102-107.

[296] 谭君强.2018.论抒情诗的空间呈现[J].思想战线,6:110-122.

[297] 唐正柱.2001.谈诗[M].南宁:广西民族出版社.

[298] 陶文鹏.1991.王维诗歌赏析[M].南宁:广西教育出版社.

[299] 汪虹.2016.双域型概念理论下的弗罗斯特诗歌研究[J].现代语文,11:128-130.

[300] 汪虹.2019.双域型概念整合下的罗伯特·弗罗斯特诗歌研究[J].文学教育,3:26-27.

[301] 汪少华.2002a.诗歌中视角空间的美学功能[J].外语教学,2:33-37.

[302] 汪少华.2002b.概念合成与隐喻的实时意义建构[J].当代语言学,2:119-127.

[303] 汪少华.2002c.诗歌中的视角空间与文化想象[J].福建外语,4:46-49.

[304] 汪少华,樊欣.2009.概念隐喻.概念整合与语篇连贯[J].外语研究,4:24-29.

[305] 王斌.2001.概念整合与翻译[J].中国翻译,3:17-20.

[306] 王宏印.弗罗斯特:单纯与深邃(代序)[M]//弗罗斯特诗歌精

译:英汉对照.天津:南开大学出版社.

[307] 王晶芝,朱淑华.2013.概念整合理论视角下的雪莱诗歌通感隐喻探析[J].外语学刊,3:36-41.

[308] 王荣.2004.中国现代叙事诗史[M].北京:中国社会科学出版社.

[309] 王树生.1983.《江南逢李龟年》的歧义与赏析[J].北京师范大学学报,4.

[310] 王维.1997.王维集校注[M].陈铁民,校注.北京:中华书局.

[311] 王维.2017.王维诗集[M].白鹤校点.赵殿成 笺注.上海:上海古籍出版社.

[312] 王文斌.2004.概念合成理论研究与应用的回顾与思考[J].外语研究,1:6-12.

[313] 王文斌.2006.受喻者的主体性及主体自洽[J].外国语,6:34-39.

[314] 王文斌.2007a.论隐喻构建的主体自洽[J].外语教学,1:5-10.

[315] 王文斌.2007b.隐喻的认知建构与解读.上海:上海外语教育出版社.

[316] 王文斌.2019.论英汉的时空性差异[M].北京:外语教学与研究出版社.

[317] 王寅.2020.概念整合理论的修补与翻译的体认过程研究[J].外语教学与研究,5:749-760.

[318] 王友怀.1988.王维诗选注[M].西安:陕西人民出版社.

[319] 王正元.2009.概念整合理论及其应用研究[M].北京:高等教育出版社.

[320] 王志清.2015.王维诗选[M].北京:商务印书馆.

[321] 魏梦婷.2016.概念整合视角下罗伯特·弗罗斯特诗歌中的隐

喻认知解读[J].江苏第二师范学院学报（社会科学），1：
94-98.

[322] 魏梦婷.2011.罗伯特·弗罗斯特诗歌中的隐喻认知模式[D].
硕士论文.

[323] 文旭,叶狂.2003.概念隐喻的系统性和连贯性[J].外语学刊，
3：1-7.

[324] 吴庆峰.1990.历代叙事诗赏析[M].济南：明天出版社.

[325] 吴胜军.2009.诗歌：认知整合意象的结果[J].南华大学学报
（社会科学版），5：103-106.

[326] 希尼.2000.希尼诗文集[M].吴德安等译.北京：作家出版社.

[327] 希尼.2016.电灯光[M].杨铁军，译.南宁：广西人民出版社.

[328] 希尼.2016.区线与环线[M].雷武铃，译.南宁：广西人民出
版社.

[329] 希尼.2016.人之链[M].王敖，译.南宁：南宁人民出版社.

[330] 希尼.2018.开垦地：诗选1966—1996[M].黄灿然，译.南宁：
广西人民出版社.

[331] 项成东.2017.诗歌语言话语分析的认知整合框架：以谢默
斯·希尼的《传神言者》为例[J].外国语文，3：81-89.

[332] 萧涤非.1979.杜甫诗选注[M].北京：人民文学出版社.

[333] 肖明翰.2011.基督形象的人性化及其意义：论古英诗《十字架
之梦》的成就[J].外国文学研究，3：8-16.

[334] 肖燕.2011.概念整合理论对古典汉诗英译意象传递的阐释
[D].硕士论文.

[335] 徐杰,姚双云.2015.诗歌语言中的概念整合[J].语文研究，3：
60-65.

[336] 许江祎.2019.概念整合理论视阈下谢默斯·希尼诗歌中的父
亲意象研究[D].硕士论文.

[337] 薛淑芳.2007.杜甫诗歌隐喻研究[D].硕士论文.

[338] 薛芸秀.2020.盛世哀歌:杜甫写给盛唐艺术家的三首诗[J].天中学刊,3:65-74.

[339] 亚里士多德.1996.诗学[M].陈中梅,译.北京:商务印书馆.

[340] 亚里士多德.2003.修辞术·亚历山大修辞学·论诗[M].颜一和,崔延强,译.北京:中国人民大学出版社.

[341] 颜世民.2010.岔路口的跷跷板游戏:弗罗斯特《一条未走的路》解读[J].语文建设,7-8:74-79.

[342] 杨聪聪.2015.叙述视角下谢默斯·希尼诗歌的概念整合分析[D].硕士论文.

[343] 杨亮.2020."亚叙事":90年代诗歌"叙事性"的反思式解读[J].南京理工大学学报(社会科学版),6:38-44.

[344] 杨文生.2002.王维诗集笺注[M].成都:四川人民出版社.

[345] 杨义.1997.中国叙事学[M].北京:人民出版社.

[346] 杨义,郭晓鸿.2005.王维[M].长沙:岳麓书社.

[347] 杨涌泉.2014.学海拾贝:李白.杜甫.白居易诗作名篇阅读鉴赏[M].北京:地质出版社.

[348] 姚梦蓝.2013.概念整合理论视角下杜甫咏马诗隐喻英译策略研究[].硕士论文.

[349] 伊格尔顿.2016.如何读诗[M].陈太胜,译.北京:北京大学出版社.

[350] 易佩珊.2017.王维诗歌主题现实化的概念整合理论研究.硕士论文.

[351] 尹富林.2007.论概念整合模式下翻译的主体间性[J].外语与外语教学,11:41-44.

[352] 于敏.2010.概念整合理论与中文古诗翻译[J].湖北经济学院学报(人文社会科学版),9:115-117.

[353] 袁周敏,金梅.2008.概念整合理论对诗歌意象的阐释[J].外国语言文学,4:217-222.

[354] 岳好平,汪虹.2010.概念整合理论框架下诗性隐喻意义建构的认知阐释[J].南华大学学报(社会科学版),5:109-112.

[355] 张芳杰等.1994.牛津现代高级英汉双解词典[M].北京:商务印书馆.

[356] 张辉,杨波.2008.心理空间与概念整合:理论发展及其应用[J].解放军外国语学院学报,1:7-14.

[357] 张剑.2021.以诗论诗:西方诗人的自我凝视.光明日报,4月22日.

[358] 张久全.2011.概念整合理论观照下的诗歌意象语言及其翻译[J].皖西学院学报,4:108-111.

[359] 张俪.1988.理解还是误解?:也谈弗罗斯特的小诗 Dust of Snow[J].中国翻译,2:44-46.

[360] 张新军.2011.可能世界叙事学[M].苏州:苏州大学出版社.

[361] 张勇.2017.王维诗全集[M].武汉:崇文书局.

[362] 张瑜.2012.比平·英德伽的隐喻互动论研究[D].硕士论文.

[363] 张媛飞.2013.杜甫诗歌中的意象图式及隐喻认知分析:以杜甫夔州诗为例[J].牡丹江大学学报,9:79-82.

[364] 张忠纲.2007.唐诗三百首评注[M].济南:齐鲁书社.

[365] 赵仁珪.2014.王维诗[M].北京:中华书局.

[366] 赵秀凤.2013.多模态隐喻构建的整合模型:以政治漫画为例[J].外语研究,5:1-8.

[367] 赵秀凤.2017.认知诗学视域下绘本叙事"语篇视角"的多模态构建[J].解放军外国语学院学报,1:35-43.

[368] 赵艳芳.2001.认知语言学概论[M].上海:上海外语教育出版社.

[369] 赵毅衡.2013.广义叙述学[M].成都：四川大学出版社.

[370] 周红兴.1988.简明文学词典[M].北京：作家出版社.

[371] 周剑之.2011.宋诗叙事性研究[D].博士论文.

[372] 周赛.2011.罗伯特·弗罗斯特诗歌中的隐喻研究[D].硕士论文.

[373] 周兴泰.2018.中西诗歌叙事传统比较论纲：兼及中国文学抒情叙事两大传统共生景象的探讨[J].中国比较文学,111：53-64.

[374] 朱永生,蒋勇.2003.空间映射论与常规含意的推导[J].外语教学与研究,1：26-33.

[375] 朱玉.2014.从希尼到谢默斯：贝尔法斯特女王大学"谢默斯·希尼：会议与纪念"综述[J].东吴学术,5：114-121.

[376] 朱子南.1988.中国文体学辞典[M].长沙：湖南教育出版社.

[377] 邹志勇,薛睿.2014.中国经典诗词认知诗学研究[M].武汉：武汉大学出版社.

附录 1　诗歌语料来源

本书涉及的四位中西诗人的诗歌语料，主要选自如下书籍：

王维

《王维集校注》（一、二、三、四）（［唐］王维 撰/陈铁民 校注，
　　1997. 北京：中华书局）

《王维诗集笺注》（杨文生，2002. 成都：四川人民出版社）

《王维诗注》（陈铁民，2004. 西安：三秦出版社）

《王维诗集》（［清］赵殿成 笺注/白鹤 校点，2017. 上海：上海古
　　籍出版社）

《王维诗全集》（张勇，2017. 武汉：崇文书局）

杜甫

《杜甫全集》（一、二、三）（［清］仇兆鳌 注/秦亮 点校，1996. 珠
　　海：珠海出版社）

《杜甫诗注》（上、下）（［清］仇兆鳌 注/于鲁平 补注，2004. 西安：
　　三秦出版社）

希尼

Death of a Naturalist（1966）

Door into Darkness(1969)

Wintering Out(1972)

North(1975)

Field Work(1979)

Poems 1965—1975(1980)

Sweeney Astray(1983)

Station Island(1984)

The Haw Lantern(1987)

New Selected Poems 1966—1987(1990)

Seeing Things(1991)

The Spirit Level (1996)

Opened Ground：Poems 1966—1996 (1998)

Electric Light(2001)

District and Circle(2006)

Human Chain(2010)

Selected Poems 1988—2013(2014)

弗罗斯特

Complete Poems of Robert Frost(1964)

附录 2　术语汉英对照表

被释语　explained element

比较论　Comparison Theory

比较项　base of comparison

表征　representation

部分-整体　part-whole

拆解原则　Unpacking Principle

超合成空间　hyperblended space

超现实主义诗歌　surrealist poem

陈述空间　presentation space

尺度时间　scaled time

尺度压缩　scaling down

纯叙事诗　poems with total narratives

大合成空间　megablend

单域型网　simple-scope network

读者感悟升华　poetic upgrading

读者体验　initial reading experience

多量叙事的诗　poems with more narratives

多域网络　multiple-scope network

多重整合　multiple blends

非对称呼应元素　asymmetric counterparts

分合型网络　converging web

分解　disintegration

分散结构　diffuse structure

复合型整合　reblending or compound blending

复杂整合　complex blend

概念隐喻理论　Conceptual Metaphor Theory

概念域　conceptual domain

概念整合理论　Conceptual Blending or Integration Theory

高级整合理论　Advanced Blending Theory

构造/拓扑　topology

故事　story

故事空间/阵列　mental arrays

关键关系　vital relations

关联空间　relevance space

管制性原则　Governing Principle

合成空间　blended space

恒定原则　Invariance Principle

互动论　Interaction Theory

话语　discourse

回射/向后投射　backward projection

基本网络框架/最小模板　minimal template

假定空间　hypothetical space

简单型网络　simplex network

建成空间/被建空间　built space

建构性原则　constitutive principle

焦点空间　focus input space

角色-价值　role-value

角色-价值外部空间关系　outer-space role-value connection

接龙型网络　concatenating web

解包　unpacking

解释语　explaining element

镜像型网络　mirror network

可及性原则　accessibility or access principle

空间认知维度　cognitive dimension of space

跨空间操作词　trans-spatial operator

空间构建语　space builders

框架-价值关系　frame-to-value relation

框架心理空间　framing input space

扩展　elaboration

类比　analogy

类属空间　generic space

历史作者　historical author

连锁心理网络　cascading mental webs

连锁整合　cascading blending

临时合成空间　intermediate blend

零叙事诗　poems without narratives

路标　landmark

默认可能性　default possibility

目标域　target domain

内部空间构造/拓扑　inner-space topology

内部空间关系尺度压缩　inner-space scalability

内部空间角色　inner-space role

逆类比　disanalogy

匹配　matching

平行型整合　blend in parallel or parallel blending

强化关键关系　strengthen vital relations

切点时间　syncopated time

切点压缩　syncopation

人之所及/人类尺度　human-scale

认知架构　cognitive construct

少量叙事的诗　poems with fewer narratives

射体　trajector

身份认同　identity

深层结构　deep structure

时间认知维度　cognitive dimension of time

视点压缩　viewpoint compression

视角认知维度　cognitive dimension of focalizations/viewpoints

视觉诗　visual poetry

视域融合　fusion of horizon

受述者　narratee

抒情诗　lyrics

输入空间　input space

双域型网络　double-scope network

思维方式　mode of thinking

所指空间　reference space

提出方案　come up with a story

提示语/信号词　prompts or signals

体验自我　experiencing self

替代论　Theory of Substitution

同步构建　synchronous construction

投射　projecting

图形-背景理论　Figure-ground Theory

拓扑　topology

外部空间构造/拓扑　outer-space topology

完善　completion

网络尺度　web scale

唯一体　uniquence

唯一性　uniqueness

文本/篇章　text

文本形象　textual images

文体前景化　stylistic foregrounding

涡旋整合　vortex blending

现实的　factive

相似性　similarity

想象的　fictive

想象互动网络　fictive interaction web

想象互动整合　fictive interaction blend

象似性　iconicity

心理空间　mental space

心理空间理论　Mental Space Theory

心理网　mental webs

心理意象　mental image

虚构的　fictitious

虚拟空间　virtual space

叙事　narrative

叙事空间　narrative space

叙事诗　narrative poems

叙述/叙述行为　narration

叙述者　narrator

叙述支点　narrative anchor

叙述自我　narrating self

压缩与解压机制　compression and decompression

异步构建　unsynchronous construction

意图性　intentionality

意象图式　image schema

意义空间　meaning space

因果关系　causality

因果认知维度　cognitive dimension of causality

隐含作者　implied author

映射　mapping

映射协商　intersubjective negotiation

由多到多　go from many to many

由多到一　go from many to one

预设　presupposition

源域　source domain

整体考察/整体性洞悉　global insight

主体间推导互动　intersubjective inferential interaction

主体认知维度　cognitive dimension of agency

转喻投射　metonymy projection

自洽性　self-negotiation

组构关系　organizing relations

组合　composition

组织结构/框架　organizing frame

最大化和强化原则　Maximization and Intensification

最佳整合　optimal blend

最优约束　optimality constraints

图书在版编目(CIP)数据

诗歌叙事语篇高级概念整合研究 / 李昌标著.

南京：南京大学出版社，2024.7. — ISBN 978-7-305

-28383-3

Ⅰ. I106.2

中国国家版本馆 CIP 数据核字第 2024L0N796 号

出版发行　南京大学出版社
社　　址　南京市汉口路 22 号　　　　邮　编　210093
书　　名　诗歌叙事语篇高级概念整合研究
SHIGE XUSHI YUPIAN GAOJI GAINIAN ZHENGHE YANJIU
著　　者　李昌标
责任编辑　张淑文　　　　　　　　编辑热线　(025)83592401
照　　排　南京南琳图文制作有限公司
印　　刷　江苏凤凰数码印务有限公司
开　　本　718 mm×960 mm　1/16 开　印张 25.75　字数 347 千
版　　次　2024 年 7 月第 1 版　2024 年 7 月第 1 次印刷
ISBN 978-7-305-28383-3
定　　价　85.00 元

网址：http://www.njupco.com
官方微博：http://weibo.com/njupco
官方微信号：njupress
销售咨询热线：(025) 83594756